U0675453

二十年之诉

杨黎光 [著]

作家出版社

图书在版编目（CIP）数据

二十年之诉/杨黎光著. -- 北京：作家出版社，2022.6
ISBN 978-7-5212-1852-7

Ⅰ．①二… Ⅱ．①杨… Ⅲ．①报告文学 – 中国 – 当代
Ⅳ．①I25

中国版本图书馆CIP数据核字（2022）第051764号

二十年之诉

作　　者：杨黎光
责任编辑：宋辰辰
装帧设计：意匠文化·丁奔亮
出版发行：作家出版社有限公司
社　　址：北京农展馆南里10号　　　邮　　编：100125
电话传真：86-10-65067186（发行中心及邮购部）
　　　　　86-10-65004079（总编室）
E-mail:zuojia@zuojia.net.cn
http://www.zuojiachubanshe.com
印　　刷：河北京平诚乾印刷有限公司
成品尺寸：152×230
字　　数：276千
印　　张：22
版　　次：2022年6月第1版
印　　次：2022年6月第1次印刷
ISBN　978-7-5212-1852-7
定　　价：79.00元

作家版图书，版权所有，侵权必究。
作家版图书，印装错误可随时退换。

目 录 | CONTENTS

引　子

2020 年的 3 月 10 日，一桩引起我高度关注的官司，在广州越秀区法院正式开庭。因为它与我正在创作的这本《伟哥的战争》一书的核心"伟哥"有关，我参与了旁听。

为了能及时赶上这场官司的开庭，我于头天晚上就来到了广州，由于新冠肺炎疫情仍在紧张的防控阶段，入住宾馆时很是费了一番精力，填表、刷码、量体温，一直折腾到 11 点多才进入房间，睡下时已经 12 点多了。第二天早上 6 点多我就起床了，因为法庭通知是 8 点 45 分开庭，我想进入法院前一定还有一些疫情防控方面的程序要做，这是很费时间的，所以我 8 点前就来到了法院，果然又经过严格疫情防控检查后，这才进入法庭。

走进法庭，我就看到了"伟哥"商标真正的拥有者广州威尔曼公司的董事长，也是这场官司的原告深圳凤凰生活文化传媒广告有限公司（以下称凤凰公司）法人、董事长的孙明杰先生早早来到了法庭。为了写这本书，我曾经数次采访过他，平常他总是一身休闲衣着，今天他穿得很正式，深色的西装，表明他对开庭的重视和期待。

这是一场延续了二十多年的关于"伟哥"的"战争"。

我在采访中了解到，孙明杰先生的药企是主攻抗超级细菌抗生素的，其所领导的威尔曼药业公司开发出了"协同式药物组合"十个一类超级抗生素新药，有效地克服了单一抗生素耐药性这一世界性难题。"超级抗生素"是对付"超级细菌"的，而"超级细菌"对人类的危害从某种角度讲，不比今天的"新冠病毒"小。"新冠病毒"传染性强，但死亡率并不是很高。而感染了"超级细菌"几乎无药可治，因为它具有很强的抗药性，绝大部分抗生素都无法对付它，因此其死亡率会远远高于今天的"新冠病毒"。所以孙明杰所领导的药企在这方面的研发，在国内外引起了高度重视。据2017年世界权威数据（路透数据），威尔曼药业公司超级抗生素方面的研发，在世界抗耐药抗生素领域排名第二。有意思的是排名第一的，就是今天的被告美国辉瑞制药公司。

那么孙明杰为何因抗ED（阳痿）方面的药物商标"伟哥"，与世界排名第一的美国辉瑞制药公司对簿公堂呢？

其实，这是一个长达二十多年的曲折经历，官司也打了二十多年了，因此本书里要细细叙述的是一个关于"知识产权"的长长的故事。

今天这桩官司的核心，是关于"伟哥"商标知识产权的侵权问题。

由现在"伟哥"商标真正的拥有者凤凰公司起诉大连辉瑞制药有限公司（下称辉瑞公司）、广东壹号大药房侵害"伟哥"商标权以及不正当竞争纠纷。由于官司涉及的证据太多，庭前原被告双方已经经过三次证据交换，今天算是正式开庭审理。国有上市公司即今天"伟哥"商标的使用单位——广州白云山制药厂，一起参加庭审。

凤凰公司的诉讼请求为：一、请求法院依法认定两被告长期以来侵犯了原告注册的第5类第1911818号"伟哥"中文商标专用权，以及构成虚假宣传的不正当竞争，责令其立即停止侵权并公开道歉；二、请求法院判决两被告向凤凰公司连带赔偿因其侵权行为所造成的经济损失，共计人民币2000万元。

显然，原告做了充分的准备，向法庭提交了166份《公证书》，涉及全国17个省的41家药店，使用凤凰公司合法持有的商标"伟哥"，宣传辉瑞公司生产的治疗ED的药"万艾可"（枸橼酸西地那非片）。凤凰公司称，海报上的"伟哥"字样与其"伟哥"注册商标在呼叫、字形上完全相同，有意搭"伟哥"的便车，引起消费者对辉瑞公司生产的"万艾可"药品的注意，误导消费者认为"万艾可"药品与"伟哥"具有内在特定联系。

此外，凤凰公司还称，辉瑞公司借助"伟哥"商标，将商标商业价值转移到"万艾可"药品上，严重侵害了其"伟哥"商标拥有者的商标权益，获取不正当竞争优势；辉瑞公司涉嫌长期对同类抗ED药品的生产者、辉瑞公司在国内最大竞争对手广州白云山制药厂进行商业诋毁；并称辉瑞公司长期违反药品法和处方药规定，将处方药当作非处方药售卖，因此要求吊销辉瑞公司的药品生产许可证和"万艾可""西地那非"的药品生产批准文号。

辉瑞公司代理律师在庭审中否认其存在侵权行为，并称对终端药店的情况不知情。辉瑞律师称，凤凰公司取证的终端药店（含被告二广东壹号大药房）与辉瑞公司没有签订使用"伟哥"宣传"万艾可"产品的协议，辉瑞公司也未授权或实施将"伟哥"设置为产品搜索关键词的行为，未将"伟哥"商标突出使用在宣传海报上，并在全国范围内统一派发给终端药店或通过网络平台、第三方媒体使用"伟哥"做宣传。

辉瑞公司代理律师表示，涉案终端药店、网上药店等使用"伟哥"字样对包括"万艾可"在内的抗ED类药进行宣传，属于其自发商业宣传行为，其目的在于迎合或契合消费者的一般认知，与辉瑞公司无关。关于凤凰公司指控辉瑞公司实施的虚假宣传的不正当竞争行为，辉瑞公司代理律师表示，并非其实施或授意终端药店实施。此外，辉瑞公司代理律师称，该案涉及商标纠纷和赔偿，不涉及药品本身。

法庭围绕着原告对辉瑞公司从 2005 年到 2019 年，在全国范围内终端药店及电商平台、《中国药店》杂志及微信公众号等多渠道线上线下的"伟哥"商标侵权事实的指控，进行了调查。庭审整整进行了一天，当天并没有宣判结果。

法庭不大，但整个法庭旁听席坐得满满的。显然起诉方是做了充分准备的，且不说赴 17 个省取证所花费的巨大人力和物力，仅那 166 份证据《公证书》，就要花费不少公证费。所以，我看到尽管开庭前原被告双方已经经过三次证据交换，但今天起诉方律师助手是拖着几大箱文件进入法庭的。

被告方律师也是做了充分准备的，其面前的台子上也放着厚厚的，一沓一沓材料。好像不止一个助手在帮着辩护律师在答辩中递证据材料。

整个庭审过程中，孙明杰先生一直坐在原告席上，此时看不到他的表情，因为他戴着厚厚的口罩。法官在询问相关事实和证据时，我发现孙明杰比律师还要熟悉情况，他清楚明白地回复法官的询问，告知某一份材料在某一个卷宗里。孙明杰一口标准的普通话，语言清晰、语气冷峻，我却听出一股对被告的愤懑，给人感觉像是憋着一股气，这股气他已经憋了很多年了，我从他们的一份公开的实名举报信中，看到了这一点。

在这份致国家监察委、市场监管总局和公安部的举报信中，凤凰公司"强烈要求国家监察委、国务院以及下属市场监管总局和公安部立即查处辉瑞公司、礼来公司违法犯罪行为，吊销其药品进口许可证、GSP证书，处罚100亿元人民币，同时涉嫌犯罪的要移交司法部门依法追究刑事责任"。

这场官司实际上从1998年就开始了，围绕的核心就是"伟哥"商标的拥有权。一开始是辉瑞公司告威尔曼公司，官司从20世纪打到21世纪，堪称"世纪诉讼"，整整打了11年，直到最高法院驳回了辉瑞公司的诉求，维持"伟哥"商标归属威尔曼公司的最后判决。

今天的诉讼，实际上仍然是这场"世纪诉讼"的延续，核心仍然围绕的是"伟哥"商标的知识产权，富有戏剧性的是原被告双方变换了角色。

这是一场关于"伟哥的战争"。

那么"伟哥"商标到底是属于谁的？

这还得从"伟哥"是怎么来的说起……

第一章
失乐园

第一节　蓝色的轻雾

说"伟哥"的来源，不得不说到"性"，因为"伟哥"是治疗男人"难言之隐"的所谓"神药"，这个男人的"难言之隐"与"性"有关。

其实，"性"于人类而言，真是一个博大精深的东西，它不仅仅是涉及男女之间的事，还涉及生物学、心理学，以及人学、文学、哲学、宗教和史学等等，因为有人类的时候，就有它。有它，既有快乐，也有烦恼。

我在我写的《我们为什么不快乐》一书中，曾深入探讨过这个问题。在其中"灵肉纠结　三千年说不尽的云雨情"一章中写道：

"饮食男女，人之大欲存焉。"使中国人长期将口腹之欲与男女之性笼统地视为人的原始欲望，却模糊了这样一个事实：饮食所能延续的不过是个人生命，而男女之性则延续了一个家族、一个民族、甚至整个人类的生命。没有男女之"性"，就没有人类的历史与未来。

《老子》一书，为世界贡献了一个重要的哲学概念："道"。什么是道？人们一直争论不休。其实，按照原文直解，"道"是不死的"谷神"，"谷神"就是"玄牝"，就是"玄之又玄"的女性生殖器，一个繁衍出千万种生命的众妙之门。

和许多古老民族一样，中国人最基本的信仰是祖先崇拜。据一些文字学家考证，这个祖先的"祖"，在甲骨文和金文里都写作"且"。"且"为象形字，它所像的那个"形"就是所谓男根，就是男性生殖器。

吃什么，或者怎么吃？永远不会成为一个哲学问题。无论吃得多么讲究，多么隆重，它顶多能勉强算是一种"文化"。而人从哪里来，到哪里去；为什么来，为什么去？这，才是最基本的哲学问题。因此，"道"，或"玄牝"才成了哲学概念；"祖"才成为引人膜拜的图腾。

在中国的传统思想里，生命的永存是通过子嗣延续实现的，其实就是通过"性"实现的。因此，中国人讲"不孝有三，无后为大"。无后，是一个家族血脉的终结，也是一支流传久远的生命链条的消失。

以性的角度来区分，这个世界上只有两种人：男人和女人。对性的态度，本质上就是对人的态度。对人的态度，是一切文明的核心。

性，是形而上的"灵"，也是形而下的"肉"。作为一个话题，它可以上升为哲学与信仰、社会与文明，也可以沉沦为本能欲望的追求与猎取、满足与发泄，它同时还可以衍生出人类情感中特有的迷恋与纯真、温馨与缠绵、牺牲与高尚、快乐与烦恼……性，就是这样迷人，几千年来人类一直尝试着从各个角度对其进行不断言说，却始终是说不清、理还乱、欲语还休。

……

因此，"性"真的是一个博大精深的问题，是一个可以上升到哲学层面的问题。

但，本书的核心既不是讲形而下的"性学"，也不是讲形而上的"哲学"，而要说的是实而实之的"知识产权"，只是选取的这个核心案例"伟哥"与"性"有关，所以就离不开要说到"性"。

而这个"性问题"，主要牵涉到男人的阳痿（英文的缩写为ED），即"病因"是甲骨文和金文里写作的这个"且"字，疲软了，坍塌了，挺立不起来。其实，在很多人的心目中，它好像介于"病"与"非病"之间，说它是病，它却不会危及人的生命，从某种角度讲，也不会伤害人的健康。说它不是病，却也严重地影响着人的心理，影响着生活质量，具体讲影响的是人的"性生活"。而人类的生活，主要就是由三种状态形成的：物质生活、精神生活、性生活。患上了阳痿，不仅仅是影响着人的"性生活"，也会不同程度地影响着人们的精神生活。因此，千百年来，无论东方西方，人们都在寻找着一种办法来治疗男人的阳痿。因此，它实际上是一种病，甚至是一种严重的顽固的病，并且患此病的男人还不少。

人们一直在寻找治疗它的方法和药物，直到 1998 年……

1998 年，那是一个多事之秋，因为那一年发生了很多事情。

例如，那一年，美国的微软首发了日后一统天下的 Windows 98 系统；苹果公司诞生了第一台 iphone，自此在智能手机领域长领风骚数十年。中国的马化腾开始折腾日后统治华人社交生活的腾讯QQ，搜狐、新浪、京东同年正式创立，中国互联网的黄金时代悄然开启。

那一年，在索罗斯等欧美金融大鳄的辣手摧花之下，自泰国发端的亚洲金融危机"核爆"。虽然在中央政府的力挺下，香港惊险万分地取得了港元阻击战的惨胜，堪堪止血，但东南亚各国已遭受世纪性重创，几成风中飘摇之烛。

　　那一年，在中国大陆，长江、嫩江、松花江相继暴发了100年至150年一遇的全流域特大"三江"洪水。全国29个省市2.23亿人不同程度受灾，死亡了4150人，倒塌了685万间房屋，直接经济损失高达2551亿元人民币。我至今仍清晰地记得，作为一个记者，那一年我去了东北嫩江边的吉林镇赉监狱，那是全国四大监狱之一，当时全部的监舍都被水淹，我泡在齐腰深的洪水中，采访营救被围困的11000多名服刑人员。

　　此次天灾，成为中国一代人的集体记忆。

　　那一年，在地球的另一边，20世纪四大飓风之一的"米奇"横扫中美洲五国，死亡人数高达1.35万，直接经济损失接近百亿美元。时任洪都拉斯总统的弗洛雷斯痛心地说："米奇"的破坏，使洪都拉斯倒退了50年。

　　但令人尴尬的是，所有这些都不是最吸引人眼球的新闻。

　　1998年，最吸引全世界眼球的事件都与"性"有关。

　　一是，时任美国总统克林顿和实习生莱温斯基之间的"拉链门"事件引爆，克林顿"名垂青史"，成为美国历史上第二位被弹劾的总统。全世界媒体都在拼命"挖粪"，亿万万吃瓜群众如痴如醉。这场堪称史诗级别的充满权力、情色、背叛的宫斗连续剧集，为这个当今唯一的超级大国的世纪谢幕礼，披上了一层暧昧的余晖。

　　折腾大半年后，克林顿有惊无险地度过。事后来看，这场闹剧似乎也并没有影响到克林顿在其8年任期里，"缔造了美国历史上少有的黄金时代"的历史地位。甚至有观察者还认为，这次事件一开始情人莱温斯基对其处处维护的柔情，铁证如山时妻子希拉里的不离不弃，以及本人在且战且退中体现出来对危机的掌控能力，反而为克林顿增添了"男人的魅力"。

2001年初卸任时，克林顿负债高达1600万美元，大部分是绯闻案中欠下的巨额诉讼费。但他利用自己的超级影响力，迅速开发出了自身不菲的商业价值。卸任后克林顿展开世界巡回演讲，出场费高达6位数。2004年，他出版回忆录《我的生活》，打破了全球出版业的一项世界纪录——预付稿酬就高达1500万美元。该书面世后，掀起全球大卖，累计售出225万多册，这不能不说，"拉链门"事件仍是书中最吸引读者的地方。

这个世界纪录是当年弹劾案独立检察官斯塔尔向国会递交的一份长达445页的调查报告和36箱附件的自然延续，在这份被媒体详细披露的报告里，充斥着总统先生和女实习生在白宫椭圆形办公室里露骨的性爱细节。

"噢，原来，性爱可以这样描述！"当一件沾有克林顿精液，莱温斯基原本想把它留作纪念品的蓝色洋装，被当作本案最关键的证据向全美国民众当堂呈供时，整个美利坚合众国的男人们都"嗨"翻了，仿佛眼前突然腾起一团蓝色的轻雾。

至此，我们的话题就要进入本书的核心了。

这一年更吸引人眼球的是另一个事件，令美国男人们真正疯狂的，是著名的创新药研发巨头美国辉瑞制药公司掀起的一股"性福"蓝色风暴！

1998年3月27日，美国食品药品监督管理局（FDA）正式批准了一种新药，一种菱形的淡蓝色药片，一面印着辉瑞公司的英文名，另一面印着三个大写的英文字母"VGR"。

这就是后来被人们称为"蓝色小药丸"的一种与"性"有关的

药物，是治疗男性勃起功能障碍（阳痿）的药物——枸橼酸西地那非，简称"西地那非"，商品名"Viagra"，中文商品名"万艾可"。

虽是后起之秀，但这种药一登台就艳惊四座，"使得当时备受瞩目的堪称人类药物史上的神药之一的'青霉素'和'避孕药'都黯然失色"，被誉为"20世纪最受关注的药物"。

全球媒体对它的报道也近似疯狂。上市后短短的3个月内，它就创造了3万多条新闻。严肃刊物如美国的《商业周刊》《时代周刊》，法国的《新观察家》《快报》等都不约而同地让它登上了封面。《华盛顿邮报》则在第二版详细描写了"Viagra"试用者的"高峰体验"。为此，辉瑞公司节省了大量的广告宣传费用。

在媒体的推波助澜之下，"Viagra"一经上市就创造了诸多销售纪录，堪称奇迹：上市后第一周每天开出1.5万张处方，第七周达到了每天27万张处方，第一个季度累计开出处方达290万张。好像美国一下涌出了巨量的患有阳痿的"病人"，使"Viagra"上市后一年内的销售额即冲破10亿美元大关，跻身"年销10亿美元创新药俱乐部"。

1997年时，辉瑞公司的股票均价在40美元附近徘徊，"Viagra"在美国上市的第一天，每股突涨8美元。之后随"Viagra"的热销而青云直上，到1998年12月，已狂飙至119美元。

美国的《新闻周刊》形容它"几乎是世界历史上最抢手的新药"，所有的商学院都把"Viagra"称为制药史上新药投放市场最成功的例子，以及药物史上卖得最快的药物。美国《时代周刊》评出的"1998年全球十大科技新闻"中，"Viagra"的推出与约翰·格伦重返太空、狮子座流星雨等事件一起入选。这一切都与媒体的炒作有关。

不仅如此，"Viagra"还在医院里掀起了一个小高潮，好多患者都跑到医院去咨询，为了避免患者觉得尴尬，一些医生将"Viagra"

的名字用维生素 V 来代替。有当时的辉瑞公司推销员回忆称，自己那时受欢迎的程度堪比摇滚明星。此话显然是言过其实，水分很大，很像一个推销员的推销"话术"，但也从一个方面说明男人的"性问题"（阳痿），一下被高度关注。

其实，所谓的"蓝色的轻雾"，是某些患者服用"Viagra"后的不良反应之一。"Viagra"说明书上明确注明，其"不良反应"为"头痛、潮红、消化不良、鼻塞及视觉异常等。视觉异常主要表现为视物色淡、光感增强或视物模糊"。

另外，其"药理作用"中也指出"西地那非"对视觉的影响：研究表明，服用 2 倍于最大推荐剂量的药物时，本品对视力、视网膜电流图、眼压和视盘大小无影响。可能偶尔存在蓝 / 绿颜色辨别异常。

疗效高企的蓝色小药丸，四处蹿升的"蓝色的轻雾"，在镁光灯下闪烁的沾有总统精液的蓝色洋装——在整个神奇的 1998 年，蓝色，俨然成为美国的国家底色。

有人形容"Viagra"是"一颗突然升起的超级巨星"，有人干脆就说它是"药界厄尔尼诺"，它掀起的蓝色风暴很快刮向这个蓝色星球的各个角落。在两年多的时间里，全球已有 54 个国家和地区核准其上市。"Viagra"每推向一个新的区域市场，必然掀起一阵销售狂潮。哪里有暴利，哪里就可能有犯罪。而在那些更为广袤的灰色地带，则是走私分子和地下黑市交易者眼里的圣物。更有假货坑害患者。

它甚至成为国际犯罪组织的新高价值目标。1999 年在东欧的一个机场就发生了一起价值上千万美元的一集装箱"Viagra"药品，被犯罪分子在转运途中调包的案件。

在阿富汗，美国中央情报局（CIA）的特工，甚至用这个小东西作为贿赂，来与当地的部落长老打交道。《华盛顿邮报》曾经有一篇报道这样写道：

当一位 60 岁的酋长从美国探员手中接过那四粒药丸的时候，一切就都搞定了。据当时在场的退休探员称，这名男子是阿富汗南部的一个部落领袖，他对美国人持谨慎态度，既不明确支持，也不积极反对。但是这个酋长对这个地区有着非常广博的了解和人脉资源，而且，他所控制的领地也牢牢控制着通过该地区的主要干道。这位探员说，美国非常需要尽最大的努力来争取他的合作。

通过翻译进行了长时间的交流之后，探员发现进展不大，酋长仍然是那样一副既不热情也不冷淡的样子。探员开始探索如何才能赢得与这个男人的合作。当探员到了酋长的家里，看到他大量的妻子，有位非常年轻的妻子上来送茶，酋长望着她转身离去的身影，显得有点力不从心的样子，探员突然有了主意——只要能够确定酋长身体健康，就想办法送一些蓝色小药片给他。于是，他第一次只给了酋长四粒"Viagra"，并告诉酋长一天只能吃一粒，然后就离开了酋长的家。四天后，当这名探员再次回到这个地方时，这份礼物展现出了它的神奇魔力。"他十分热情地向我们走来，"探员说，"并且告诉我，你真的太伟大了！"

"从那以后，我们在他所管辖的地区可以为所欲为了，只要继续给他提供蓝色小药丸。"

就在克林顿的"拉链门"事件闹得沸沸扬扬的 1998 年中，时年 75 岁的美国共和党大佬、1996 年美国总统选举共和党候选人、克林顿"最凶恶也最古老的政敌之一"鲍勃·多尔，令人震惊地为"Viagra"出镜做了电视广告。

广告的文案是这样的:

> 或许需要一点胆量向医生询问不举的问题。
> 但任何有用的东西总是值得一试。

有美国评论家说:"尽管鲍勃·多尔在大选中落败,但他把国民的注意力和午夜电视的笑话内容,引向了美国的政治和体面有尊严的性行为。至少在这一点上,他获得了胜利。"

在克林顿因"拉链门"被弹劾的满城风雨中,辉瑞公司邀请鲍勃·多尔作为"Viagra"的第一位广告代言人,在电视上大方地谈论自身的 ED,今天看来,是多么奇妙的画面!当然也从一个侧面秀出了辉瑞公司作为跨国药企的高超的营销水平。年度大片"拉链门"大剧和鲍勃·多尔广告片的奇妙相遇、权力与性的媾和,强化了民众对这个"20 世纪最受关注的药物"之于"体面有尊严的性行为"的认知。

从事此类药物研究的科学家及历史学家、文化学者普遍认为,"Viagra"改变了美国人对性的谈论方式:比之前更加开放,更加无拘无束,"这一切让 1998 年 3 月 27 日被批准的'Viagra',在这个非常奇怪的时刻,成了制药界和文化界的现象级产物。"

自此,关于性方面的言论下限一再拉低,以至于在 2016 年的第 45 任美国总统大选期间,更为露骨的是,时年 70 岁的特朗普竟当众表示,自己的皮纳斯(penis 阴茎)大小相当不错,而且显然,它并不需要使用什么处方药物来促使其变得更大一点。这位总统候选人的言辞甚至已无底线,"我可以向你保证我的宝贝没有问题",他在一次辩论中这样说道,"我保证"。

"Viagra"能在抗 ED 药物市场上如 1998 年的世纪飓风"米奇"一般,如此轻松地收割全球消费者,核心原因正是它借助革命性的创新研发，加上跨国药企的渠道优势，再加上高超的推广手段，一举撕开了传统性理念的"蓝色洋装"。

要知道，迟至6年前的1992年，美国国立卫生研究院（NIH）才明确给出了勃起功能障碍的定义，20世纪90年代，民众无疑对这一概念还比较陌生，无论男人女人，都羞于启齿。

而性能力（potency）又是男性自我意识的关键组成部分，因为"那方面"不行而自卑、压抑、感到羞耻的男性数量，一直是一个未知数。

辉瑞公司通过推广"男性勃起功能障碍"这一概念，来鼓励男性正视这种羞耻感。即暗示，"勃起功能障碍"只是人的多种障碍中的一种，而这种障碍可通过治疗缓解、治愈。他们巧妙地利用了媒体，制造了话题，获得了极好的推广效果，造成了轰动效应，让整个社会都在谈论 ED，实际上就是在谈论"性"，而最大的获利者，即是辉瑞公司。

第二节　黑暗中的摸索

我梦见和饭岛爱一起晚餐，
梦中的餐厅灯光太昏暗，
我遍寻不着那蓝色的小药丸。

这是1998年香港发行的一首单曲《最近比较烦》中的一小节。这首单曲由当时正如日中天的创作歌手李宗盛操刀填词。

香港不愧是世界的"超级码头"和亚洲流行文化的策源地。歌词里的"蓝色小药丸"说的就是第一时间在香港上市销售的"Viagra"。

"Viagra"甫一出街就被编成新歌传唱，也足可佐证此药物的劲爆程度。

人生烦忧，歌之咏之。事实上，在人类历史上，对自己的"性能力"忧心忡忡的男人们，已经为此纠结了千年，也徒劳无功地摸索了千年。

古罗马作家佩特罗尼乌斯在他的《萨蒂利孔》一书中，记载了自己接受"神力加持"治疗的经过：女巫师把胡椒粉、荨麻籽和油的混合物涂在男性的大腿上，有时甚至用新鲜的荨麻抽打腹部肚脐以下的部分。

阿佛洛狄忒是古希腊神话中爱情与美丽的女神。跪倒在她面前的后世男人们，竟然开发出了这个名字另一个指代：可以催情的物质，也就是春药。阿佛洛狄忒因此也成了性欲女神。

在春药这一领域，世界早早大同。各地都有自己的所谓神奇秘方，原料大多就地取材，来源于各地引以为傲的五花八门的动植物。

古希腊人认为，如果男子吃了大量的橄榄和蒸熟的大麦，就会具备超凡的性能力，可以"彻夜鏖战"；印度的《伽摩经》中记载的一个壮阳偏方是用大米、麻雀蛋、洋葱和蜂蜜一起炖；古凯尔特人同房前，则钟情于喝一大杯打了蛋黄的黑啤酒。

西班牙男人则大吃公牛肉做成的火腿，因为它富含蛋白质，可以使他们"充满牛劲儿"；法国男人在蜜月期间大啖牡蛎、虾、蟹肉、鳗鱼和大马哈鱼等海产品；烤土豆被俄罗斯男人视为"房中秘技"；朝鲜人吃毒蛇，日本人吃海蚌，埃及人吃大蒜……

至于中国人，在这方面可谓是集大成者。朝堂之上，江湖之远，修道炼丹，奇技淫巧，千年一脉；达官贵人，山野村夫，滋阴壮阳，以形补形，蔚为世风。

就在民间为了男人下半身的幸福遍尝百草之际，近代以来，科学家们也在孜孜不倦地试图解开这个千年难题。

奥地利医生斯坦纳克先是进行了相当简单粗暴的"动物试验"：将年轻动物的生殖器移植到老动物身上，希望借此使后者恢复当年之勇。

当试验走进死胡同后，他又尝试进行输精管切除术。在他看来，射精会使男人伤元气，而阻止精子的流失就能提高男子的性能力。

不得不说，这个奥地利医生的"元气"之说，直追传统中医建议男子同房而不射精的"固阳锁精"理论。

20世纪20年代，斯坦纳克给100多位上了年纪、雄风不振的大学老师、学者等人进行了输精管切除手术。

实验的效果一地鸡毛，结果表明这种手术对性能力没有丝毫帮助，作为小白鼠的100多位绅士不但白白挨了一刀，更成为民间吐槽大会的对象。

大型翻车现场的主角甚至还包括创立了自己的性学说的心理学家弗洛伊德，及1923年诺贝尔文学奖得主叶芝。

这里说一说叶芝。威廉·巴特勒·叶芝是20世纪现代主义文坛上最著名的诗人之一，同为现代派诗歌领袖的庞德称之为"我们时代最伟大的诗人"。21世纪以来，凭借一首英语史上最凄美的情诗之一《当你老了》（When you are old），叶芝如今仍在中国社交网络之群众最喜爱的诗人排行榜上名列前茅。

我们再来欣赏一下他的这首经典：

> 当你老了，头发白了，睡意昏沉，
> 炉火旁打盹，请取下这部诗歌，
> 慢慢读，回想你过去眼神的柔和，
> 回想它们昔日浓重的阴影；

多少人爱你青春欢畅的时光，

爱慕你的美丽，假意或真心，

只有一个人爱你那朝圣者的灵魂，

爱你衰老了的脸上痛苦的皱纹；

垂下头来，在红光闪耀的炉子旁，

凄然地轻轻诉说那爱情的消逝，

在头顶的山上它缓缓地踱着步子，

在一群星星中间隐藏着脸庞。

（袁可嘉 译）

1889 年 1 月 30 日，在露珠滚落的伦敦贝德福德公园街，23 岁的诗人叶芝与 22 岁的女演员茅德·冈金风玉露一相逢。

第一次会面是冈小姐主动发起的，因为她非常仰慕叶芝的早年诗作《雕塑的岛屿》。年轻的诗人，邂逅了他一生的梦。叶芝后来一遍一遍地回忆初见茅德·冈时的场景："她伫立窗畔，身旁盛开着一大团苹果花；她光彩夺目，仿佛自身就是洒满了阳光的花瓣。"

惊鸿一瞥后，叶芝先是一见钟情，继之一往情深。但令人扼腕的是，他于 1889 年、1890 年、1891 年连续三次向茅德·冈求婚，却均被拒绝，说她不能和叶芝结婚，但"希望和叶芝保持友谊"。

1893 年，此情无计可消除的叶芝写下了《当你老了》这首感动了无数人的诗篇。

茅德·冈于 1903 年嫁给了爱尔兰军官麦克布莱德少校。这场婚姻最后因为家庭暴力导致婚变，但她依然与前夫并肩战斗，参加了 1916 年复活节起义。起义失败后，前夫被枪决，她被判入狱 6 个月。

茅德·冈获释后，叶芝即前往法国，再度诚挚地向她求婚。但她再一次无情地拒绝了他。

终其一生，叶芝无法停止无望的情路挣扎。1938 年，叶芝在写下著名的《在本布尔山下》后，已经 73 岁高龄。他仍在幻想，他还给茅德·冈写了一封信，约她出来喝茶，但冈小姐依然拒绝了见面。

1939 年 1 月 28 日，叶芝因肺出血病情突然恶化而与世长辞。已经被世人打上"拒绝了叶芝一辈子的女人"标签的茅德·冈，还是坚决拒绝参加他的葬礼。

当年在大学图书馆里翻检叶芝的作品和生平时，怎么也不能理解茅德·冈在主动结识、交往了自己仰慕的叶芝后，为什么会如此绝情地窒息了叶芝对其一生不渝、全世界都听见的爱。

冈小姐这种一撸到底的决绝姿态，到底有何隐衷？

直到我看到叶芝作为堂堂诺贝尔文学奖得主、参议员之尊，在 20 世纪 20 年代竟然成为斯坦纳克医生输精管切除手术的实验小白鼠的史料时，我好像突然得到了一个与一直以来流行的精神属性不合而且迥异的答案：叶芝极有可能是一个从青年时代就患有程度不明的 ED 的病人。

唯有如此，我们才可以比较合情合理地解释冈小姐如此斩钉截铁地拒绝叶芝的求婚：作为一个觉醒的女权主义者，一个崇尚战斗和解放的女神，她绝不会与性能力不达标的男人结成夫妻。但她倾慕他的才情，与他的灵性沟通却是愉悦的，因此"希望和叶芝保持友谊"。

除了三番五次让一个伟大诗人跌落爱的尘埃，后世的叶芝崇拜者还耿耿于怀的是茅德·冈拒不出席叶芝的葬礼。我觉得，冈小姐不出席叶芝的葬礼，从人情、礼数等各方面讲都没有什么问题。她只是叶芝作品中的缪斯。

如果她是受到邀请而坚辞，刻意而为之，那么最大的原因还是那次轰动整个欧洲的失败手术——她对拒绝叶芝的原因守口如瓶，间接喂养了一个柏拉图式爱情的诗歌王国，而叶芝却用一个愚蠢的手术，把隐秘的真相大白于天下。

茅德·冈在 71 岁那年，接受世界著名摄影家约翰·菲利普斯访问时，这样评价她的这位一生忠诚的仰慕者："叶芝希望戏剧为艺术而艺术，而我要让戏剧成为宣传……他是一个像女人一样的男子，我拒绝了他，将他还给了世界。"可谓滴水不漏，又意味深长。

我作为一个作者，自然不希望一个灿若晨星的诗人是一个辗转于自卑、敏感、抑郁、焦虑的黑暗世界里的 ED 患者，因之与自己心仪的女子有缘无分，最后还要在无药可治，甚至讳莫如深的时代里病急乱投医，成为双重失败的标本。

但令人遗憾的是，权威机构的调查表明，现代成年男性的 ED 患病率始终在四分之一以上。可以想象，在此之前，生存条件、医疗环境远逊于现时的年代里，"力不从心"的成年男性比例有多高。

千百年来，这个令人难以启齿的疾患始终金石无医，人群之上的叶芝们尚能借当时的最新科技冒险一搏，其他人只能在黑暗中干等。

与斯坦纳克医生的试验彻底失败不同，同时代的另外一些发明还是让人跃跃欲试，虽然其操作工艺实在让人极度地不舒适。

1914 年，阿尔文·艾奇医生发明了真空疗法。后来人们在他的研究基础上开发出"真空负压吸引装置"用来治疗阳痿。它利用真空负压的原理，使阴茎周围的血液被负压吸引到阴茎海绵体内，促使阴茎增大并勃起。研究显示，当负压达到 −23.3kpa 至 −50.7kpa 时，阴茎可以最大速度勃起。

请读者朋友自行脑补一下这个令人崩溃的画面，猜猜有多少病人会接受这种类似清朝十大酷刑的治疗方式？

注射疗法则是英国生理学家布林德利首先发明的。1983 年春天，国际泌尿学年会在美国的拉斯维加斯举行。布林德利在会上做了一场让人瞠目结舌的报告。报告之前，他向自己的阴茎里注射了一种长效阿尔法抑制剂酚苄明。报告期间他先用幻灯片的形式介绍了自己在服用不同药物后阴茎的勃起状态，然后他当着数百位与会专家的面脱掉了裤子，展示了他注射疗法的"奇效"。

对于这种让人惊讶不已之举，"整个会场鸦雀无声"，一位泌尿科医生在一份科学杂志上回忆说，"每个人都屏住呼吸，安静如鸡。"

这些被这个石破天惊的场面震惊得大脑混乱的专家们，终于可以在 15 年后长长舒了一口气：1998 年 3 月 27 日，治疗男人不举的"Viagra"获得了 FDA 的批准。

和之前古怪的"真空负压吸引装置"和极易造成物理损伤的皮纳斯注射相比，这个蓝色小药片有效，易用，关键是用起来一点儿也不丢人——毕竟人们需要使一切事情都按上帝的旨意进行。

我前面说过，人类始终追求着三个幸福生活，一是物质生活，二是精神生活，三就是性生活。

可是，自从亚当夏娃在伊甸园里偷吃了禁果后，人间的男女并未从此走上幸福的峰岭，而是剧情反转，幸福、持久的性生活千年来可望而不可即。

至于夏娃，要么成为生育机器，要么成为物议、礼教、清规的受害者。幸福的性生活，常常被自己的身体诅咒。

直到 1907 年，法国设计师保罗·波烈"以自由的名义宣布束腰的式微和胸罩的兴起"，特别是被列为 20 世纪最伟大的科学成就之一的美国医师格雷戈里·平卡斯 1954 年发明了避孕药，才把妇女从躯体的束缚和被动的生育中解放出来，打破了禁锢妇女性自由的枷锁，大大改变了妇女的生活方式、社会地位和性生活的质量。

而亚当呢？则一直没有迎来这样的解放。阳痿、早泄和不能持久都极大程度地损害了男性性生活的质量。ED，是男性的通病，更是吞噬男性灵魂的心病。

化学药兴盛以来，不断有革命性的原研药涌现，在市场上激起巨大反响。但有史以来，没有一种原研新药，像"Viagra"那样，引起如此广泛的全球性的关注。

根本的原因在于：它已不仅仅是一个治病的药品，而是改善人类性生活质量的解药。因此，它不仅仅是一种爆款的商品，而是指向一种社会文化潮流。自它开始，原研药界开始从"挽救生命"的单一轨道上分岔出来，掀起了一股研制旨在提高人们生命质量的健康辅助用药的风潮。

姗姗来迟的"Viagra"，是老去、病去的亚当的解放者。于后者而言，这个新药堪称泽被天下、光芒四射的新上帝，如一道闪电，划开 ED 患者的长夜。

而成就这个"20 世纪最受关注新药"的，却是一个平凡至极的小分子——一氧化氮（NO），而发现这种药物疗效的竟是阴错阳差的结果。

第三节　一氧化氮

1847 年，意大利化学家 A·索伯雷进行了一次前人未曾有过的尝试：用浓硝酸与浓硫酸的混合溶液对甘油进行硝基化，最后获得了一种黄色、油状的透明液体——硝化甘油。

一段百转千回的创新接力由此开启。

当时的欧洲正处于工业革命时期，开发矿山、挖掘河道、修建铁路、开凿隧道等等，迫切需要大当量的炸药。作为烈性炸药的主要成分，硝化甘油的发明恰逢其时。但是这种物质异常敏感，使用极不安全，轻微震动一下就有可能爆炸。由于一开始并不知道这个特点，发明者索伯雷的脸就在一次实验中被炸伤，留下了严重的伤痕而毁了自己的容貌。

1859 年，日后名垂青史的瑞典诺贝尔父子用自己研发的"温热法"自以为降服了硝化甘油，并于 1862 年建厂生产。结果在投产不久，就因在搬运过程中发生了碰撞，工厂发生了爆炸。这一次后果更严重，诺贝尔的父亲受了重伤，弟弟竟然被炸死了，因此，为了安全瑞典政府明令禁止重建这座工厂。

诺贝尔锲而不舍毫不气馁，他在一艘驳船上建立了新的试验室，然后把驳船拖到一个周围没有人的湖面上进行实验。一次，他偶然发现，硝化甘油可被干燥的硅藻土所吸附，吸附了硝化甘油的硅藻土无论怎样搬运都不会发生爆炸，从而实现了安全运输。1865年，诺贝尔又发明了雷汞雷管，与安全导火索合用，成为可靠的引爆手段。由此，他终于研制成功运输安全、性能可靠的黄色炸药——硅藻土炸药。差不多 10 年后，他又研制出最早的硝化甘油无烟火药弹道炸药。

诺贝尔在瑞典的斯德哥尔摩建立了世界上第一座硝化甘油炸药工厂。依靠生产炸药，他成为欧洲巨富，也成就了他名垂青史的事业，就是后来设立的"诺贝尔奖"。

不仅如此，有情有义的诺贝尔饮水思源，高薪聘请硝化甘油的发明者意大利化学家索伯雷担任自己在阿伯格利亚那公司的顾问。1879 年，诺贝尔还在这家公司的外面竖立起了索伯雷的半身雕像，并在索伯雷去世之后，为他的妻子提供了一份终身养老金。

作为炸药的硝化甘油作用还远不止此，它还在等待着人们的发现。

后来人们发现一种奇怪的现象，在诺贝尔的炸药工厂里，工人们会集体出现一种"周一病"症状：当工人们过完周末返回工厂时，普遍会感到脸上潮红，并伴有剧烈的头痛，这种现象一直无法消除。

于是，工厂请来专家寻找原因。专家经过一段时间的观察和验证，一个惊人的现象被发现了：硝化甘油会扩张血管！

生产炸药的工人们在一周工作中被硝化甘油所包围，血管得到了充分的舒张。回家过周末，使他们的身体又恢复了常态。周一返回工厂，再度置身于充盈着硝化甘油的环境中，血管又会再次得到舒张，因此工人们就会由于脑部的血管扩张而出现脸热、头痛等"周一病"症状。

受此启发，药理学家们随后将硝化甘油开发成一种缓解心绞痛的药物，后来人们也习惯地称之为硝酸甘油。之所以称为"甘油"，是因为当时索伯雷在品尝时发现它味道甜，有芳香气味，并伴有辛辣的感觉。

这个为硝化甘油挨了史上第一炸的化学家还曾提醒世人，"在品尝的时候要十分小心，因为即使是微小剂量的硝化甘油，放在舌头上也会导致严重的头痛，而且要持续几个小时。"

诺贝尔晚年患有心脏病，医生给他开的药物就是硝酸甘油。但他始终拒绝服用，不相信这个被他用来开山辟路的爆炸物，能为他炸开心肌供血之路，原因就是在研制炸药的过程中，硝酸甘油导致剧烈头疼的生理印痕过于深刻，使诺贝尔难以忘记。

1896年，在去世前7个星期，诺贝尔还给朋友写了一封信，说"这难道不是命运的极大讽刺吗？医生给我开的处方居然是服用硝酸甘油！为了不让化学家和大众感到害怕，他们叫它屈尼特林"。

诺贝尔在遗嘱中声明捐出在当时堪称巨款的3100万瑞典克朗，设立如今已经成为全世界科学家们一生中能够获得的最高荣誉的"诺贝尔奖"。

诺贝尔奖最初分设生物学或医学、物理、化学、文学、和平等5个奖项，于1901年首次颁发。

1968年，瑞典国家银行在其成立300周年之际，捐出大额资金给诺贝尔基金，增设"瑞典国家银行纪念诺贝尔经济科学奖"，该奖于1969年首次颁发，人们习惯上称这个额外的奖项为"诺贝尔经济学奖"。

高斯说"数学是科学之王",培根说"数学是打开科学大门的钥匙",著名报告文学作家徐迟在他的名作《哥德巴赫猜想》中这样比喻道:"自然科学的皇后是数学,数学的皇冠是数论。哥德巴赫猜想,则是皇冠上的明珠。"

那么,为什么没有诺贝尔数学奖呢?

一个广为流传的传言是说诺贝尔有一个比他小 13 岁的女友,但她后来和一位数学家私奔了,这件事让诺贝尔大受刺激,他从此不谈婚娶,直到生命的尽头仍是个单身汉。也正是因为如此,诺贝尔在设立"诺贝尔奖"时毫不客气地把数学排除在外。

当然这只是个无法证实也无法证伪的花边新闻。诺贝尔忽视数学也是受他所处的时代和他的科学观的影响。19 世纪下半叶,化学领域的研究一般不需要高等数学,他本人根本无法预见到数学后来在推动科学发展上所起到的巨大作用,因此留下了诺贝尔数学奖的遗珠之憾。

硝酸甘油的给药方式主要为舌下含服,因为它的脂溶性很高,可以迅速通过舌下静脉丛进入血液循环,从而起到扩张冠状动脉,缓解心绞痛的作用。

如果口服的话,就会有 90% 以上的硝酸甘油在胃肠道及肝脏中被灭活,仅有不足 10% 进入血液循环,所以对心绞痛的病人不能迅速起效。

这是早在诺贝尔生活的 19 世纪下半叶,药理学家就已经了解的经验事实。但长期以来,世人知其然却不知其所以然:硝酸甘油为什么会扩张血管,它的作用机制究竟是怎样的? 这始终是一个谜。

差不多 100 多年之后,才终于等来了 3 位解谜者。

1978 年,纽约州立大学卫生科学中心的弗奇戈特教授在"乙酰胆碱对动脉收缩的影响实验"中偶然发现：在将兔子动脉剪断的过程中，如果小心不去触碰动脉内皮层的话，剪下的动脉段对药物就呈现扩张反应。反之，如果在操作过程中将动脉内皮层磨掉的话，动脉对药物就没有反应。

也就是说，血管对药物产生反应，依靠的是它的内皮细胞层。

内皮细胞受到刺激后，是怎样产生一种让血管平滑肌松弛的物质呢？这种物质又是什么？该怎么证实这个猜想呢？

他设计了一个十分简单却巧妙的实验：将一段兔子的动脉除去内膜，然后与另一段同样大小却没有除去内膜的动脉叠放在一起，内表面冲着内表面。奇迹发生了：那段除去了内膜层的动脉在这个"三明治"式实验中，出现了松弛反应。

这说明，内皮细胞能够产生一种未知的弥漫性物质，就像一位信使，唤醒血管，使之松弛。

1980年，这一发现在著名的《自然》杂志上发表。弗奇戈特将这种"弥漫性物质"称为"内皮细胞松弛因子"。

1979年，美国弗吉尼亚大学穆拉德教授，从牛的动脉血管中取出一块活体组织观察，发现硝酸甘油等有机硝酸酯类化合物必须经过代谢，转化为一氧化氮（化学式NO）之后，才能扩张血管。于是他大胆推测，一氧化氮有可能是一种对血管有调节作用的信使分子。

一个发现了血管内皮细胞可以释放一种物质使血管松弛，另一个发现了硝酸甘油必须转化成一氧化氮才能调节血管，这两者之间是不是有着某种内在的必然联系呢？

第三位科学家及时站出来了。美国图兰大学伊格纳罗教授利用光谱分析技术，证实了自己的推测：一氧化氮分子就是内皮细胞松弛因子。

1986年，伊格纳罗与弗奇戈特联合公布了这一发现。人们恍然大悟，原来，一氧化氮，这种汽车尾气中造成大气污染的气体，竟然可以由我们人体内的某些细胞自行产生。这个小分子像人类健康忠诚的信使，可以穿透任何细胞，到达任何组织。

还有一种说法，弗吉尼亚大学穆拉德教授，是 1977 年而不是 1979 年发现一氧化氮可能会调节人的血管。穆拉德是一位治学严谨的人，喜欢对他所感兴趣的问题问一个为什么，然后千方百计地去寻找答案。他对硝酸甘油的研究，开始于他拿到药理学博士学位后不久，有一次他去看望一位医生朋友，这位医生朋友是心脏病医生，那天正在用硝酸甘油治疗一位心脏病发作的病人，穆拉德看到了病人服药后症状的减轻，这引起了他的兴趣。作为药理学博士自然想到了硝酸甘油药理方面的知识，回到学校他翻遍了他所能找到的书籍，发现几乎所有的药理学著作在谈到这一点时都含糊其词，只是说这种药物能够有效地使心脏血管得到扩张，至于是什么原因造成扩张的，没有一部药理学著作讲得清楚。

通常情况下，心脏疾病主要是心脏血管阻塞或者收缩造成供血不足，使病人心绞疼，硝酸甘油因能扩张人的血管，从而能舒缓病情。

但是硝酸甘油为什么会造成心脏血管扩张呢？那些医学著作对此都是语焉不详，穆拉德教授立即意识到这是一个十分有趣的问题，为此，他便开始投入这一选题的研究。

最初的研究主要集中于硝酸甘油，后来又扩展到其他的硝酸盐类药物。通过大量的实验，他证实硝酸盐类药物能够分解出一氧化氮气体，在当时人们尚未明确认识到气体可以作为有机体的信息分子而起作用时，穆拉德也无法证实这一点，因此他在自己发现的基础上，提出了一个大胆的假设：他认为硝酸甘油以及其他硝酸盐类药物，之所以能够引起心血管扩张，关键在于它们能够释放出一定数量的一氧化氮气体，正是这种气体对血管平滑肌起到了调节作用，似乎使其细胞组织变得松弛起来，于是增加了血液的流动速度。他进一步推测，身体内许多内源性物质，如荷尔蒙等，极有可能同样是通过一氧化氮而起作用的。

穆拉德将自己的这个研究结果公之于众。但是，并没有像他想象的那样引起轰动。人们认为，它仅仅只是一种需要经过证实的假设，而且即使这种假设真的被证实，那似乎也只是证实了一种早已被人们认识的物质对人体的作用过程，那有利于后来人们运用这一物质，却没有引导人们去进一步发明或者创造。在许多人看来，这虽然也可以称为是一种发现，却很难划归为伟大的发现。穆拉德并没有引起人们充分的关注。

世界上的许多事情就是这样，在一件伟大的事情已经发生的时候，一开始人们通常都不太可能及时认识到其伟大性，穆拉德的发现便是如此。这一发现的伟大性直到 20 年之后，当"Viagra"出现时，才真正被人们所认识。

最后证实起作用的这个"传输因子"就是一氧化氮，是后来的弗奇戈特与伊格纳罗继续研究的结果。

1986 年 7 月，弗奇戈特与伊格纳罗博士在一次国际学术会议上宣读了他们的论文，他们比穆拉德幸运多了，这一研究成果立即在会上引起了轰动，这两位科学家也因此一起一跃而成为世界顶尖级科学家。而穆拉德却沉默了近 10 年。

此后，国际社会便掀起了一次研究高潮，进一步的研究结果很快取得了许多突破，证实了一氧化氮在循环系统中作为信号分子起到关键性作用，当一氧化氮由血管内皮细胞产生时，它很快就会透过细胞膜，传导至内皮下的肌细胞，就像开关一样使平滑肌停止收缩，从而使血管扩张，它同时也能够防止血栓的形成。很快，人们又有了进一步的认识，意识到从糖尿病到高血压，从癌症到毒瘾，从中风到肠炎，甚至是败毒症引起的休克等，在所有的这些病理过程中，一氧化氮几乎都扮演着极其重要的角色。也就是说，一氧化氮在人体中起到一种极其重要的作用。

这一发现对于人类的医学研究实在是太重要了，由此而始，一氧化氮便在临床中充当着一个极其重要的角色，因为药理学家们又发现一氧化氮由神经细胞产生时，它就快速地在神经上传播，瞬间便能激活所有的神经细胞，这样就能够调节人体内的细胞活动，直接影响到人类的行为以及机体活动状态。人们还发现，白细胞不仅可以利用一氧化氮杀死细菌、真菌及寄生虫，而且也能够阻止癌细胞的扩散，科学家们认为这很可能是人类彻底征服癌症的一个有效途径。

另一方面，也发现一氧化氮的存在在某些时候将会对人体有害，那不仅仅是因为像汽车尾气那样吸入太多一氧化氮会引起中毒的问题，例如当出现细菌感染导致的败毒症及循环性休克时，一氧化氮使得血管扩张，血压下降，便会加重病人的休克，因此，人们又在此基础上研究出了一氧化氮的阻抗剂，并用于急救之中，收到了很好的效果。

后续研究证实了一氧化氮除了控制血管自身口径、调节流速及压力之外，还在人体血液凝固、抗休克、自身免疫、小肠蠕动、行为认知等各方面发挥巨大作用，是对付细菌、病毒和血液垃圾的有效武器，能够杀死多种病原体。

这是人类史上第一次发现气体分子在体内发挥信号作用。一条全新的医药研究高速赛道就此建成，接下来的 10 年间，一氧化氮的应用研究成果就超过了 75000 种，而且这个数据还在不断被刷新。基于一氧化氮的研究，涌现了诸多涉及心血管、中风、关节炎、神经系统以及治疗癌症的重大创新药物。

1992 年，一氧化氮被著名的《科学》杂志评选为"年度分子"，同时以"Just say NO"为封面、以"NO News is Good News"为题发表专论，高度评价了一氧化氮的发现及其生物学意义。

穆拉德当年研究的价值越来越被人们重视。他和弗奇戈特于1996年共同获得被誉为"诺贝尔奖风向标"的美国医学业内大奖"拉斯克医学研究奖"。历史上，"拉斯克医学研究奖"得主接下来几乎都能成为诺贝尔奖的获得者。

1998年10月12日，在诺贝尔本人出生的这个月，瑞典罗林斯卡医学院决定把当年的诺贝尔生理学或医学奖授予珠联璧合、接力研究一氧化氮的穆拉德、弗奇戈特、伊格纳罗三人。

诺贝尔奖委员会在颁奖颂词中感叹：一氧化氮，那不是一种在氮燃烧时所形成的普通污染物吗，竟对人体器官行使重要的功能，这项发明令人惊讶！

从时间的叠合度来看，"Viagra"这条一氧化氮之藤上结出的大瓜，对三位科学家获得诺贝尔奖似有助推之功。一些媒体也不由分说给三人戴上了"'Viagra'之父"之类的帽子。

但科学家们似乎并不想领这个情，三个人在不同的场合均表达过差不多同样的意思：一氧化氮是个伟大的发现，基于此发现研发出来的"Viagra"，"只是一个小小的副产品"。呵，在科学家眼里只是一个小小的"副产品"，后来在全球却掀起了一股"蓝色风暴"，而在中国为了争夺"伟哥"商标的所有权，打了一场20多年的官司，号称一场"伟哥的战争"。

科学家赢得了巨大的荣誉，而制药公司赢得了巨额利润。

这个时候，人们恐怕不会想到一个人，他还在南美的一所大学里默默地耕耘，是他先于弗奇戈特与伊格纳罗半年就发现了"传输因子是一氧化氮"。他叫莫尼卡，是南美的一位年轻科学家，巴西萨尔瓦多一所大学的助理研究员，他一直都在独立地寻找内皮松弛因子，并且于前一年的年底发现了这种因子，就是约在10年以前穆拉德提出的氧化氮的假设，他明确发现了那是一氧化氮。莫尼卡的发现比弗奇戈特与伊格纳罗至少早了半年。这项发现的一些功劳本应有这位年轻人的一份，但是非常遗憾，因为他身处南美，又是一个小小的助理研究员，根本没有出席国际学术会议的机会，也就没有在世界学术舞台上宣布他的发现的机会。他的论文也无法刊于世界一流学术杂志，只是发表于当地一家并不著名的刊物上，没有及时被人们发现，所以国际学术界将这一发现的功劳，记在了弗奇戈特与伊格纳罗两位博士的头上。因此，所有那些辉煌的时刻，所有人弹冠相庆的时候，都没有他的身影。当然，三位科学家特别是弗奇戈特与伊格纳罗关于"一氧化氮"的研究成果，是他们独立完成而且成果卓著的科学之花。

第四节　阴错阳差

对于现代制药业来说，任何新的基础理论的进步，都意味着新的靶点，新的药物的研发。

三位科学家的发现，揭开了治疗心绞痛的百年老药硝酸甘油的作用机制：硝酸酯类化合物被催化生成了一氧化氮，一氧化氮在"送信"的过程中又将三磷酸鸟苷（GTP）变成了环磷酸鸟苷（cGMP）。环磷酸鸟苷的增多会影响细胞内外钙离子的分布，也就影响了细胞的膜电位，从而使平滑肌松弛，增加血流量，降低高血压。

环磷酸鸟苷的大量生成，可以促进血管的扩张，但在人体内，这一物质一般很快被一种当时大家都知道的磷酸二酯酶（PDEs）所调控，分解为其他物质。

这一机制的存在是为了维持人体内的平衡，如果环磷酸鸟苷太多，就会造成血压过低而引发人的休克。

但是，如果是高血压病人，那就另当别论了，环磷酸鸟苷可是多多益善。

自从三位科学家的研究被国际学术界承认以后，世界上许多制药公司几乎同时都在进行着他们的研究，希望将这一发现运用于他们的新药研制中，并且生产出一种新的治疗心脏病的药物。辉瑞公司作为世界上最大的跨国制药公司之一，当然也不想在这些研究中落到同行的后面，于是他们确定了一个研究计划，这个计划是将研制出一种新药，这种药主要是针对心脏动脉狭窄引起的心绞痛和降低人的血压。

辉瑞公司认定：研发新药物的关键是开发一种 PDEs 抑制剂。研究证实，环磷酸鸟苷不具有任何成药性，开发一种 PDEs 抑制剂是唯一选择。

化学家尼克·特莱特被辉瑞公司挑选负责这个项目的研发。他发现 PDEs 有 5 种不同的亚型，不是所有的 PDEs 都对环磷酸鸟苷有作用。经过系列动物实验之后，在 5 种亚型中，发现 PDE5 是专门对环磷酸鸟苷起作用的酶。

1989 年，辉瑞公司的科学家们开始在 PDE5 中筛选最适合的抑制剂，在众多候选中选择了编号为 UK-92480 的小分子化合物，即"西地那非"（Sildenafil）的前身，选择它的原因是因为 UK-92480 转化成"西地那非"时不需要分离纯化。

"西地那非"于 1991 年进入了临床研究阶段。项目开始前，研究人员都信心满满，他们认为"西地那非"不会直接产生一氧化氮，而是通过抑制环磷酸鸟苷降解的方式，作用于平滑肌细胞，可以减少因一氧化氮增多而带来的副作用，还可以解决硝酸酯类化合物的耐受问题。

有关这项研究的科学解释将会变得十分复杂，那是非常专业化的，我们只需要知道，"西地那非"是一种新型的混合柠檬酸盐，主要功能是改善患者局部肌肉组织的血流速度，有效地扩张血管。由此可以发现，这种研究与三位科学家的发现，存在着某种联系，从某种意义上说，也可以认为是对一种学术成果的临床应用。

在世界各地，辉瑞公司建立了许多药物研究机构，有关"西地那非"的研究以及临床试验，辉瑞公司把它设在英国肯特郡的一个海边的小镇，辉瑞公司早先在这儿投入了大量的资金，建立起了辉瑞公司欧洲药物研究中心。

尼克·特莱特和他的研究小组，在这儿招募了300名有心脏疾病的患者，接受临床"西地那非"的药物试验。

在此之前他们已经进行了动物实验，结果表明"西地那非"对心肌局部组织的血流速度、扩张血管确实有一定的作用。他们向辉瑞公司总部呈送了一份报告，很快得到了用于临床试验的指令。一般情况下，一种新药开始用于临床，便说明这项研究工作最后阶段的到来。

为此整个研究小组成员都非常兴奋，接到指令的当天晚上，他们甚至聚在一起开了一个小型的party，攻关小组的所有成员甚至把他们的太太和女朋友都带来聚在一起，喝香槟庆祝。

结果是，一期临床试验表明："西地那非"口服以后吸收特别快，大约一个小时就可以达到血药浓度的峰值，但他们惊奇地发现药物的利用率一半都不到，其疗效与治疗心绞痛的一线药物——硝酸甘油相比，弱得不是一点点。

无论是特莱特，或者是小组中的其他成员，都不愿相信他们的运气是这样差，用了多年的时间，花去了数千万美元研究出来的成果，效果不佳。

随着临床试验的深入，特莱特的心情更加沉重起来，事情确实有点不妙，药物反应在动物的身上比较明显，但用在人的身上几乎没有太大的变化。一开始还怀疑是受试者存在着抗药性，但是如果说300个试验对象全部具有抗药性，那就只能说明一个问题，这种药对人根本不起作用。后来还有媒体披露说，它的副作用甚至让受试者产生过危险。

特莱特面临着一种十分艰难的抉择，他是项目的负责人，这种抉择当然由他来决定，他给辉瑞公司总部写了一份详细的报告，在他看来早点结束试验，便是为公司节约一大笔开支。

辉瑞公司总部的决定很快就到了：立即停止试验。

"西地那非"作为治疗心血管疾病的药物，它的临床试验以失败告终。

1991年4月那个春天的早晨，特莱特走进英国肯特郡那个小镇辉瑞公司研发中心的那座美丽的海边建筑，所有招募的受试者也都被通知到了这儿。从大门到楼上的会议室距离并不是很长，但那段路特莱特走得太沉重，好像每向前迈一步都要付出比以往更多的力气，特莱特完全是一副失败者的心情。

"整个研发过程明显已经到了穷途末路的地步。"据辉瑞公司的化学研究员大卫·布朗回忆，当时所有研究人员都没有参加新药研制项目审查会，"我们当时离失败如此之近，以至于大家甚至都可以嗅到大势已去的味道，很多人不愿意面对，所以没有去参加会议。"

终于来到了会议厅，里面已经坐满了人，特莱特已经能够听到人声鼎沸。

特莱特走到主席台上坐了下来，看了看下面坐满的几百人，都是老人，特莱特与他们中间的许多人都十分熟悉，由于这次临床试验，他曾经多次与这些人交谈过，了解他们的资料和试验反应。他们当中男女差不多各一半，年龄都是60多岁，都是多年的心脏动脉狭窄患者，由于血管供血量不足，他们常常会出现心绞痛的症状。特莱特当然知道这种疾病给人们带来的痛苦，也非常清楚面前这些老人，对他试验的结果充满了期待。

特莱特不得不开口了，首先他说："非常抱歉！"他声音低沉地宣布说，"我知道这是一个令人沮丧的消息，但是我不能不向诸位宣布，公司昨天已经正式通知我，停止对'西地那非'的临床试验。由于'西地那非'没有给各位带来理想的效果，所以我们不得不中止试验。这次研究工作暂时结束了，谢谢诸位的配合，希望你们将以前发给你们的药物全部上交上来，我们要回收。"

特莱特的话音刚落，一位胖老头就站起来大声说："我们不在乎是不是继续进行试验，但是我们希望继续得到这种药。"

"为什么？你不是说它不起作用吗？"特莱特十分吃惊。

"是的，它对我的心脏看起来不起作用，"这位72岁的男子指着自己的裤裆，"但是对我的这儿起作用。"人群中顿时爆发出一阵哄堂大笑。

在严肃的科学实验中，这真是少见的一幕。这位叫鲍勃的心脏病患者，有点不好意思地说："我每次吃了这个药，都觉得有些冲动，不信，您可以去问我的妻子，她能够给您肯定的答案。"人们又是一阵哄笑。

这番对话让特莱特蓦然想起负责临床研究的科学家麦克·阿伦此前提到过，但并没有引起团队重视的一个副作用报告：研究人员让一些受试者连续服药，观察"西地那非"的药代动力学。其中服用较高剂量的受试者，出现了阴茎勃起次数增多的现象。但是由于受试者比较年轻，对于那些有高血压、糖尿病的老年勃起功能障碍患者，是否可以起到作用是个未知数，再者他们是研究治疗心脏病的药，勃起功能障碍是属于泌尿科范围的，所以，没有引起他的重视，只是把它当作副作用进行了记录。

听到鲍勃的一番话，一束挽救项目的希望之火在特莱特心中重新燃起。他立即通知研究小组所有成员归队，对受试者进行了一次广泛的专项调查后，项目组正式向辉瑞公司决策层建议转换赛道，抽调泌尿科专家参与试验，以治疗男性 ED 为方向，来开发这种药物。

虽然没人能预测这导致阴茎勃起的副作用会是一个重大发现，但辉瑞公司不希望此前投入的研发经费打水漂，做了一个绝对不会后悔的决定，迅速充实了研发队伍，增加了泌尿科专家，仍以特莱特为项目负责人，继续研究"西地那非"对男性勃起功能治疗的试验。精明的辉瑞公司，立即注册了"西地那非"在治疗 ED 上的专利。

这个副作用成了这个团队的救命稻草。"西地那非"的临床试验就此转向。

为了证明"西地那非"治疗 ED 的机制，辉瑞公司的研究人员假设阴茎海绵体的平滑肌中也存在 PDE5，当性兴奋时，阴茎的血管内皮释放一氧化氮，产生环磷酸鸟苷，"西地那非"阻止了 cGMP 降解，从而放松阴茎海绵体的平滑肌，使里面的血管充盈，达到勃起的效果。

随后进行的体外阴茎组织测试，证实了这一假设。但有一点，当病人不够兴奋时，无法刺激产生一氧化氮，即使是口服"西地那非"也不能使阴茎勃起。

1994 年 5 月，进行了有限的二期临床试验，12 个勃起功能障碍的患者参与试验，其中有 10 个患者仅服用"西地那非"一次之后，勃起功能就有了很大改善。

而 12 个服用安慰剂的受试者，只有 2 人反应有效。显然，这是一个美好的开端。

开始进行大规模临床试验时，一个突出的问题摆在了研发小组面前：没有足够的药物来进行试验！

以原有方法生产的药物根本不能满足试验所需，迫切需要一个新的合成路径才行。

这回该化学家登场了。1995 年 4 月，以邓恩为首的研发小组发明了一个新的合成路径，仅仅用了 13 个星期就把"西地那非"的产能从 10g 放大到了 1000kg。

辉瑞公司立即申请了一个专利，来保护这种新的合成工艺。

说到邓恩，他 16 岁就辍学进入一家化工厂工作。1984 年，他辞职来到帝国理工学院读书，师从里斯教授，开始了自己真正的化学研究。正是这种先实践、后理论的特殊经历，使得他在工作中极具自主性和创新力，从而在极短的时间内，完成了对"西地那非"生产技术的革新。

考虑到该药物的特殊性与私密性，负责设计临床试验的奥斯特罗，将测试场景放到了受试人的家里。患者以日记的形式，记录勃起效果及伴侣的满意度。必要时，伴侣也同题作文，作为备用结果。

从 1994 年 9 月至 1995 年 2 月进行的第一系列主要临床试验是双盲实验，来自英国、法国、挪威和瑞典四国的共 300 个人参与。

反馈结果好得几乎令人难以置信：在 50 毫克剂量下，使用"西地那非"的 88% 的病人报告提高了勃起功能，使用了安慰剂的病人，只有 39% 的报告有此效果。

在随后的标记公开的 225 名患者参与的研究中，87% 的病人认为他们的勃起功能提高了，90% 的病人希望继续治疗研究。这里需要说明一点，"西地那非"并非对于每一个人都有效。

在临床试验结束后，按照管理规定，要求病人将在临床试验中未用完的药片上交。但是，这一次，几乎所有的受试者都拒绝上交没用完的药片，"哦，我把它们冲到马桶里了。"

至 1997 年，辉瑞公司马不停蹄地进行了系列临床试验，针对不同原因引起的 ED，不同剂量的"西地那非"是否有效，单次服药和非单次服药的区别，分别进行了研究。结果令人欣喜，"西地那非"对不同原因导致的 ED 都有比较好的疗效。

1998 年初，精明而充满商业头脑的辉瑞公司将"西地那非"治疗 ED 的试验发表在《新英格兰医学杂志》上的同时，也向美国食品药品监督管理局（FDA）提交了注册申请，并很快于同年 3 月份获批，以商品名"Viagra"在美国进行销售。9 月份获得了欧洲药品管理局（EMA）批准，作为 ED 患者的第一个口服治疗药物。

"Viagra"由 Vigor 与 Niagara 两个英语单词合成，Vigor 意为"强壮"，Niagara 就是举世闻名的尼亚加拉大瀑布，合起来的语意为"精力强壮如同澎湃的瀑布"。

特莱特曾经用一个上下水的比喻，来解释"西地那非"的作用机理：那就是一氧化氮（NO）是水龙头，环磷酸鸟苷（cGMP）就是水，而磷酸二酯酶（PDEs）则是一个开着的排水口。

对正常人来讲，性刺激可以将水龙头打开，放水的速度很快，即使排水口开着，排水的速度也不能将浴缸抽干。这样，浴缸就可以迅速填满。

可对于 ED 患者来说，情况就不妙了。水龙头出水很小，排水口却大开着。这样，浴缸里就留不住水。

与其将水龙头开到更大，还不如将排水口关上，这样，水不就很快蓄满了吗？"西地那非"的作用就是抑制了磷酸二酯酶（PDEs），关闭了这个"排水口"，从而起到了治疗作用。

在没有性刺激时，"西地那非"是不起效的，这对患者来说绝对是一个革命性的好消息，他们当然不愿意自己不想洗澡的时候，"浴缸"突然满了。

但革命性往往具有破坏性的另一面。

从"西地那非"的研制过程中就可以看到，这个药物的最初目标是扩张血管，扩大血流量，从而治疗心脏病。只不过被上帝之手轻轻一拨，原本瞄准心脏的"西地那非"之箭，却不偏不倚地射中了全世界男人最软弱的脐下三寸。

因此，从理论上说，这个药品最大的副作用也是最危险的，就是一旦与硝酸甘油同时服用，因为二者具有类似的作用机制，可能导致血管扩张的药效叠加并长时间保持，造成血压严重下降，从而使患者中风、猝死。

"Viagra" 1998年3月27日在美国上市，其原装说明书就曾提醒，不要把这种药品开给那些正在服用控制心绞痛和高血压的硝酸甘油的病人，二者混合服用时进行性活动具有危险性。

但显然一开始辉瑞公司在这一点上做得是不够的，它并未提及，或者说辉瑞公司自己也不知道，这种药物对于那些患有严重心脏病或最近发生过心脏病或中风的男人危险性有多大。招致了有关专家和美国媒体的批评和指责，进而将批评的矛头指向了批准"Viagra"迅速上市的美国食品药品监督管理局（FDA）。

死亡病例很快就发生了。

"Viagra"明显的副作用，在临床试验阶段就被发现：志愿者普遍反映，存在着轻微的头痛或者头晕，个别受试者反映，在服药后一小时左右，出现视力轻微的模糊。

美国食品药品监督管理局（FDA），在批准"Viagra"上市约两个月后，公布了第一例死亡事件，一位服用此药的62岁男子死于心脏停搏。到了7月1日，FDA已收到77例死亡报告。在此之前，有关服用"Viagra"后死亡的病例，已在各大报纸上陆续被公布了出来，其曝光率甚至远远高于处在性丑闻事件之中的美国总统克林顿。正是因为这些死亡病例的报道，辉瑞公司的股票开始降温，"Viagra"的销售量也开始下降。对于辉瑞公司更大的打击还是他们的全球推广计划受阻，一些国家原准备批准进口"Viagra"，但被那些死亡报道给吓坏了，宣布延迟对"Viagra"的认证工作。公民卫生研究组织也向 FDA 提出要求，敦促辉瑞把"Viagra"的注意事项写得更严格一些。

在扯皮了 4 个月之后，辉瑞公司发布了新的公告，在这份新的注意事项中终于有了强烈的警告。它告诉医生们，"Viagra"未对有严重心脏病的病人进行试验，因此该药物在这一人群中的使用安全性不详。

截至当年 11 月已被证实的 130 例猝死案例中，有 16 例是在同时服用硝酸甘油时发生的，但硝酸甘油无法解释另外 114 例死亡。

另有数百例报告，服药男子虽未死亡，"但在服用'Viagra'后产生使身体衰弱的副作用"。

当月辉瑞公司发至 15 万名医生的一封名为"亲爱的医生"的信中，有了更紧急的警告，它告诫医生们说："据报告，严重的心血管病发作与'Viagra'的使用有关。"

但同时辉瑞公司又在其他场合分辩说，药品是在指定一组病人而排除其他所有病人的临床试验中研发的，往往直到被公众普遍使用时，才会发现可能是致命的副作用。

它还声称，"Viagra"并非问题所在，问题在性爱，"性爱能加重一个有病的心脏的负担"。

辉瑞公司挤牙膏般地升级警告级别和王顾左右而言他式的辩解，激起了一些媒体和业内人士的批评。有人说，向市场快速投放一种药物等于进行一次无法控制的大试验，其中最先用药的 100 万人等于是做试验用的小白鼠。

这些批评直指辉瑞公司为了快速抢占市场而"掺水""Viagra"的安全性警告，也质疑了FDA的所谓"新政"——在美国国会一再施压要它"更快地批准药物"的情况下，FDA对"Viagra"大开绿灯，从申请到核准到进入药房，其间只有6个月时间。

人们普遍怀疑，FDA能在如此短的时间里，仔细审查了这个药物的各项安全指标。

于是第一例控告辉瑞公司的诉讼就发生了。

1998年7月17日，一名叫作帕德拉的63岁男人，自称自己在服用"Viagra"之后差点死去，因此向纽约地区巡回法庭提出控诉，要求辉瑞公司赔偿其各项损失，总计8500万美元。

帕德拉请的律师本杰明，是纽约地区一位非常著名的律师，他以后也成了一位专门与辉瑞公司因"Viagra"副作用而打官司的律师。本杰明说，他非常仔细地研究了有关情况，因此接受了代理这桩官司。

本杰明说，据帕德拉先生介绍，他只有轻微的阳痿现象，后来从广告中得知"Viagra"对男人这方面的能力有帮助，于是便找了自己的医生。医生对他进行过心血管方面的检查，证实他没有心脏病，便给他开了"Viagra"。第一次使用几个小时之后，他便有了一种像患了流感的症状，头昏、胸闷、流鼻涕以及浑身无力，一开始就以为是感冒，坚持到了第5天感觉再也坚持不下去了，便去看了自己的医生，诊断的结果证实他处于心肌缺血状态，并且情况比较严重，导致了心肌梗塞，需要立即住院治疗。经过了8天的治疗之后，他才离开医院，从此再也不敢服用"Viagra"。

本杰明因为代理"Viagra"官司，由于媒体的报道名声大噪。在第一桩官司还没有结果的时候，又有一位准备起诉辉瑞公司的人找到了本杰明，她是一位寡妇，她的丈夫才57岁，因为两次服用

"Viagra"，结果心脏病突然发作而死亡。本杰明立即接下这桩官司，再次把辉瑞告上法庭。

辉瑞公司的律师与本杰明，在法庭上进行了激烈的辩论，双方都据理力争。

接着第三位诉讼人又来找本杰明，这是一位汽车推销员，他说，自己在服用"Viagra"两小时后开车外出，眼前突然出现了一片蓝色斑点，使他大为恐慌，导致汽车失控，在连续撞坏两部汽车后，又撞到了一棵树才停下来。这次车祸导致他头颈等多处受伤。

本杰明抓住了辉瑞公司没有在药品说明书上警示说明服用"Viagra"后不能驾驶，因此，向辉瑞公司提出巨额索赔。

后来又有了第四起，据悉到1998年7月，辉瑞公司就收到7桩类似诉讼。

几乎全世界都清楚，美国人喜欢打官司，即使没有充分的理由，也很想打几场官司，何况辉瑞公司还给了他们这样和那样的由头。消费者告赢生产者而获得巨额赔偿的案例在美国不少，从这一点来看，对于辉瑞公司来说确实是麻烦不少，至少可以说明这一问题的严重性。

但，在美国那繁复的法律程序中，要想打赢一场官司也不那么容易。

本杰明就对媒体说，他不知道这些官司什么时候才可能有一个了结，但据他的经验看来，如果能在三年之内有结果，那已经是快得惊人了。他说，要想跟辉瑞这样的大型跨国公司打官司，并不是一件容易的事，不仅需要勇气，更需要金钱，因为跟辉瑞这样的公司作对，那简直就像跟一个国家作对，因为他们的后面有强硬的靠山。

本杰明毫不隐瞒自己的观点，他认为美国食品药品监督管理局，也就是FDA，就是站在制药工业后面的那座靠山。表面上看，美国食品药品监督管理局似乎是在维护所有美国患者的利益，但实际上，他们始终都是制药工业的忠实走狗。

本杰明是否言过其实，由美国人去判断。但，美国食品药品监督管理局（FDA），在批准"Viagra"迅速上市这一点上，始终遭人诟病。

可有一点，本杰明说的是事实，关于美国患者或死亡患者家属状告辉瑞公司的新闻，当年媒体有大篇幅的报道，可事隔多年后的今天，我在写作此书时，一直查不到这些官司的最后结果。不知道是患者胜诉了，还是辉瑞公司胜诉了。这也是一个很有意思的现象。

当然，随着"Viagra"大卖，挖到金矿的辉瑞公司及时补课，最终完整了所有副作用、禁忌症等安全性描述。但遗憾的是，不少同样急着为性生活补课的病人，依然无知无畏地挑战生命禁区。据一份医学统计数据，每年疑似服用"西地那非"致死发生率约为0.0196%。

"作为一种药品，它可能是目前治疗男性性功能障碍最有疗效的药物，但它并不完美。它帮助人们获得健康，但它并不是健康本身。"一氧化氮研究领域里的带头大哥之一穆拉德，这样评论"西地那非"。

他认为，从"西地那非"的工作机理来看，防范这些副作用的唯一方法就是减少服用剂量，但减少剂量就会减少功效，这又是一对矛盾，对于那些盲目地想增强自己性能力的人，尤其危险。所以，唯一的控制办法就是在专业医生的指导下安全用药，并且谨遵医嘱。

但瑕不掩瑜。相比之前的原始古怪、效果不彰、有失体统的治疗方法，事前口服一个片剂就一解难言之隐，让一大部分 ED 患者享有"体面有尊严的性行为"，"Viagra"当得起"20 世纪最受关注的药物"之誉。

但在 2006 年，美国权威科技杂志《连线》列出现代社会十项轰动全球的偶然发明和发现，"Viagra"竟然名列第一，这就有点强刷榜单、刻意造星的嫌疑了。

的确有各种各样的版本，卖力地演绎"西地那非"的发现是一个"美丽的偶然"，这些"偶然"的版本里面，因为穿插着类似花边新闻的不可描述的充满戏剧性的所谓细节，而为大众津津乐道。

在原研药领域，因为偶然的机会而产生伟大的药品，多有记载，让人感叹科学进步之艰难。

因为从一个重要的基础理论突破，到一个伟大的产品问世，并没有一个必然成立的逻辑，其中充满不确定性。

但仔细梳理"西地那非"研发的客观过程，我们会发现：所谓的"偶然"，是传播者把辉瑞公司在投入一部分人力财力研发心血管新药碰壁后，主动把研究方向转向抗 ED 药物后，所取得的临床效果和细节场景，美化为切换赛道之前的"故事"了。

简单地讲就是，早在 1991 年辉瑞公司已经初步定型"西地那非"了，也就是说这个药物事实上已经被研发出来了，只不过首期临床试验很快证明，他们预设的当时最热门的市场前景也是最好的心血管药物的方向是错误的。

要说偶然，最多也就是在新药研制项目审查会上，受试者不经意间说出了"西地那非"的助性副作用，从而给研究人员开启了新的思路。

这一点，我也感到奇怪。在临床试验期间，是要严格记录受试者各项反应的，为什么这么大的"副作用"，没有引起一个研究者的重视，直到要下马了，才被受试者提醒？这是失职呢，还是新发现？

就是这个"偶然"也要打一个折扣。

众所周知，原研药研发是一个"双10"超级工程，即研发投入超过10亿美元，研发周期超过10年时间。很难想象，号称在"Viagra"上花费了19亿美元的辉瑞公司会在首期临床试验后就让整个项目烂尾。之所以举行新药研制项目审查会，本就是为了征集线索，寻找新的突破口。

既然"西地那非"在抗ED上的疗效如此明显，这条线索几乎必然会被竭尽全力为项目护航的研究人员抓住的。

即使审查会没有收获，从首期临床试验失败的阴影里走出来的研发团队，在重新设计研发路线时，也很有可能踏上抗ED新药之路。

此前，已有数篇博士论文探讨过一氧化氮与勃起的关系。一氧化氮研究领域的鼻祖之一伊格纳罗，更是在1991年撰写了一篇相关论文，发表在大名鼎鼎的医学专业期刊《新英格兰医学杂志》上。他的论文，辉瑞公司的研究团队不可能视而不见。

伊格纳罗讲的这一段逸闻广为人知：

> 1991年，我就一氧化氮对勃起的作用进行研究所取得的成果在一家杂志上首次发表。同事们提醒我说，这篇文章会搞得沸沸扬扬，而且你还会接到许多电话。但是我不相信。在那篇文章发表的当天，早晨5点我就接到了第一个电话，是一位电视台记者要求采访我。我不得不拒绝这次采访，因为我母亲经常看那个频道的节目，如果她看到自己的儿子正在大谈阳痿问题，一定会感到难为情，从而引发一场风波。过了几天，我接受了一家日报记者的采访，有关我这一发现的消息便传开了。一家报纸发表了一

幅插图，表现了一男一女在床上玩一个很大的一氧化氮玩具。我家的一位朋友看到后复印一份给了我母亲，果然不出我所料，她非常生气。而我却相反，觉得这件事很好玩。

1992年《科学》杂志的报告也明确指出，一氧化氮为阴茎勃起的生理介质。而且，1990年初，已经有其他公司开发出了与"西地那非"同一家族的PDE1抑制剂，用于治疗勃起功能障碍。但是这个药物有个硬伤，就是需要进行阴茎注射治疗，这让很多人无法接受。

相比较而言，从PDE5抑制剂转化而来的"西地那非"，可以制成片剂口服，这在成药性方面就具有了压倒性的优势。

事实上，从1992年到1994年，辉瑞公司都在评估抗ED药物的市场潜力。根据第三方调查，超过40岁的男人，每20人中有1个人有不举的苦恼。这是个很保守的数据，因为治疗方案太少且落后，许多有勃起障碍的男人并不愿意说出自己的秘密。

辉瑞公司最后认定：仅仅在美国，估计就有3000万目标人群。这是一个并不亚于心血管药物的蓝海市场。由此，辉瑞公司的专项研发战车，迅速摆脱了心血管病药物的路径依赖，快速转向至抗ED药物的赛道之上。

之所以媒体会如此卖力地炒作"Viagra"的偶然性，很大程度上是因为这个药物所对症的疾病的特殊性。戏剧性的故事使之蒙上一层极具传播效果的严谨的科学与暧昧的戏谑相混合的神秘色彩。

据不完全统计，围绕着"Viagra"，人们创造了超过10亿个成人玩笑。

从产品品牌推广的角度，营销手法花样百出的辉瑞公司当然乐见其成，或者根本就是辉瑞公司的花式策划——有"传奇"加持的"神药""Viagra"，果然在最短的时间里，像病毒般传播至全球市场。

第五节　兵临城下

这股始自美国的蓝色风暴，第一时间如一股强劲的台风跨过太平洋，先后扫过日本和韩国，到达中国香港和台湾，直奔它的另一个重要登陆场——中国大陆。

这是一块辉瑞公司迫切想放进嘴里的巨大蛋糕。到 1999 年，含美国在内获得"Viagra"销售许可的国家和地区共计 11 个，即为辉瑞公司贡献了十多亿美元的销售额。而这 11 个国家和地区的人口总数，尚不及中国的三分之一。

更何况拥有庞大消费人口基数的中国，还拥有无与伦比的补肾壮阳的悠久文化传统和中药温补的千年春药实践，和"Viagra"的产品属性毫无违和感。

这不，在欢呼"Viagra"诞生的全球媒体多声部大合唱中，以中国大陆为主体的华文媒体的表现就像一支嘹亮的小号。

据不完全统计，仅在 1998 年 6 月至 12 月的半年间，中国大陆就有多达 320 种以上的杂志、1800 多种报纸刊出 800 多万文字，事无巨细地报道了"Viagra"。

以电波信号为介质的电视台和电台的播出次数和时长难以统计，相信与文字报道相比也不遑多让。

有人做了一个统计，光是把这多达 800 万字的平面媒体版面，以当时的平均广告价格折算，其价值就高达 7200 万元人民币。

当时的一位传播领域的专家甚至断言，仅就中国大陆地区而言，辉瑞公司的"Viagra"在尚未获得市场准入、广告零投入的情况下，就至少积累了超过 5 亿元人民币的无形资产知名度。

有意思的是，若干年后，这位专家就要修正自己的结论了。5 亿元人民币的无形资产的估计当然没问题。有问题的是这价值 5 亿元人民币的无形资产，辉瑞公司并不是真正意义上的收货人。

一字亿金，"伟哥"两字，竟是史上最贵的拼字游戏。

这两个如今看起来普普通通的汉字，不久后就直接引发了一场旷日持久、价值以亿美元计的"伟哥"商标权争夺战，直到今天仍然烽火不熄、缠斗不止。

是谁第一个创造了"伟哥"这个大名，然后被整个华人媒体圈通用的呢？这个发明权，对媒体而言，并无多少利益诉求，因此没有什么人争抢。

倒是最终拥有"伟哥"商标权的广州威尔曼药业公司在日后的诉讼答辩中，有理有据地论述了他们是"伟哥"商标首创者的理由。本书对此有详细解读，此处暂且不表。

至于中文媒体圈首刊者，一般倾向认为是香港报刊，因为中国南方历来有称呼某男子为某某哥的传统，香港媒体人极有可能顺手妙合了译音和传统，习惯性地想出了这一译名，但也很有意思的是，无任何人出来认领这个称号。

最后是美国的一份华文报纸《世界日报》宣称自己是始作俑者。该报于 1999 年 2 月 18 日以"伟哥译名追本溯源来自本报"为题，刊文揭示"伟哥"一词的来龙去脉：

辉瑞药厂"Viagra"在去年 4 月上旬上市以来，迅速成为有史以来最热门的新药品，中文报刊的报道至今无合适的译名。本报纽约地方版在去年 4 月 28 日见报的专题，首次以"伟哥"译名问世，马上得到群众口碑。随着联合报的中文译名的影响力，又得到了许多中文报纸的解释，"伟哥"一名又迅速在世界传开。

追溯命名的渊源，这个令辉瑞药厂痛失商机的"伟哥"，其实诞生在纽约的白石镇本报编辑部。当时，由记者撰写的稿件，本来将"Viagra"译为"痿而革"，取其实兼其意，其实已经和辉瑞想出的"威而刚"，颇有异曲同工之妙。结果稿件在编辑台上经过集思广益，由"痿而革"演变为"威尔戈"，逗趣而寓雄伟之意，再变为"伟一哥"，最后去"一"而成"伟哥"，果然见报后人人叫绝。谁知将近十个月后，竟成引起商品侵权诉讼的根源。

美国中文报纸《世界日报》的这种自我认领，既未获得媒体界的认同，也无人与其争论。

因为，不要说远在万里之外的《世界日报》，就是此时此刻身处其中的中国药界，谁又能想到，一场涉及药物专利权、商标权，贯穿行政、法律诉讼，直接相关数十家中国药企，前前后后折腾数十场官司的"伟哥"大战，会在10个月后拉开帷幕，并成为中国"入世"前后，在知识产权保护领域的标志性案件。

"伟哥"，借汝之名，多少人、多少中国药企的命运因之逆流成河！

刚刚兵临中国市场城下，"Viagra"这个药物明星就以"伟哥"这个中文译名为马甲，被中文媒体反复追捧，短时间内在中国家喻户晓。对此，彼时的辉瑞公司上下应该是喜忧参半的。

喜的是，王师未动，声威已劲，省下了多少品牌建立、产品推广、消费者教育等上面的银子。

忧的是，短时间内拿不下攻城的云梯——中国上市许可，尽人皆知却无货可售的情况下，反而可能导致走私、黑市和仿冒泛滥的局面，甚至搞得使管理部门的审批动作更加谨慎。

新加坡《联合早报》的报道指出："中国医药管理局有关人士解释说，按照中国法规，对于进口药物，不管其在国外临床效果如何，都需要在中国重新进行全面严格的临床检测。预计北京的试验将在四五月份（1999年）完成。一份汇总全国七家医院情况的验证报告，将上报国家中医药管理局，经论证后，由政府部门最后考虑是否引进该药。"

该报道还援引"国家中医药管理局有关人士"的话表示：即使该药最终通过临床试验允许在中国上市，医药监管部门也要结合中国国情，对该药的销售范围、对象等加以限制。

《中华工商时报》的一则报道说："国家药品监督管理局警告，私售'Viagra'将按制售假药论处。"

辉瑞公司在向媒体喊话时也显得有点小心翼翼："Viagra"会在北京、上海的临床试验全部结束后，向中国药品监督管理局提出"一类新药当地生产"申请，有望于1999年9月在地处大连的中国辉瑞制药公司投入生产并上市。

媒体和潜在的消费者们都睁大眼睛，等着看这头药界的世纪猛兽，到底何时"攻城"。

谁也没有想到，就在1998年圣诞节，一个东北能人和一条飞行轨迹有点怪异的"飞龙"突然出现在城楼上，尖声高叫：

战争开始了！

第二章
飞龙坠落

第一节　飞龙前传

　　"飞龙"指的是沈阳飞龙药业公司。"东北能人"，说的是公司掌舵人姜伟。

　　成立于 1987 年的飞龙公司，是中国最早的保健品企业之一。在被戏称"全民喝药"的 20 世纪八九十年代，珠三角有"太阳神"，长三角有"娃哈哈"，大东北的代表就是这一条"飞龙"。

　　"一个充满了悲情诗意的企业家和他一手谱就的咏叹曲。"财经作家吴晓波在他的名作《大败局Ⅰ》中，这样概括姜伟和他的飞龙公司的盛衰起伏。

　　在该书中，对姜伟和他的飞龙公司的败局剖析被列为第五章节。如果吴晓波是以失败样本的剖析价值来排名的话，素来好胜、自负的姜伟，恐怕不会太满意。

　　姜伟 1977 年参加高考，毕业于辽宁省中医学院，曾担任辽宁省中药研究所药物研究室副主任，是不折不扣的科班"中药人"。

　　个性不安于平庸的姜伟于 1986 年下海，1990 年接手飞龙公司。当时的飞龙公司，只是一家注册资本 75 万元、职工 60 多人的小工厂，主打产品叫"飞燕减肥茶"。

在 20 世纪八九十年代的中国，"减肥茶"显然是一个过于细分、小众，甚至有点超前的保健品类。飞龙公司以此作为主打产品，其经营状况一望可知。

姜伟接手飞龙公司后，立即于次年推出了"延生护宝液"，后经辽宁省卫生厅批准改为"延生护宝胶囊"。

这个产品，让"飞龙"一飞冲天。

"延生护宝液"的原料是雄蚕蛾、淫羊藿、红参、延胡索等中药材，据称对男女肾阳虚引起的诸症有一定疗效。中医药科班出身的姜伟，搞出这款传统中药改良型配方的保健药品并不出奇，引人注目的是他青出于蓝而胜于蓝的"极限轰炸"广告战术。

这里的"蓝"们主要指的是当时的"太阳神""娃哈哈"。

这两家企业依靠成功的广告策略一跃而成为保健品市场上的带头大哥。他们的主要特色是高举高打，斥重金抢占中央电视台的黄金播出时段，实行无差别广告轰炸策略，成为产品传播的一种成功营销方式。

借助于此一时期中央电视台如日中天的影响力，一批敢于赌一把的不怎么知名的品牌奇迹般地一夜之间鸡毛飞上天，最后竟催生出了世界营销史上极具中国特色的中央电视台"标王现象"。

此一流派，至今回响不绝，仍被一些所谓的营销大师和他们的甲方奉为圭臬。

而折服于毛泽东军事理论的姜伟，则从前者的"在局部战争中，集中优势兵力打歼灭战"的战术思想中，融会贯通出了自己的"极限轰炸"广告投放思路。

概括起来，姜伟的打法就是"集中火力，单点突破；以点带面，各个击破"。

"首战"长春，他一掷千金，密密麻麻的"延生护宝胶囊"广告，几乎包下了该市所有报纸的广告版面，随后电视、电台等媒体相继跟进。单点密集轰炸之下，半个月后长春城被顺利拿下。

以"长春歼灭战"为样板，姜伟依样画葫芦，集重兵相继攻克哈尔滨、齐齐哈尔等重点城市。

至此，整个东北市场尽入姜伟之手。

在经略华东市场时，姜伟又出妙手，先在南京、杭州、苏州等地铺货，对最大的目标——上海却"围而不攻"：在上海的报纸上大登"延生护宝胶囊"广告，却不给上海市场投放产品，活生生吊起了上海人的胃口。

经此一役，飞龙公司在大上海暴得大名，顺利敲开了华东市场大门。

"一招鲜"炸出了一片天。姜伟的"极限轰炸"广告战术，在一开始的3年里取得了辉煌的成功，帮助飞龙公司刷出了一条亮丽的经营曲线：1991年初闯市场，即创下产值1200万元；1992年实现产值1.8亿元，利润6000多万元；1993年产值飙升至10亿元，利润高达2亿元。

弹指间，沈阳飞龙药业公司不仅实现了辽宁省医药行业43年来单一品种年产值超亿元的突破，并且一下子提升至10倍的高度，一跃成为该省医药行业的第一创利大户，在全国医药行业人均利税评比中荣登榜首，在全国所有外商投资企业1992年度人均利税排名中名列第二。

在国有企业扎堆、效益普遍低下的东北，飞龙公司的效益可谓鹤立鸡群，成为神一般的存在。

在强劲的"飞龙冲击波"中，姜伟本人也在短时间内集齐了当时堪称顶级的诸多桂冠：全国劳动模范、中国青年联合会常委、全国杰出青年企业家、中国十大杰出青年、中国改革风云人物，等等。

姜伟的广告"极限战"的战果是如此耀眼，让后来者眼前为之一亮。在飞龙公司之后崛起的"巨人""三珠""红桃 K"等企业纷起效尤。只是他们的炒作手法更加粗暴，他们的战场——广大的农村市场——更加粗放。

产品靠"点子"、市场重营销的保健品"战国时代"悄然而至。

数年后，姜伟在反思他的失误时认为，"飞龙"的败落应该归咎于国内保健品市场的鱼龙混杂和新入品牌的乱砍滥伐。

在 1995 年初，全国保健品总数达到令人目瞪口呆的 2.8 万多种。

为从千军万马中突围，广告战术变异为吹牛大赛，什么"联合国批准""总理感谢信"等等都敢往外喊。

姜伟抱怨说："我们是保健品开发的先驱者，一下不会玩了，什么都成了保健品，保健品成了粮食，搞保健品的成了种粮的老农，还竞争个什么劲！"

然而，他好像忘了，保健品市场一度走到人神共愤的境地，他与有功焉。

一位叫徐徐的作者曾经在 1997 年写过一篇《飞龙之死》的文章，用不无偏激的语言质问姜伟：

> 用整版整版的报纸篇幅，连篇累牍地宣传一个保健品，实行轰炸式广告灌输的是谁？沈阳飞龙。把一个保健品吹成包医百病的治疗药的是谁？沈阳飞龙。把一种酒吹成有病治病、无病防病、男女老少、四季皆宜的灵丹妙药的是谁？沈阳飞龙。把充满不实之词的印刷品广告撒得到处都是的是谁？沈阳飞龙。把八字没一撇的出口贸易胡吹成'延生护宝液'出口韩国 80 亿元的是谁？沈阳飞龙。在迅速地树立起一个品牌的同时，又迅速地毁掉一个品牌。飞龙如此，后来的成功者也将如此。从这个意义上说，飞龙不死，市场不容，天地难容！

在飞龙人的记忆中，1994年的秋天是最后一个丰收的秋天。此时，"延生护宝胶囊"依然在全国旺销，放眼望去，都是飞龙广而告之的"新生活的开始"。

姜伟兴冲冲飞往香港。这时的飞龙公司，尽管货款被中间商大量拖欠，但账面利润仍有2亿元。

《大败局Ⅰ》对姜伟的香港之行有过描述。在香港包装上市之际，香港律师一共提出2870个问题，姜伟大半答不上来。自我感觉一向良好的姜伟意识到："人家有一条没有直说，就是总裁不懂、集团也没有人懂国际金融运作。"

"当听说飞龙集团在香港上市有希望，我差点上了天，可在香港待了一段时间，备受煎熬，再也兴奋不起来了。"

姜伟终于发现，拿着国内那套唬人的办法到了国际金融大都会的香港竟然寸步难行，"我们在做利润审计时，以为利润做得越大就越容易融资，结果人家说，上市后，利润就由不得你们定了，你报了这么多利润就要多分红，你利润掉下来就全砸锅了，香港股市很规范，做不得一点假。"

最后香港人给飞龙公司下了诊断书，飞龙公司有四大隐患：没有可信的长远发展规划，没有硬碰硬的高科技产品，资产不实且资产过低，财务管理漏洞太大。

尽管如此，上市运作仍在继续。1995年3月23日，飞龙公司拿到了联交所的获准文书，但是4月18日，上市倒计时之际，姜伟突然做出了让所有人大吃一惊的决定：飞龙公司放弃上市。历经6个月，耗费1800万元，姜伟带着一套规范的财务报表和评估报告回到了沈阳。

对此惊人之举，当年姜伟的解释比较清奇："虽然我们获得了走向国际市场的入门证，但我们发现了诸多的不足与弊病，飞龙集团虽然是国内优秀的民营企业，但离真正成为符合国际资本标准的合格企业，还不只差一星半点。我们非常渴望走向国际市场，但机会来了，又发现准备远远不足。"

但事实上，"放弃"香港上市，在姜伟的经营生涯里是一个巨大的创伤。两年后，有记者让他填写一份"姜伟性格透视"的问答表，在"最大遗憾"一栏里，他写上了"失去香港上市机会"。

在若干年后，姜伟卷入轰动一时的"中科创"事件，买壳上市未果，又一次在资本市场铩羽而归。后来在接受《21世纪经济报道》记者夏冬的采访时，谈到了香港往事，似乎是最接近真相的心声流露。

其实姜伟的上市之梦到今天已经是第7个年头。"1994年，沈阳飞龙业绩相当好，'延生护宝胶囊'风靡大江南北，当时就想上市，理由很简单，一可以筹钱，二可以出名。但东北这地方老国企集中，一起往资本市场里挤，我一个民营企业要拿到指标简直是天方夜谭。那时正值H股热，灵机一动就想到了香港市场，'百富勤'的梁伯韬与我一拍即合，1994年10月我第一次与梁伯韬在北京见面，仅仅谈了20分钟就基本搞定。"

但姜伟的灵机一动却使当时的证监会犯了大难，那时在香港上市，你姜伟一个个体户要往香港钻能行吗？在姜伟1994年11月只身闯到证监会时，接待他的时任中国证监会发行部主任高西庆有点不知所措，说要请示研究。当年12月，证监会口头通知，沈阳飞龙公司在香港上市不需要中国证监会批准，障碍扫除了。

对沈阳飞龙公司能够上市而没有上市这一历史，姜伟说："1995年初香港股市大跌，我权衡了很久，主动提出中止上市，历经6个月，耗资3000万，可我换回了一套规范的财务报表和评估报告，我认为值。"

1996年姜伟又有了新的计划，在美国"买壳上市"，通过收购一家美国上市公司，使飞龙集团跻身美国资本市场，可其中的惊险让姜伟现在都心有余悸："当时准备收购美国一家公司 70% 的法人股，可按美国法律，法人股要经过批准才能变为普通股，我不仅没融到资，反而还要出大笔的美金，哪有这种赔本的买卖。在美国谈判，给我的资料全是英文，谈判也用英文，翻译又不管用，自己成了瞎子聋子，幸亏关键时刻灵感出现，才化险为夷。"

两次海外上市计划均无疾而终，不但没有融到资，反而倒贴了不少冤枉钱。但姜伟始终没有断了上市融资这个念头。他对记者诉苦："我当然想上市：想上国内的 A 股，想上创业板，可我到哪里去弄这三年的财务指标，今年我已 46 岁，不是 10 多年前 30 多岁的姜伟了，我再也耗不起这个时间，只剩下买壳上市这一条路可走了。"

第二节　总裁的"失误"

姜伟南赴香港争取上市、寻求外部资源之际，正是国内保健品市场风云突变之时。

涌向几乎没有"门禁"的保健品行业的市场热钱，不断抬高着这个行业的河床。

韭菜，已经不够割了。

1995 年初，为了实现销售额突破 15 亿元，从而让公司的财务报表变得更加光鲜，对自己的营销策略近乎迷信的姜伟，听信中间包销商的乐观承诺，将上亿元的货物一下子压向市场。

市场顿时不堪重负。各地分公司大量的货铺出去，但回到总部的款却日见萎缩。为此，姜伟亲赴全国各地市场调研，跑遍全国 22 个分公司后，他看到的是一条糊里糊涂、四处乱钻的飞龙：

财务管理混乱不堪。一个业务员缺钱了，两天报了 100 多件破损竟无人察觉。哈尔滨有 7 个客户承认欠款 400 万元，而分公司的账目上反映的只有几十万元。

广告策划一盘散沙。总部对广告支出心中无底、调控不力。分公司经理随心所欲，无效广告泛滥成灾。1994 年广告预算 1.2 亿，而直到第二年的 3 月才算出来竟花掉了 1.7 亿。

营销中心不懂得控制发货节奏。有的地区擅自让利 30%，造成严重的冲货现象。

……

飞龙公司在高歌猛进中暴露出来的诸多经营、管理、机制等弊病问题，在当时刚刚走上历史舞台的中国民营企业里绝非孤例，而是普遍现象，区别也就是病的程度轻重而已。

这个时候，通常的做法，就是尽快找到病灶，对症下药，或补气益血，或挤掉脓包。甚至咬紧牙关，刮骨疗伤。

但是姜伟完全不按牌理出牌。6 月，这位号称"中国企业家群体中最具诗人气质的企业家"，突然在报纸上公开刊登了一则公告：飞龙集团进入休整期，"进行一场深层次和本质的休整"。

7 月，他向内部员工发出所谓的"手谕"：改造企业，不成功，毋宁死。

这一通骚气的自爆式操作，等于把飞龙公司这个只是得了比较严重感冒的"病人"，插满各种管子后丢到展览中心，并且满天下吆喝：看吧，飞龙是死是活，就看我姜伟的这一刀了！

媒体公告和内部"手谕"，将飞龙公司的内部危机彻底公开化。明星的陨落，最为世人所津津乐道。一时间，全国媒体的聚光灯紧盯着飞龙公司的"病情"，针对飞龙公司的负面消息流言四起。

一线销售人员不知所措，经销商和零售商惊诧莫名，消费者一脸狐疑——苦心经营多年的市场形象一夜蒙尘。

3 个月后，自负的姜伟认为这场事先张扬的休克疗法已经奏效，宣布"10 月份全面出击，一举扭转被动局面"。

然而江山早已变色。自伤后的飞龙，毫不意外地被竞争对手在伤口上大撒其盐，品牌形象更加一落千丈。

而且，所谓的"全面出击"，并没有一个更新换代后的生力军式的新品，依靠的仍是姜伟的老配方——更为猛烈的广告轰炸。

但轰炸的结果已经没有原来的景象了。姜伟就像一位杀红了眼的将军，没有排兵布阵，没有后备新援，一味地让一群疲惫之师迎着枪林弹雨拼死冲锋。

然后，他一回头，发现自己的部队已经打光了。

也是从那一刻起，飞龙公司彻底退出了中国保健品行业第一集团的行列。

1996 年初，姜伟无奈之下退出省会城市，提出组建 200 个以小城市为据点的三级公司，然后向 1500 个县级市场铺开。可是习惯于空中扔"广告炸弹"的飞龙公司营销员们，面对广阔而陌生的农村市场，实在不知道如何下手，而"三株""巨人"这些对手，已在这个市场里练出了涂墙标语、挂宣传画、贴居民公告等营销绝活。

至此，飞龙公司全线溃败。

内忧外患之下，飞龙公司技穷了，沉寂了。

但习惯于生活在镁光灯下的掌门人姜伟却不肯消停，依然在语不惊人死不休的老路上狂奔。

1996 年 7 月，姜伟突然抛出题为"我的错误"的万言检讨，历数"总裁的 20 大失误"：1. 决策的浪漫化。2. 决策的模糊性。3. 决策的急躁化。4. 没有一个长远的人才战略。5. 人才机制没有市场化。6. 单一的人才结构。7. 人才选拔不畅。8. 企业发展缺乏远见。9. 企业创新不力。10. 企业理念无连贯性。11. 管理规章不实不细。12. 对国家政策反应迟缓。13. 忽视现代化管理。14. 利益机制不均衡。15. 资金撒胡椒面。16. 市场开拓同一模式。17. 虚订的市场份额。18. 没有全面的市场推进节奏。19. 地毯式轰炸的无效广告。20. 国际贸易的理想化。

站在今天的角度看这 20 大教训，有人会认为并没有多少含金量，差不多是企业经营常识。

但放在中国现代企业制度鸿蒙初开的 20 年前，这 20 条差不多条条是金句，直击同时代企业家群体的软肋。

更何况，这是一个明星级别的企业家，经历了过山车般的盛衰后，对自己的无情解剖和泣血自白，前无古人！

此文一出，不胫而走，震惊社会各界，一时间在中国企业界尤其是在民营企业家中，掀起了蔚为壮观的"研究失败热"，"给自己看病"的姜伟也因此成为中国企业发展史上一个绕不开的名字。

有评论认为从中可见姜伟的勇气、胆识和追求，"这些理性思考，未必比'延生护宝液'等给沈阳飞龙带来巨大成就的物质成果逊色。"

姜总裁自揭伤疤，一时名动天下。可是，对飞龙公司来说，这无疑是他犯下的第 21 大失误。

"我的错误"发表后，国内媒体广为转载、评述，一时洛阳纸贵。

在媒体的热炒中，在竞争对手的暗推下，飞龙公司流失了最后残留的一点市场空间，"飞龙破产了""姜伟跑路了""延生护宝液不行了"……种种流言在江湖上疯传。

姜伟在数年后也曾经谈到该文发表后他的难堪处境："因为在中国，太好的东西大家不感兴趣，太坏的东西大家也不感兴趣，有争论的东西大家才感兴趣……炒起来了，我有很大压力啊。第一，在家庭，弟弟有意见，妈妈有意见，姐姐有意见，妹妹有意见。说你姜伟有病啊，失败就失败吧，你还花钱宣传。第二，在企业，原来在我的企业里，我是神，在企业内部我怎么说，员工都能理解。这'20'大失误一公布，我在企业啥也不是了，干部也敢和我顶嘴了，也不服了。第三，在社会，省里开会，我说我们需要支持。'咱们怎么支持你呀，你都20大失误了，我们怎么支持你呀？'因为在中国，你要人家支持你，你得是个优秀企业。"

姜伟频频公开自曝家丑，结果我们看到了给飞龙公司捅了一刀又一刀。于他本人而言，这种不按常理出牌的打法，使他俨然成为这一届企业家群体中的"思想者"，成了媒体争相追逐的宠儿。

自此，只要姜伟有风吹，媒体上必然有草动。

也是从这一时期开始，姜伟对于大众媒体的运作就不仅仅局限于拿真金白银砸广告了。

他开始与各类记者交朋友，娴熟地举行各种新闻发布会、座谈会，接受各种专访、群访，以专刊特刊的形式刊出各种谈话集、思想录，轻松而高效地输出他的各种奇思妙想。

1997年6月，在江湖里消失了整整两个年头的姜伟突然浮出水面，在北京召开了他的"复出"新闻发布会。

会上，他开门见山的一句话，颇有千帆过尽后的人生感喟，引来满堂喝彩：

"你面对的不是一个红得发紫的企业家，而是一个曾经成功，现在败走麦城的企业家，一个两年专职的思考者。"

他宣布，在过去的两年里，投入了4000万元，开发出了3种新药，此番他要重新出山，再战江湖。

他宣称，飞龙公司仅有1600万元的负债，有望收回的货款约有3.5亿元之巨，还可以从银行贷到5000万元。

3个新药中，最被姜伟寄予厚望，也是决定他此次复出的，是一种叫"热毒平"的中药消炎新药。

据姜伟的生动描述，这个"热毒平"堪称"中药3000年历史的突破"。"热毒平"是国家药品监督管理局的保密品牌，获国家保密专利。在公告专利时，只公开不保密部分。鉴定审查时，工艺处方被遮住，专家也不能看。

"'热毒平'证明100多年来青霉素消炎的医学结论是错误的。这是我3年休整的最大成果。"姜伟说。

据说，在北京召开的鉴定会上，许多老专家手捧临床报告，满脸疑惑：中药是讲疗程的，而它却取消了疗程，疗效快过西药，能在6天内消除人体内的毒素，并能治疗所有炎症和与炎症相关的疾病。

信与不信，这个骇人听闻的新药就在姜伟的嘴上。好奇也好，等着看笑话也罢，大家还是很期待这个"神药"以何种方式出来走两步。

不过，一年多后，人们没有等到超级猛药"热毒平"，走位漂移的姜伟却整出了一个石破天惊的"中国伟哥"，从而掀起了一场旷日持久、错综复杂的"伟哥战争"的序幕。

第三节 草船借箭

1998年12月25日，西方传统的圣诞节，姜伟在沈阳向新闻界发布了一则惊人的消息：美国辉瑞公司的"Viagra"并没有在中国注册"伟哥"之名。飞龙公司已向国家商标局申报"伟哥"商标成功，用以推出该公司用6年时间潜心研发的壮阳药"伟哥开泰胶囊"。

当晚，姜伟与数位记者把酒言欢。他语气轻松地告诉记者朋友们：经过比较性试验发现，此药在诸多方面优于"美国伟哥"。他声称，飞龙公司将投入1亿元人民币为新产品做广告。

事后证实，姜伟手握的只是顺位第四的受理通知书——在他的前面，已经有3家药企拿到了受理通知书——飞龙公司最后获得该商标权的可能性几乎为零。

但不知道是无知者无畏，还是"伟哥"这两个汉字实在太诱惑人了，他的最终决定是：抓住"伟哥"商标最终确定花落谁家前的空窗期，为他的"伟哥开泰胶囊"借船出海。

为此，他不惜动用春秋笔法，向外界传递了这样的信息：飞龙公司已经成功拿到了"伟哥"商标。

"飞龙公司已于1998年8月正式通过沈阳商标事务所，向国家工商局商标局正式提交申报手续。9月3日正式受理。这标志着飞龙公司注册'伟哥'商标业已申请成功。飞龙公司付出的代价仅仅是1万元人民币。"

"伟哥"一词，正是此时此际中国媒介上的当红炸子鸡。姜伟的"圣诞吹风会"，一下子就把这股天量的传播流量，一滴不剩地引流到了自己的"中国伟哥"——"伟哥开泰胶囊"身上。

国内外媒体对"中国伟哥"的报道热情一如"Viagra"。12月29日、30日两天，香港《文汇报》《大公报》、凤凰卫视中文台，美国《世界日报》《中国日报》《侨报》及新加坡、中国台湾等地的中文媒体，争先恐后地报道了这一"爆炸性消息"。

美国、英国、日本等国的主流新闻媒体也闻风而动，美联社、CNN、日本有线等十几家国外电视台，三十多家国外报纸，赶赴飞龙公司采访。

草船借箭，大获成功。1999年初，经济日报报业集团的《名牌时报》公布了"1998年中国十大策划个案"，飞龙公司抢注"伟哥"商标的新闻名列其中。

知名度有了，"中国伟哥"的名号叫响了，剩下的主要工作无疑是要做实新产品的高科技和高疗效。

最好的办法，还是"比拼"美国辉瑞公司的"Viagra"！

以下是当时的媒体报道实录：

《台湾日报》1999年1月1日《大陆"伟哥开泰"要和"威而刚"别苗头》的报道这样说：

"飞龙公司的'伟哥开泰胶囊'，药理实验表明，这种新药克服了天然植物药复方制剂服用量大、见效慢、疗效不显著等各种缺点，而在服药之后短时间内，就可以出现显著的药效反应。"

"据称，大陆本土化的'威而刚'对治疗阳痿，包括重症阳痿、早泄及所有的男性勃起功能障碍疾病，都有显著疗效，同时没有不良反应。"

美国环球电视公司1月12日播发题为《中国"伟哥开泰"无毒副作用》的报道称："据'飞龙'公司负责人介绍，二者（指'Viagra'和'伟哥开泰胶囊'）的最大区别在于，中国'伟哥开泰胶囊'是纯天然中药复合制剂，对人体无毒副作用，且克服了中药用量大、起效慢等弱点。"

《中国商业时报》报道称，他（指姜伟）说："对新产品我们花了2000万元资金和5年的研究时间。我们的疗效很好，无任何毒副作用，'Viagra'有些副作用，这在西药中是常见的，我不是夸我自己的药好，一旦你用了，你就会明白。"

2月20日的美国中文《唐人报》的报道更是劲爆：

"它的优势在于完全无毒副作用。在实验中，检验药品的毒性，测得'伟哥开泰胶囊'的耐受量是1500倍，即人服用超过正常用量的1500倍仍是安全的。"

"另据专家介绍，'伟哥开泰胶囊'还有其独特的优点：一是护心，兴奋得充分，抑制得合理。二是有保肝作用。它对肝脏的更生有好处，且不增加肾脏的负担，并对前列腺肥大等疾病有缓解作用。三是药品成分在血液中有蓄积作用，对性器官和附性器官有促进和新生的作用，尤其是对治疗严重勃起功能障碍患者意义很大，通过几个疗程的服用，由量的积累达到质的突破，从而治愈疾病。"

"专家还介绍，'伟哥开泰胶囊'含有丰富的动情素，可明显激发性欲，增加亲和时间，并无禁忌人群，适用于女性和男性服用。"

日本东京电视台于3月19日做了《中国伟哥开泰很畅销》的报

道，说"但是，（大家）所关心的原材料问题，因是企业秘密，没有在药盒上标明。"

这些"据"飞龙公司的宣传品、药理实验报告、药品说明书、新闻发布会和姜伟"介绍"出来的"伟哥开泰胶囊"的神奇疗效，是不是让你想起了前文提到的，让老中医专家们瞠目结舌的神药"热毒平"？

飞龙公司还有更魔性的文宣，称"伟哥开泰胶囊"与"Viagra"相比，不仅有独到的优势，并且在基础理论研究方面也可能具有超前性。

"'伟哥开泰胶囊'的主要研究发明人之一王义明教授早在1970年就发现具有扩张血管作用的物质——去氢紫堇碱，并基于这种物质提出了关于血管扩张的'第二信息'理论，比1998年诺贝尔奖得主于1986年发现一氧化氮（NO），整整早了16年！"

"飞龙公司从1992年开始就与美国杜克大学一个名叫'爱华'的华人博士开始进行NO药物研究，并已发现阴茎海绵体扩张理论，完成了超前性的突破，这一认识也比美国人早6年左右。飞龙公司1994年即确定了'伟哥开泰胶囊'的组方，比美国'Viagra'早了4年。"

在飞龙公司的生花妙笔下，无论是基础理论研究，还是产品疗效、价格，"伟哥开泰胶囊"都是一路碾压美国辉瑞公司的"Viagra"。

偏偏后者又求购无门。

试问，大半年来已经被媒体撩拨得差不多欲火中烧的中国广大而纯朴的普通消费者，怎么能不乖乖地向"中国伟哥"交上自己的智商税？

1999年2月1日，"伟哥开泰胶囊"上市即爆红。

光在飞龙公司的大本营沈阳一地，试销的第一天就卖出了5万多元，自第二天起销售额就稳定维持在10万元以上。

半个月内，飞龙公司进账2000万元，出货1000万元，产品供不应求。在当年"广交会"上,几天工夫就预订了 1.6 亿元的货值,这在当时的单一品类中,绝对是现象级的水平。有人预计其年销售额可达 20 亿元。

娴熟的"极限轰炸"广告战术,灵活的媒体情绪调动,力压"Viagra"的神奇疗效,让姜伟又创造了一个经营奇迹:在媒体连篇累牍的"带货"下,飞龙公司牛气冲天,居然在那个时代做到了"现款现货、飞机发货"的销售盛况!

更刺激人神经的是,飞龙公司向外发布消息,称自己的"伟哥"商标经辽宁无形资产评估中心评估,价值高达 7 亿—10 亿元人民币。

媒体惊呼:飞龙公司完成了"20 世纪末最大的一桩无形资产生意"。

第四节　丢失了大局

时人云:东北有俩能人。一个是赵本山,另外一个指的就是姜伟了。

都说谁也不能随随便便成功。"伟哥开泰胶囊"的开篇,实在是太顺风顺水了,太行云流水了!这让坐过一次人生过山车的姜伟有点患得患失,有点坐立不安。

有两个问题必须面对:一个是宣称抢注"伟哥"商标成功;另一个就是各种花式"比拼""Viagra"。无论从法理的正当性还是普世的商业伦理上讲,飞龙公司的这些策略和动作都是有一撕就破的硬痂。

因此,必须要构建一套宏大而自洽的话术铠甲,或可打造出王者之师的形象。

姜伟为"伟哥开泰胶囊"披上的是中国人最熟悉不过的青铜铠甲:保护民族产业。

人民日报社主办的《市场报》于1999年1月16日、30日和2月24日先后发表了姜伟的《保卫经济产业安全》《打破企业家僵局》和《中国"伟哥"公开研发内幕》等文章。

在《打破企业家僵局——姜伟言论集录》一文中,姜伟侃侃而谈:

> 再如"伟哥开泰"是十二年来坚持研究的延续,这个研究比美国早了七年。近三年飞龙拿出巨资投在这个品种的研究上,彻底把它攻了下来,成了一个具有与发达国家产品抗衡特征的品种。
>
> 面对即将发生的"洋伟哥"的冲击,我们开展企业自身的产业经济案例保护,有三个层次的问题:一,我们打的是塔山阻击战。辉瑞的"伟哥",他们长驱直入中国,可能想毁了中药体系。中药体系是什么?中药体系不是仅仅解决疑难杂症的。目前中药的许多大品种被冲击得乱了阵脚。在世界范围内中药体系是华人收入的三大经济基础之一,无毒安全是一大优势。所以我们要阻击。二是文化的自卫反击战也要打。我说辉瑞的"伟哥"含有更重要的是文化和精神产品,可口可乐是文化,世纪之末,又来了一次"伟哥"文化冲击。中药的另一大特点是以肾为特征的滋补理论,这一体系有3000多年了,都说肾是生命之本,普济众生。洋"伟哥"一来,中国人连肾都不要了。三是科技的沙漠风暴战。科技战实际是一场信心战。
>
> 企业要制定自己的301条款,该出手时就出手,该抢时就抢,该拼时就拼,不抢不拼保护不了产业安全。

"该抢时就抢。"此刻的姜伟已化身为保护民族产业的旗手。脱口而出的，都是扑向身背霸权原罪的跨国企业的匕首和投枪。

鉴于上述三篇姜伟的文章引起"社会各界强烈反响，企业界对此尤其关注"，该报于3月6日以两个整版的篇幅刊登了10多位著名专家、学者的相关评论文章，并冠以《站在更高起点上参与国际竞争——专家学者纷纷评说飞龙集团抢注"伟哥"事件》。

参与讨论的专家学者们大多对飞龙公司的这一行动表示理解和称赞，并从各种角度提出了自己的意见和建议。以下是专家学者的发言节录。

北京大学经济学院博导、国际经济系主任萧琛教授：

> 沈阳飞龙公司成功抢注"伟哥"商标一事，已经在媒介上沸沸扬扬。抢注不仅是药丸之战，而且是企业文化之战；不仅是企业间传统的商标广告争斗，而且是中美企业间关于无形资产在法治意识方面的较量。因此，在外界人看来，抢注成功绝不仅在于商业利益，而是体现了中国企业家的一种觉悟和一种境界。

中央党校经济学教研部教授、经济研究中心主任周天勇发表了题为《办了一件保护民族工业大好事》的评说，他指出：飞龙注册"伟哥"商标，为保护国家经济安全作出了一份贡献。

原国家工商行政管理局商标局局长、鼎力知识产权咨询服务公司董事长李继忠：

> 知识产权保护是产业安全的重要一环，商标是知识产权的重要组成部分。沈阳飞龙不失时机地向商标局给这个新产品申请注册了"伟哥"商标，给这项新产品的产业安全和市场开拓打下了好的基础。

清华大学经济管理学院博导、国家国有资产管理研究所所长魏杰教授谈了《飞龙抢注"伟哥"的利与弊》，称：

> 飞龙抢注"伟哥"从法律及道义的角度上讲，都是没有任何问题的。从保护本国市场的角度上讲，抢注"伟哥"可能保护中国的市场，抢注是有意义的，国家商标局实质上干了一件大好事。

但是，他认为飞龙公司这一行为也将带来一些不利于自己的后果：

> 飞龙抢注"伟哥"可以引发媒体的轰动效应，让人们知道中国也搞了与美国"伟哥"功能相近的壮阳药，从而有利于提高飞龙的知名度，这是肯定的。但是中国人近几年在媒体轰动效应中似乎学到了点什么，对此往往是显得较为冷淡，因而副作用也是很大的，飞龙对此要有充分的估计。

《科技日报》刊发的署名为张来民的长文《为民族产业发展留下空间——"伟哥"现象透视》中说，据中国驰名商标保护组织宣传部部长义宝良统计，我国有150多个商标被澳大利亚商人抢注，27个商标被日本商人抢注，48个商标被印度尼西亚商人抢注。

这位作者认为，被外人抢注后，要么退出国际市场，要么改换名不见经传的新商标，要么花重金购回，"对于我们的民族工业来说，任何一种方式都有辱于中华民族的尊严，都是中国人民的耻辱。"

法律学家曹思源在一次访谈中表达了这样一个观点：在国际关系上，有一句话叫"强权加公理"，实力很重要。他说：

飞龙早在 1992 年就开始涉足这方面的专门研究，才有了今天抢注商标的基础。其实抢的是什么，抢的是公理，抢的是强权，抢的是市场和效益。

很显然，曹思源对飞龙抢注商标行为的关注和赞赏，并不仅仅局限于这一事件本身的对与错，他是从一个民族主义者的角度来进行解读的：

最近有一种说法，讲的是跨国公司可以安排未来发展中国家的经济结构和产业结构，我们不争论，但有一点是肯定的，中国企业至少可以在科技投入和资本运营上安排自己企业的未来。"伟哥开泰"商标，有关部门评估其无形资产达 10 亿元，我不想争论谁安排谁的问题，我是站在市场上，而且站在国际市场上运作企业的未来。

姜伟穿上保护民族产业的铠甲，或许有他发展民族中医药的初心，但更多的恐怕是他出于企业竞争层面的策略考量，无可厚非，不论对错。

姜伟本人也在不同的场合表达过：飞龙此举，目的就是"借船出海""小舢板上架火箭"，借美国辉瑞公司神级产品"Viagra"的"势"，抢占市场，尽快树立"开泰胶囊"的品牌。一旦飞龙的产品走向全球，"就把'伟哥'这个用烂了的商标给换了"。

但诸多名声显赫的专家学者和媒体，集体为飞龙公司站台力挺、发声帮腔，把一个企业行为上升到一件事关发展中国家与跨国霸权相抗争的事件，上升到民族主义的高度，则完全是帮了倒忙。

因为，他们力挺飞龙公司的种种言论和思潮，根本不是什么正能量，恰恰似一面镜子，把当时中国经济生态圈对于公平竞争、商业伦理、法治精神的淡漠、缺失，形象地展示给了世界。

1999 年，正是中国加入世贸组织的前夜。为什么要千方百计地"入世"？无非是中国这艘经济航船必须尽快驶入全球化的大潮中，与全球的资金、技术、贸易、制度全面对接，才能脱胎换骨，才能乘风破浪，才能顺利通向民族复兴的大目标。

"入世"大前提、大战略下，中国政府欢迎包括美国辉瑞公司在内的全球资本、技术进入中国市场，与中国企业展开公平、公开、公正的竞争。

这个时候，你"伟哥开泰胶囊"居然要举起保护民族工业的大旗，亮出民族主义的民意刀子，喊打喊抢，显然是不合时宜的。

多少年的历史已然证明，在全球产业竞争中，患有巨婴症的经济弱者最趁手的武器就是民族主义，但也最不好操练。它就像一服中世纪方士乱炖出来的春药，可能让你飘飘欲仙，也可能直接送你进入极乐世界。

前面说了，姜伟是当时唯二的"东北能人"。从"伟哥开泰胶囊"的开局来看，他近乎完美地借到了保护民族工业的势，搭上了"伟哥"的船，堪称借势营销大师。

但能则能矣，点子式的炒作终不能登上现代企业竞争的大雅之堂。

对所谓的事件之"势"的操弄，则往往迎来更大的势——时代大潮和商业文明的反噬。

第五节　疯狂跟风

飞龙公司"借船出海"之举，很快引来了一大批跟风者，国人最不愿看到，又料定必会出现的场面还是出现了，"中国伟哥"家族的泛滥，又一次上演了一窝蜂式的仿冒闹剧。

尾随着"伟哥开泰胶囊"，市面上大大小小名目繁多的"伟哥"产品争先恐后地粉墨登场。在街头巷尾的性保健品店里，有少量是从港台走私过来的"Viagra"，多的是各种假"伟哥"及偷偷添加了"西地那非"成分的中药保健品及中东、东南亚等地的草药类保健品。

1999年3月30日南京《金陵晚报》报道，在南京已发现一种假"伟哥"，"比真的还漂亮，色泽更鲜艳、更亮"。经查，该假"伟哥"系浙江某地生产，每粒100毫克，售价竟高达300元。

《文汇报》说，北京一家酒业公司借"伟哥"名头火爆之际，在广州推出了一款"伟哥酒"。

据当时媒体统计，这一时期突然冒出来的各色"伟哥"产品竟有45种之多。

同年3月12日，《羊城晚报》报道说：

> 随着30多家国内企业争相抢注"伟哥"商标，"伟哥"旋风愈刮愈烈。日前记者暗访广州，见到不少商家打出了形形色色的"伟哥"招牌。
>
> 东风路上一家医药连锁店门外支起一块半人高的广告牌，上书"本店新到——伟哥"，走近一看，脸盆大的黑体字"伟哥"旁边，还有两个蝇头小字"开泰"，原来这里卖的是沈阳飞龙公司生产的"伟哥开泰胶囊"。
>
> 在海珠区的一些药店里，记者还见到了诸如"伟哥神丹""伟哥神露""伟哥神丸"等数十种标着"伟哥"字样的药物。最好笑的是一种药物，盒上除了中文"伟哥"字样外，其余全是英文，连售货员都说不出其来头。北京产"伟哥酒"也出现在一些饭馆里。小瓶125毫升装售40多

元，据说是用白酒和"伟哥"原液调配而成，有壮阳功效。一店主说每月能卖出六七十支。

今天已经从江湖上彻底消失了的，中美合资湖南都瑞制药有限公司更是霸王硬上弓，斜刺里杀出一彪"都瑞伟哥"口服液，进入市场之快捷，广告宣传之凶猛，队伍组织之严密，都令杀得已经不可开交的"伟哥"们面面相觑。

1999年农历二月初二，"都瑞伟哥"的总代理选定这一吉日，组织了近万人的销售队伍，呼啦一下在全国东西南北400个城市同时推出该产品。

据《中华工商时报》3月31日报道，那些先期办完了有关手续的城市，已经彩旗、横幅满街挂，气球广告满天飞。

广告口号特别吸引眼球，让人不自禁地联想起金庸武侠小说《天龙八部》里，黑木崖上的经典画面：

"西有辉瑞，东有都瑞，双瑞争辉！"

都瑞公司的董事长说："我们的产品是真正的'伟哥'，最接近美国辉瑞公司的'Viagra'。"

当然不只是"最接近美国辉瑞公司的'Viagra'"，而是科技含量更高、疗效更好、价格更低、服用更方便。

公司宣称：该产品利用了美国加州大学圣地亚哥医学中心药物分析及药物代谢专家和美国哈佛大学化学专家主持研制的核心成果，并吸收了中国专家以及中医药的某些研究成果，是最适合亚洲人种使用的口服液，经动物和人群试服，证明其在改善男性性功能状态方面效果非凡，而且无急性毒副作用，产品不含兴奋剂和激素，质量符合国家标准及《保健食品通用卫生要求》。

他们还创造了一个让人不明就里的新词"西药中制"。何解？其官方解释是这样的：该产品所根据的理论及其提炼工艺，都是地地道道的西方模式。所谓"西药中制"是指我们为了避免西药更明显的毒副作用,在产品的制作工艺上,采用了传统中医药理论中常见的药膳口服液形式,这种口服液与其他类型的"伟哥"产品相比,更易于人体有效吸收。"都瑞伟哥"既能以治为主,见效快,针对性强,又可以调补机能,整体性强,有固本治标的作用。

能把口服液的优点说得这么深沉,这么具有理论深度,也真是让消费者醉了。

当然,其另一个优势是低廉的价格:每盒售价 230 元人民币,每盒 3 支;每支 20 毫升,相当于"Viagra"50 毫克的药效。

1999 年 2 月 9 日,都瑞公司在北京召开了"都瑞伟哥"口服液产品发布会,会上宣称,他们早在 1998 年 7 月 8 日就申报了"伟哥"商标的第 30 类(食品)商标注册,国家工商局商标局的《受理通知书》上注明,申请号为 9800075528。

"我们拟申报第 5 类(药品)商标时,却发现已经被广东威尔曼公司于 1998 年 6 月 2 日抢注了。"

不得不点赞一下都瑞公司的文案,明明是自己下手晚了,却被机智地包装成了一个完爆对手的大杀器:因为"都瑞伟哥"注册的是食品类,这就是说,它不仅在药店里可以出售,而且所有食品店甚至街头卖雪糕的老太太都可以经销。它不仅可以作为药用,也可以作为膳补,因此销售市场远比美国"Viagra"宽广了许多。

看到没有,不管是沈阳飞龙,还是湖南都瑞,还是其他林林总总的搭"伟哥"便车的中药食字号、健字号产品,他们在营销时的套路基本一样,都是三板斧:首先,都宣称自己的产品是最新药理研究成果;其次,"Viagra"作为一种处方药,市场范围受限,而自己的产品兼具治疗、保健、食疗作用,有病治病,无病健身,市场空间更为广阔;再次,他们都强调自己的价格优势。

在研发、市场策划等方面,他们也惊人地相仿:其产品的问世都有一定的传奇色彩；在研发投入方面，都声称自己的高投入，但因为经济实力有限，与辉瑞相比只是九牛一毛，产品却可以完美替代"Viagra"；都声称自己的产品是多年研究试验所得，但又毫无例外地借洋"伟哥"以一夜成名的方式进军市场。

毫无疑问，这种一哄而上、鱼目混珠、假冒伪劣横行的状况，再任其发展下去，不但这个市场会混乱不堪，最后玉石俱焚，更可怕的是将严重威胁人们的身心健康。中国在这方面的教训太多了，甚至多到使人麻木的程度。

这种态势，客观上不断地刺激着以美国辉瑞公司为代表的跨国药企和入世前夜的中国官方敏感的神经。

有关监督管理部门出手整顿"伟哥"市场，也是意料之中、题中之意了。

辉瑞公司于 1999 年 2 月 12 日表示，他们正在研究对"一种大陆中药制成的壮阳药'伟哥开泰'以侵犯商标权采取法律行动"。

台湾《中时电子报》从华盛顿发回题为《美国"威而刚"要告大陆"伟哥"》的外电报道："辉瑞发言人麦考米克说：'伟哥开泰'与辉瑞的'Viagra'显然是不同产品。我们认为这可能是商标侵权行为。辉瑞正研究相关法律问题。"

当时有记者向中国工商局商标局查证，该局审查处郑处长说，如果谁声称自己注册了"伟哥"商标，那么请他拿出注册证来，而如果仅仅是拥有《受理通知书》，那就不能算注册成功。

而当人们向飞龙公司查证这件事时，该公司负责管理商标事务的两位职员拿出来的就只有一份《受理通知书》。

2 月底，《北京晚报》刊文，国家商标局有关负责人明确指出，目前关于"伟哥"中文商标抢注成功的说法不妥，宣布"申请注册成功"毫无意义，谁最后能获得"伟哥"商标使用权尚无定论，目前不能在药品上使用。

记者采访姜伟，姜伟的律师向记者介绍说，飞龙公司已将辉瑞公司作为自己的"假想敌"，做出了一份《美国辉瑞状告中国飞龙集团侵犯商标权》的模拟报告，其中搜集了种种对双方有利或不利的证据。不过，由于这份材料涉及许多商业秘密，媒体未获得细节。

姜伟及其律师均向记者透露，日后可能成为双方纠纷焦点的问题，也就是辉瑞公司最重要的起诉理由是"'伟哥'已是辉瑞公司产品约定俗成的称呼，依照《巴黎公约》的有关规定，如果辉瑞公司把'Viagra'作为驰名商标申请，那么飞龙公司就侵犯了驰名商标的所有权"。

事实上，随后爆发的"伟哥"商标争夺战中，这一条的确成了辉瑞公司的主要诉讼理由，只不过面对的主体是广州威尔曼公司，但辉瑞公司强调的这条理由从未获得法庭认可。

于"伟哥"商标所有权而言，沈阳飞龙公司一开始就连诉讼的资格都没有。这一通让人惊诧莫名的"姜式操作"，是真不懂《商标法》？还是假戏真做后入戏太深？甚或想着与辉瑞公司碰瓷到底？姜伟反思的"总裁的20大失误"，第12条就是"对国家政策反应迟缓"。种种迹象显示，政策风暴已升腾至地平线，但"反应迟缓"的他仍在旷野逗留。

第六节　大幕落下

面对这场愈演愈烈、史无前例的"伟哥"狗血剧，有关方面终于出手了。

1999年3月29日，国家药品监督管理局发出《关于查处假药柠檬酸昔多酚片（社会上称美国伟哥）的紧急通知》，要求管理药品的监督管理部门，对市场上销售的假"伟哥"（"Viagra"）一律查封，态度十分鲜明。

《通知》称，"伟哥"为美国辉瑞公司生产的药品，我国尚未批准任何企业进口或生产这一药品。目前市场销售的"伟哥"都是假药。

《通知》要求，各地药品监督管理部门要加大对"伟哥"药品的监督力度，严格执法，严禁任何企业以任何名义进行销售或变相销售；对公开销售或变相销售"伟哥"药品的企业，一律按照《中华人民共和国药品管理法》有关规定，以制售假药行为进行处罚，情节严重的责令停业整顿，直至吊销生产或经营许可证。

同日，全国各主要新闻媒体发布了这份查处假"伟哥"的紧急通知。

30日下午有记者与沈阳飞龙公司"伟哥开泰胶囊"事业部取得了联系。该部负责人的答复是：国家药品监督管理局的紧急《通知》，并非针对"伟哥开泰胶囊"，因为"伟哥开泰胶囊"作为保健品已获准销售。

令人啼笑皆非的是，一开始，飞龙公司下属人员竟然还有人对这次打击假"伟哥"行动表示欢迎。

30日的《金陵晚报》报道说："伟哥"禁止销售，"开泰"喜出望外。沈阳飞龙南京分公司负责人朱刚认为，查禁假"伟哥"会给他们带来无限商机。

据介绍，南京是"伟哥开泰胶囊"抢滩长江以南的第一个城市，从1999年2月14日"情人节"上市，一个多月销售已有200多万元。

但这只是个掌握公司核心机密的中下层员工的臆想。操盘的姜伟知道麻烦大了，自己捅了马蜂窝了。

他马不停蹄地奔赴各处救火，试图扶大厦之将倾。

4月1日晚上，在北京首都大酒店锦云厅，飞龙公司召集30多位记者举行了一次"交谈会"，目的是让记者朋友们帮着扛一把，消除"3.29通知"给飞龙公司带来的负面影响。

姜伟重点介绍了"伟哥开泰胶囊"的几项药理试验、"伟哥"

商标问题和经济执法问题。会上飞龙公司散发了一些文字材料，其中包括一份署名姜伟的《法律声明》，称"有关外包装的文字，飞龙公司解释如下：此包装盒已经由辽宁省卫生厅药政处做过修订后，同意印刷使用的。按保健药品的法律管理权限，各地药政部门应与辽宁省卫生厅进行业务沟通，不应直接提出处理。因为，飞龙公司已经依法进行了申报和批复程序，就不应再说飞龙公司违法或对飞龙公司进行法律查处"。

这里提到的包装问题，后来成为查处"伟哥开泰胶囊"的理由之一，这表明飞龙公司对自己即将面临的风险已经有了心理准备。

3日，飞龙公司给国家药监局发了检查函，谈了"开泰胶囊"说明书和外包装文字不规范的严重问题确实存在。

同时飞龙公司总裁姜伟找到国家药品监督管理局的相关领导，承认了"开泰胶囊"所存在的一些不规范问题，并说明了造成问题的原因。

据说，药监局的一位负责人当场教训姜伟说："'开泰胶囊'本来是一个很好的保健药品，可说明书写得怎么那么复杂，非去和美国'Viagra'比什么？我们自己的中药本身就是好的，叫什么不好，非得叫'伟哥'吗？"姜伟无言以对。

6日，飞龙公司给药监局市场监督司发传真件，谈了对"伟哥开泰胶囊"所存在问题的整改措施。

但这些努力为时已晚。这场行动既然是狠狠打击假"伟哥"，以"中国伟哥"的开山鼻祖自居的"伟哥开泰胶囊"，自然首当其冲。

在这之前谁叫得最响，这个时候反噬他的力道也最大。

8日，飞龙公司向全国人大法制委员会发去了《辽宁名牌开泰胶囊受查处和阻碍情况汇报》。报告说，受"3.29通知"的影响，飞龙公司在全国各地的市场发展受到抑制。一些省市以没有辽宁省药政处包装批件为由，叫停了"开泰胶囊"的销售。这对飞龙公司在当地市场的打击是毁灭性的。

"特此，姜伟以沈阳飞龙公司法人和全国劳动模范的名义向全国人大法制委员会报告，在法律环境下保护省内企业、保护省内名牌，促进辽宁省经济发展大背景下，给予必要的法律援助。"

由于这份报告是打给全国人大法制委员会请求"给予必要的法律援助"，因此行文相当克制。实际上，飞龙公司在全国各地的销售，不是"受到抑制"那么简单，而是已经接近爆仓的边缘。

该报告还指出："开泰胶囊的生产过程、质量检验严格按辽卫健字（93）Z73 号和辽卫药字（1999）1 号文规定的处方和质量标准生产和质量管理，从来没添加也不敢添加处方和质量标准以外的其他物质、药物或中药提取物；从来也没添加中药精制物，如去氢紫堇碱。我们从事药品生产十几年，深知这是死罪行为。所以，我们不敢添加其他药物或提取物。"

"去氢紫堇碱"是个什么物质，为什么要在这样一份严肃的报告中做特别申明？

原因无他。为了证明"伟哥开泰胶囊"与美国辉瑞公司的"Viagra"是伯仲之间的原创中药新药，飞龙公司在推广中隆重推出的核心证据就是这个物质：

"'伟哥开泰胶囊'的主要研究发明人之一王义明教授，早在1970 年就发现具有扩张血管作用的物质——去氢紫堇碱，并基于这种物质提出了关于血管扩张的'第二信息'理论，比 1998 年诺贝尔奖得主于 1986 年发现一氧化氮（NO），整整早了 16 年！"

为突出这个核心的、源头的创新元素，"去氢紫堇碱"自然而然被飞龙公司定为"伟哥开泰胶囊"的主要化学成分。

问题是，药品的成分需由药品监督管理部门严格审查，而经有关部门确定的法定标准里，"伟哥开泰胶囊"的成分中，并不包括"去氢紫堇碱"。这也是接下来"4.14 通知"中查处"伟哥开泰胶囊"

的另外一项重要理由。

可以说，否认"去氢紫堇碱"的存在，等于是挖掉了"伟哥开泰胶囊"作为"中国伟哥"的带头大哥，与"美国伟哥"抗衡的地基。但在这个飞龙公司的生死关头，姜伟不得不自己打自己嘴巴了。

9日，飞龙公司派出近30人飞往全国各地市场，逐地、逐店对说明书和包装存在问题的产品进行收回、更换。

但这些努力都做了无用功。

14日，国家药品监督管理局下发了《关于查处劣药"伟哥开泰胶囊"的通知》，15日，中央电视台在新闻联播节目中连续播发了6次，全国众多媒体跟进。

可以说，对一个单一产品进行如此严厉的立体式打击，自新中国成立以来闻所未闻。社会各界及媒体一片哗然。

这个《通知》具体是这样写的：

各省、自治区、直辖市药品监督管理局或卫生厅（局）药政处（局）、医药管理部门：

"伟哥开泰胶囊"为飞龙集团（香港）有限公司沈阳飞龙制药有限公司（以下简称"沈阳飞龙制药有限公司"）制造。1998年12月，沈阳飞龙制药有限公司原中药保健药品"延生护宝胶囊"〔辽卫药健字（1996）第0080号〕经辽宁省卫生厅同意更名为"开泰胶囊"，但该公司在药品包装盒所附《伟哥开泰临床药理学报告》材料中实际宣传药名"伟哥开泰胶囊"与审批药名"开泰胶囊"不符。"伟哥开泰胶囊"使用说明书中所称的主要化学成分"去氢紫堇碱"在审定的处方和质量标准中也未曾涉及，并且其药品包装不符合《药品管理法》的有关规定，药品包装盒内也未附有法定的药品说明书。该药品内装材料违规进行与其他药物的疗效对比。同时，更为严重的是，该公司擅自更改该药品的功能主治，印制违法的药品使用说明，误导消费者，产生了极为恶劣的影响。为维护《药品管理法》的严肃性，保障人民群众用药安全，特通知如下：

依照《药品管理法》第三十四条规定，沈阳飞龙制药有限公司在全国销售的"伟哥开泰胶囊"按劣药进行查处。请各地药品监督管理部门对辖区内销售的"伟哥开泰胶囊"立即进行查处。责令沈阳飞龙制药有限公司在本通知发布之日起1个月内全部收回已售出的"伟哥开泰胶囊"。

严禁任何企业以任何名义进行销售或变相销售"伟哥开泰胶囊"。自本通知发出之日起，凡继续销售或变相销售"伟哥开泰胶囊"的经营企业，一律按照《药品管理法》有关规定以销售劣药行为进行处罚。情节严重的责令其停业整顿，直至吊销药品经营企业许可证。

责成辽宁省卫生厅药政处对"伟哥开泰胶囊"的生产企业沈阳飞龙制药有限公司依法进行查处，并将查处情况于1999年6月1日前上报我局市场监督局。

国家药品监督管理局

3天后，辽宁省卫生厅转发了这个"4.14通知"，要求立即停止"伟哥开泰胶囊"以任何形式、任何名义的销售或变相销售，并责成沈阳飞龙公司按期收回已售出的药品，并准备接受进一步核查和处理。

"4.14通知"也称93号文件，此件一出，一度在天空中恣意翱翔的飞龙就不是失速的问题了，而是从万米高空应声坠地。

被戴上"劣药"帽子的飞龙公司和它的"伟哥开泰胶囊"一时之间成了丧家之犬，到处喊打。

正在参加"广交会"的飞龙公司，被组委会强制逐离。《南方都市报》4月17日题为《"伟哥开泰"撤出交易会》的新闻报道中，这样写道：

> 违禁药品进"广交会"又被勒令撤出，还是"广交会"50年历史上头一回。被"广交会"驱逐出场，标志着"伟哥开泰胶囊"彻底被红牌罚出市场。

第七节　真相大白

何以认定飞龙公司的"伟哥开泰胶囊"为"劣药"？93号文件作为一份行政决定书，其表述的重点在于要求下属部门强制执行，对于飞龙公司的"罪状"的描述相对简略。

而发表于《人民日报》1999年8月11日第2版的国家药品监督管理局市场监督司副司长李军答记者问，就比较科普了。

> "伟哥开泰胶囊"是什么药？记者问国家药品监督管理局市场监督司副司长李军。
>
> 李军说，"伟哥开泰胶囊"由标识为飞龙集团（香港）有限公司沈阳飞龙制药公司（以下简称"飞龙公司"）制造。辽宁省卫生厅1993年11月25日批准飞龙公司生产"延生护宝胶囊"。在辽宁省卫生厅给国家药监局的正式报告中写得很明确，飞龙公司生产的"延生护宝液"呈现销售不畅，信誉下降，市场混乱的状况，影响了"延生护宝胶囊"的市场，因此飞龙公司要求将其更名为"开泰胶囊"。辽宁省卫生厅1998年12月批准，允许飞龙公司使用原"延生护宝胶囊"的批准文号，原来的质量标准，原来

的工艺，而更名为"开泰胶囊"。

"延生护宝胶囊"更名为"开泰胶囊"的同时，在药品包装和使用说明中使用了"伟哥"字样，飞龙公司解释其为商标。现在飞龙公司的说法是国家工商局已受理其"伟哥"商标注册，所以把"伟哥"商标印在了包装上。然而受理其注册申请与其注册成功是两回事。药品和其他商品不同，《药品管理法》第四十一条有明确规定："药品必须使用注册商标；未经核准注册的，不得在市场销售。"我们从国家工商行政管理局得知，迄今为止，国家工商行政管理局虽然已受理了飞龙公司的申请，但并未批准其注册，因此是不能在药品上使用这个未经核准注册的商标的。飞龙公司说，由于国家药品监督管理局的查处，使他们的几亿元的无形资产流失。其实，这个"无形资产"并未形成，何谓流失？

记者问，"伟哥开泰胶囊"是劣药？

"开泰胶囊"摇身一变成为"伟哥开泰胶囊"，同时隆重地推出了一场商业大炒作，使消费者误以为这就是治疗男性勃起功能障碍的药品。多了"伟哥"两个字，加之一系列炒作，原来该药组方、标准、工艺、批准文号都没变，而改变后是什么效果呢？原来的"延生护宝胶囊"只卖25.3元一盒，现在"伟哥开泰胶囊"没经物价部门审批，飞龙公司自主定价，每盒卖价达到180元。李军这样对记者说。

李军指出，把"开泰胶囊"更名为"伟哥开泰胶囊"，是违反《药品管理法》的行为。任何药品未经批准都是不能更名的。不仅如此，"伟哥开泰胶囊"在其他方面也有违法行为，违反药品监督管理部门严格审查确定的法定标准，例如，修改了药品的成分，把其主要的化学成分定为

"去氢紫堇碱"；对功能主治进行了修改，因为对于中药保健品来说只能对身体进行调节和滋补，而现在变成了一种治疗型的药物，擅自增加了"男女性冷淡"等等；在用法用量上进行了修改，最先是，同房前1小时加倍服用，后改为在必要时倍量服用。稍有常识的人都知道，这每一项都关系到用药的安全，每一个指标的制定都是要经过药品监督部门严格审查的，经审查定下来的药品标准，任何人都无权进行任何修改。如需修改，必须重新申报，重新批准。

记者问，沈阳飞龙公司反复强调"伟哥开泰胶囊"不是劣药，只是印错了一个说明书。

李军指出，是否是劣药，要依法作出界定。印在药品说明书和包装上的文字必须同批准的药品标准一致，不能有任何不同。因为病患者是完全按照说明书和包装标识的法定标准买药用药，他不可能自己去检验，而这又是直接关系到人民健康的问题。所以，不是印错了一张说明书的问题。这是违反了药品法定标准的违法行为。"伟哥开泰胶囊"标识的药品标准同其审批的法定标准的内容根本不一致。例如，原批准的"开泰胶囊"的说明与包装标识功能中主治方面的法定标准为：温肾助阳、强筋健骨、填精髓、通和血脉。用于肾阳不足，阳痿、不举，腰膝酸痛，肝冷畏寒，下身冷痛，尿频不利，气短神疲。具有通和血脉、补肾助阳功效，是保健药品。可是上市的"伟哥开泰胶囊"功能主治是：用于男女性冷淡，不举、早泄、阳痿、气短、尿频不利等症，能振奋精神，恢复体力。具有通和血脉、补肾助阳功效。这样一改，该药完全成为治疗型药品。

李军说，4月13日国家药品监督管理局查处通知下发前，在辽宁省卫生厅监督下，飞龙公司的确是把一部分包装和说明销毁了。但有两个问题它是无法回避的：第一，对于销往全国的"伟哥开泰胶囊"飞龙公司并没有发表声明追回，仍然在销售，其危害仍存在；第二，就在重新印制的包装和说明书中，飞龙公司继续将"伟哥开泰胶囊"的标志印制在药品的外包装上，仍然使用更改后的药品标准，仍违反《药品管理法》规定。前不久，飞龙公司又借新闻媒体宣传，"伟哥开泰胶囊"去了"伟哥"两字就合法了，辽宁省批准其恢复生产。实际上是在飞龙公司将全部违法行为，如：药品名称、成分、功能主治、用法用量全部改回到法定标准后，辽宁省卫生厅才同意其恢复生产。

李军说，最近经国务院批准，国务院法制办公室批复我局作出了正式解释就足以说明这一点。"批复"中明确指出：擅自更改药品名称、功能主治和用量的行为属于违反《药品管理法》第三十四条第三款规定的"其他不符合药品标准规定的"行为。从而从根本上肯定了我局将"伟哥开泰胶囊"定性为劣药查处是十分正确的。我局将继续依法对此案进行查处。

请注意：《人民日报》的这篇答记者问发表于8月11日，距93号文件公布差不多已经过去了4个月。那么，为什么国家药监局对飞龙公司祭出雷霆手段后，时隔多月还要再补上一刀呢？

原因就在于，对于这个"劣药"的定性，企图挽回败局的姜伟和他的飞龙公司采取了各种软硬抵抗，直至彻底激怒了这个行政机构。

一开始他采取的策略是：对国家药监局做各种证据上的表态、抗辩和争取；在他的媒体朋友圈里，则继续用他一贯的模棱两可的情绪化表述，维护"伟哥开泰胶囊"绝世好药的形象。

22日凌晨1时30分，连夜开完董事局会议的姜伟，"带着倦意接受了《中华工商时报》记者张志勇和新华社辽宁分社一位记者的采访。"这是姜伟在93号文件公布后突然"失联"整整6天之后，首次接受媒体采访。

大约一周后，张志勇以《姜伟：我挺不住啦》为题做了一个长篇幅的报道。我们从这篇对话实录中摘录若干，一窥姜伟当时的心态：

记者：药监局的93号文件（即"4.14通知"）下达后，你在做什么？外界传言你跑了。

姜伟：我去了大连，在海边待了6天，我思考了很多问题，我要把很多事想明白。看着海，海风吹着，我的心胸无比开阔。同时几乎把所有与药品有关的法律方面的书都看了，并认真研究。我姜伟热爱生我、养我、培养我成长的祖国。外界很多传言显得可笑，关于各种传言我从来都不屑一顾。我想明白了，才回到沈阳，才开了今天这样一个会。

记者：在飞龙重新决定起飞时，对做市场是怎么想的？

姜伟：任何一个企业都在无时无刻地寻找商机。当我们申请"伟哥"商标时，还在考虑是打"伟哥"，还是打"开泰"。在生存和风险面前，我们选择了生存。我们是有意识地要运作一次"伟哥"无形资产的典型案例。TM，是国际惯例，是商标，开泰胶囊才是药品名称。

记者：有人说，飞龙是在钻法律的空子。

姜伟：我十分重视法律、法规，市场经济就是法治经济，就是贴近法律、贴近经济规律，经济规律是无形的手。

记者：说明书有问题吗？

姜伟：有，有不规范的地方，但我们早已更正了，产品说明书的问题，并不是产品质量的问题。

记者：很多人探源"中国伟哥"身世，说是由"延生护宝胶囊"更名而来。

姜伟：对更名一事，我们从来就没有回避过，但作为商家有必要非得跟消费者说得十分清楚吗？对于更名一事，可以说经销商都清楚，我们从来没掩盖什么。此事可以说但不愿同消费者说。今天你提出这样的尖锐问题，我可以告诉你，1995年至1997年飞龙进入休整期，"延生护宝胶囊"始终未正常生产；1996年，我们在生产中研究使用了国家科委九五重点攻关项目，中药复方有效部分提取新工艺（又称复合树脂吸附技术），使生产的药品达到原批准的质量工艺要求。辽宁省科委经过评估，登记为省科技成果。去年，我们依法将原"延生护宝胶囊"更名为"开泰胶囊"，并变更了工艺，于今年2月按辽宁省卫生厅批复的新质量标准生产。

记者："开泰胶囊"中是否加入了"去氢紫堇碱"？

姜伟：我们从事药品生产十几年，我们知道如何严格按标准投料，从不敢添加其他药物或提取物，我们不应在宣传中用"去氢紫堇碱"来代表中药元胡。但话又说回来，你能否认胡萝卜中含有胡萝卜素吗？

记者：药监局已把"伟哥开泰胶囊"定为劣药，你怎么解释？

姜伟：我不想多说，眼下也不想解释。但有一点我必须大讲、特讲，那就是科学，我们有科学家和教授们的实验报告，我们委托天津医科所、辽宁中医院等科

研院所所做的实验报告，1/3 指标超过美国 "Viagra"，
1/3 指标与美国 "Viagra" 相同，1/3 指标不如美国
"Viagra"。这是科学，这是严肃的问题。我们绝不
是像有些人想的那样用更名来欺骗消费者，科学的
问题，来不得半点虚假。这回可以说是古老的中医
文化与美国西药的抗争。

记者：被定为劣药你怎么看？

姜伟：我们完全是按政府批准的标准来进行生产的，至于
劣药的说法，我不理解，但眼下又不想多说。

记者：有人说 "开泰胶囊" 冒充 "伟哥"。

姜伟：准确地说，"伟哥" 不是美国的 "Viagra"，目前国内
"伟哥" 泛滥，而且 "伟哥" 已成为一切壮阳药的
统称。飞龙是中国第一个使用 "伟哥" 商标的生产
者，但 "4.14" 之后，我们决定不要 "伟哥" 两字，
而且我们将不说 "伟哥" 汉字，不要写 "伟哥" 汉字。
要开泰，这是我们的品牌，消费者已认可开泰是好
使的，国际、国内都已认同此药，我们要把此药定
为卖 20 年或 30 年的产品。

可以看出，字里行间，话里话外，充斥着各种不满、不服。

22 日，飞龙公司一边以董事局的名义给国家药品监督管理局的
领导发去全体董事局的会议精神。这份传真阐明了飞龙公司在今后
所要遵守的原则，所要坚持的做法，以及未来营销工作要执行的方
针，及对 "4.14" 事件的认识。

另一边，当日下午，姜伟飞赴北京。23 日上午，姜伟在北京召
开了一个由新闻单位及其他方面人士参加的座谈会，姜伟的讲话重
点谈了他对此次处理的质疑，并宣布飞龙公司将在 26 日向沈阳市

中级人民法院行政厅提交诉讼状。

其诉讼的案由是：不是劣药为什么按劣药查处；其诉讼的法律请求是：请法院判定辽宁省卫生厅收回《辽卫函（1999）116号文件》。

为此，飞龙公司组成了一个7人豪华律师团。首席律师黄曙海原是国务院法制局分管行政法和行政诉讼法的副局长，是主持起草行政诉讼法的负责人之一，现任国家行政学院的法学顾问。

法律顾问中，还包括原国家工商局商标局局长李继忠。

由于沈阳市中级人民法院不受理此案，飞龙公司于5月19日向北京市第一中级人民法院交纳了400元的行政诉讼费后，提起行政诉讼，状告国家药品监督管理局。

8月19日上午8点30分，北京市第一中级人民法院公开审理飞龙集团诉国家药监局一案。

在此之前，经过姜伟的多番运作，所谓"劣药"之争，不但已局限在沈阳飞龙公司的外包装、说明书、药品成分等"不规范""有失误"的技术操作范畴，并渐渐被带入了这样一个悲情节奏：代表几千年来中国好中药的"伟哥开泰胶囊"遭此大难，是被跨国资本和国内的利益集团联手做了一道。

此计效果甚好。经飞龙集团和辽宁省卫生厅向国家药品监督管理局反复请示，也想着息事宁人的国家药监局，悄悄地挥手放行了。

6月8日，辽宁省卫生厅下发辽卫药字（1999）11号文件，即《关于中药保健药开泰胶囊包装及说明书的批复》，批复中说："同意你公司按审定的包装及说明书组织开泰胶囊的生产销售。"

批复附有审定的"开泰胶囊"包装及使用说明书样稿。经重新审批的"开泰胶囊"使用说明书内，原来的商标"伟哥"已经没有了，取而代之的是"春意"。争议最大的主要成分"去氢紫堇碱"也改为了"淫羊藿、牛膝、五味子等"。

这个批复不但保住了沈阳飞龙公司继续生产销售"开泰胶囊"

的命根子，关键是强化了消费者对沈阳飞龙戴上"劣药"帽子，仅仅是技术操作不规范的认知：你看，去掉"伟哥""去氢紫堇碱"这两个争议最大的词组，不就可以合法生产销售了吗？

正是在这样的背景下，被沈阳飞龙公司不依不饶逐级提起行政诉讼，当了被告的国家药监局为"以正视听"，于一审开庭前夕，在《人民日报》上登出了一篇针锋相对的"答记者问"。

这篇"答记者问"某种意义上是被告国家药监局的法庭辩护意见的缩写版，对认定"伟哥开泰胶囊"为"劣药"的法理依据一一做了详细说明。

虽然在证据材料上，比93号文件并无多少新意。但它开宗明义的一个结论，却为"伟哥开泰胶囊"的棺材板敲下了最后一根钉！

"伟哥开泰胶囊"究竟是什么东西？概括一下李军的结论就是：

"延生护宝胶囊（液）"因为销售不畅，飞龙公司将其更名为"开泰胶囊"，使用的是原来的质量标准，原来的工艺。

"开泰胶囊"在药品包装和使用说明中违规使用了"伟哥"字样，摇身一变成为"伟哥开泰胶囊"，同时隆重地推出了一场商业炒作，使消费者误以为这就是治疗男性勃起功能障碍的中药新品。

姑且不论国家药监局采取这种官司开庭前夕，在权威媒体上进行媒体审判方式的报道是否妥当，事实上同一时间里姜伟也在媒体上各处放料，但其对姜伟和飞龙公司的冲击当量，无疑是核爆级别的，了解了这些信息后，消费者自然会在肚子里打起自己的小"官司"：

哦，原来姜伟一开始说的就是假话，就是在编故事，就是在骗我们。

当一个企业家、一个企业、一个产品的诚信建立在虚浮的流沙基础上，裸泳的难堪结局便已然注定。

第三章
"伟哥"魔咒

第一节　向谁去喊冤

"可把我整蒙了！"姜伟这样形容自己在听到93号文件时的反应，"我走在沈阳的大街上，禁不住泪流满面。我这个人从来就没服过，没服过输，也没服过软，但这次服了。"

这只是姜伟擅长的煽情化表达。6月10日，就在国家药监局同意飞龙公司经整改后恢复生产的第二天，姜伟召开了查处事件以来的第4次新闻发布会。

他在会上的发言主题，一是为"伟哥开泰胶囊"喊冤；二是控诉国家药监局无端打压飞龙，导致他导演的中药"借船出海"大棋，功败垂成。

他说，经过3年休整，（在"伟哥开泰胶囊"这个产品上）注入了将近6000万元的高新技术，特别是在生产工艺及临床药理学研究中注入了大量的分子生物学和现代科技，获得了一次很好的发展机遇。

2、3月份整个飞龙起飞顺利，如果不发生意外的话，到今天就可以实现2.5亿元的销售收入，并加快速度完成原定的于年末在香港科技板块上市的目标。

"开泰胶囊"是我们国家中药几千年来难得的一个很好的药品。2 月 3 日上市后的两个月左右时间，公司接待了中外 200 家客户，收到了世界各地要求商业贸易谈判的传真 251 封，已经签订了代理协议近 30 份，协议的总金额达 1000 万美元，这些协议遍及全球，而且这些客户最大的一个特点，就是各个国家的正常贸易客户占 80%，华裔客户只占 20%。这是新中国成立以来中药品种出口少有的现象。一个保健药品引起世界瞩目的反响，新中国成立以来是首次。

但国家药品监督管理局实施了新中国成立以来对企业最大的一次不可逆性的舆论空中打击，造成我们发展受阻。对一个企业、一个事件，中央电视台发了 6 次新闻，这是史上罕见的。

对重新上市的"开泰胶囊"不让用"伟哥"商标，姜伟仍然耿耿于怀。新闻发布会上，他愤愤不平地质问：

"'伟哥'两个字犯了什么法？全世界哪个企业注册到'伟哥'商标了，是哪个企业的药品名称？我侵谁的权了？我们不能留着知识产权给别人，美国的知识产权叫知识产权，中国批准的知识产权不叫知识产权吗？"

这样严重分裂的反应，即便是一直以来善对他和飞龙公司的《中华工商时报》也忍不住了。该报的名栏目"水皮杂谈"发表了一篇评论，直言《姜伟其实并不冤》：

> 姜伟打官司，用本人的话来说，也就是"秋菊打官司，给个说法"。
> 姜伟要什么说法呢？
> 无非是喊冤，企业肯定是完蛋了，遭此打击，飞龙再次休整已是事实，但是生产劣药这顶帽子姜伟却不能戴，在一般老百姓眼中，这种奸商行为和杀人放火没什么两

样，这口气姜伟咽了，那么"中国十大杰出青年"和"全国劳动模范"今后也就上无脸见高堂，下无颜见子孙，更不用说在社会上人五人六了。

那么姜伟究竟冤不冤？

也冤，也不冤。冤，指的是药监局处理的事项和以此制定的劣药处罚。辽宁省卫生厅先前处罚过，"伟哥开泰"的生产运作，在此之后一直是合法的，并没有质量问题，犯一回错受两回罚，所以他觉得冤。

不冤，指的是"伟哥开泰"当初步入市场之时的确有问题，不管动机是什么，造成的影响是恶劣的，和药监局最初从假药查处的处理方案相比，现在也算给姜伟留了一点面子，从这个角度看，姜伟再喊冤，恐怕同情的人也不多。

姜伟对新闻界说，这场风波是早晚要来的，是不以人的意志为转移的，早来比晚来好，早来他还能控制局面，晚来损失会更大。既然有这种"远见卓识"，为什么还会发生这场"风波"呢？

这恐怕就真的不是姜伟个人的意志能把握的，用句古话说，是"知其不可为而为之"。

有人说，姜伟犯了新错误，是第二十一条新错误。其实，他并没有新创造，他只是把自己曾痛心疾首反思过的二十大失误再扎扎实实地犯一遍而已。

抢注"伟哥"商标，曾引来一些媒介的欢呼声，"开泰胶囊"在已经注册"开泰"的情况下，给自己贴上了"中国伟哥"的标签。借船出海，对于短线商业炒作而言，无可厚非，但是对于一个蛰伏了 4 年，并且在作了深刻的反省而准备重新起飞的有志企业家而言，是不是有点太急功近利？这种策划档次是不是有点拿不出手？不要说全国各地有多少个厂商在抢注，就说仅仅是申请被受理就迫不及待地渲染、炒作本身，就让人反感。某种意义上而言，"伟哥开泰"目前遭遇如此大的反压，正是姜伟本人一手造成的，时至今日，他才说，飞龙决意放弃"伟哥"这个被人"炒烂"了的名词，重新启用自己的注册商标"开泰"，因为他确认，开泰的质量社会认可了。如果真是如此，姜伟倒也不冤，借船出海，总得付些"油钱"吧。

大浪淘沙。这些年来，研究民营企业家的失败已经形成了一股热潮，这种失败当然是在引人注目的成功之后的失败，比如"巨人现象""南德现象"，也包括发展进行中的"飞龙事件""爱多事件"。很多情况是旁观者清，当事人迷。说别人时一二三四五六七清楚得很，轮到自己就是七六五四三二一，一笔"糊涂账"，一遍一遍重复自己犯过的错误，走过的弯路。"飞龙事件"如果搁在别的企业，或许会有别的结果，但是，搁在"飞龙"就肯定是这个结果。

民营企业是不能犯错误的，也犯不起错误。这才是姜伟要记住的。

这篇评论发表在《人民日报》"答记者问"之前，作者并不掌握"伟哥开泰胶囊"和"延生护宝胶囊"只是换了一身马甲的事实。因此，作者对姜伟的批判重心在于：

"有人说，姜伟犯了新错误，是第二十一条新错误。其实，他并没有新创造，他只是把自己曾痛心疾首反思过的二十大失误再扎扎实实地犯一遍而已。"

作者怒其不争："这种策划档次是不是有点拿不出手？"

此可谓诛心之论。作为中药保健药品界第一代风云人物、中国企业界赫赫有名的"思想者"，掀起中国企业家"失败研究热"的雄文《总裁的20条失误》的作者，大家期待着大起大落、大思大想后的姜伟，恰如涅槃后的凤凰，集小聪明于大智慧，成为创新引领民族中药走向世界的扛把子。但是，摊在阳光下的事实却让人们高度怀疑：

他是一个食言而肥者。

有人挖出1996年飞龙公司被姜伟实施休克疗法期间，发表的《退一步的目的就是为了进两步——致公司全体干部、职员的一封公开信》，姜伟在这封公开信中一再强调：未来的企业竞争不再仅仅是靠高额的广告投入，更是企业科技实力的竞争。

"现代市场经济要求企业必须接触、研究和生产世界尖端科学的成果。我们要完成民族医药工业的高科技产品与世界医药产业在同一标准上平起平坐。"

什么中药的"塔山阻击战"，什么文化的"自卫反击战"，什么科技的"沙漠风暴战"——壮言犹在耳，却已成笑谈。

事实上，许多朋友和飞龙公司的员工，非常不解姜伟为什么坚决要和国家药监局打官司。

稍微务实一点的人都明白，此时此际打这种官司，除了付出巨额律师费，引发媒体的"扒粪"热情，增加上级主管部门的恶感，对飞龙公司的生死劫而言，并没有多少正向价值。

如果只是想策略性地表明自己的姿态，博取社会舆论的同情，最好的做法就是见好就收。4月下旬沈阳市中级人民法院决定不受理此案，6月8日国家药监局给出有条件恢复生产的"台阶"，都是飞龙公司顺坡下驴、及时收手的好点位。

尤其是1999年12月17日，北京市第一中级人民法院一审判决飞龙公司败诉后，更不应该坚持上诉，一条道走到黑，把仅有的资源消耗在与上级主管部门漫长的司法对峙中。

但姜伟接受媒体采访时，剖明了他的心迹：

"我不能过着虽生犹死的生活，我只有一人顶着压力，用我的痛苦获得让我自己满意的结果。"

"有一万个人来看待姜伟的选择，有一万个人说是不可行的，尤其是飞龙一审败诉后，继续选择上诉。但我必须这么走。法律，是飞龙和我选择的唯一途径。除此我别无选择。"

为什么别无选择只能做"秋菊"呢？

因为，"我近日在想，我是为谁而干，大的说来是为振兴民族工业，小的说，为我的母亲，为我的儿子而干。作为中国的知识分子，'劣药'的帽子我戴不起，我无法面对家人，我不能让我的儿子认为他的爸爸是一个制造劣药的爸爸。我无法面对全国的消费者。我无法面对众多'开泰胶囊'的科研人员和一些老专家及一些教授们，他们背不起这样的罪名。我姜伟永远都不会做那种苟且偷生的人，我要对科学有个交代，不然我是历史罪人。"

这一番旁白一如既往地冠冕堂皇，用大白话翻译一下，其实只有一句话：我姜伟对公司啥的都顾不上了，最要紧的是不惜代价挽回我的名誉。

如果代入到姜伟的思维模式里，他的做法并不让人意外。毕竟，不管自己承不承认，从"延生护宝胶囊"，到"开泰胶囊"，再到"伟哥开泰胶囊"已被外界视作一个证据环。接受"伟哥开泰胶囊"是"劣药"的认定，等于否定了安放了自己的青春和梦想，馈赠了自己财富和桂冠的"延生护宝胶囊"。等于也间接否定了他引以为傲的一代企业家的生命。

2000 年 11 月 17 日，北京高院做出终审判决："认定'伟哥开泰胶囊'为'劣药'不当"。"伟哥开泰胶囊"戴了一年零七个月的"劣药"帽子终于摘掉了。但法院并没有支持飞龙公司 1.2 亿元的赔偿请求。

沈阳飞龙公司同意北京高院所作出的终审判决，国家药监局的态度是：保留意见。

此次庭审几乎没有媒体关注。沈阳飞龙集团总裁姜伟在自己的家中得到了这个雪落的消息。

这个判决对姜伟或许很重要，但对业务停摆的飞龙公司来说，已经不重要了。

只不过是终于为黄粱一梦画上了句号。

一切，从终点又回到了起点。

第二节 "伟哥之父"

"伟哥"仿佛是一道魔咒。

在世纪之交的神州大地上，所谓的点子策划成了一时显学，借势造势则是很多人的创业秘籍。

经过姜伟的一番石破天惊的媒体炒作，"伟哥"这个名字响彻云霄。一时之间，借势"伟哥"的妖魔鬼怪遍地走，演绎出一幕幕"丛林夺宝"的闹剧。

其中，最具魔幻现实主义色彩的当数姜伟的两个东北老乡，一个叫闫永明，另一个叫王奉友。准确一点讲，这哥俩于"伟哥"这个概念而言，已经脱离了借势营销的低级阶段，而是跃升至借机抢钱的高级阶段。

听完他们的"起高楼、宴宾客、楼塌了"的所谓的资本运作三部曲，你可能会发出这样的疑问：为什么当下坊间有"投资不过山海关"之说？莫非是东北的企业经营、投资环境已经被那一届"企业家"们透支殆尽了？

先讲一讲这个闫永明。

为从"伟哥"盛宴里分一杯羹，世纪之交时有不少人自封"中国伟哥之父"。但今天以"中国伟哥之父"为关键词搜索，竟然差不多全是这个闫永明的新闻报道。

其中阅读量最大的一篇是 2016 年 11 月 12 日《法制晚报》的报道，题目为《"伟哥之父"自首：20 岁成亿万富翁携 2.5 亿逃亡》。

这个最后坐上全球瞩目的"百名红通人员"第 5 把交椅的闫董事长，从绑着"伟哥"发射升空，到高空失控自爆，其如流星般划过的轨迹，实在是太耀眼了。

到目前为止，外界对闫永明的出道知之寥寥。

只知道他出生于通化县县政府所在地大茂镇的一户普通人家，没有什么文化，胆子特别大，是一身江湖习气的"社会人"，虽然他在 2000 年接受采访时，宣称自己毕业于北京大学经济管理系。

闫永明的发迹比中彩票大奖还神奇。20 世纪 90 年代初，他到北京混迹了一段时间，等再回通化时，已在一家注册资本达 4.6 亿元人民币的大公司，占到 96% 的股份了。

这家公司，就是 1992 年 6 月 30 日注册成立的通化三利化工公司（以下称三利化工公司），它让闫永明一夜之间成为身价不菲的企业家，要知道当时他才不过 21 岁。

江湖传言，闫永明在北京认了个搞金融的"干妈"，她对闫永明的精明非常欣赏，弄出一些钱支持闫永明买卖股票。这个至今未经确认的"干妈"，被认为是闫永明之后上演股市圈钱大戏的幕后"仙人"。

1993 年，通化市生物化学制药厂股份制改革，定向募集发起组建了股份有限公司——通化金马药业集团股份有限公司（以下称通化金马公司）。在这一改制过程中，社会法人一共认购了股份公司 2057.5 万股法人股。

成立不到 1 年的三利化工公司，毫不费力地出资 1000 万元入股其中，获得 1000 万股股权。

1994 年 3 月，参与改制的通化生物化学制药厂不知出于何种原因，在明知公司一旦上市，手中股票可能大幅增值的情况下，慷慨地将其 1352.9 万股对外转让，三利化工公司又接下了其中的 352.9 万股。

1997 年 4 月 30 日，通化金马公司成功在深交所上市并发行了 4000 万社会公众股。闫永明的三利化工公司以 811.74 万股占通化金马公司发行后总股本的 6.43%，位列第四大股东。

2000 年，通化金马公司的第二大股东通化特产集团、第一大股东二道江国有资产经营公司、第三大股东通化金鑫纸制品厂、第六大股东通化中兴建筑安装工程公司先后将各自在通化金马公司的股份几乎尽数协议转让给了三利化工公司，让三利化工公司一举成为持股比例达 26.28% 的控股股东。

当时的通化金马公司虽然只在通化当地的八九十家药业中排名中上游，但仍属通化市最优质的国有控股企业之一，年利润稳定在 8000 万元左右，股价也一直在往上走。但那些持股的企业却反常地纷纷低价交出了股权，有些甚至根本没有拿到钱，甘愿让闫永明"空手套白狼"。

据传，闫永明收购这些股权实际上只拿出几千万元，根本没有拿出 3 亿元真金白银。

当时的三利化工公司，基本上没有任何其他实际业务，以后也不曾有过，在退出通化金马公司后更是销声匿迹。很显然，三利化工公司就是专门为了入股侵吞通化金马公司而成立的马甲公司。

在各级领导的"高度重视"与"支持"下，通化金马公司历经 8 年的"改制奋斗"，终于成了 29 岁的"社会人"闫永明的天下。2000 年 5 月后，闫永明先后出任通化金马公司的董事长、总经理，董事会成员也从之前的 15 人砍到 5 人，其中 3 人来自三利化工公司。

这一番花式蛇吞象，仅仅是一场大戏的开场。

四个月后的 9 月 1 日，在当时北京最高端的五星级酒店之一昆仑饭店里，可谓蓬荜生辉，宾客云集。

当天，卫生部医药卫生科技发展研究中心、中国芜湖张恒春药业有限公司、深圳市亿槌国际拍卖有限公司，在这里主办了一场规模盛大的拍卖会。拍卖的标的是张恒春药业手中的一款药物——"奇圣胶囊"的技术、生产和经销权。

读者应该又看到了熟悉的配方，闻到了熟悉的味道。这个"奇圣胶囊"是一款市场销售平平的中药保健药品，但是拍卖会上，则号称它"对男子性功能障碍具明显疗效，而且起效时间较快"。

虽然"中国伟哥"热余温尚在，拍卖主办方大张旗鼓，但一干观众还是保持了一部分清醒，不认为这个药能搞出什么大动静。

但是，最终奇迹还是发生了。刚刚坐上上市公司通化金马公司董事长兼总经理宝座的闫永明，放出了一颗天大的卫星：以令人瞠目结舌的 3.18 亿元拿下了"奇圣胶囊"，一举写下中国单项科技成果转让成交额的最高纪录。

在拍卖会现场，张恒春药业的总经理邹中旺"显得紧张而激动"，他"衷心感激金马药业，祝'金马'马到成功，祝全国人民青春永驻"。

"中国伟哥"的老朋友，人民日报社下属的《市场报》热情地发表专题文章，称本次活动将对"让科技为经济建设服务产生很大的推动作用"。

"极具魄力的最年轻上市公司董事长闫永明"，则通过《市场报》这个窗口雄心勃勃地展望："奇圣胶囊"对人民健康大有好处，具有很好的社会效益。

闫永明豪情满怀地说："获得这个药，彰显了'金马'的实力，以及'金马'欲让中草药走向世界的雄心，'金马'将向股民交上一份更为满意的答卷！"

闫永明悄悄地再下一城，通化金马公司与张恒春药业公司的母公司——北京裕思明商贸有限公司，签署了一份《股权转让意向协议书》，又砸下1.8亿元，接下了后者持有的张恒春药业有限公司100%的股权。

为什么要把一个公司，一明一暗分两次买？你既然已经把它最核心的部分都买走了，为何还要再花这么多的钱来买它的一个空壳？上市公司如此风骚的操作，明显超出了一般人的理解能力。

按照账面协议投下去将近5个亿之后，一批如附骨之疽的媒体和心领神会的股民朋友们，如众星捧月一般，把闫永明供奉为"中国伟哥第一人""中国伟哥之父"，俨然成为中草药走向世界的领袖。

残存的疑惑和猜测也很快被闫永明带来的雨点般的利好消息，洗涤一空。

第一个重量级利好是，在第二届高交会医药高新技术成果拍卖会上，光广东、港澳台和新马泰地区的"奇圣胶囊"总经销权，就拍得1450万元。

真正的"巨大利好消息"是，在随后召开的"'奇圣胶囊'销售代理招商大会"上，通化金马公司与全国176家医药经销单位签订了"奇圣胶囊"经销协议，总金额达14.85亿元，其中现款现货2.15亿元，预售12.7亿元。

就在这次招商大会上，"奇圣胶囊"又傍上了名人，宣称某开国元勋用过该药，效果非常好，因此"欣然提笔，题写了药名"。

2000年11月1日，也就是收购"奇圣胶囊"的两个月后，通化金马公司发布公告，称公司在"奇圣胶囊"的支持下，将在2000年实现净利润2.42亿元。而前一年，这一数字才不过8000来万。

另外一个业绩预期更加动人：按照当前市场进展预期，张恒春药业将每个月实现产值 2 亿元，而且不愁销路。按此计算，通化金马公司将增加超过 20 亿元的年营收，并突破每年 10 亿元的净利润水平。

这个故事中最经典的一幕出现了：为了佐证"奇圣胶囊"的旺销，公司特意长包数节车皮，里面满载空的产品包装箱，日夜不停地奔驰在祖国的大地上。

在业绩与故事的支持下，金马的股价一路走高，几个月内翻了几番，最高时达到 33 元，成为当时的大牛股。

虚假的高潮后，是罪恶的掠夺。

不过数月，2001 年初，股民们翘首以待的通化金马公司 2000 年年报出炉。满怀期待的股民朋友们倒抽了一口凉气：公司全年居然只实现了 1 亿元的营业收入，净亏损则高达 5.84 亿元。

断崖式崩塌的业绩立即导致了通化金马公司的股价非理性、非技术性暴跌至 5 元，众多被神话故事请君入瓮的投资者深套其中，损失惨重。

当年 10 月，闫永明突然辞去金马董事长一职，然后人间蒸发。12 月，跟他一起进入董事会的三利化工系人马也一起出局。

直到第二年 4 月，吉林省公安厅对闫永明以涉嫌职务侵占犯罪开始立案侦查，大伙儿才恍然大悟：闫永明通过各种手段上位通化金马公司，是为了控制一个予取予夺的提款机；高价收购"奇圣胶囊"并将其美化为畅销华人圈的新一代"中国伟哥"，是要用这个道具，将 3.18 亿元从上市公司里"合情合理"地套出来，然后洗入被他控制的北京裕思明商贸有限公司。

事后查明，收购"奇圣胶囊"，闪光的预期业绩，全国 176 家医药经销单位、14.85 亿元的经销合同等等，都是假的，都是一条龙骗局的有机组成部分，为的是掩护闫永明在通化金马公司和二级市场上的双线套钱作业。

笔者在愤怒之下，不得不佩服这个人的胆肥手辣！闫永明就是用这种明晃晃的"你知道我在设局，我知道你知道我在设局，但我就是喜欢看着你明知道我在设局却乖乖入局"的霸道总裁的风格，用一个不久前还籍籍无名的"奇圣胶囊"，细细致致地对上市公司通化金马实现了"一鸭四吃"：

一吃：高价拍下"奇圣胶囊"，套取 3.18 亿元；

二吃：再收购北京裕思明商贸有限公司这只空壳，再挖走 1.8 亿元；

三吃：控制金马公司董事会的 1 年多时间里，他还毫不客气地让上市公司"借钱"给他直接掌控的三利化工公司和北京飞震广告公司，总额近 5 亿元；

四吃：通过虚构经营业绩，操纵通化金马公司股价，在股票二级市场上大肆捞金，其非法所得则无可计数（外逃后，他在境外赌场一掷千金，就可见他所捞的钱不计其数）。

一篇名为《弱法律风险下的上市公司控制权转移与"抢劫"》的论文曾指出："在三利化工控制通化金马的一年多时间里，从通化金马直接或间接流向三利化工的资源或利益可能不低于 8.5 亿元。"

在国际刑警组织中国国家中心局 2015 年 4 月公布的百人红色通缉令中，名列第五位的闫永明罪名是涉嫌职务侵占，总额达 2.5 亿美元。

在通化金马公司陷入财务黑洞，无数股民挥泪割肉的凄风苦雨中，闫永明携巨款成功登陆阳光明媚的大洋洲。

不过，他可能没有想到，在中国成功设局套钱后，想在澳大利亚和新西兰两国把钱洗白，却难上加难。

闫永明出逃后先抵达澳大利亚，并试图获得澳大利亚国籍，但没有成功。

2001 年 11 月，闫永明逃往新西兰。

闫永明于 2002 年获得新西兰永久居住权，2005 年申请入籍新西兰，通过向该国政客慷慨捐助献金及打造自己的"受迫害者"形象，3 年后他的入籍申请在争议中获得批准。

松了一口气的闫永明开始频频为当地华人"露脸"，他花费近 2000 万人民币买下 Metropolis 酒店顶层的一半豪华公寓及一处别墅，购置保时捷、宾利、宝马、法拉利四辆豪车，其中的那辆法拉利售价高达 445.8 万元人民币等举动，成为当地媒体乐此不疲的报道内容，也让闫永明暴露在社会公众的面前。

据《新西兰先驱报》报道，闫永明在潜逃新西兰的前 5 年，一直是当地赌场的风云人物，累计涉赌超过 20 亿元人民币，挥霍掉将近 12 亿元人民币。如果这个数字准确，或者大致准确，闫永明在国内到底骗了多少钱？这些钱有多少是上市公司的，又有多少是那些心酸的小股民的？

没有读过什么书，没有正当的爱好，内心又极度空虚害怕的闫永明，整天就泡在赌场里。他曾在新西兰奥克兰天空城赌场，一天连赌超过 15 小时，一个半小时内输掉超过 2000 万元人民币，为此闫永明还收到过法院的《禁赌令》。

"虽然闫永明曾两次收到为期两年的禁赌令，但他依然是个非常'勤劳'的大赌客。"当地媒体用诙谐的语气报道说。

新西兰警方开始怀疑闫永明涉嫌洗钱。警方查明的其中一个例证是：某次，闫永明的太太通过换汇公司，转入了 230 万新元到自己的银行账户，然后将其存入了天空城赌场的户头，但仅仅 30 分钟后，她和闫永明便分别从赌场户头提取了 30 万和 20 万新元现金，然后在赌场内交给了一个房产中介，购买了一套价值 50 万新元的公寓。

2014 年，在中新两国的通力合作下，新西兰当局启动对闫永明涉嫌洗钱的调查，并搜查他的豪华公寓，查封了约 4000 万新元资产。

此外，查明他涉嫌在新西兰通过复杂的洗钱手段隐匿巨额财富，例如通过信托或者以他人姓名注册的公司，控制房产和股权。

《新西兰先驱报》2014 年 8 月 23 日报道称，新西兰警方日前证实，高等法院批准警方与闫永明就一起洗钱调查达成和解，闫永明须向警方上缴 4285 万新西兰元的财产。

新西兰警方称，这是该国历史上金额最高的一次财产充公，也是中新合作侦办长达两年多的成果。是的，闫永明的钱对于新西兰来说是成果，对于中国人是血汗。

2016 年初，中新警方就引渡达成一致。躲在异国他乡十几年后，闫永明于当年 11 月 12 日回到中国投案自首。

12 月 22 日，吉林省通化市中级人民法院以职务侵占罪，判处闫永明有期徒刑三年、缓刑三年，并处没收非法所得人民币 3.29 亿元。我一直没有弄明白，一个"红通五号"人物贪了那么多的钱，仅没收非法所得就有人民币 3.29 亿元，罪行只够判三年？而且还是可以不用入狱的"缓刑"，我们的法律惩罚量刑是这么的轻？我只是明白了，闫永明为什么会愿意回国自首。

鉴于闫永明回国投案前，新西兰警方已向法院指控其涉嫌洗钱犯罪，应新西兰警方请求，2017 年 1 月 12 日，中国警方将闫永明移交给新西兰警方，由新西兰法院继续对其在新西兰涉嫌洗钱罪进行审判。

5 月 10 日，新西兰奥克兰地区法院对闫永明在新西兰犯洗钱罪进行宣判，判处其 5 个月家庭监禁，附加 6 个月缓刑监管。闫永明还是不用坐牢，我觉得他不仅是一个"玩"钱的高手，还是一个"玩"法律的高手。犯下如此滔天之罪，最后也只是在新西兰他的豪宅里，待 5 个月。从此，他的骗钱罪行就被"洗白"了，中国和新西兰再也不能追究他了，除非他又暴露出其他犯罪。

此前，新西兰将罚没闫永明犯罪所得的 2785 万新元（约合人民币 1.3 亿元）返还我国。

闫永明归案时，《法制晚报》还在报道中特别强调："他的背后会不会有'高人'露馅？让我们拭目以待。"

可是，什么都没有发生。这位 15 年前至少黑走 10 亿以上人民币的"中国伟哥之父"，花了 4.5 亿元自罚三杯，然后揣着一张在新西兰时就预订好的返程机票，轻轻地挥一挥衣袖，就轻松作别了 15 年前的那桩惊天大窃案。

不明白，还是不明白。

有人说，由于闫永明取得了新西兰国籍，如果不把他弄回国审判，那么他所骗走的钱，最后有可能都归新西兰了，所以出此下策。

第三节　疯狂的蚂蚁

2001 年，就在闫永明东窗事发前悄然远走新西兰之际，来自辽宁省清原满族自治县的农民王奉友的"蚂蚁王国"，差不多也要竣工了。

据王奉友自述，1998 年他因为看好昆虫保健品的前景，果断结束了在广东的计程车行生意，回到老家创制了"蚁力神"品牌。

"蚁力神"系列胶囊的主要原料是可以药食两用的珍贵蚁种拟黑多刺蚁，"采用先进的提纯技术，实现了蚂蚁制剂食用科学化、营养最大化"。

"蚁力神"这个名字有什么出处呢？据说是创始人王奉友从"蚂蚁可以举起自身重量 50 倍的重物"这一生物奇迹里得到灵感的。

小小蚂蚁果然力大无穷。数年时间里，王奉友的蚁力神天玺集团已拥有9家企业，横跨蚂蚁养殖、生产、销售、广告、科研等全领域，全国范围内分销公司达300多家。

蚂蚁入药，确有文献记载。据说，汉代治疗筋骨软弱的"金刚丸"，即为蚂蚁磨粉加蜜炼成。李时珍在《本草纲目》中，也对蚂蚁的食、药价值所述甚详。

中医药科研界对这种拟黑多刺蚁的食疗保健作用，也持肯定态度，认为它富含蛋白质和多种氨基酸、维生素和矿物质，对一部分人缓解风湿、类风湿性关节炎，具有一定疗效。

但在天玺集团的文宣里，这只蚂蚁变身"地下华佗"，不但可以用于治疗风湿，其他如支气管炎、慢性胃炎、月经不调、痛经、神经官能症、肺结核、病后脱发等症，几乎无所不包。

"经国家相关部门严格检测与审批"，在全国上市销售的"蚁力神"产品细分成6款：抗疲劳型的"蚁力神"牌蚁力胶囊、免疫调节型的滋补酒、改善睡眠型的健眠胶囊、美容（祛黄褐斑）型的蚁容胶囊、延缓衰老型的颐养胶囊、调节血脂型的"蚁力神"粒粒清胶囊。

其中，抗疲劳型的"蚁力神"牌蚁力胶囊是系列产品中的绝对主力，因为经过天玺集团的深入研发，蚂蚁还具有神奇的抗衰老作用，这款以蚂蚁提取物为主的保健食品，十分对症男人的难言之隐——阳痿。

王奉友独辟蹊径创立了"蚂蚁王国"，善于借助名人效应的他，还大手笔组建起了他的王国仪仗队——产品形象代言人。

"过了山海关，就找赵本山。"上点年纪的中国人应该都知道山海关外第一名人、小品之王赵本山，及与其珠联璧合的搭档范伟。多少年的春晚"卖拐"，他们给全国人民带来笑声，也为自己挣来名声。

他俩是如此炙手可热，促使王奉友甩掉了早期合作者、过气的"中华鳖精"马俊仁，成为其御用代言人。

那几年，全国观众们每天都在黄金时段的电视广告上，看到他俩的广告"二人转"：

赵本山笑容暧昧："送蚁力神呀！"

范伟则是一脸的难言之隐："管用吗？"

赵本山表情坚定："谁用谁知道！"

"促进肾动力，增强性功能""急用时服两粒，谁用谁知道"，"一般人我不告诉他"——经由赵本山范伟两人精彩演绎的"蚁力神"广告词，在民间大面积流行，甚至成为百姓间日常谐语。

具有强劲"肾动力"的"蚁力神"，不仅在全国范围内打响了知名度，更以"膳食补充剂"的形式外销至美国、俄罗斯、韩国、日本、马来西亚等几十个国家和地区。

如此全面、彻底的成功，让此前一个个叫嚷着"让中医药走向世界"的那些大保健品牌相形见绌。

可以想见王奉友是一个出手阔绰的企业家，彼时尚未实现文艺、资本跨界的赵本山，为了给王奉友和他的"蚁力神"助拳，不惜深度捆绑，可谓倾尽全力。

赵本山不但在《马大帅2》里给王奉友安排了一个角色，拳击手儿子的父亲。据说，初次客串出镜的王董事长，"本色演出，但非常有镜头感。"王奉友回忆起当时拍摄情景，说："跟本山是好朋友，开始演的时候，本山还怕我演不好。我都没想到我演的戏本山还挺满意的。"

在2002年上映、"蚁力神"作为赞助商之一的电视连续剧《刘老根2》中，导演兼主演赵本山更是特别设置了一个叫"药匣子"李宝库的角色。

范伟饰演的"药匣子"吃了自己琢磨出的蚂蚁产品"蚂蚁大力

丸"后，治好了自己所谓的"顽症"，并成功使李静饰演的"大辣椒"怀孕。

既然广告可以这样粗暴地植入，台词当然更加赤裸裸："经服用证实'蚂蚁大力丸'没有任何毒副作用，是一种较为理想的绿色保健食品。"

当年的《刘老根》系列电视剧以其浓郁的乡土气息，在东北的老少爷们儿中风靡一时。剧中植入的"'药匣子'吃蚂蚁产品治顽症"的情节，无疑有为蚂蚁产品的第一品牌"蚁力神"带货的嫌疑。

网络上，一直有网民这样质疑：如果没有赵本山，这个蚂蚁产品根本不可能闹腾到这个地步，"赵本山才是蚂蚁产品的'蚁力神'"。

不过，凭赵本山后来演而优则商，短时间内成为演艺界资本大拿的情商，那些年他虽然欣然为"蚁力神"出镜，在广告里为"蚁力神"的疗效故弄玄虚——"一般人我不告诉他！"——大概率还是因为求财心切，被别人忽悠了。

接下来的事态演变，证明王奉友才是真正的演员。

2004 年 2 月，《美国医学学会杂志》发表文章指出，"蚁力神胶囊"并非什么天然保健食品，而是含有处方浓度的"西地那非"成分的非法产品。

"西地那非"，正是大名鼎鼎的美国辉瑞公司"Viagra"的主要成分。

辉瑞公司的每一粒"Viagra"中，"西地那非"的推荐剂量为 50 毫克。而经过检测，每粒"蚁力神胶囊"中，"西地那非"的含量则达到了 55 毫克。

比全球认可的治疗勃起障碍处方药"Viagra"的"西地那非"含量刚好高出 10%，《美国医学学会杂志》的这篇文章指证"'蚁力神胶囊'显然是根据其推荐剂量暗自添加的"。

另外，在日本各县市卫生单位公布的 2003 年假健康食品名单中，"蚁力神"也因被检测出暗自添加"西地那非"而榜上有名。当然，这个榜单里还有不少其他的被发现添加西药成分的中国产保健品或中药制剂。

鉴于此，美国食品与药品管理局（FDA）专门对"蚁力神"进行了测试，并肯定了《美国医学学会杂志》的发现："蚁力神"品牌产品含有处方浓度的"西地那非"成分。

2004 年 11 月 12 日《南方周末》的报道指出，FDA 同时发出警告："西地那非"与某些含有硝酸盐类的处方药（比如硝酸甘油）或违禁物质（硝酸戊酯）等药物相互作用，可能导致血压降低，从而影响人体健康，甚至威胁人的生命。因此，必须在医生的指导下才可以使用。

FDA 的警告对某个药品、保健品来说，是一件相当严重的事情，立即在国内市场引起一片哗然。

针对 FDA 的警告，天玺集团发布了一个声明。这份声明及集团人员的解读，极具"一般人我不告诉他"这句"蚁力神"有名的广告词，谜之自信与故弄玄虚混搭的味道。

声明开宗明义：

天玺集团公司生产销售的"蚁力神"牌系列保健食品是经中华人民共和国卫生部、中华人民共和国食品药品监督管理局严格检测，正式批准上市销售的合格产品，不含"西地那非"成分。

一段严正辟谣之后，这份声明话锋一转，说大连市警方日前破获了一起生产销售假冒"蚁力神"产品的违法活动，案值近百万元，主犯王辉及其他犯罪分子被全部抓获。"该假冒产品系由'Viagra（伟哥）'粉与面粉混合炒制而成"。

集团日前还不能确认这批假冒的"蚁力神"中是否有混入美国市场的，"但也不排除 FDA 检测的恰好是这批假'蚁力神'"。

在接受国内记者电话采访时，该集团企划部一位女工作人员还加以了引申：若非如此的话，那就是美国方面别有用心，可能想借此打击中国企业。"如果 FDA 的动机是这样，天玺人将感到极为愤慨"。

这种搞出个真假"蚁力神"，把水弄浑以自证清白的招数，自然挡不住悠悠众口。

南京金陵蚂蚁研究治疗中心主任、被称为"中国蚂蚁王"的吴志成在接受《南方周末》记者采访时认为：多刺蚁的保健功效是肯定的，不过对于蚂蚁是否能"促进肾动力，增强性功能"，吴志成的结论是"效果微弱，是一个非常缓慢的过程"。"如果'蚁力神'真的像他们广告宣传的那样，'急用时服两粒，谁用谁知道'，那肯定是加了其他药物了。"

另外，"蚁力神"比市场上同类产品高出一个档次、接近美国辉瑞公司"Viagra"的售价也广受质疑。

据记者调查，盛传有补肾益气功效的"蚁力神"胶囊，市场价是一盒 10 粒 240 元。业内人士的测算是：主要成分拟黑多刺蚁粉每 500 克售价仅为 80 元，算上添加的黄芪、西洋参、肉桂等常见的、价格透明的中药，一盒"蚁力神"胶囊的原料成本差不多只有 5 元钱。

凭什么"蚁力神"可以定出这么高的价格？

天玺集团企划部的解释是，他们的产品不是以一般的拟黑多刺蚁为原料，而是经过了"高科技加工、提炼，因为科技含量高，所以价格才昂贵"。而且"得到了不少权威人士的认可"。

当记者表示，希望介绍一下整个"蚁力神"的生产流程，求证"高科技加工、提炼"的真实性，这个要求被"这是公司秘密，不能对外公开"为由婉拒。

"出口加内销"的专业机构警告警示和络绎不绝的媒体质疑，好像并没有给王奉友个人和他治下的"蚂蚁王国"带来什么冲击。

没有临检，没有整顿，更没有产品下架等等的处罚。倒是各种荣誉陆续有来，王奉友和他的"蚁力神"拿奖拿到手软。

"蚁力神"先后获得"消费者放心满意产品""中国市场放心健康食品""中国企业值得信赖品牌""全国质量诚信放心示范品牌"等多项荣誉，并与建行、海尔和联想等企业共同入选"2006 中国网友喜爱的十大品牌"。

2005 年，辽宁省委主办的某杂志，称赞王奉友是"无疆的行者，无畏的勇者""科技创新与热心公益的典范"。

2006 年，王奉友上榜"2006 中国民营企业产业领袖人物"，还上榜中央电视台 2006 年度"三农人物"候选，表彰其"为了帮助广大农民朋友致富，蚁力神公司采用委托养殖，公司加农户，以销定产、以产定养等战略的实施，实现了农民增收、企业增效，共同促进了新农村建设"。

2007 年 5 月，在第二届全国人大代表与优秀企业家高峰论坛上，王奉友与内蒙古蒙牛乳业公司董事长牛根生、上海周氏集团公司董事长周小弟等人共同获得了"最具社会责任感企业家"称号。

一个做蚂蚁保健食品的，到底是哪些贡献，可以被树为"最具社会责任感企业家""热心公益的典范"？

这就是王奉友不足与外人道的过人之处了。

其一，他善于经营人脉，结交社会名流。与当时如日中天的赵本山称兄道弟不用赘述了。在天玺集团的官方网站上，可以看到中国营养学会名誉会长、中国中医研究院原院长，以及原国家医药总局局长、中国保健食品协会名誉会长等人，为"蚁力神"产品所作的题词。这些人毫无疑问是保健食品领域的"权威人士"。

10 年中，太多的名人为"蚁力神"的声誉背书，一本"蚁力神"印制的 88 页的刊物中，仅仅是王奉友与高官名人的合影就占去了32 页。

其二，他精于利用慈善，勾兑政商关系。王奉友乐此不疲地参加沈阳市、辽宁省两级组织的公益活动，并慷慨解囊，提供捐款。2002年新春前夕，王奉友随同当时的辽宁省省长赴阜新参加扶贫慰问活动；2003年1月29日，与副省长同赴朝阳扶贫捐款；2006年4月，王奉友随同省政府领导先后赴东北大学、辽宁大学等地进行慈善活动……

持续、大手笔地往领导脸上贴金，得到的是政商关系的正向反馈。王奉友本人不但在辽宁电视台、中央电视台等权威媒体上频频露面，宣示天玺集团的雄厚实力。省委主要领导和有关人物也一再公开力挺他和他的"蚂蚁王国"。

比如，2004年FDA警告事件中，有关部门不闻不问，毫无动静。除南方两三家市场化报纸关注了一阵子外，前后力捧"蚁力神"的上百家主流官方媒体，特别是本地媒体，也心领神会，默不作声。

王奉友的政商朋友圈能量于2006年7月19日达到峰值。这一天，此前从未有过直销实践经验的"蚁力神"，经商务部批准成为首批拿到直销牌照的内资准直销企业，在辽宁省内14个市行政区域从事直销活动。

这一消息轰动了直销业界。

王奉友的回应是三个字："太幸福"。

既受到各界"权威人士"鼎力拱卫，又获得含金量十足的、让人艳羡不已的直销牌照，就在人们认为这个集万千宠爱于一身的"蚂蚁王国"，即将展开更加壮阔的开疆辟土之旅时，竟然不可思议地销声匿迹了。

一年之后，消息传来：王国崩塌，"蚁王"猝死，"蚁民"涂炭。

第四节　王国的崩塌

千里之堤，毁于蚁穴。

"蚁力神"的"蚁穴"，就在中央电视台评选 2006 年度"三农人物"时，给候选人王奉友的颁奖词里写道："为了帮助广大农民朋友致富，蚁力神公司采用委托养殖，公司加农户，以销定产、以产定养等战略的实施，实现了农民增收、企业增效，共同促进了新农村建设。"

没错，就是这个"委托养殖"模式。

"蚁力神"创制之初，王奉友就设立了子公司辽宁煦焱"蚁力神"蚂蚁养殖有限公司，全面推行"委托养殖"：养殖户受"蚁力神"委托养殖蚂蚁，后者负责支付劳务费，但前者需一次性交纳保证金，最低是 1 万元。

每投资 1 万元，养殖户就可以从公司领回两大一小共 3 箱蚂蚁。公司会在中国农业银行为养殖户办理一个存折，养殖户把蚁箱领走后第 74 天开始，就可以收到返利，在 14 个半月的养殖周期里，分 6 次返还——前 5 次每次返回本金 2000 元及劳务费 525 元，第 6 次返回 625 元。

也就是说，14 个半月的养殖周期下来，养殖户投下 1 万元保证金，就能获得 3250 元利润，投资回报率高达 32.5%。

所谓蝼蚁，其命也贱。蚂蚁养殖，不需要什么技术含量，没啥场地要求，也费不了多少时间和精力，但一年多点的时间里却能收获高达 32.5% 的收益，实在是老少皆宜的创富佳品。

相信不少读者此时一定会付之一哂：这不就是传销吗？ 32.5% 的回报，谁能信啊？

但如果把你穿越回世纪初的东北，让你代入一个年纪大本钱小、想法多见识少的城市贫民、下岗工人，或是一个有点能耐和想法的农民，你也极有可能会成为王奉友麾下万千"蚁民"中的一员。

不用说，直至今天，再拙劣的传销都能俘获一堆人。更何况，在那个财经常识匮乏的年代，王奉友的运作模式和实施方案太具有说服力了：

> 经过本人和广大天玺人的努力奋斗，"蚁力神"品牌不仅跻身国内一线，并畅销海外。本人也有幸成长为东北叫得响的企业家和慈善家。抚今追昔，唯有感恩这片黑土地。这个时候，我心向明月，回馈乡里，带领乡亲们共同富裕。

这个感性的理由，你信吗？

> 我不是叫你去向七大姑八大姨高价推销"蚁力神"，而是希望你自食其力、力所能及，成为"蚁力神"原材料供应的编外员工，赚取你应得的劳务费。这样呢，我也节省成本，"我用你养的蚂蚁一不占我公司地方、二我公司不用出人。"

这个理性的说法，你信吗？

> 我们当然不缺钱。要你交一点保证金，那是咱做生意得有契约精神，我们得有东西制约你踏踏实实地把蚂蚁给养出来啊，否则会严重影响高科技产品的生产销售。1万元不多，买你一个敬业，买我一个安心，多好！况且，这钱我们还认它为投资款，为让你多得利、早收益，两个月

多点就开始分期返本、分批支付劳务费。

这个温情的解释，你信吗？

如果你还没被这些有情有义的理由打动，那么，你再听听：

> 你崇拜的，和你一样出身草根、白手起家的赵本山老师和范伟老师，都说了啊，"在家养蚂蚁，就是给自己找了一份好工作。"
>
> 省里、部里的领导，都说了啊，人家王董可是"无疆的行者，无畏的勇者""科技创新与热心公益的典范""最具社会责任感企业家"。
>
> 你听听，报纸、电视台都说了啊，人家的产品火着呢，都被别人假冒到美国去了。人家的蚁力神天玺之歌《我们是健康的领跑者》，也就一厂歌，铁源作的曲！铁源是谁？《十五的月亮》《在那桃花盛开的地方》听过没，他作的曲！
>
> ……

好吧。信，还是不信，不看推理看结果。反正从2001年开始，委托养殖户的规模越来越大，年均增长速度超过40%。到2005年，在册养殖专业户的数量达27万户，平均每户投入资金4.2万元，总金额上百亿元，涉及的家庭人口超过100万。

按照最保守的三成返款比例计算，"蚁力神"这一年的返款额达到40多亿元。"蚁力神"当年销售额是多少呢，外界的猜测普遍是1个亿以内，事后查实是6000万元。但就是按照天玺集团对外宣传的"每年销售额达到8个亿"的版本，与40多亿元的返款额，其差距也如此之巨！

2002 年至 2004 年，辽宁省公安机关破获重特大集资诈骗和非法吸收公众存款案十六起，辽宁十六家类似的养殖投资公司被查封，涉案金额高达一百多亿元，但"蚁力神"却不在其列。

当时一份《人民日报》所属杂志的报道称：（非法的）"代养"是由"养户"出资，由公司来养殖，而养户没有养殖，公司支付养户一定回报；蚁力神天玺公司的委托养殖是养户通过养殖蚂蚁所付出的劳动，而获得劳务报酬。

"对于这一经营模式，中国人民银行办公厅和国家银监会先后两次专门向辽宁省及沈阳市政府通报，蚁力神集团公司的委托养殖方式不认定为非法集资。"

2004 年，辽宁省委高层收到过一份由公安厅提供的报告，其中指出了包括"蚁力神"在内的十余宗具有集资诈骗倾向的活动，报告中用"大有愈演愈烈之势"形容当时的情况。

很快，领导指示了，下级传达了，然后就不了了之了，这份报告也就此成了档案，束之高阁。

3 年后，当"蚁力神"带着 6000 名雇员、1500% 资产负债率以及 78.8 万份合同、228.33 亿元保证金再次来到政府面前时，一切都为时已晚。

堪称奇迹的是，从 1998 年到 2007 年，整整 10 年，"蚁力神"都是按时足额地向养殖户返款的，没有拖欠过一分一毫。这表明，"蚁力神"的租养模式获得了大批"蚁民"的充分信任，新韭菜稳定增长，能轻易覆盖老韭菜的离场。

显然，这份信任，一方面建立在干奉友构思精巧的"共同富裕"的模式上。更重要的是，有强政府情结的东北乡亲认定：这是政府肯定的，一定行。

一位"蚁力神"的财务人员后来供认：好多地方养殖户提空了

家门口的储蓄所，昼夜排队给"蚁力神"交钱，而赚到钱的则拼命加注，从不变现。

"在最红火的时期，'蚁力神'只需用新'蚁民'所交保证金的一部分，就足以偿付老'蚁民'的返款。"

令人唏嘘的是，就在众"蚁民"们前赴后继地向"蚁王"搬运成捆成捆的钞票时，蚁力神天玺集团在其总部大楼的第8层，花费40万元，为王奉友悄然间修起了一座50多平方米的佛堂。

大地震前的示警信号其实一直响着。

一位沈阳养殖户发现，回收蚂蚁的工人似乎并不太关心蚂蚁的质量，就偷着把箱子里的蚂蚁扔进了垃圾桶。很快，"蚁力神"的工人把空箱子收走了，看都不看，钱仍然按时到账，一分不多，一分不少。

至于为了方便，该公司上门收购蚂蚁时，根本不分品质，也不过秤，让人们把蚂蚁箱直接从楼上扔下来，就更加司空见惯了，"就那么往下撒，钱照来。"

很多人开始意识到：人家根本不在乎蚂蚁，要的只是交纳保证金的"蚁民"。

但这些示警信号，在数十万计的、做着快速致富梦的"蚁民"人墙前，软弱得像是退潮时的浪花，永远无法到达清醒的堤岸。或有浪花溅到某些人脸上，但狂热的情绪会说服他们：你肯定不是那个落水者。

一开始，在某些势力的庇护下，"蚁力神"的资金局得以合法存在。但当保证金被逐渐推向百亿计时，感觉到刺骨寒意的当地政府也投鼠忌器：涉及人数太多，款项也太大，动了"蚁力神"，势必严重影响当地稳定。

有自称是沈阳官员的网民事后在网上辩解称，"蚁力神"给了政府两难：一是手续合法，合约完善，查处师出无名；二是一旦查处，"蚁力神"正好借口政府打压而不还养殖户的钱，把黑锅甩到政府身上。

因此当地政府决定"冷处理"，希望"蚁力神"能逐渐降低其回报率，以时间换空间，慢慢解套。

与很多"蚁民"一样，王奉友也在赌。他赌的是当地政府不敢坐上这个俄罗斯轮盘赌的赌桌。

他以威胁的口气在社会上放话：有关部门不要不明是非，成心给"蚁力神"制造麻烦。否则，有可能形成可怕的结果：公司瘫痪、员工失业、"蚁民"不稳。

他"正告"有关部门："不善待'蚁力神'将给社会带来不安定因素。"

在带毒的金钱喂养下，这只蚂蚁竟然有了自己的意志！

就在"蚁民""蚁王"和管理部门互相顶着牛、憋着劲，一步步朝着更高的悬崖走去时，一个与这场赌局八竿子打不着的事件，却一下子掀翻了赌桌。

这个事件就是于2008年8月8日至24日在北京举行的第29届夏季奥林匹克运动会，又称2008年北京奥运会。

2007年6月，神经已经高度紧张的"蚁民"们，要对自己手中的筹码做出抉择了，因为一个租养周期已经到期了，他们面临着是及时收手兑换筹码，还是继续续签？因为一个租养周期是14个半月，如果2007年6月续签，那么账期就在北京奥运会后了。

一位"蚁民"在网络上的发言，代表了一部分"讲政治"的养殖户的想法："我寻思，奥运之前吧，政府也许不能拾掇王奉友。但奥运后，大伙儿就自求多福吧！"

他的感觉是正确的。事后得知，2007年初，政府有关部门的确已经在暗控王奉友了。但会不会动手？什么时候动手？这就天晓得了。

奥运"猜想"很快影响到人们的行为，不少"蚁民"没敢把14个半月的合同签到奥运之后。2007年6月就此成了这批聪明"蚁民"的收手时间。

没有证据可以证明，这批"蚁民"的集体离场与"蚁力神"资金链的断裂有必然的因果关系。但事实就是，在这之后，"蚁力神"仅仅坚持了两个月。

当年8月，"蚁力神"资金链彻底断裂。

10月11日本是返款日，但"蚁力神"告知养殖户，返款日期被推迟到10月29日。于是民间开始盛传"蚁力神"资金链断裂、王奉友已经被警察控制等消息。

11月20日，上万名"蚁力神"的养殖户，在零下12摄氏度的东北寒夜里，先是聚集在"蚁力神"总部索讨款项，继而拥向辽宁省政府表示抗议。至22日一早，在省政府前抗议的群众达两三万人。当地政府则派出至少七八千武警戒备，防止事态扩大。

29日，"蚁力神"母公司及子公司正式向沈阳市中级人民法院提出破产申请，法院受理。

30日，辽宁省处理"蚁力神"问题临时办公室向养殖户发出公开信，称"蚁力神"及其8家关联公司已经资不抵债，申请破产。

该公开信虽然承认"蚁力神""有挪用养殖户所交保证金等问题"，但完全没有提到"非法集资"。称"蚁力神"与养殖户之间签订合同是"在自愿基础上和履行民事合同的民事行为"，双方"同样有承担后果的责任"。

公开信要求"相关各方都应该有承担市场风险的心理准备和承受能力"，并"特别提醒养殖户，不要被谣言所惑，不要被别有用心的人所利用，要自觉维护社会稳定"。

显而易见，涉及的30多万养殖户、78.8万份合同、228.33亿元保证金，基本血本无归。

写到这儿，尽管事情已经过去多年，我的手仍在发抖，30多万的养殖户，228.33亿元的保证金，每一分钱都是那些在东北黑土地里刨食的农民和下岗工人的血汗啊。王奉友这个东北"能人"，是胆太肥，还是人着了"魔"？最后的结果，他和闫永明也完全不同，闫永明卷了那么多钱逃到了境外，然后用这些钱来消灾。王奉友最后能剩下些什么？恐怕除了把牢底坐穿，连他设在总部8楼的那尊希望保佑他的佛像也留不下来，因为那幢楼恐怕再也不会属于他了。他可能要赤条条地来，赤条条地去了，仍是一贫如洗。

可那些养殖户呢？一位自称是部分养殖户代表的50多岁男子，在接受访问时老泪纵横。他表示，和他一样，有许多受害人都是以拆迁房赔偿、下岗遣散费等投做保证金，"这个冬天，我们连煤炭也买不起了，只能挨冻过冬。"显然，他所代表的这部分养殖户，还不是真正的农民。

第五节　翻不过去的一页

输掉了底裤的"蚁民"们，最后一刻还被王奉友骗作炮灰，推上了以群体性事件施压政府、借机甩锅的抗议前线。

2007年12月7日，当地警方通报王奉友因涉嫌聚众扰乱社会秩序罪被依法刑事拘留。

"王奉友散布谣言蒙蔽养殖户，并用金钱收买的方式，向各分公司46人发放活动经费人民币103万元，向总公司高管人员11人发放经费人民币16万元、美金3万元，组织、煽动、利用不明真相的养殖户聚众到党政机关上访。"

"在王奉友的指使下，2007年11月20日以来，众多养殖户由最初到'蚁力神'总部索要欠款发展到有组织地冲击党政机关、堵截铁路公路交通，甚至冲击外国领事机构，严重破坏了全省正常的生产生活秩序，影响了社会稳定。"

2009 年 5 月 25 日上午，辽宁省沈阳市中级人民法院正式开庭公开审理"蚁力神"案件，包括辽宁省蚁力神天玺集团有限公司原董事长王奉友在内的 55 名涉案人员，出现在沈阳市中级人民法院大法庭的被告席上，检察机关指控王奉友等被告涉嫌合同诈骗等多项罪名。

2011 年 3 月，辽宁省沈阳市中级人民法院做出了一审判决：因犯合同诈骗罪、职务侵占罪、故意销毁会计凭证会计账簿罪、聚众扰乱社会秩序罪，判处王奉友无期徒刑，剥夺政治权利终身，并处没收个人全部财产。

"'蚁力神'这一页正在被时间的巨手悄悄掀过。"在一篇发表于《辽宁日报》，题为《维护群众利益——处置蚁力神问题纪实》的文章中，作者如此作结。

这一页，真能悄悄地翻过吗？

恰恰相反，这一页满满地记载了中国保健品行业乃至中药产业的深深勒痕。

中国保健品行业自 20 世纪 90 年代初捷足先登，迄至 1995 年，竟百花齐放出 2.8 万种品类之多。虽然不排除其中有滥竽充数之辈，甚而不乏鸡鸣狗盗之徒。但无论如何，这个行业不但起步早，且底蕴深厚、边界清晰、方向明确。基于如此规模的基数，植根于源远流长的中华养生文化传统，得益于改革开放 10 年后人民群众持续井喷的大健康需求，如果有关部门有序监管、行业内良性竞争、企业有效科研投入，假以时日，必能造就一个良性发展的行业生态，必有技术创新型的大企业脱颖而出，引领国内，走向世界。

就像中国的家电业，从"游击队"起步，到换装成"正规军"，最后蝶变为"王牌军",成为中国"世界工厂"的重要板块之一,涌现出格力、美的、海尔、TCL这样的行业内大咖,也就是20年内的事儿。

可叹的是,中国保健品行业一出生就走上了"不炒作不成活"的歧路。包装"故事"、海吹疗效、猛砸广告,成了在该行业出人头地的不二法门。

"天上打广告,地上抓促销",似乎成了行业发展的唯一路径依赖。

从某种意义上来说,国内的保健品几乎都是从广告起家,而非从产品起家。许多国内成功的保健品入市初期,都将广告投入设定在30%—60%之间。

从公司规模上看,国内保健食品企业普遍投资小,投资过1亿元的企业只占1.45%,500万元到1亿元的占38%,100万元的占41.89%,小于10万元的作坊就有12.6%。

资金实力不足,绝大多数企业本就创新乏力,加上行业内蔚成风气的"企业竞争=广告大战"导致的高额营销支出,使得国内保健品一直在低水平上重复。

在这样的路径依赖下,某些企业所谓的"做大",往往是建立在技术流沙之上的虚胖,是眼球经济的灵光一现,稍有风吹草动,城头便换大王旗。

歪风之下,为保住自己的"王国",一些所谓的"行业创新者"在歧路上越走越远:从以疗效炒作为目的的虚假宣传,"升级"到以产品为道具的资本骗局,最后沦为以传销为手段的抢钱游戏。

于是,这么多年来,我们不断地看着行业内曾经的偶像级别保健品企业一个个倒掉,看着这个行业的信用资源被无情虚耗,看着保健品和理财、电信诈骗被戏称为"当代老年人最常见的三大骗局"。

就在 2019 年年底，百亿权健保健品帝国轰然倒塌。被曝光并立案调查近一年后的 12 月 16 日，天津市武清区人民法院公开开庭审理权健自然医学科技发展有限公司及被告人束昱辉等组织、领导传销活动一案。

天津市武清区人民检察院指控：被告单位权健自然医学科技发展有限公司以高额奖励为诱饵，引诱他人高价购买产品，以发展会员的人数作为返利依据，诱使会员继续发展他人参加，收取传销资金，情节严重。

"被告单位权健自然医学科技发展有限公司及束昱辉等 12 名被告人的行为均已构成组织、领导传销活动罪，应依法追究刑事责任。"各被告均当庭表示认罪悔罪。

极具黑色幽默的是，在这条消息后面，民众们纷纷留言："在此坐等"一干保健品直销的头部企业"爆雷"。

其中被提及最多的是同处天津的天狮集团及其创始人李金元。李金元在百度百科上的"主要成就"赫然是"天津首富"。进入 2019 年以来，其从台前消失。

在中国裁判文书网中，搜索与天狮生物关联的传销刑事案件竟高达 1000 多件，包括非法拘禁、抢劫、故意伤害、过失致人死亡、故意杀人等。

而天狮集团的回应是，涉及传销的涉案人员均为"假冒天狮名义"。

更令人叹息的是，保健品行业如果只是在自己的圈子里关起门来混战，也就罢了。试错也好，交学费也好，反正肉都烂在一口锅里。问题在于：这个吹牛无极限的大酱缸，不断外溢污水，久而久之，把源头也给污染了。

众所周知，国内保健品之所以早在 20 世纪 90 年代初就能集群化走向市场，就是因为有中医药这个源头活水。特别是早期阶段，所有成功的产品无不源出中药古方、经方，所谓的科研投入，无非是提取工艺的某些改进和组分的加减乘除，再加上功能、疗效的西医化"翻译"而已。

中药体现在保健学上的经典论述是："药食同源"，万物对症皆金石；宜"温补"，有疗程；重预防，治"未病"。也就是说，自然界有许多动植物可以入药，但要对症，没有一味药可以包打天下。中药保健品的最大特色是慢火"温补"，在点滴中改善器官、提升人体免疫力。所以，与其病急乱投医，不如及早中药保健，调理慢病，预防恶疾。

但急功近利的保健品江湖，崇尚的是"营销至死"，追求的是"大小通吃"，于是"完全无毒无害""有病治病、无病健身""一粒起效"等等耸人听闻的文宣，渐渐成为标准版本，"包治百病"成为一批中医保健品的统一标签。

于是，当美国辉瑞公司的"Viagra"火遍全球后，国内保健品厂商一窝蜂地开始"促进肾动力，增强性功能"的药物研制。但重在"温补"的中药保健品，在疗效上如何赶超呢？

答案是：药力不够，西药来凑。

"蚁力神"遭遇美国FDA警告事件发生后，北京药品检验所副所长赵明在接受记者采访时声称：在中药、保健品中非法添加西药成分增强疗效，已经成了某些中药、保健品生产厂家的惯用伎俩。药检所在抽检中发现，半数以上的壮阳保健品中含有非法添加的西药"西地那非"成分。

同期，国家卫生部查处违法添加违禁药品并撤销其批准文号的保健食品中，有三个重灾区：一是促进生长发育的产品中违法添加生长激素等；二是减肥类食品违法添加芬氟拉明、麻黄素等药品；三就是抗疲劳类保健食品中，违法添加"西地那非"。

这其中，就有前文提到过的湖南都瑞制药有限公司的"都瑞伟哥口服液"。

"西有辉瑞，东有都瑞，双瑞争辉！"其董事长曾经大言不惭地宣告说："我们的产品是真正的'伟哥'，最接近美国辉瑞公司的'Viagra'。"

而真相却啪啪打脸：所谓最接近美国辉瑞公司的"Viagra"，所谓独创性的、科技含量更高的"中药西制"，不过是直接添加了"西地那非"的成分，仅此而已。

当一个个"假大空"的中药保健品被剥去画皮后，于这个行业而言，或许只是阵痛。一个个体阵亡后，后继者换个马甲，"大不了从头再来"。

甚至换个洋马甲，以产品倒灌来应付信任危机。据不完全统计，近5年来，国内保健品企业累计在海外投资超过250亿元，规模以上跨国并购案超过20起，并购总额超过30亿美元。

但中药保健品行业始终溃烂着的伤口，却成为污名化中医药的绝好素材。从某种意义上讲，市场规模近3000亿元的保健品行业，不仅没有成为中药科技化、标准化、国际化的助力，反而成为其挥之不去的负资产。

同样的，一系列假借"中国伟哥"曝出的企业丑闻，也给接下来轰动世界、影响至远的中外知识产权纷争之大戏"伟哥战争"的中方参战者，注入了浓浓的负能量：

其一，各种自封的"中国伟哥"，对尚未在中国上市的美国辉瑞公司药品"Viagra"的花式山寨、碰瓷、违法私自添加、甚而用之为资本骗局的道具，导致大健康领域本就不高的知识产权保护的海拔速降，徒然增加了欧美政界、产业界的恶感。

其二，姜伟自我标榜为"小舢板上架火箭"的所谓"成功抢注'伟哥'商标"，倒是把"伟哥"这两个汉字炒得大红大紫、价值连城。但驶入竞争红海的小舢板非但不受其控制，反而激起了一开始对这个名字没有深刻认识的美国辉瑞公司的夺"宝"雄心，让第一顺位申请注册该商标的广州威尔曼公司陷入了无休止的"缠讼"之中。

如果以全景视角看发生在中国"入世"前后，几乎涵盖了知识产权保护全域的"伟哥战争"，引来中外万众瞩目的"主战场"，一是所谓"伟哥联盟"与辉瑞公司的"伟哥专利案"；二是威尔曼公司与辉瑞公司、礼来公司的"伟哥商标案"。

在"Viagra"在中国市场正式亮相前，种种所谓"中国伟哥"的群魔乱舞，其种种灰色动作根本上不了台面，于辉瑞公司而言，最多也就是大军压境前的"袭扰战"，自然也不需使出霹雳手段。

沈阳飞龙公司的"伟哥开泰胶囊"被国家药品监督管理局以"劣药"查处后，记者曾经电询姜伟：社会上有一种说法，认为是辉瑞公司担心前一段时间"中国伟哥"的炒作，使这两个字被曲解，从而影响"美国伟哥"在中国上市，便向有关部门施加影响，导致"3.29通知"和93号文件出台。对此你怎么看？

姜伟否定了这个说法。他表示："没有任何证据能证明这一点，而且这种说法只能使问题复杂化。"

不管姜伟的这个表态是不是他的真心话。辉瑞公司在对付这群"中国伟哥"时，行事的确相当低调。坊间对其的公关对象，最高也就联想到有关部门——国家药品监督管理局。

当真正的对手站在面前时，辉瑞公司才不得不秀出其一身横肉的功夫。

第四章
松散的联盟

第一节 对峙辉瑞

2000 年 11 月 17 日，北京高院做出终审判决："认定'伟哥开泰胶囊'为'劣药'不当"，姜伟好不容易摘掉戴了一年零七个月的"劣药"的帽子。

而就在 5 个月前，他想象中的"对手"，誓言与其大战三百回合的辉瑞"Viagra"，以"万艾可"注册为中文商标名，正式获准在中国内地上市。

这个消息或许会在姜伟心里泛起波澜。但对于中国医药界潜在的竞争对手来说，这只是一个预期内的结果。

如果按照辉瑞公司的公开表态，它对"万艾可"的预期，是在 1999 年下半年落子中国。这都已经晚了大半年了。

国家药品监督管理局看起来也没有对其青眼有加，而是以麻醉药等特殊药品的标准对其严格要求：销售代理商应有二级以上资质，处方必须经县市级以上医院相关科室主任医师以上开具。

而且，经过经年累月的炒作，国内媒体差不多已经有些审美疲劳了，对于"万艾可"的上市，也只是写点"上海首张'万艾可'

处方于 7 月 1 日上午 8 点 30 分，由龙华医院泌尿外科开出"这样的清汤文字，在社会新闻版刊出了事。

而一年多后的 2001 年 9 月 19 日，因为一则公告，"伟哥战争"的主战场烽烟突起。

这一天，国家知识产权局公告了"万艾可"活性成分"西地那非"的用途专利，专利号为 94192386.X。

辉瑞公司获得中国用途专利授权后，根据我国《专利法》的有关规定，此项专利自公告之日起正式生效，保护期直至 2014 年。在今后的十几年内，任何中国厂家如果使用"西地那非"生产用于治疗阳痿的药物，都属于侵权。

这个公告就像一颗深水炸弹，一下炸出了潜伏在水面下的由十几家中国药企组成的所谓"伟哥联盟"。

所谓"伟哥联盟"的出现有其特殊的时代背景和法律环境。

辉瑞公司在研发"万艾可"的过程中，先是于 1989 年向包括中国在内的全世界 100 多个国家申请了小分子化合物"西地那非"的发明专利和制剂工艺专利，又于 1993 年至 1994 年间，在全球范围内申请注册"西地那非"在治疗 ED 上的用途专利。

但我国 1985 年 4 月开始实施的《专利法》，只对药品的生产方法给予专利保护，对药品及用化学方法获得的物质不给予保护。

1993 年 1 月 1 日起，修订后的《专利法》才开始保护"药品及用化学方法获得的物质"。发明专利保护期 20 年，实用新型和外观设计保护 10 年。没有药品专利延长的规定，但可实施有中国特色的药品行政保护条例。

这样一来，辉瑞公司因为历史原因，未能在中国获得药品及化合物发明专利，只获得了"西地那非"制剂工艺方面的专利。

顺应中国的新版《专利法》，急切想加大其专利宽度的辉瑞公司于 1994 年 5 月 3 日，向中国专利管理部门提出"用于治疗阳痿的吡唑并嘧啶酮类"的专利申请,即"西地那非"在治疗 ED 上的用途专利申请。

因为"在任何一个国家要成功申请一项专利,必须在全球范围内都不曾出现过相同的专利",因"历史原因"错失的中国药品及化合物发明专利,并不能通过"补考"重获。

辉瑞公司 1994 年在中国提出用途专利申请,实际上是退而求其次的无奈之举。就构筑"专利墙"而言,小分子化合物"西地那非"的发明专利,才是最关键的一环。

显然,辉瑞公司关于"万艾可"的中国专利上,有明显的硬伤。

一批初具全球化公平竞争意识的中国药企嗅到了机会:只要绕过辉瑞公司在中国拥有的"西地那非"制备工艺专利,就可以合法研制、生产、销售"万艾可"的仿制药,分食抗 ED 药物这块新鲜出炉的新药大蛋糕。

"我国是一个制剂工艺和药品原材料生产方面的大国,这个工艺专利是很容易绕过去的。"伟哥联盟日后的代理律师之一、北京华科专利事务所的律师王为说,"它的运气的确不太好。"

自 1996 年起,相当数量的中国药企开始投入仿研。1999 年时,国内共有 17 家药厂从国家药品监督管理局拿到了临床批件。

但由于部分舆论担心该类药物可能被作为"春药"滥用,国内对抗 ED 药物的应用方式也没有做出定论。于是,国家药品监督管理局在 1999 年底发文,要求对类"伟哥"药物的开发研究和生产销售按麻醉药品管理,同时停止受理新申报。

恰好在 2000 年 11 月,英国高等法院否决了辉瑞公司长达 9 年的"万艾可"用途专利权。这一消息让始终忐忑不安于"万艾可"的中国用途专利这只靴子何时掉下来的中国药企大受鼓舞,纷纷要求国家药品监督管理局尽快批准国产药品上市,并且不要批准"万艾可"在中国申请的用途专利。

这些诉求得到了国家相关部门的某种呼应。到 2001 年 2 月，10 家国内药企做完临床试验，其中 4 家还拿到了新药证书。

按照中国药品管理的游戏规则，拿到了新药证书就基本上胜利在望了，因为再拿下生产批件，就算打通关了。

尽管这些药企的进度不一，但药品审批的硬杠杠决定了，光拿到临床批件就得花去数百万元。做完临床、拿下新药证书的，前期投入千万元是门槛。

吉林通化的鸿淘茂药业董事长张玉才在接受记者采访时明确指出，该公司自 1998 年"万艾可"在美国上市半年后开始研发，前后已投入了 1000 万元人民币。

上海双龙高科技开发有限公司总工程师赵崇基告诉《环球企业家》记者，他们当时已经投入了 1400 多万元用于临床研究及技术转让。

事实上，前期投入 1000 万元左右是这 12 家企业的平均数，重庆康尔威药业股份有限公司，据说是 12 家中投入最多的，达到了 3000 万元。

千万级别的研发投入，在科技创新已经成为国家战略的今天来看，好像是小儿科；但对于 20 年前的国内药企来说，可以说是一场豪赌了。

但令这些中国药企抓狂的是：国家药品监督管理局一方面批量批准国内药企临床、新药批件，另一方面又不批准其生产，活生生把这些企业吊了起来。

支撑着望眼欲穿的中国药企坚持下来的，概括起来讲，有"情""理"两个因素：

"情"在于：当时的中国药企始终有一个国家会保护所谓民族产业的思维依赖，不相信会在十几家中国药企已取得临床批件或新药证书的情况下批准辉瑞公司专利，从而让国内药企数以亿计的资金投入和时间成本打了水漂儿。

"理"在于：对专利权概念的理解尚处在似懂非懂状态的中国药企天真地断定，既然英国高等法院否定了辉瑞公司"万艾可"的用途专利，随后委内瑞拉、玻利维亚等南美多国相继跟进，那么它在中国也理所当然不能取得。

因此，2001年9月19日之前，尽管水面下已暗潮涌动，表面来看还是波平如镜。

当这一天，国家知识产权局"出人意料"地公告了"万艾可"活性成分"西地那非"的用途专利后，走投无路的中国药企只好走上台前，硬碰硬背水一战：提出无效申请。

自然人潘华平在授权公告日当天即提出了无效宣告请求。随后，包括南京海光应用化学所、合肥医工医药有限公司、成都地奥制药集团有限公司、广东天普生化医药股份有限公司、广州白云山医药科技发展有限公司等12家企业跟进，于10月29日提出无效宣告请求。

这12家中国药企于当年7月份结成"中国企业联盟"，史称"伟哥联盟"。

第二节　英国官司

辉瑞公司的用途专利权是一个全球性的麻烦。

在美国本土，虽然"万艾可"早在1998年就被FDA"闪批"上市销售，但因为面临某些势力和团体的持续质疑，其用途专利迟至2002年11月才最终获批。

在英国发生的"万艾可"专利权之争，则成为专利权争夺史上的经典案例。"万艾可"在业内瞩目的"英国官司"中败北后，引发多米诺骨牌效应，导致其在南美多国的用途专利相继失守。

1999 年 2 月 3 日，同为全球顶级跨国药企的美国礼来制药公司和德国拜耳制药公司对辉瑞公司"万艾可"的用途专利，向欧洲专利局提出异议，同时向英国高等法院提出撤销该欧洲专利的请求。

辉瑞公司在"万艾可"专利申请中，对其权利范围要求宽度的设计，主要基于对两个重要技术方案的突破。其一，意外发现了 PDE5 在阴茎海绵体的分布与 ED 发生具有直接相关性，进而推出凡对 PDE5 产生抑制作用的一类物质，均可能成为治疗 ED 的有效药物。其二，辉瑞公司合成出来的"西地那非"对于 PDE5，是一个吸收快、半衰期长、副作用小且极具选择性的抑制剂。

基于这样的逻辑关系，同时为了尽可能地跑马圈地，辉瑞公司为"万艾可"建立了一堵有越界嫌疑的专利壁垒。

为什么说它有越界嫌疑呢？打个比方：这个专利壁垒是由三条线组成的直线三角形，两条直线分别是"西地那非"这个小分子化合物的发明专利和制备工艺专利，斜线则是"西地那非"作为 PDE5 抑制剂治疗男性勃起功能障碍的用途专利。

"西地那非"这个化合物专利显然不容挑战，所以这条直线是稳定的。制备工艺专利这条直线相对被动，因为它仅仅是一个工具，实际上是被斜线牵着鼻子走的，可长可短。

"伟哥联盟"的专利困境就在于此：就算你绕开了"西地那非"的制备工艺，如果前面还有用途专利挡着，你还是寸步难行。

显然，用途专利这条斜线的长度决定了"万艾可"专利壁垒的面积。

而辉瑞公司的实际操作中，为了占据更大的面积，其设计的用途专利的宽度，客观上卡住了其他市场主体，对有可能研制成有效抗 ED 药物的其他 PDE5 抑制剂的创新研发。

"万艾可"的用途专利是指作为 PDE5 抑制剂而治疗男性勃起功

能障碍这一用途的专利。也就是说，如果不采用"西地那非"，而采用其他的化合物，但是也采用抑制 PDE5 的方法来治疗阳痿，就算侵犯了辉瑞公司的专利。

这种用途专利的垄断，显然大有妨碍其他公司进行创新研发的嫌疑。

事实上，自 20 世纪 80 年代末，人类有史以来第一次发现一氧化氮在人体内发挥信号作用，从而建成一条全新的医药科学高速赛道后，全球顶尖药企扎堆进入这片处女地淘金，其中当然包括美国礼来公司、德国拜耳公司这两条业界公认的"胃口很好"的原研药大鳄。

与"西地那非"具有类似功效的化合物陆续被合成出来，组成了一个人丁兴旺的"那非家族"。美国礼来公司研制出的"黄色小药丸"——"他达那非"，2002 年 11 月经 FDA 批准上市。2005 年5 月正式获批进入中国市场，中文商标名为"希爱力"。

德国拜耳公司独辟蹊径，在搜集"西地那非"治疗过程中出现的某些不良反应，以及不能与硝酸酯类药物共用的局限性等不尽如人意之处的基础上，逆向创新，合成了一种"橙色小药丸"——"伐地那非"。

科研界公认，"伐地那非"比"万艾可"的疗效更胜一筹，副作用也要小得多。2003 年 8 月经 FDA 批准上市。2004 年 9 月获准进入中国市场，中文名为"爱力达"。

投入巨资研发出了新的 PDE5 抑制剂——他达那非，却面临被他人专利封杀的境地，礼来公司这样的国际级药企大腕自然不会束手就擒，而是主动进攻：充分研究对手的专利申请文件，寻找易于突破的薄弱环节，再以寻找到的证据作为依据，通过无效宣告请求程序打击对方专利。

礼来公司通过大量的检索查证，最终找到了一篇出自美国加州医学院，题目为《利用 PDE5 抑制剂有可能开发成治疗 ED 的药物》的博士论文。该论文 1992 年 12 月完成，早于"万艾可"在英国的申请日 1993 年 6 月 9 日达半年之久。

新颖性、创造性和实用性是构成专利的三大要件。这份抵触文献的呈堂证供意味着：辉瑞公司所谓的突破性技术方案，在其申请专利保护之前已经成为一项公知技术，不具备完全的"创造性"。

2000 年 11 月，英国高等法院否决了辉瑞公司"万艾可"的此项专利权，否决的主要依据就是"该专利不具有创造性"：有关磷酸二酯酶 −5 抑制剂的辉瑞专利所要求保护的技术方案是基于公开知识，该化合物的应用具有显而易见性，所以不能授予专利保护。

这个判例还产生了连锁反应。其后，礼来公司照方子抓药，在哥伦比亚、玻利维亚等南美诸国乘胜追击，下架了辉瑞公司的这项专利权。

辉瑞公司在"英国官司"中败诉的主要失误，是在专利申请前的外围技术环境调查中出现了疏漏，如果能及时地将上述抵触文献检索查证出来，它在设计专利保护宽度时，就可以将保护范围缩小，避开碰撞，并给他人留下发展空间。

这样，就不会造成礼来公司为保护自己发明的市场利益，而不遗余力地寻找辉瑞公司的破绽，导致该专利在英国等地彻底地失去了保护的机会。

这里要特别说明一点：由于各个国家的法系不同，以及对构成专利的三个要件在审理上所采用的标准不同，尽管"万艾可"在英国的用途专利被撤销，但并不意味着这项专利在其他国家也不能取得专利保护。因为对于一个发明是否具备新颖性和创造性的审查，国际上因产业政策、地理环境的不同，所采用的标准也各有不同，而且还会因时代而异。

比如在美国，授予专利权的法条更是采用了与众多国家不同的先发明原则：保护最先完成发明的创造人，而非先申请原则：保护最先提出申请的人。并在法律上规定：申请日之前 1 年内公开的任何技术都不影响一项专利申请的新颖性。正是因为以上种种原因，辉瑞公司尽管在英国等地受挫，但仍然在日本等多国获得了专利保护。

第三节　中国官司

关于国家知识产权局为何于英国高等法院判决"万艾可"用途专利权无效之后的 2001 年 9 月，仍将此专利权授予辉瑞公司的原因，说法不一。

比较统一的是国内仿制药龙头企业北京万全药业总裁郭夏的观点：在药品申请专利时，一般有一个公开期，在这段时间内如果没有人提出异议，就会让它批准。"当时国内厂商对于知识产权的内容不是很熟，所以没有形成像后来的那种反诉的行为。"

另外，他模糊地强调道："当时正处于中国加入 WTO 之时。"

坊间则盛传，对"万艾可"专利权的批准，是辉瑞公司进行强大政府公关的结果，据说某位中央领导直接影响了专利的授予。

"英国官司"虽然没能"阻止"国家知识产权局授予辉瑞公司专利权，但却成了"伟哥联盟"自救的稻草。

"如果不是礼来公司向英国高等法院请求'万艾可'专利无效这一案件作为基础，国内药厂要想针对跨国药企的专利问题提出无效并取得胜利，是不可想象的。"仔细对照研究过礼来公司起诉书和"伟哥联盟"无效请求文件的香港海陆律师事务所马锋律师指出，这两份文件存在着惊人的相似之处。

"基本上可以肯定，国内的这份文件基本上是翻译礼来公司文件的结果。很多关键的材料连页码都是一样的。他们其实是站在了一个巨人的肩上。"

很明显，像礼来公司搜集到的各种详尽的原始证据，是以大量的人力财力花费为基础的，同时依赖于其多年的技术积淀和面向全球的专业信息提炼系统，这样的能力，是当时的中国药企和为其提供专业服务的代理机构都根本不具备的。

根据公开资料，"伟哥联盟"专利复审委员会提出无效请求时，提及的理由比礼来公司向英国高等法院所提的更多，但最关键的还是礼来公司拿到实锤的"该专利不具新颖性、创造性"。

在自然人潘华平和"伟哥联盟"提出无效申请差不多一年后，2002年9月3日，国家知识产权局专利复审委员会在北京新时代大厦第一口审大厅进行口头审理。

这次口审的规模空前，在专利权案件口审历史上实属罕见：用手推车推出来的陈述资料重达92公斤。审查员点名花了10分钟。口审庭内和庭外的走廊上排满了座位，旁听者达到200余人。

当天上午，1998年诺贝尔生理学或医学奖三位获奖者之一的伊格纳罗和辉瑞公司"万艾可"研究开发小组的首席科学家艾里士，也赶到现场为辉瑞公司助阵。

但是，只热闹了一天。此后，复审委员会没有再进行类似的审理活动。"伟哥联盟"又进入了漫长的等待期。

"大家几乎是在没有任何消息的情况下等待，很多企业很着急，牢骚不断，很生气。"联想药业总经理于乃武后来在接受《21世纪经济报道》的采访中回忆说，"在等待裁决的近两年时间里，我们只收到过一次国家知识产权局发来的函件，告诉我们辉瑞公司已经把'万艾可'的专利，转让给了辉瑞爱尔兰分公司，仅此而已。"

王乃武说，在此期间，他也派公司副总去北京，想见到国家知识产权局局长，但只受到了其秘书的接待，"也没有得到任何消息。总的说来是很无奈的。"

这种让人焦灼不安的消息真空状态，一直持续到 2004 年 7 月 8 日，他接到代理律师王为的电话，告诉他复审委员会做出了辉瑞公司专利权无效的决定。

2004 年 7 月 5 日，复审委员会裁定辉瑞公司专利无效。7 日，自然人潘华平和国内 12 家制药企业接到了国家知识产权局的电话通知，他们在针对美国辉瑞公司治疗阳痿的药品"万艾可"的主要成分"西地那非"的使用所获得的专利无效请求中得到支持，国家知识产权局决定撤销该项专利，理由是其专利违反了《专利法》第 26 条第三款的规定：说明书不够清晰、完整。

好消息终于来了。7 月 15 日，位于北京西直门的国务院第二招待所三楼的会议室里，人声鼎沸，"伟哥联盟"的 12 家企业负责人欢聚一堂庆祝胜利，后来还载歌载舞地庆祝了一番。

笙歌初起，长夜难尽。刚刚与跨国药企正面较量的他们，根本不了解这个欧美专利杀手的能量，不知道辉瑞公司不仅仅是一个超级跨国企业，更是欧美知识强权的哨兵——在这个时点，它代表着众多欲在中国维护自己的创新成果的跨国企业，甚至代表着整个美国的利益。

他们不知道，在多重压力下，天平可以瞬间倾斜。

"按照一般规律，从口审到最后作出决定一般在三个月之内，而该案花了近两年时间。"7 月 8 日下午，前一天接到正式口头通知的中国 12 家制药企业第一代理人、国家一级审查员徐国文对记者表示：该案背景复杂。

围绕"万艾可"的专利权之争，已经不简单隶属于技术层面。《华尔街日报》披露，"过去两年中访华的众多美国高级官员再三同中国领导层提及辉瑞的'万艾可'专利权一案"。据一位知情人透露，2004 年国务院副总理吴仪访美期间，美国政府在不同场合提及"万艾可"专利之事。

背景的复杂，背后的压力，从国家知识产权局先是迟迟议而不决，结果出来后又不厌其烦的表态中，可见端倪。

针对"'万艾可'专利权的决定是否遭到各方的压力"的询问，国家知识产权局专利复审委员会有关人士再三强调，没有任何政治层面考虑，所作出的该项决定是依法、客观、公正的，"这是我们完全不受干扰作出的技术性决定"。

该局宣传处官员朱宏利告诉《环球企业家》杂志，这只是在作一个正常的决定，"虽然这次判决使国外企业受到了损失，使中国企业获得了一些利益，但我们一直都是按照法律程序运作的。"

在当年4月13日国务院召开的记者招待会上，国家知识产权局局长王景川表示："我们成立了在法律和专业知识方面素质很高的优秀审查员组成的合议小组，分别听取双方当事人的陈述。"

一位国家知识产权局内部人士透露："知识产权局其实非常被动，在作决定时面临的压力非常大。"一般情况下，无效请求案件只需3名合议员，这次特别配备了5名，全部由国家知识产权局化学部的专家组成。

在巨大的外部压力下，在无数双眼睛的盯视下，国家知识产权局把发球权判给了国内药企"伟哥联盟"。

但当时就有法律界人士认为，此次判决在证据的择取上和判决的方向上，有着本可避免的程序缺陷。

2000年11月的"英国官司"和此次的"中国官司"，两者对辉瑞公司的用途专利权都做出了无效裁决。但是，前者否决其专利权是根据"创造性不足"这条理由，而将另外两条理由驳回了，其中就包括"信息披露公开不充分"这条理由。

而后者的《无效宣告请求审查决定书》中则言明，是根据"信息披露公开不充分"这一条做出无效认定的，"其专利违反了《专利法》第26条第三款的规定：说明书不够清晰、完整"。对包括"创造性不足"等另外两条理由，长达29页的决定书表示：不再对其进行评述。其他理由被否决。

所谓"信息披露公开不充分"，就是指专业人员根据本专利所记载技术，结合该领域现有技术，不付出创造性劳动，无法确信本专利会起到专利中提到的治疗作用。

何以会出现"信息披露公开不充分"问题？广州白云山药厂单独聘请的律师孙振铎解释，这是辉瑞公司在专利申请过程中产生的问题，"它抢日子抢得太快了，好多试验是申请日之后做的，导致专利申请能提供的数据很不够，阐述也不充分。"

清华大学知识产权专家陈建明教授告诉《法制早报》记者："我觉得这还是技术评价和技术处理的问题。单纯一个'信息披露不足'，还显得有些单薄。国际上知识产权的案子以这个为唯一理由的不多。"

马锋认为英国高等法院的否决其创造性的方式，可能是更站得住脚的方式，因为它有较为强劲的证据支撑。再说，英国高等法院给出的是终审判决，对同类案件的上诉法庭和涉案各方，也具有更大借鉴意义和说服力。

"拿英国那边已经被驳回的理由，作为这边通过无效专利权的根据，某种意义上，这给了辉瑞公司以可乘之机。"

第四节　无法兑现的胜利

15日，"伟哥联盟"的12家企业负责人齐聚国务院第二招待所三楼的会议室，在庆祝了一番后，大家合计下一步该怎么走。

会上，记者提问"是否准备马上动手生产仿制药？"合肥医工医药公司总经理何广卫等乐观派们有些激动地反问："为什么不呢？"

"伟哥联盟"牵头人、重庆康尔威药业股份有限公司总经理赵庆生高兴地算起了账：中国男性性功能障碍的发病率为10%，以中国成年男子有3亿至4亿人计，中国约有3000万男性ED患者，按照每人一个月只消费1粒的话，至少也有300亿元的巨大市场。

通化鸿淘茂药业有限公司董事长张玉才则兴奋地规划着生产宏图：每年300亿元的市场，以最低30元的单价计算，就是10亿片，自己企业的制药机每小时可以生产数万片，年产几亿片都没有问题。

但关于复审委员会做出的无效决定何时生效，他们面对的是两种截然不同的理解。

"伟哥联盟"的代理律师王为代表了一种说法："万艾可"已经没有保护了，国内企业可以生产了。"行政诉讼过程中，已经执行了的行政行为，不能终止。即使到时司法程序认定行政决定错了，那也是重新审查，还可以继续决定无效，然后再走司法程序，而不是说法院直接判辉瑞公司的'万艾可'专利继续有效。"

辉瑞公司和一部分法律界人士的观点则与之截然相反：中国《专利法》第46条规定："对专利复审委员会宣告专利权无效或者维持专利权的决定不服的，可以自收到通知之日起三个月内向人民法院起诉。"只要辉瑞公司在3个月内向法院提起诉讼，辉瑞公司目前对"万艾可"的专利将继续有效，直到法院做出最终判决为止。

7月7日，辉瑞公司第一时间发出公告，称辉瑞对复审委员会的这一决定深感失望，并明确表示，将针对该复审决定向法院提出起诉。声明还强调，在起诉期间，辉瑞公司对"万艾可"的专利权继续有效。

9月，辉瑞公司在法定期限的最后一天向北京中院提起上诉。

与该案无利害关系的"中间派"法律人士认为，造成两方认知撕裂的根本原因在于：中国法律目前不是特别清晰，没有明确规定复审委员会的决定是不是已经生效。"中国的专利审查指南中有一段，指出专利复审委员会的无效宣告请求决定书，要等到其中不利的一方在 3 个月到期之后还没有提起诉讼时才生效。那么从这个角度讲，复审委员会的决定还没有生效。但这又不是法律，只是部门规章制度。"

马锋认为，辉瑞公司将专利作为武器去制裁"侵权者"时，无非有两个途径，一个是行政，一个是司法，"行政方面，地方专利局应该不会去采取行动。而法院，你去起诉，估计也是中止，暂时停止等待最后判决。"

因此，如果目前情况下国内药企开始生产"万艾可"仿制药，不会受到大的影响，而最终一旦辉瑞公司将自己的专利权拿回来后，那么辉瑞公司将有权去索赔。"中国企业可以去做，但不是完全没有风险。"

但是"伟哥联盟"成员们很快就醒过神来，关于"马上生产将会带来怎样的法律后果"之类的探讨纯属多余，因为国家药品监督管理局根本就不给他们"冒险"的机会。

按照惯例，至少以前类似这种官司都是这样处理的：辉瑞公司的专利一被宣布无效，国家药监局就该给这些中国药企颁发生产批文。

为了跑这一纸批文，"伟哥联盟"的 12 家企业基本上都派了专人驻扎北京。康尔威总经理赵庆生甚至有一段时间自己就住到北京。但是，国家药监局始终没发给他们梦寐以求的生产批文。

倒是辉瑞公司收到了国家药监局的一份大礼：2004 年 7 月在"中国官司"中落败的辉瑞公司，在两个月后的 9 月下旬，"万艾可"获准进入药店销售，销售量即刻井喷。

实际上，"万艾可"在中国上市的前几年，只开出了不足 60 万张处方，虽然占据着国内抗 ED 类药物市场的主导地位，但是年销售额 8000 万元人民币左右，在全球年销售额 16 亿美元的盘子里，简直不值一提。

据业内人士分析，"万艾可"的高价格有可能影响了它的销售情况。它的市场零售价颇为不菲，25 毫克的每片价格为 71 元人民币，50 毫克的每片价格为 99 元，与美国市场上 8—10 美元的售价相比，相差无几，基本上做到了"与国际接轨"。根据有关技术资料，"万艾可"每日最多服用一次，一般推荐剂量为 50 毫克，根据疗效、耐受性和临床状况，剂量可增加至 100 毫克或降低至 25 毫克。以此计算，花费不低，使许多有需求者望而却步。

此前中国市场打不开，一方面是由于"万艾可"的销售价过高，挡住了许多普通消费者，另一方面是各种假冒"伟哥"泛滥。更为关键的原因是，此前国家药监局对"万艾可"以麻醉类特殊药品严格管理：在二级及二级以上医院销售，只有泌尿科和男科主治医师以上人员才可开出处方，零售药店里根本无法见到；销售代理商应有二级以上资质。

而多数中国男人将 ED 看作一件讳莫如深的事情，就诊率极低。北京大学第三医院男科中心 2011 年发布的报告显示，中国男性 ED 患病率平均 40.2%，就诊率仅为 17%，同期日本 ED 患者就诊率在 40% 以上。

经历过那个时代的中国人都明白，一个之前被作为特殊药品严格监管的处方药被允许进入药店销售意味着什么，之前制约消费者的种种就医心理障碍和购买手续上的不便基本上消失了。"万艾可"就像一匹独狼，被放进了既温顺又狂热的中国消费者的"羊群"之中。

"一旦'万艾可'的市场占有率达到一定程度，辉瑞就无所谓官司输赢了。到那时，我们就只好听天由命了。"一位中方药企负责人心情黯淡地说。

有人猜测"万艾可"获准进入药房销售，是中国有关部门受到某种压力后，给予官司失利方辉瑞公司的一种"补偿"。这种说法，无法证实，也无法证伪。但接下来，辉瑞公司的种种手段，让国内相关各方不寒而栗。

第五节　极限施压

早在 2002 年 9 月 3 日晚，国家知识产权局专利复审委员会对自然人潘华平和"伟哥联盟"提出的无效申请进行口头审理后，辉瑞公司总裁白康瑞就在现场声称："我们认为对这个问题的讨论，会使人们更加关注在中国的投资是被鼓励投向于纯粹的生产，还是投向更多的研究开发？"

辉瑞公司在给媒体的声明中表示："目前计划在未来 5 年向中国市场引进 15 种创新药品，用来治疗各个治疗领域的多种严重疾病"。同时警告道："辉瑞认为适当的知识产权保护对实现上述计划是非常必要的。"

字里行间，话里话外，表明辉瑞公司的既定诉讼策略就是要把企业间的个案纷争，往中国的投资环境好坏、知识产权保护优劣的大局上带节奏。

因为，此时此际的"大局"，就是中国正处于敏感而脆弱的"入世观察期"。

复审委员会做出对其不利的裁决后，国内的"伟哥联盟"还在为"马上生产会产生怎样的法律后果"纠结，还在一筹莫展地盼望着一纸生产批件，辉瑞公司立即驾轻就熟地发动了大规模的舆论攻势。

从下述见诸中外媒体的压力施加者的不完全名单，我们可以见识到什么叫美国式的极限施压。

他们是：辉瑞董事长兼首席执行官麦克金内尔、中国美国商会会长马诚礼、美国贸易代表办公室发言人米尔斯、美国商务部部长卡洛斯·古铁雷斯等等。

他们的用词不一，但充满威胁：影响投资、深表关切、关税报复、侵犯知识产权的典型案例、可能引发贸易战等等。

在第一时间获悉复审委员会的结果后，正在几千公里外的新加坡参加一个新药厂建成典礼的辉瑞董事长兼首席执行官麦克金内尔表达了他对此事的"极度失望"。他说，保护知识产权是公平贸易的基础。当被问及此事是否会影响辉瑞在中国投资时，他做出斩钉截铁的回答：当然会。

中国美国商会会长马诚礼立刻喊话：敦促中国政府部门重新对该项专利进行审查，并采取纠正性行动。

美国贸易代表办公室发言人米尔斯表示，此事件是中国侵犯知识产权的典型案例，美国对中国的知识产权保护深表关切。

《金融时报》等外媒称："许多在华制药企业，将这起事件看作是中国保护知识产权的试金石。"

《华尔街日报》称：过去两年中访华的众多美国高级官员再三同中国领导层提及辉瑞的"万艾可"专利权一案。"如果辉瑞失去'万艾可'的专利权，美国和欧盟可能会通过关税手段对中国制药业实施报复。"

美国商务部部长卡洛斯·古铁雷斯在 2005 年 6 月份访华的时候暗示，若中国在保护知识产权问题上未能取得进展，则可能引发贸易战。

虽然无法在实证层面认定辉瑞公司及其背后美国政企力量的施压效果。2005 年 11 月 19 日，美国总统布什对中国进行正式访问，议题"不但包括公平贸易问题和货币问题，也会谈到国际知识产权问题"。看看访问之前中国方面的"配合"之举，读者诸君心中自有戚戚了。

2005年第22期《大地》杂志撰文说，知识产权是那次布什访华要谈及的头号经贸问题。"在这段时间内，中美两国高层间对知识产权保护问题频频对话沟通，显示出这个问题对两国关系发展的重要与敏感。"

"而中国也表现出了极大的善意。"11月15日，公安部通报了侵犯知识产权犯罪六大跨国跨境案件最新进展情况，打头的案件就是一起涉及全球11个国家的跨国制售"万艾可""西力士"（即礼来公司的"希爱力"）等药品假药案：

> 今年8月至9月2日，中美执法部门密切合作，我天津市、河南省公安机关与美国移民海关执法部门开展代号"越洋行动"的联合行动，成功破获了一起涉及全球11个国家的跨国制售假药案，在美国华盛顿州、我天津市、河南省共捣毁制假售假窝点5处，查扣各种制假药设备近20台，缴获非法制造的包装盒60万件，查获假冒"万艾可""西力士"等药品共44万粒（按照真品市场价格计算共值4000万余元），半成品、原材料260公斤。目前，美国执法机构已将美籍犯罪嫌疑人理查德·考利缉捕，我天津、河南公安机关逮捕李文辉、王银良等8名犯罪嫌疑人，取保候审1人。

2006年6月2日下午，北京市一中院做出一审判决，推翻了复审委员会的判决，支持了辉瑞的专利诉求。其理由同样依据《专利法》第26条第三款。也就是说，中国专利局和北京一中院依据同一条法律条款，但做出了截然不同的判决。

"一个里程碑式的判决!""标本式判决!"现在轮到辉瑞公司及其朋友圈欢呼雀跃了。辉瑞公司有关负责人兴奋之余,再次不忘上纲上线,在采访中对《环球企业家》表示:"该裁决再次肯定了中国有效的专利保护环境","增强了在中国的投资信心",同时兴奋地宣布:辉瑞公司将在2010年之前再向中国引进20多种创新药品。

2005年6月19日,国际生化工业组织在美国费城举行年会。这次会议为期4天,云集了一万多名来自全球50多个国家的生物及化学方面的公司和科研机构代表。来自中国的徐国文被会议组织者特别请到台上,用15分钟时间跟与会者交流关于中国的知识产权保护问题。

徐国文名片上的头衔是安博达知识产权代理有限公司总经理和国家一级专利审查员,从1985年中国国家专利局专利复审委员会成立起,他在该委员会工作了17年。但这些经历并不是他获邀上台演讲的原因,听众对徐的好奇跟辉瑞公司10年来最畅销的药物"万艾可"有关。

2001年,徐国文从复审委退休后当起了专利代理人,而"伟哥联盟"申请辉瑞公司"万艾可"专利无效案,成了徐国文从事知识产权法律工作后的第一个案子——他是这些中国企业的第一代理人。

2006年6月2日下午,北京市一中院做出一审判决后,《环球企业家》杂志的2006年7月号第一时间发表了一篇题为《伟哥马拉松》的专稿。文中,汪若菡和张晶两位记者用非常节制的文字,记录了这样一个场景:当辉瑞朋友圈众声喧哗之际,徐国文为失语的"伟哥联盟"在国际舞台上艰难发声。

当徐国文站在费城的演讲台上时,他不会知道,一年后的今天,北京的判决结果是,撤销复审委有关"万艾可"专利权无效的决定。

但徐国文作为中国企业的专利第一代理人，并成功游说复审委判决"万艾可"专利无效的经历，已经足以让西方的听众们充满好奇。中国的知识产权保护问题多年来一直是在华跨国公司的心病，即使在今年6月中国美国商会发布的一项调查中，仍有41%的美国公司认为，中国对知识产权的保护没有改善，甚至出现了恶化。因此，对徐国文的听众们来说，他们最关心的问题是，辉瑞事件是否说明中国知识产权保护的商业环境不容乐观。

徐国文用简短的演讲表明了自己的观点。他说，辉瑞公司在全球申请专利权的过程中，总有竞争对手用各种方法和理由请求宣告其专利权无效。早在中国的这个例子之前，辉瑞的"万艾可"专利权申请在欧盟以及南美的很多国家已遭否决。"因此，利用专利法来使自己的利益最大化是每个企业的权利。对辉瑞如此，对中国企业亦然"。他提醒大家，值得庆幸的是，至少在中国，本地企业是在依照法律程序办事，而不是干脆在私下一窝蜂地进行仿制，这一事实本身就该让跨国公司感到稍许安慰。

至于这个事件的结论是否公允，最终结果如何，各方是否满意，"那是另外一个故事。"徐国文补充说："这会是一场漫长的博弈。"

第六节　辉瑞的历史

叙述至此，读者们应该已经对辉瑞的超级能量有了深刻的印象。

辉瑞是谁？

概而述之：它是无数人推崇的"史上最牛专利药企"，一度同时拥有8个以上年销售额超过10亿美元爆品的原研药大鳄；它是药企中当之无愧的营销天才，是至今风行世界的"医药代表"销售模式的集大成者；财大气粗的它长年盘踞在《财富》世界500强的榜单里，无时无刻不对潜在购并目标虎视眈眈，是连美国政府都要高看一眼的跨国药企中的豪横一族。

在这里，我们有必要插播一下它从草根到王者，贯穿着研发、营销、扩张、创新的 170 年创业史。

辉瑞公司的创始人是一对德国移民美国的表兄弟，表弟叫查尔斯·辉瑞，表哥叫查尔斯·厄哈特。

1849 年，辉瑞向父亲借了 2500 美元资本金，与厄哈特合伙在纽约曼哈顿一座红砖小楼里开始创业，主要为药剂师和药品公司生产碘酒制剂、酒石酸、柠檬酸产品等化学品。

出道虽早，但起点与同时代的同行一样，仅是一个供应精细化学品的"个体户"。

当时的美国人饱受肠道寄生虫之苦，而驱虫药"山道年"虽然药效好，味道却很苦。身为糖果商的厄哈特尝试着把它和杏仁大妃糖混合调制，成功地改制出新式"山道年"。味道可口的"山道年"一炮走红，成立的辉瑞公司就此向做大做强的目标推进了一个小小的身位。

到 1880 年，辉瑞公司已是美国领先的柠檬酸制造商，为可口可乐、百事可乐、胡椒博士等新型饮料提供原料。但"一战"爆发，使生产柠檬酸的原材料意大利产的酸橙进口受阻。通过引进"外脑"，辉瑞公司于 1919 年发明了将糖转化为柠檬酸的发酵工艺，柠檬酸产量飞跃式增长，价格从每磅 1.25 美元猛降至每磅 20 美分，引发了新型饮料行业的爆发性增长。

接下来的 10 年间，辉瑞公司凭借自己的这一独家技术，几乎垄断了市面上所有的柠檬酸生产，1929 年时销售规模达到 1000 万磅。1936 年，辉瑞公司推出了通过发酵技术生产的维生素 C，并在 1938 年将其扩展到维生素 B，"二战"后又研制出 B_{12}。辉瑞公司就此成为领先的维生素系列产品供应商。

辉瑞公司在发酵技术上累积的丰富经验，还让自己获得了青霉素生产的先发优势。

1928 年，英国细菌学家亚历山大·佛莱明发现了人类历史上第一种毒性很小又能有效杀菌的抗生素，并将其命名为盘尼西林（Penicillin），又称青霉素。这是 20 世纪最重要的药物，但由于分化提纯困难，在它问世后的 14 年中一直无法量产。

"二战"期间，伤亡惨重的英国向美国求助，希望远离战火的美国药厂集体攻关青霉素的量产之法。

经过筛选，辉瑞制药公司、默克公司和施贵宝公司三家美国制药公司参与了大规模制造青霉素的竞赛。1943 年 3 月，在发酵技术上深耕多年的辉瑞公司创造了历史，世界上第一座青霉素工厂建成投产。

经辉瑞公司的同意后，美国政府授权 19 个制药公司使用辉瑞公司首创的深罐发酵法，对青霉素进行大规模生产。

尽管如此，辉瑞公司仍然凭借着先入优势，牢牢地占据了大部分的市场份额。1945 年，辉瑞公司生产的青霉素已经占到全球产量的一半，成为盟军的供应大户。诺曼底战役期间，盟军士兵携带的青霉素有 90% 来自辉瑞公司。

青霉素让辉瑞公司，开始从一个小化学药品公司，向制药业巨头大跨步地跃进。

但由于青霉素不具有专利保护，当时主要制药企业都在大规模地生产，到 1947 年的时候，辉瑞公司的市场份额已经跌到了 23%。

青霉素的出现不仅仅是单一药品的发现，更是寻找抗生素的一种新的研发思路的诞生。当时的几家领先制药公司纷纷进入这一领域"挖矿"。1948 年，美国氨基氰公司洛沙平实验室推出了商品化的金霉素。1949 年，帕克·戴维斯公司研制出氯霉素。

辉瑞公司眼看就要落后了，已经担任董事长的约翰·史密斯，分别在康涅狄格州和印第安纳州建立了实验室和发酵工厂，利用其在青霉素生产中积累的经验，大范围寻找新的抗生素类药品。

1949年，在尝试了上万种土壤样本后，辉瑞公司的科学家们终于在美国中西部的土壤中，发现了能有效对抗多种致命细菌的物质，它就是土霉素。

土霉素在不到半年的时间里就拿到了FDA的许可。1950年，史密斯在董事长任上去世。在他去世之后一周，辉瑞公司取得了土霉素的专利权。

土霉素是第一个使用辉瑞公司品牌销售的药品，它让辉瑞公司"点土成金"：1950年当年，销售额即达6000万美元。其后两年，每年为辉瑞公司贡献42%的营收。1965年，土霉素的年销售额已经突破5亿美元。

从柠檬酸到青霉素，再到土霉素，辉瑞公司的原创基因就此刻下。

在辉瑞公司百年庆典那年，麦基被任命为总裁，从此执掌这个百年企业长达19年。

他开创了在医学专业杂志上，为土霉素和其他处方药品做广告的行业先河，还在1950年第一个组建了一支由10名零售人员组成的营销团队，次年发展到100多人。作为比较的是，同业最强劲的竞争者默克公司，直到1953年才建立起营销组织。

麦基为辉瑞公司种下的营销基因，此后不断进化。辉瑞公司始创并持续完善了以"医药代表"为核心的销售模式体系。目前辉瑞公司在全球拥有4万多名"医药代表"。据说，辉瑞公司特别喜欢雇用退伍军人为"医药代表"，因为辉瑞公司觉得这类人拥有很高的自觉性与自律性，更容易成为营销尖兵。

在美国《培训》杂志的最佳培训百家企业排行榜上，辉瑞公司名列前茅。辉瑞公司的"医药代表"被公认为是业界最大的、最富有成效的销售队伍。

同时，辉瑞公司配套了一个优秀的广告传播策略。这个策略的灵魂就在于"让辉瑞成为美国制药的代言人"。前文描述过 1998 年时"Viagra"在美国上市之初，在克林顿因"拉链门"被弹劾的世界级传播场景中，辉瑞公司邀请时年 75 岁的美国共和党大佬、1996 年美国总统选举共和党候选人鲍勃·多尔，作为"Viagra"的第一位广告代言人，在电视上向观众发出灵魂邀请——或许需要一点胆量向医生询问不举的问题，但任何有用的东西总是值得一试——淋漓尽致地展现了辉瑞公司深厚的营销功底。

事实上，作为一家制药公司，辉瑞在全球领先药企漫长的原创药物竞赛中，有一些时段其研发能力显得有些掉队。比如在 20 世纪 90 年代，作为原研药常青树的默克公司在很多领域一马当先，与之相比，辉瑞公司在研发上力有不逮。

1996—2001 年，辉瑞公司的研发人员申请了 1217 项新化合物专利，每项专利花费达 1750 万美元。相比较而言，拥有制药行业最富有效率的研究部门的默克公司，则注册了 1933 种化合物专利，但每项专利的花费约为 600 万美元，仅为辉瑞公司的 1/3。

但辉瑞公司却能凭借强大的销售终端控制力，"习惯性"地将单一药品的销售提升一个甚至数个量级。通过"适当研发＋一流营销"的模式，辉瑞公司在国际制药领域取得了话语权。我们以后来胆固醇治疗领域的"默辉之争"来一窥辉瑞公司越来越炉火纯青的营销水平。

默克公司从 80 年代中期，开始在胆固醇治疗领域发力，1992 年推出的降低胆固醇方面的新药"舒降之"，很快成为销售额超过 10 亿美元的重磅炸弹，在该领域建立起了领导地位。

2000 年辉瑞公司通过并购，获得了同类药品"立普妥"，立即向默克公司的"舒降之"发起营销战。

一方面，辉瑞公司将"立普妥"与"舒降之"进行临床对比实验，并成功说服 FDA 同意将实验结果放在"立普妥"的市场说明书中，这显然有利于"立普妥"。

另一方面，辉瑞公司用于推广"立普妥"的费用，比默克公司用于推广"舒降之"的费用多出 50%。专职销售人员不但远远多于对手，还被分为两支队伍展开销售竞赛，从而以最快的速度，提升了处方医生对"立普妥"的接触频率和认可程度。

结果，"立普妥"推出不到一年，就拥有了 26% 的市场份额，"舒降之"降至 27%。到了 2002 年，"立普妥"的年销售额达到 72 亿美元，占有 42% 的市场份额，而"舒降之"却只剩下了 32%。2004 年"立普妥"的全球销售额，更是达到了 108.62 亿美元，成为全球首支单药销售额突破 100 亿美元的药物。

在麦基任内，他还主导了辉瑞公司的多元化。在"放眼全球，致力于本土化"的战略指导下，辉瑞公司在国内外大肆"扫货"，启动了剃须膏、护手霜、化妆品在内的近 30 种非制药业务，仅 1961 至 1964 年的 3 年间，就收购了 38 家生产非处方药和日用快速消费品企业。

同时通过自建、并购双轮驱动的方式，设立了众多海外分支机构和工厂，业务范围遍及全球 90 多个国家和地区。

1968 年麦基退休的时候，辉瑞公司已经是一家跨行业的联合大企业了。1962 年的一份数据显示，英国市场上销售额最大的制药企业就是辉瑞公司。

1965 年，在海外拓土有功的鲍尔斯被提拔为辉瑞公司总裁，1968 年担任董事长，成为麦基的接班人。在他 1972 年退休时，辉瑞公司销售额第一次突破了 10 亿美元大关，成为当时实力最强的跨国制药企业之一。

但祸福相依。多元化虽然帮助辉瑞公司快速做大了蛋糕，却差点被时代潮流冲至搁浅。

20世纪70年代，化学研究停滞不前。制药业却不期然迎来了两大风口：一个是生物化学、酶学和微生物学的显著进步，一个是以DNA重组和遗传工程学为核心的分子生物学的狂飙突进。

一批企业紧紧跟上了新技术时代的节拍，默克公司和礼来公司就是其中代表。

默克公司集中财力投入研发和营销，到70年代末，建立起美国工业界最大的拥有4500人的研究机构。依靠"以设计获得发现"，默克公司在七八十年代共开发出50多种新药，远超同侪。

1986年研制出的历史上第一例用于人体的遗传工程乙肝疫苗，更是让它风光一时。

礼来公司虽然规模不及默克公司，但和默克公司一样紧抓住了风口，捷足先登拿下了旧金山加州大学的人工胰岛素项目。该药1982年得到FDA批准，成为第一个全球销售的遗传工程药品。

但还在多元化和海外扩张的惯性老路上狂奔的辉瑞公司，却在这一波新技术浪潮里一无所获。

1972年从鲍尔斯手中接过辉瑞公司帅印的普拉特，迟至1987年，以落后10年的起跑线，去追赶默克公司和礼来公司等先行者，略显力不从心。于是，辉瑞公司转而扩大其医院产品的业务，收购了美国医疗系统公司，这部分业务占到健康类产品销售额的四分之一。

与此同时，辉瑞公司开始向同行寻求大量的经营许可权，也就是替别的公司销售产品，然后支付授权费用。它从拜耳公司那里获得了两款抗传染药，从一家日本公司获得了一种新的抗生素药品，尽管获利不菲，却离时代大潮渐行渐远。

20世纪七八十年代，普拉特统治辉瑞公司达20年之久，辉瑞公司的账面数据仍然很漂亮：成为美国增长最快速的制药企业之一，年销售额从 10 亿美元增加到 70 亿美元。

问题是别人跑得更快。就在他卸任董事长之后的 1993 年，根据 1994 年《财富》杂志数据，辉瑞公司以 74 亿美元的年销售额，仅仅排在全美制药业第六位，它的前边有百时美施贵宝、默克、史克必成、雅培和 AHP（即现在的惠氏）。

如果放在全球排位，它还落后于德国的赫切斯特和拜耳、英国的葛兰素以及瑞士的罗氏。

20 世纪 90 年代，斯特尔领导下的辉瑞公司痛定思痛，对非处方药业务一律壮士断腕，开始实施史无前例的剥离行动，被拆分出售的甚至包括柠檬酸这个公司的压箱底产品。

与此同时，加大力度为研发烧钱。1995 年一年，辉瑞公司砸进原研药的投入，即达到了 12 亿美元。1998 年则增至 22 亿美元，占公司销售总额的 18%，专业研究人员超过 6000 名。

每年砸下的十数亿美元很快收到了回报，"左洛复""络活喜"和"万艾可"相继炸响市场。1991 年上市的"左洛复"至今年销售额仍达 29 亿美元，为全球抗抑郁药物的第二品牌。1992 年推出的降压药"络活喜"，1999 年全球销售额超过 30 亿美元。

当然，最为劲爆的自然非 1998 年上市的"万艾可"莫属。

"万艾可"等自研爆款新药的巨大成功，为辉瑞公司收获了世界级的声誉，但得之千辛万苦；聚焦主业逐步收拢的巨额资金，为辉瑞公司囤积了足够的"弹药"，足以同时应付公司现金流和战略并购；从拜耳公司获得授权的药品"心痛定"，实现了年销售额 12 亿美元的不俗战绩，证明自研＋购买（获得许可）双轮驱动策略切实可行。这一切，让辉瑞公司在历史和现实的岔路口，明确了自己在新世纪的战略动作：不断剥离非核心业务以换取现金流。通过并购（获得许可）获取同行的重磅原研药，运用自身强悍的营销能力，使之成为长期爆品，同时倍增自己的研发能力。

于是，我们见证了：2000 年，辉瑞公司以 900 亿美元的惊世价码，并购了华纳—兰伯特公司，这是当时规模最大的一笔收购之一。通过这次交易，辉瑞公司把降脂药"立普妥"纳入麾下。这是制药界最畅销的处方药之一，也是医药史上第一个销量突破百亿美元的药物。此次并购，让辉瑞公司一跃成为全美第一制药公司。

2002 年，辉瑞公司以 600 亿美元并购法玛西亚公司，成为当之无愧的全球最大原研药企业。

2009 年，辉瑞公司以 680 亿美元并购惠氏，就此坐拥 6 个疫苗和 27 个生物制品的在研生物制剂产品线，晋升为化学药和生物制药双巨头。

2015 年，辉瑞公司以溢价 39%，收购全球最大无菌制剂生产企业"赫士睿"，获得多种生物仿制药产品线及无菌注射业务。

2016 年，辉瑞公司以 140 亿美元并购 Medivation，成就肿瘤领域领先地位。

……

一步步走向世界之巅之际，也是辉瑞公司一路收集"现金奶牛"式重磅原研药的过程。

从以上的辉瑞公司发展简史中，我们可以发现，在实力之海上，"伟哥联盟"之于辉瑞公司，基本上是小舢板对航空母舰。

硬实力上，以 2011 年为例，辉瑞公司全球销售额 4221 亿人民币，这个数字与当年全中国处方药市场规模相当。

软实力上，从 1989 年起，辉瑞公司在华累计投资近 15 亿美元，引入 60 余种创新药物。这是国内有关部门不得不琢磨一番的数据。

最为麻烦的是，"伟哥战争"期间，站在对面战壕里的辉瑞公司，恰处晋级前夜，正是它杀心最重的时候。

第七节　联盟星散

与辉瑞公司同气连枝的"朋友圈"相比,"伟哥联盟"只是一盘散沙。

这也难怪,此次联盟,本来就是一群散兵游勇的权宜之计。据说,当初 12 家企业联手有两个目的:一个目的是为了共同的商业利益联合对抗辉瑞公司;另一个目的是一旦辉瑞公司专利被判无效,国内厂商蜂拥而上时可以形成一定的价格同盟,且不排除联盟企业组成产销联合体,以防大家互相杀价,造成售价上的恶性"踩踏事件"。

从发起联盟的动因上,我们就可以看出,大家眼睛紧盯的其实是"一旦辉瑞专利被判无效"后,如何有效地瓜分江山,如何保证参与者的商业利益。

暂且不说,"所有的价格同盟,基本上是打群架前的聚餐"。最关键的问题是联盟成员们实力不同,既有广州白云山这样的百年老店,也有 1999 年才成立的重庆康尔威这样的短线热钱,各自利益牵涉其中的深浅不一:1999 年时,国内共有 17 家药厂从国家药品监督管理局拿到了临床批件,到与辉瑞公司对簿公堂前,10 家做完了临床试验,最接近终点线的 4 家则已经拿到了新药证书。

礼来公司的胜诉经历已经告诉我们,与辉瑞公司这个"史上最牛专利药企"交手很大程度上是一场资源耗费战。但令人遗憾的是,从一开始,本应集中精力财力、政商资源和专业服务机构的"伟哥联盟",自始至终却是各自为战:

12 家药企,共聘请了 5 位代理人,有的是数家企业请一个,有的是单独聘请——既然大家的共同且唯一的目标,就是"无效"掉辉瑞公司的专利权,为什么不把宝贵的"弹药",交由一挺重机枪集中射击标靶，而是任由长短枪漫射呢？

同样的，在辉瑞公司利用舆论手段和政商力量强力施压时，国内各大药厂也在使尽浑身解数进行公关活动。"都是各自找有关部门和地方政府说情。"一位业内知情人士发出这样的疑问："大家各自为战，能影响到的层次和渠道太小。为什么不以联盟的名义在舆论场上统一发声，以一个团队的形式向相关部门进行政策性公关呢？"

其实，各怀心思的联盟一开始就队形不齐了。

一个有趣的现象是，原先起诉单位共有13家药企及一位自然人，后有一家不知何故忽然临阵退出。最后剩下的12家药企，竟然没有一个出自北京。

北京万全药业总裁郭夏在接受记者采访时坦承，在北京其实有不止一家药厂，参与研制"西地那非"的仿制药，包括他所在的万全药业。

2001年4月左右，他通过自己的情报系统得到辉瑞公司即将获得专利授权的消息，于是将自己的研制成果迅速转手，收回了前期研发成本。

"当时圈内已经风传辉瑞将获得专利的消息，一些药厂老板也知道了，但一般都还是没有转手。一方面可能是因为这个药的利润前景的确可观；另一方面也是风传的消息不可靠，他们无法确定其真假。"郭夏说。

天津联想药业也是早期研发"西地那非"仿制药的药厂之一。2001年，公司曾分别与五粮液集团、上海中西药业谈判买卖研究成果。

"我们开价1500万元，对方根本没有还价。他们老总打电话说一周之内飞到天津来签协议。"总经理王乃武回忆道，"但此后就没消息了。后来我才从报纸上得知，辉瑞的专利批下来了。"

而在 2004 年上半年，却又有两家国内药厂冒了出来，打电话来要求洽谈。王乃武对此持谨慎态度，"估计市场又在风传辉瑞'万艾可'的专利将失效的消息。"

令王乃武震惊的是，几个月后，所谓的小道消息被坐实：2004年 7 月，国家知识产权局复审委员会裁定辉瑞公司"万艾可"专利权无效。

就这样，那一边，辉瑞公司拉着自己的政商"朋友圈"，频频对中国有关方面施加压力。这一边，各色利益群体，凭着所谓的内幕消息，玩着小心思，像走马灯一样在"围城"里进进出出。

令人唏嘘。

对专利官司法务流程驾轻就熟的辉瑞公司，要的就是一个松松垮垮的团伙型对手，他们最能扯，也最能拖时间。而时间，就是辉瑞公司最好的朋友。

一位法律界人士保守估计，如果没有足够的国内压力，要走完全部法律程序，从中院到高院，很可能耗时超过 3 年。

这样的漫长流程，正中辉瑞公司下怀。因为在此期间，试图仿制"万艾可"或者生产类似药物的中国企业完全不能有所作为。

2001 年，国家知识产权局授予"万艾可"的专利保护期限为 20年，这一专利保护在 2014 年才能自动终止。

对"伟哥联盟"来说，漫长的等待就是一剂慢性毒药——数年的投入迟迟得不到回报，连回报的预期都命悬一线，导致内部压力重重。

尤其是下注最重的企业，很快就绷不住了。投入资金达 3000 万元的康尔威公司，卜马一条专门的生产线备产"西地那非"仿制药，设计年产量为 2—3 亿粒。但是挨至 2004 年，却曝出"因资金问题遭法院查封"的消息，原因是拖欠一家装修公司工程款，康尔威公司的车间和办公楼被当地法院贴上了封条。

焦头烂额的总经理赵庆生在和其他 11 家国内药企的一部分老总口头联络过后，表示不愿再担任"伟哥联盟"牵头人的角色。

失望之下，他甚至换掉了自己的手机号码。

2005 年 3 月 30 日上午，当北京市一中院开庭审理时，国内 12 家药企作为第三方参加庭审的心情，已经与他们在 2004 年获得无效宣告胜利时，兴致勃勃的劲头大相径庭。

因为害怕堵车，十几家药企负责人选择结伴坐地铁赶赴一中院。对许多平时在这个城市中跑惯批文、谈惯业务的老总来说，这恐怕是他们在北京平生第一次坐地铁。

庭审从上午 9 点延续到下午 1 点多，因为人多位置少，一些老总在法庭额外加的两排板凳上一直坐到结束。

庭审结束散场时，一位药企老总一边缓缓起身，一边又像对着身旁的人说话又像在喃喃自语："看样子，没戏了。"

经过再一次漫长的等待后，2006 年 6 月 2 日下午，北京市一中院做出一审判决，不出意外地推翻了复审委员会的判决，支持了辉瑞公司的专利诉求。

现在轮到"伟哥联盟"纠结，要不要向北京市高级人民法院提出上诉了。

两周后的 6 月 19 日，"伟哥联盟"其中的 10 家药企决定提起上诉，其余两家和自然人潘华平选择接受现实，没有出现在此次上诉名单中。

但明眼人都看得出来，这也就是尽人事而已了。官司慢慢打下去，再加上辉瑞公司加大"万艾可"在中国市场的营销力度，留给国内药企的空间所剩无几。

"国内药企即便最后赢了官司，也等于没有赢。"上述法律界人士说。

再一年后的 2007 年 9 月 7 日，北京市高级人民法院做出终审判决：驳回上诉，维持原判。

王为律师自始至终参与了整个诉讼过程。在山穷水尽之际，他似乎明白了什么。他对《瞭望东方周刊》说："这案子可左可右，可前可后，从技术角度看，大家都有道理，但胳膊最终还是没拧过大腿。国家主管部门可能站得高看得远。"

从 20 世纪 90 年代中期开始投入研发，到 1999 年至 2001 年相继取得临床和新药批件，再经过 7 年的官司，除了 2004 年 7 月 7 日那一天，整个十几年时间里，"伟哥联盟"成员从信心满怀，直到后来万念俱灰，经历的是一条大阴线式的溃退之路。

联盟成员总体资金损失数以亿计。这还是看得见、算得清的损失。冰山下面，是被机会成本冰冻的一群"沉默的羔羊"。

实际上，早在北京高院一纸终审判决宣布游戏结束之前，一些重金押注的联盟成员已经耗尽了弹药，被甩出了赛车道，成了制药江湖里的裸泳者。

2005 年前后，为产销"西地那非"仿制药量身打造的四川阳光国际药业公司，因生产批件迟迟不能获批，以致未能兑现入驻成都海峡两岸科技产业开发园时的税收承诺，被园区管委会告上法庭，该公司数年来近 2 亿元的投资折损大半。

换掉手机号码的赵庆生并不能换掉康尔威公司的命运。2006 年底公司宣告破产，一度视为镇企之宝的"西地那非"仿制成果，经评估事务所评估后，以 200 万元的参考价进行拍卖。2008 年 12 月 15 日该公司被工商部门吊销营业执照。

第八节　战场沉思录

2004 年 7 月 5 日，专利复审委员会裁定辉瑞公司"万艾可"用途专利无效，"伟哥联盟"初战告捷。

就在这当口儿，史称"伟哥专利案"姊妹篇的"罗格列酮专利案"发生了。

此案与"伟哥专利案"的许多"配方"很相似：

全球排名第二的制药企业葛兰素史克公司治疗2型糖尿病药物"马来酸罗格列酮"（药品名"文迪雅"）的制备方法和化合物专利，分别于1998年和2000年在中国获得授权。但葛兰素史克公司为了追求专利墙的厚度，又于1998年6月2日申请了"含2—8mg罗格列酮或其可药用盐的组合物"专利。该专利的申请公开日是2000年7月5日，并于2003年7月2日正式获得中国专利授权。

这个组合物专利将保护范围延伸至罗格列酮的其他盐，这就使得国内药企不能生产所有罗格列酮的酸盐。而事实上，从1993年起，就有国内药企开始生产罗格列酮的其他酸盐，一旦停产，相关的损失将达到近1亿元人民币。

与此同时，这个专利也将掐住上海三维制药、重庆太极集团、浙江万马集团等多家国内药企的脖子，因为它们正在用"其他盐"的不同组合开发相关药物，多年来投入了巨额经费，有的已经进入药品注册阶段。

与"伟哥联盟"成员一样，这几家国内药企只顾埋头拉车，对于葛兰素史克公司在申请罗格列酮组合物专利一事，似乎视而不见。

直到2004年初的某一天突然收到葛兰素史克公司的律师函，几家牵涉其中的国内药企方才大梦初醒，无奈之下，只得硬着头皮对葛兰素史克公司的罗格列酮组合物专利提出无效宣告请求。

国家知识产权局专利复审委员会，决定于当年8月18日对该无效请求进行口头审理。

外界普遍猜测，作为全球制药企业"副班长"的葛兰素史克公司，肯定会跟辉瑞公司一样，在专利诉讼上"奉陪到底"。

18日上午，葛兰素史克公司罗格列酮组合物专利纠纷案口审在京如期举行。出人意料的是，整个审理在开庭5分钟后即宣告结束。葛兰素史克公司甚至没有来参加专利复审委的听证会，只是向复审委提交了书面申请，宣布放弃罗格列酮组合物专利。

跨国药企主动放弃已获得的专利，这在中国还是开天辟地第一遭。

上海三维制药、重庆太极集团、浙江万马集团等3家上诉企业，则第一时间决定撤回对该专利提出的无效宣告，并向药监部门申请该药物的生产批号。

葛兰素史克公司公共事务部的肖伟群经理告诉《商务周刊》，由于考虑到剂量对药品的特殊作用，公司对含2—8mg罗格列酮或其可药用盐的组合物专利向国家知识产权局申请了专利授权。

"但并不排除当时在申请这一专利之前，相关的信息有可能已经披露在一些公开刊物上了。"肖伟群说，"当时我们在申请这一专利的时候，并没有查到一些已经披露的信息。在综合评价了目前的各种情况之后，葛兰素史克公司决定主动放弃。"

专利之争的背后当然是利益冲突。此专利无效的直接后果就是，将国内企业生产罗格列酮组合物的时间提前了三年。就在该组合物专利获批的2003年，全国医院用糖尿病药物共计14.6亿元，"罗格列酮组合物"是主要治疗药物之一。

在业内，该案与"伟哥专利案"齐名，并称为中国入世后中外药企在专利权攻守上的两大"标志性"案件。

相比"伟哥联盟"在反复较量后的铩羽而归，本案中的3家国内药企可谓"不战而胜"。

此次国内药企的第一诉讼代理人又是徐国文。在接受记者采访时他表示，葛兰素史克公司决定放弃是被迫无奈，因为该专利从根本上缺乏"新颖性、创造性、实用性",跟中国的专利法不符。"'口审'之前,我们提交了十分过硬的证据。"

对于国内企业对辉瑞公司的专利提出挑战之后又对葛兰素史克公司的专利提出挑战,他认为是"入世"后,国内企业的专利意识在增强,"跨国企业以专利来控制市场,国内企业就应该想法跳出这种控制,找到哪些专利本身不符合规定,维护自身的权益。"

集佳知识产权代理公司戴福堂律师指出,葛兰素史克公司"这种将专利保护扩大到所有罗格列酮药用盐的做法,并不符合国际专利申请惯例。"

他认为,葛兰素史克公司出其不意地主动放弃专利权,相信是决策层经过了周密的查验和推演,预判该专利最终被宣告无效的可能性极大。"一旦最终宣告败诉,企业的社会声誉会受到一定的影响,甚至影响到相关产品的市场份额。"

而且,宣告无效的专利权被视为一开始就不存在,或者说是不应该存在。而放弃专利权则意味着,在它放弃之前,这一专利权仍然有效。葛兰素史克公司此举,既避免了潜在的可能损失,又给国内药企和相关执法部门送了一个顺水人情。

商务部中国专利保护课题组,在《2004跨国公司在中国报告》中披露的数据显示,进入90年代以后,跨国公司在中国的专利申请量平均每年增长30%左右,在医药、通信、计算机、家电等新兴领域,增速更为迅猛。

国内药企的这次胜利,给了所有受"专利垄断"之苦的中国企业一个突围范例:只要合理运用游戏规则,看起来如天罗地网般的专利大网是有可能被撕开的。

中国国际贸易促进委员会专利商标事务所的律师王景林认为,国内企业突围跨国公司专利包抄的可能性在50%以上。

"企业应该更积极主动一些。"王景林说,"一开始中国企业肯定是引进、消化、吸收别人的技术，然后跟跑，再到主动领跑，所以首先要学会专利的游戏规则是什么。"

"任何一种专利在申请的时候都不可能是完全没有漏洞的。"国家知识产权局知识产权发展研究中心副主任曹津燕说，"审查员不可能把所有存在的相关专利资料都找全看齐。因此，如果企业有足够的证据，说明其申请的专利不符合专利法的相关规定，就应该勇敢地提起诉讼。"

尽管"伟哥联盟"最终在多种因素作用下败走麦城，但2004年7月5日在首回合的无效宣告环节，初战告捷。

8月18日，"罗格列酮专利案"中，国内药企不战而胜。

8月28日，《经济参考报》记者漏丹发表了一篇题为《专利保护 伟哥专利案的两种结果》的深度报道，直指这是两场伪胜利，"其中找不到创新的痕迹。"

以下是文章节录：

> 近期一度闹得满城风雨的两个药品专利案件，最后都以不尽如人意的方式告一段落。针对美国辉瑞公司的"伟哥"案，国家知识产权复审委员会以"专利说明书不够完整、准确"为由，裁定辉瑞公司用途专利无效引发广泛争议。这个案件还需要等待辉瑞公司的上诉，上诉之后中国制药企业也许会继续纠缠不清、没完没了的官司，"持久战"意味着昂贵的律师费。
>
> 葛兰素史克公司的"罗格列酮"案件随着葛氏自动撤销专利，悄然淡出公众视线，但是事情远远没有结束，谁能笑到最后还是个问题。
>
> 之前公众普遍以为"伟哥案"的积极意义更胜一筹，

至少从某一程度上体现了中国药企已经具有了初步的知识产权意识。然而从中国药企所追求的目的来看，积极的一面显得黯淡无光：在摧毁对手的专利之后，他们的首要目的并不是要创新，而仅仅是为了清除专利障碍以方便仿制。这一点两个专利纠纷案如出一辙。

可见，问题的关键并不在于专利权本身是否应该被无效，而在于申请专利无效的动机以及无效后的做法。

首先需要解决的问题是，为什么要打专利这张牌？

在英国的"'万艾可'西地那非案"中，申请专利无效一方的目的并不是为了仿制。法官在最后判定专利无效的时候，除了提到专利无效的直接理由——本身确实存在缺乏创新性之外，还提到使专利无效的动机——辉瑞公司在英国的"万艾可"用途专利，损害了其他制药公司的研发创新。

在中国，如果"万艾可"用途专利最后被仲裁无效，这种药品就会完全裸露到阳光下，任人仿制。然而在英国，尽管有过专利纠纷案并且辉瑞公司败诉，但"万艾可"仍然受到其他形式的专利保护，辉瑞公司之外的公司仍然不能仿制这种药品。因为"西地那非"的另一专利——化合物成分的专利在英国等许多欧洲国家仍然有效，到2011年6月7日专利权才过期。

礼来公司在清楚这一点的情况下，仍然坚持要使"万艾可"用途专利无效。这是为什么？

"万艾可"的用途专利是指，作为PDE5抑制剂而治疗男性勃起功能障碍这一用途的专利。这种用途专利的垄断，显然妨碍了其他公司的研发。

礼来公司的目的不是为了照抄照搬地仿制。它的动机在于想要申请与"万艾可"类似的另一种抗阳痿药品的专利。

消灭一个专利，然后在此基础上新建一个专利，这样才能确保自己的利益不被侵犯。真正的利用专利实现对知识产权的保护。

从英国的"'万艾可'西地那非案"来看，国外公司对专利保护有非常完整的认识。即便是专利无效的案件，其实也是为了更好地实践专利的"有效性"。欲立先破，破了以后关键在于"立"，这是专利之道。

在国内，情况就完全不同了。一个专利无效，对国内药企来说，看重的只是别人口里叼着的肉终于掉下来了，这块肉越早掉下，大家就可以越早肆无忌惮地瓜分。

在葛氏的罗格列酮案件中，这一点表现得尤为明显。得知葛氏愿意自动撤销专利，在短短半个小时之内，国内几家药企就立马决定撤诉。这样做的目的是为了尽早拿到药监局的生产批号，而不是为了申请一个新的专利后，以便以后能够堂而皇之地保护自己的利益。

在采访中，国外大公司以及商界人员反复强调专利的实质在于创新。

从这一点而言，国内的药企最近打的这两张专利牌丧失了意义，因为其中找不到创新的痕迹和迹象，我们只是从偷偷摸摸地仿制走到了光明正大地仿制。五十步和一百步的差别不值得庆贺。

现在，国内药企也许可以通过专利无效的办法，实现短期盈利的目标，但并非长久之计。没有创新，没有自己的专利，就会永远处于被动地位。

从理论的、全局的、前瞻性的角度讲，这位记者的评论可谓高屋建瓴：如果没有深度创新，不建立自己的专利墙，光靠"突围"钻空子，绕着走，只破不立，那是没有前途的，"暂时的胜利显得非常脆弱。"

但说易行难。许多时候，理论和实践是两条交集困难的平行线。

具体到国内药界的创新生态，多少年来都是其路维艰。

我们必须正视这样一个现实：依靠"拿来主义"的，短平快的，甚至有打擦边球嫌疑的仿制药品种，是当时中国5000多家药厂的生存原生态。

"九五"期间，我国批准颁发的新药证书5043个，涉及2112个品牌，其中国家一类新药证书108个。如此庞大的新药数字中，除中成药外，高达97%的新药为仿制国外的药品。

这就是赤裸裸的现实。

造成这种状况的原因非常复杂。国内制药行业起点低、管理粗糙是看得见的因素。但无可讳言，中国在改革开放之后相当长的时间里，在知识产权保护的法制建设、观念普及、环境营造等各个层面的短板之痛，是总的病根。

从这个角度讲，不只制药行业，整个中国经济社会都要补上这一课，各个行业都要痛苦蝶变。

具体到"西地那非专利案"，很大程度上就是源于早期的中国专利法与国际主流专利制度不完全兼容这个"历史原因"，使得辉瑞公司在中国只取得了"万艾可"制剂工艺专利，而没有取得对新药保护最为重要的化合物专利，并间接导致众多国内药企一头扎进去进行仿制，最终被迫站上与完全不是一个重量级的全球第一大原研药公司进行对垒的尴尬舞台。

在这个专利纷争案中，所谓的"伟哥联盟"虽然背负着整个经济社会的知识产权负资产，但一直在依法依规的方向上挣扎突围，这已经是巨大的进步了。

这样的行为本身，就是法制框架下创新意识的萌芽。

正如徐国文所言：

值得庆幸的是，至少在中国，本地企业是在依照法律程序办事，而不是干脆在私下一窝蜂地进行仿制，这一事实本身就该让跨国公司感到稍许安慰。

"伟哥联盟"最终落败，成员星散。但聊以自慰的是，他们付出以亿计数的研发投入、以百万起步的律师费和难以估量的时间成本，毕竟成就了一个震荡中国知识产权保护史的"里程碑式""标本式"的案例，其余波至今回响不绝。

第五章
战火不熄

第一节　伟哥，你值几个钱？

相对于专利，商标是中国人相对熟悉的知识产权保护制度。中国的商标法早在 1982 年就已制定，并于 1983 年正式实施，1993 年、2001 年又经历了两次修订。

中国是比较早就重视商标的国家之一。这有两个方面原因：一方面，近现代以来中国人一直非常重视商标，讲究打造"金字招牌""老字号"的传统源远流长。

据粗略统计，新中国成立初期约有老字号 1 万多家，至今仍在正常经营的仍有近千家。在这些闻名遐迩的老店中，有明朝中期就开业以制作美味酱菜而闻名的"六必居"，有始于清朝康熙年间提供中医秘方秘药的"同仁堂"，有创建于清咸丰三年（公元 1853 年）为皇亲国戚、朝廷文武百官制作朝靴的"中国布鞋第一家""内联升"，有 1870 年创办的应京城达官贵人穿戴讲究的需要而发展起来的"瑞蚨祥"绸布店，等等。这些老字号成了中国近现代商业文明的重要组成部分。

另一方面则是西方影响。早在 1900 年签订《辛丑条约》时，美国、英国、日本就逼迫清政府签下关于包括商标权在内的知识产权保护条约。其后在中国的经济中心城市上海的成长中，在租界当局的"监督"下，与中国人的日常商业行为联系紧密的商标意识被大大发扬。

在知识产权谱系中，商标是重要一环。所谓品牌，其核心表现形式之一就是商标。被赋予了无形资产的商标，与专利互为表里，共同撑起某个商品或服务的市场价值。

一个驰名商标，可能价值连城。品牌价值超过百亿美元的可口可乐公司前总裁伍德拉夫就曾如此宣称：即便可口可乐公司一夜之间化为灰烬，仅凭"可口可乐"这个牌子就能在短时间内东山再起。

通常来说，一个中文商标能够扬名立万，要有两个基本条件：一是与所标志的商品或服务有完美的镜像关系，所谓"形神皆备"，如可口可乐之于饮料、奔驰之于汽车，字字千金；二是通过持续地投入、有效地推广，让时间积淀出它的潮流标签和消费文化。

而"伟哥"这个中文商标，简直就是一个异数！

毫无疑问，这两个汉字组合在一起，在中国特定的文化场景里，与抗 ED 药物之间的镜像关系，堪称巧夺天工。在中国传统文化千年熏陶下，华人男子普遍"外焦里嫩"：热衷于性事，但耻于公开谈论隐私。"伟哥"这个亦庄亦谐的称谓，很好地解决了这个表达障碍。

最为让人津津乐道的是，这个"伟哥"商标几乎是一夜成名，在不到一年的时间里迅速价值连城。

更为"神奇"的是，它竟然是在其所属商品还没出街前，就已经大红大紫了，堪称商标史上的一段传奇。

传奇始自一通有点无厘头的电话。

1998 年 10 月份的某一天，广州威尔曼公司董事长孙明杰，接到了沈阳飞龙公司老总姜伟的一个电话，对方一开口就大大咧咧地说："孙总啊，我借用一下你的名字啊！"

这个开场白很"姜伟"。等终于弄明白姜伟所说的"你的名字"，指的就是威尔曼公司于当年 6 月 2 日被国家商标局受理的"伟哥"商标时，孙明杰一时不知如何作答，他在后来接受我的采访时说："我与他也就是彼此认识，谈不上有多少交情。他这么一开口，有点让我愣住了。威尔曼公司的'伟哥'商标的确已经被受理，但从法律上讲，在商标局正式授予我们商标权之前，我也并没有讲借与不借的资格啊。"

孙明杰打着哈哈搁下了电话，并没有特别在意，以为姜伟也就这么一说。毕竟姜打来这个电话，表明他是知道威尔曼公司正在申请注册"伟哥"商标，"借用"之举背后的潜在法律风险，他也理所应当明白。

广州威尔曼公司，多年来依托中国药科大学及有关科研院所，充分发挥高科技人才密集的优势，发展成了一个研发、制药、销售及国际贸易兼备的产、学、研一体化的联合企业。他们也一直专注于传统性文化及性医学资源的开发利用，致力于国产药品的研制。经过多年的努力，合作研制成功一款并通过评审的准字号药品——阳春药，是改革开放以后国内较早开发的性保健药品。1997 年，在"阳春药"的基础上，威尔曼公司又自主研发了一款具有高度生物活性的小分子化学药、治疗性功能障碍的新药"甲磺酸酚妥拉明快速分散片／胶囊"，经临床试验，该药疗效较好，副作用较小，公司上下对该药的市场表现寄予了厚望。

新药研制出来了以后，要给它注册商标，商标就是药品的名字，该给它起一个什么名字呢？有人提出叫"伟哥"，理由是：威尔曼公司地处广州，南方话口语中，习惯上将年轻、富有朝气的男性青年叫作"×哥"，以表示两人很亲近的关系，而"伟"字常用在人名上，表示男性的强壮及阳刚之气，把二者结合起来，以"伟哥"作为这种新药的名称，既符合这个药品意欲展示给使用者的"雄伟、伟岸"等药理信息，同时又朗朗上口，与粤语地区的语言习惯相契合，令人有亲和感和亲切感。所以，"伟哥"的名称一经提出，立即得到了大家的一致认同。

1998 年 5 月 20 日，威尔曼公司向国家商标局申请注册"伟哥"商标。为稳妥起见，公司同时申请注册了"伟姐""伟男""伟女""大哥大"等十多个类似语义的商标。

结果，"伟姐""伟男""伟女""大哥大"等十多个商标被驳回，"伟哥"，则幸运地被国家商标局于 6 月 2 日正式受理。

令孙明杰惊讶的是，当年圣诞节，沈阳飞龙公司居然真的在沈阳高调宣布：他们向国家商标局申报"伟哥"商标成功，并在新产品的外包装上使用，名称为"伟哥开泰胶囊"。

此后的事情在本书的第二章已有所述——飞龙公司和辉瑞公司，两个最后被裁定并不拥有"伟哥"商标的对手，大做"伟哥"文章。前者"借用""伟哥"商标家喻户晓，后者则以"伟哥"商标"正主"的姿态痛下杀手，掀起了中美知识产权纠纷的标志性案例——"伟哥案"三部曲的序幕。

冒进的飞龙公司明面上是被国家药监局一道令箭——认定"伟哥开泰胶囊"为"劣药"——斩于马下，但业内普遍认为是飞龙公司在"伟哥"商标上的侵略性表现，而被辉瑞公司"内力"所伤。

我们一层层剥开事件的真实细节，或可揣测辉瑞公司出手的心路历程。

早在 1997 年 5 月 15 日，辉瑞公司在中国注册中文商标时，最先选用的是"威而刚"，1998 年 5 月 21 日，"威而刚"被批准为"Viagra"的中文商标。

但据说是因为辉瑞公司考虑到"威尔曼"商标注册在先，为避免可能的侵权隐患，其后在大陆地区并未使用，用在了台湾地区。继而又在1998年7月24日申请注册"万艾可"，并成为2000年7月"Viagra"在中国大陆地区上市的正式商标。

其实，此时辉瑞公司已经对"伟哥"商标出手了。国家商标局信息库里的注册信息表明，1998年8月12日，国家商标局受理了辉瑞公司的"伟哥"商标注册申请。

这一节，辉瑞公司在此后绝口不提，是因为当年商标管理部门对"伟哥"商标第5类（药品）的申请注册的受理时间顺序是：

1998年6月2日，广州威尔曼公司最早被受理，第二则是浙江康恩贝集团医药销售公司的7月20日，辉瑞公司排位第三，沈阳飞龙公司的受理时间则迟至9月3日，已是第四顺位了。

一个商标，从申请，到受理，到最后核准，中间有一段比较长的时间。根据《商标法》和《商标法实施细则》的有关规定，企业提交申请之后，尚需经过审查期和异议期才能决定是否被批准，从申报注册商标到商标局批准注册需要一年至一年半的时间。

这样，注册"伟哥"商标是否成功，按威尔曼公司的注册受理时间起算，至少要等到1999年6月10日。

很显然，仅仅按照我国的《商标法》"注册在先"这一条原则，飞龙公司获得这个商标权的可能性几乎为零，何况在八字都没一撇的1998年圣诞节。作为排名第三位的辉瑞公司自然知晓飞龙公司所谓"伟哥"商标注册成功是个假消息，发言人麦考米克因此声明："'伟哥开泰'与辉瑞的'Viagra'显然是不同产品。我们认为这可能是商标侵权行为。辉瑞正研究相关法律问题。"

辉瑞公司后来在媒体上不断强调其在1998年5月28日就以07025/1998号医药剂·香港商标分类第五类在香港申报了"伟哥"繁体中文商标，并于1999年9月7日取得授权的事实，用来佐证其早已注意到了世界华人包括中国媒体以"伟哥"作为"Viagra"的指称，以此反证中国药企申请注册"伟哥"商标属于"恶意抢注"。

且不说在法律上，香港和大陆在商标注册上是不同的体系，在香港注册成功与在大陆注册成功完全是两码事，根本不能混为一谈。

何况这个说辞经不起简单的诘问：如果辉瑞公司当时就意识到了"伟哥"中文商标的价值，为何不和香港地区一样，于5月28日在大陆同时提起申请？另外，既然在香港拿到了"伟哥"繁体中文商标，后来为什么又不使用，而是与大陆地区统一使用"万艾可"商标？

从事件发酵的前后来看，最大的可能是：飞龙公司在1998年12月圣诞节宣称自己的"伟哥"商标注册成功，并在全国媒体上疯狂炒作"中国伟哥"对抗"美国伟哥"，短时间内"伟哥开泰胶囊"大卖之盛况，让辉瑞公司"突然"明白了"伟哥"这个商标，真的是价值非凡！

据不完全统计，仅在1998年6月至12月的半年间，中国国内就有多达320种以上的杂志、1800多种报纸刊出800多万文字，事无巨细地以"伟哥"为中文名报道"Viagra"。以电波信号为介质的电视台和电台的播出次数和时长难以统计，相信与文字报道相比也不遑多让。

有关传播专家认为，光是把这多达800万字的文宣所占的版面，以当时的平面媒体平均广告价格折算，其价值就多达7200万元人民币。

1998年圣诞节，飞龙公司放出卫星，宣称成功抢注"伟哥"商标，把媒体的关注度成功引至"中国伟哥"身上，再度激起全球华文媒体的疯狂炒作，热度之高，竟引发十几家国外电视台和三十多家国外报纸，蜂拥赶至飞龙公司所在的沈阳市采访报道。

飞龙公司宣称抢注"伟哥"成功后，似乎一下子得道升天了。"伟哥开泰胶囊"上市仅两个月时间，飞龙公司就接待了世界上近

200 家客户，收到了世界各地商业贸易谈判的传真 251 封，签订了代理协议近 30 份，协议的总金额达 2600 万美元。国内则有近 27 个省市 94 家国有大型医药商业做"伟哥开泰胶囊"特许经营总代理，上市不到两个月就到款 6000 万元人民币。

沈阳飞龙公司还声称，抢注到的"伟哥"商标经辽宁无形资产评估中心评估，价值高达 7 亿至 10 亿元，以至于引起国内媒体惊呼：飞龙公司完成了"20 世纪末最大的一桩无形资产生意"。

虽然这个评估的权威性存疑，但我们要知道，推动"伟哥"之名走向家喻户晓，成为华人心目中抗 ED 药物的当然指称的主体传播介质，是中外主流公共媒体的新闻报道，在消费者心目中具有天然的客观性和信任度，其赋予的品牌知名度和美誉度自然具有较高的含金量。

从市场空间来看，辉瑞公司"万艾可"上市后一直名列"全球年销售额 10 亿美元药物俱乐部"的市场表现，证明了抗 ED 药物是一座新的药物金矿。据有关专业人士分析，就中国市场而言，如果能消灭假冒伪劣产品，中国抗 ED 药物潜在的市场容量甚至可以达到 600 亿元人民币。

"伟哥"这个让中国男人心领神会的神奇词组，绝对是撬动这座金矿的品牌利器。

当然，把"伟哥"两字的商业价值体现得最为淋漓尽致的，是接下来的近 20 年时间里，"宇宙第一专利药企"辉瑞公司为了争夺这个"伟哥"商标，孜孜不倦地与该商标的最终权利人——威尔曼公司和深圳凤凰公司进行了近 20 年、前后多达 5 轮、涉及两条战线和多个案由的马拉松式诉讼。

双方战斗意志之坚决，攻守转换之跌宕，堪称一本解读中文商标维权的教科书，从而在中国知识产权保护进化史上写下浓重一笔。

第二节　所谓"抢注"

飞龙事件中，"伟哥"商标受理排位第三的美国辉瑞公司和排位第四的沈阳飞龙公司成了媒体聚集的主角。受理次序排位第一的威尔曼公司倒成了静静角落里的看客。

其实按照我国1993年实施的第二版《商标法》和"巴黎条约"、"马德里公约"，在中国商标专用权的归属原则是"申请在先"原则。两个或两个以上申请人，在同一种商品或者类似商品上，以相同或者近似的商标申请注册的，初步审定并公告申请在先的商标，驳回其他人的申请，不予公告。

只有"在特殊情况下，两个或两个以上申请人，同一天在相同或类似商品上申请相同或近似的，初步审定并公告使用在先的商标。"

威尔曼公司依法获得"伟哥"商标，并应用在即将上市的小分子化学新药"甲磺酚妥拉明"上，应是水到渠成、板上钉钉的事情。

但万万料想不到，此后风云突变。先是1998年3月底辉瑞公司推出"世纪新药""Viagra"，再是沈阳飞龙公司剑走偏锋，堂而皇之宣称自己抢注成功，"伟哥"之名如超级病毒，传播之广在华文世界里无远弗届。

最后，在1998年底，在某些机构的反作用下促使辉瑞公司自认被人动了奶酪才出手，崇尚"该抢时就抢"的飞龙公司，其引为自豪的所谓"抢注"行为被国家商标局打脸："目前关于中国'伟哥'中文商标抢注成功的说法不妥，宣布'申请注册成功'毫无意义，谁最后能获得'伟哥'商标使用权尚无定论。"

姜伟对媒体多次表达过这样的意思：先借"伟哥"之名把"开泰胶囊"的销量做上来，之后在合适时机把这个"伟哥"的名字去掉。但几个月的折腾，他倒是把"伟哥"的名头炒火了，却没想到最后引火烧身，还给被它"借用"名字的威尔曼公司造成了误伤。

1999年3月29日，国家药品监督管理局发出《关于查处假药柠檬酸昔多芬片（社会上称美国伟哥）的紧急通知》（简称第72号文件），要求管理药品的监督管理部门对市场销售的假"伟哥"（"Viagra"）一律查封，态度十分鲜明。《通知》称，"伟哥"为美国辉瑞公司生产的药品，我国尚未批准任何企业进口或生产这一药品。目前市场销售的"伟哥"都是假药。同日，全国各主要新闻媒体公开了这份查处假药"伟哥"的紧急通知。

紧接着的4月14日，国家药品监督管理局又下发《关于查处劣药"伟哥开泰胶囊"的通知》，次日中央电视台在新闻节目中连续播发6次，全国众多媒体跟进。该《通知》的核心信息即指：顶着"中国伟哥"名号的沈阳飞龙公司生产的"伟哥开泰胶囊"是"劣药"，要从重打击。

许多不了解"伟哥"商标申请注册幕后内情的普通民众，从媒体刊登的两个《通知》里会很自然地得到这么一个印象："伟哥"是美国辉瑞公司的产品，还没有在中国上市。但是，一批中国企业在恶意消费这个名字，"不然辉瑞公司为什么要大力打击假'伟哥'呢？"

为正视听，一直静等商标管理部门依法审批的威尔曼公司不得不向相关部门发出"请求国家药品监督管理局澄清有关药名的请示报告"，内容为询问第72号文件中所说的"伟哥"是否是当时"西地那非"的商品名或通用名。

国家药监局药管市函[2000]19号文件"关于对请求国家药品监督管理局澄清有关药名的请示的复函"指出：在第72号文件中采用了以带引号的"伟哥"和英文名"Viagra"的标注等指当时在中国市场上出现的此种假药，以便于各地药品监督管理部门的查处，并非是对美国辉瑞制药有限公司"西地那非"通用名或商品名的认定。

日后，威尔曼公司与辉瑞公司大打"伟哥文字商标案"时，这个复函成为前者的一个重要法庭证据。

为避免以讹传讹，坐视误会放大成舆论场上的"事实"，威尔曼公司董事长孙明杰也不得不一再在采访中"自证清白"：

孙明杰表示，说威尔曼所谓抢注的，要么是恶意中伤，要么是完全不了解那个时候中国注册商标的实践。他说，威尔曼于1998年5月20日在广州商标局递交注册申请，费用为2000元，在送审的十几个备用商标名中，"伟哥"这个名字也并非放在首位；由广州市商标局初核后，再用挂号信，辗转了小半个月才到北京，这个挂号信的凭证现在还在公司档案里保存着。而派人亲自飞到北京总局的注册大厅，当天就可以拿到受理通知书，还便宜，才1000元。"如果是冲着所谓恶意抢注去的，我们早就飞去北京了，我们的受理日期就不是6月2日，而是5月20日了。"

关于对"抢注"一词的反应，我在采访孙明杰时，有一个非常深刻的印象。孙明杰是一个比较儒雅的人，与人相处交谈总是彬彬有礼的。对说过的一句话，如果他觉得不太妥当，他会马上表示歉意地一连声地说"不好意思，不好意思"。唯独一次我看到他生气，就是在采访中，我无意习惯性说了"抢注"一词，他立即提高了声音做出说明，可见，他对这种说法十分不高兴。当我结束了所有的采访，基本详细了解了威尔曼公司注册"伟哥"商标的背景、历史、过程，特别是因为辉瑞公司的20年不休不止的诉讼，让合法合规注册"伟哥"商标的孙明杰，一直不能将"伟哥"商标用到他的药品上，实际上孙明杰的公司受到了不小损失，这时你再说他是"抢注"，当然他会冒火。

孙明杰说，作为"伟哥"商标的首家申请人，业内基本知道。当年下半年"伟哥"这两个字被国内媒体炒火起来后，还不断有人找我商议转让、合作。"如果没有这些风波，商标局及时给我核准，按辽宁省那个机构的评估，我都是当时的首富了。"

对于"伟哥"这个名字是怎样在媒体上出来的，媒体间好像并没有什么人出来争。后来有一份美国的华文媒体《世界日报》出来认领，自称是他们第一个把美国辉瑞公司的"Viagra"翻译为"伟哥"的，时间在1998年的4月28日。

从时间线上看，自4月28日至5月20日，华文媒体上的"伟哥"译名尚在统一过程之中，迟至当年下半年才在内地媒体上泛滥成灾。而美国的《世界日报》是由台湾联合报系在美国和加拿大发行的一份纸质中文报纸。这个报社总部我去访问过，报社不大，报纸的发行量也不大，至少在孙明杰公司注册"伟哥"商标的这个时间段里，看到这份报纸的可能性不大。毕竟这中间只有20来天的时间窗口，而且这20来天里，孙明杰的公司对"伟哥"这两个字包括相近的名字已经考虑成熟，开始注册了，而不是在想名字的酝酿之中。特别是1998年当时这些境外报纸根本进不了国内，而且那时也没有网络。所以，孙明杰对"抢注"一词极为反感。

退一步讲，就算威尔曼公司把"伟哥"这个媒体使用的译名拿来主义，予以申请注册商标，也只能说明威尔曼这个公司具有敏锐的商业直觉和高效行动。

梳理了整个事件的前前后后，辉瑞公司与其埋怨包括威尔曼公司在内的中国企业的所谓"抢注"，还不如深入检讨一下自己的商标管理部门的能力和效率和对中国文化的了解。

辉瑞公司曾明确表示，正在按照国家有关标准程序申报"Viagra"，并声称，"'Viagra'在全球各个国家和地区的商标注册都委托纽约一家法律机构办理，在未公布前属于商业机密。"

这或许一部分解释了辉瑞公司为何对火遍华人圈、几乎送上门来的"伟哥"之名迟迟无感，毕竟纽约至北京的距离，和中西文化之间的差异一样，实在是太遥远了。

同样因为"不接地气"，苹果公司也在中国吃过商标官司的暗亏。

2012年，一场关于IPAD的商标官司曾引发海内外广泛关注。这场官司以苹果公司败诉而告终。苹果公司最后与拥有该商标的深圳唯冠公司就该案达成和解，苹果公司向深圳唯冠公司支付6000万美元，购买后者所持有的IPAD商标。

鉴于苹果公司的威名，在这场商标案之初，一些先入为主的人士，理所当然地认为深圳唯冠公司属于恶意抢注。实际上，早在苹果发布IPAD之前，深圳唯冠公司就做过一个IPAD产品，并注册了IPAD的全球商标。

而苹果在发布IPAD之前也知道这个情况，于是通过其设在英国的二级公司从台湾唯冠公司手中买入了IPAD商标，只是没有进行更详细的审查，疏忽了大陆市场的IPAD商标所有权在深圳唯冠公司手里，而不是台湾唯冠公司手里。

也许从深圳唯冠公司的IPAD产品本身的知名度、市场占有率来说，这个商标可能不值那么多钱，但是它恰好卡住了苹果公司当初的失误——从商业角度讲，商标价值在市场上是相对的。

在法治之下，苹果公司愿意为自己的失误付出代价，而深圳唯冠公司也绝对谈不上是"乘人之危"。并且根据国际法和"巴黎条约""马德里公约"，国际上普遍采用商标注册申请在先原则，中国青岛啤酒等著名商标在美国欧洲等均早已被欧美公司在先注册，在注册国合法有效，青岛啤酒出口美国就要交商标使用费，这在国际也已成惯例。

第三节　清扫外围

上一节我们提到，美国辉瑞公司一开始对"伟哥"一词脱敏，可能的原因之一是"在全球各个国家和地区的商标注册都委托纽约一家法律机构办理"，从而导致对中国市场生态的触觉不够灵敏，"不接地气"。

但作为公认的全球第一创新药企，自有其一套严密的知识产权司法手段。2000年7月前后，"万艾可"在中国大陆上市大势已定，辉瑞公司法务部门即开始了步步为营、剑指"伟哥"商标的战术行动。

从其攻击的目标和目的来看，可以称之为"清扫外围战"。

清扫外围的第一炮，目标是一个叫"傲哥"的中文商标。

1999年3月29日，陕西晨鸡药业公司将自研的中成药以"傲哥"商标向国家商标局申请注册。商标局经初步审定后，于2000年3月21日，将"傲哥"商标刊登在第728期商标公告中。

按照《中华人民共和国商标法》有关规定，对初步审定的商标，自公告之日起3个月内，任何人均可提出异议；无异议或者经裁定异议不能成立的，始予核准注册，发给商标注册证，并予公告；经裁定异议成立的则不予核准注册。

2000年6月19日，美国辉瑞公司中国专利代理（香港）有限公司，对"傲哥"商标提出异议。辉瑞公司称，该公司研制的药品英文名为"Viagra"，别名叫"伟哥"，"伟哥"是这种知名商品的特有名称，早已深入人心。晨鸡药业公司注册的"傲哥"商标，容易引起消费者的混淆。因此，辉瑞公司要求驳回"傲哥"商标的注册申请，不予注册。

面对这个全球最大的药业巨头、世界500强公司的质疑，晨鸡药业公司针锋相对:首先,"伟哥"根本就不是注册商标,而只是"外号",是"坊间的俗称"。辉瑞公司正式使用的商标是英文"Viagra"及中文"万艾可"。"傲哥"与"万艾可"完全不同,根本不会造成消费者的误认误购,也未与辉瑞公司的优先权利发生冲突。

其次,以"×哥"或"伟×"作为名称注册的并非只有晨鸡药业公司一家企业。早在1992年,湖北咸宁市卫生用品厂就注册了"郎哥"商标;1993年重庆伟格生物医药科技有限公司注册了"伟格"商标等。因此,在同等条件下,"傲哥"的注册也应予以核准。

最后,"伟哥"也并非辉瑞公司的独创。"伟哥"最早由新闻记者在报道中使用,故此名称的所有者不是辉瑞公司。再者,从字眼、含义上讲,"傲哥"与"伟哥"视觉有很大差异,发音更是完全不同,含义上也有很大区别。

综上所述,晨鸡药业公司答辩书结论认为:"傲哥"的商标注册既不违反我国法律的有关规定,也不违反国际法规。

国家商标局经过调查审理后,裁定:辉瑞公司所提异议理由不成立,"傲哥"商标予以核准注册。

2002年6月28日,晨鸡药业公司收到了由国家工商局颁发的"傲哥"商标注册证。

辉瑞公司第一炮无功而返。

辉瑞公司的第二炮射向万用信息网。不过,这一炮,有点"大炮打蚊子"的感觉。

万用信息网拥有深圳两大门户网站之一的"深圳热线",其在1998年7月23日注册了"Viagra.com.cn"的域名,虽然辉瑞公司在国外注册了"Viagra.com.cn"的国际域名,但后缀是.cn的域名只能在中国注册。

据万用网称,当时注册的目的是想用这个域名做一个男性保健方面的网站，但这一计划并没有实施，而且万用网也没有用这个域名做过任何商业行为。

2000年3月，辉瑞公司对该域名提出异议。

辉瑞公司的执着让万用网十分吃惊：2000年7月23日，在注册满两年后，万用网没有再交纳每年1500元左右的注册费，意味着其已自动放弃了该域名的所有权。辉瑞于同年8月向注册机构递交了该域名的注册申请后，还坚持不懈地于9月向北京市第二中级人民法院提起诉讼。

辉瑞公司认为，"Viagra"是公司的独创文字，是一个专门的药品商标。

辉瑞公司控告万用网主要是两点：一是恶意抢注"Viagra"这个驰名商标；二是进行不正当竞争。辉瑞公司要求万用网公开赔礼道歉，放弃这个域名，但没有提出经济赔偿的要求。

12月13日，辉瑞公司与万用信息网关于"Viagra.com.cn"的域名纠纷案在北京二中院公开宣判。

法院审理认为：商标的信誉是注册人在商业竞争中创立的。驰名商标作为一个法律概念，其基本含义是：在较为广泛的地域内，达到使公众知悉并确信以其为标识的产品或服务是优质的一种商标。它必须具备以下基本特征：（1）该商标已注册且享有较高商业信誉；（2）该注册商标具有很高的相关公众认知度。原告的"Viagra"无论是作为药品名称还是注册商标，在2000年4月以前的中国境内，既无市场也无知名度，原告从未投入巨资进行过商业宣传。

"中国的新闻媒体对'伟哥'的报道，亦不能代表'Viagra'商标在中国已具有较高的公众认知度并享有良好的声誉，中国公众对'伟哥'特定功效的了解亦不等于'Viagra'具有商标意义上的知名度。因此，'Viagra'商标不能被认定是驰名商标。不能要求给其跨商品类别的特殊保护，更不能延及至网络域名注册上。"

法院还认为：被告于 1998 年 7 月在中国互联网注册"Viagra.com.cn"域名时，原告尚未在中国开展与"Viagra"药品有关的商业活动；被告在中国互联网注册了"Viagra.com.cn"域名，仅是设置了一个技术代码存放在域名服务器上，尚未将域名作为商业资源加以利用；在 2000 年 3 月原告向其提出异议后，被告即停止交纳费用，放弃该域名注册。以上事实说明，原告与被告之间尚未发生商业竞争关系，原告缺乏充分证据证明被告是恶意抢注域名。因原告的主张缺乏事实和法律依据。法院一审裁定：驳回原告（美国）辉瑞公司的诉讼请求。

可能，涉案双方尤其是辉瑞公司始料未及的是，这一案件竟然载入历史，成为国内知识产权司法审判中，涉外域名被驳回第一案。

"清扫外围战"的第三炮，瞄准了老冤家沈阳飞龙公司。

2000 年 12 月 6 日，沈阳飞龙公司收到国家知识产权局无效宣告请求受理通知书，被告知：2000 年 9 月 26 日，美国辉瑞公司就沈阳飞龙公司已获专利权的"伟哥开泰"包装盒外观设计提出无效宣告请求。目前国家知识产权局已受理此案，并要求沈阳飞龙公司在收到通知之日起 1 个月内对该无效申请陈述意见。

据了解，沈阳飞龙公司于 1999 年 1 月向国家知识产权局申请了"伟哥开泰"包装盒外观设计专利，国家知识产权局于 1999 年 8 月 7 日对沈阳飞龙的这一申请予以批准，授予"伟哥开泰"包装盒《外观设计专利证书》。

沈阳飞龙公司的这个外观设计专利的权利状态与万用网的"Viagra.com.cn"域名当时的情况有点类似。2000 年，被活生生扭断了生产和销售两只翅膀的飞龙一朝被蛇咬、十年怕井绳，虽然 1999 年 6 月被准许整改后复产，并于 2000 年 11 月 17 日经北京高院终审摘掉了"劣药"帽子，但这个突出"伟哥"两字的外包装事实上已被主动放弃。

为何此时此际辉瑞公司还对此发难？辉瑞公司一位法律部门的高级职员对媒体的解释是：辉瑞公司了解到此事需要有一段时间。辉瑞的立场和原则是一贯的，公司在意识到此事与中国的法律不符的时候就会去做，而不会选择某一个时机去做一件事。

有备而来的辉瑞公司向国家知识产权局提交的请求书洋洋洒洒近300页，共计6大理由。首先是辉瑞公司认为"伟哥开泰"的外包装设计（下称被请求设计）违反了《专利法》的第五条规定，该条文规定：对违反国家法律、社会公德或者妨害公共利益的发明创造，不授予专利权。其次，辉瑞公司列举了国家药监局发出的《关于查处劣药"伟哥开泰胶囊"的通知》。再者，辉瑞公司认为被请求设计包含了请求人的商标。辉瑞公司在请求书中指出："在'伟哥开泰'的外包装设计中最大、最显眼的部分是'伟哥'二字，而'伟哥'与请求人商标'伟哥'文字相同，会使消费者误认被请求设计为请求商标的产品，容易造成混淆。被请求设计如此使用'伟哥'二字，是要误导消费者，以为'伟哥'就是商标，这样被请求设计的'商标'与请求人的真正商标，显然构成了相同商标。两者在文字组合、排列、呼叫、含义等各方面均完全相同。"此外，辉瑞公司还在请求书中列举了《保护工业产权巴黎公约》中对驰名商标的保护和取缔不正当竞争等条文以及《中华人民共和国反不正当竞争法》的有关条文。

对于辉瑞公司的发难，沈阳飞龙也早有准备，称"早在去年该公司律师李国柱就已整理好了一套应对的答辩理由"。

飞龙公司称，"伟哥开泰"和美国辉瑞公司的"Viagra"区别明显，不易混淆，并称：从新闻界披露沈阳飞龙公司申报"伟哥"商标伊始，就已将中国"伟哥"和美国"Viagra"严格区别开来，飞龙公司从未有冒名顶替、混淆视听、欺骗误导社会公众的任何言行和主观动机。

其次，飞龙公司认为，迄今为止，"伟哥"还不是注册商标，不受中国法律的保护。

针对辉瑞公司列举的《巴黎公约》中保护驰名商标的条文，飞龙称，"Viagra"并非驰名商标，不应享受特殊的国际保护。

从辉瑞公司无效请求书中陈述的6条理由中不难看出，辉瑞公司主要是针对其商标的。飞龙方面的专家意见认为，用一个外观设计与一个商标来比较，是不太恰当的。"外观设计"在中国专利法细则第二条中有这样的描述：专利法所称外观设计是指对产品形状、图案、色彩或者其结合所做出的富有美感并适于工业应用的新设计。外观设计侵权通常是两个产品外包装相似，专利法第23条规定，授予专利权的外观设计应当同申请日以前在国内外出版物上公开发表或国内公开使用过的外观设计不相同或不相近似。而在外观设计里商标是不被保护的。

对于辉瑞公司提出对驰名商标的保护问题，专家意见认为，驰名商标的"驰名性"的获得，必须以一定时间的经过为前提，使用期过短或达不到一定期限的商标，通常难以建立稳定的商业信誉。而美国"Viagra"这种产品，究竟对人类健康能带来多大的益处，还需经过时间的验证。在英国的商标立法中对此就有明文规定：只有使用期为7年以上的商标才有资格参加驰名商标的评选。而美国是一个高度的法治国家，不会而且不应该将注册时间如此短暂的商标认定为驰名。

2001年5月10日，国家知识产权局专利复审委员会由5人组成的会议组公开审理此案。就本案的结论，会议组组长说，不做任何口头的决定，本案的结论将以书面形式送达双方，同时会议组的意见是希望双方能和解，并希望双方能认真考虑和解的意见。

令人不解的是，此案就此戛然而止。

外界猜测，结合其他场外信息，导致此案虎头蛇尾的可能性有三：

一是在当时的中国，知识产权中的六七块被六七个部门管着，商标和专利就由不同行政机构掌控。此案中，辉瑞公司的诉请恰恰踩到了商标与专利不统一、《商标法》和《专利法》谁能管谁这条乱线。由是，公开审理此案时不但由多达 5 人组成会议组，会议组组长做结论时，更是苦口婆心劝说双方和解。在专利复审委的劝解下，双方就此握手言和。

二是飞龙公司总裁姜伟在庭审后接受记者采访时，曾这样表态："我们想摆脱'伟哥'但又不能摆脱，国家知识产权局授予飞龙的'伟哥开泰'外观设计的专利权，是受法律保护的，所以我们又不能白白地让出来。"市场上也一度传闻，飞龙公司和辉瑞公司在协商转让该专利权，飞龙公司出价 1.5 亿元人民币。这个数字肯定注水了，但双方私下交易的可能性的确存在。

还有一种可能性是：通过"傲哥"商标官司和域名官司，辉瑞公司发现自己所倚仗的两条理由——"伟哥"是"Viagra"的别称；"Viagra"是驰名商标，都不能获中国法院支持。而这两条理由，正是继续诉讼的关键。同时，沈阳飞龙公司的"伟哥开泰"包装盒外观设计专利事实上处于主动放弃的状态。在这种情况下，辉瑞公司放弃进一步法律行动，当在情理之中。

辉瑞公司在这些个案上显然没有多少收获，但它以一系列旨在扫清外围的诉讼动作，清晰地表达了它的终极诉求：尽管已经以"万艾可"为名在中国上市了，但对"伟哥"两字一直虎视眈眈，与"伟哥"相关的一切知识产权仍是心头肉。

第四节　火力侦察

这里先简单梳理一下"伟哥"商标在国家商标局里的流浪史。

1998年5月20日，广州威尔曼公司向国家商标局申请注册"伟哥"商标，6月2日获得受理。

根据《商标法》，注册申请应该在9个月内审查完毕，予以初步审定公告；或者驳回，但不予公告，并书面通知申请人。对驳回不服的，可在15个工作日内申请复审，商标管理部门9个月内做出决定，并书面通知申请人。特殊情况下，经工商部门批准，可延长3个月，当事人不服的，30日内向人民法院起诉。

正常情况下，威尔曼公司的申请应在1999年3月份结束审查，要么予以初审公告，要么驳回。事后研判，应该是彼时飞龙公司与辉瑞公司为"伟哥"名号，明争暗斗正酣，国家商标局明显感受到了某些压力，不想在这个时候给"伟哥"商标亮明正身，以免多生事端。

因此，当年2月底，《北京晚报》记者向国家商标局有关负责人求证"伟哥"商标究竟属谁时，该负责人含糊其词：目前关于"伟哥"中文商标抢注成功的说法不妥，宣布"申请注册成功"毫无意义，谁最后能获得"伟哥"商标使用权尚无定论，目前不能在药品上使用。

这一拖便是数年。直至3年半后的2002年6月22日，威尔曼公司才总算获得了"伟哥"商标初审公告。

依照《商标法》第3章第33条，对初步审定公告的商标，自公告之日起3个月内，在先权利人、利害关系人可以向商标局提出异议。公告期满无异议的，予以核准注册，发给商标注册证，并予公告。

2002年11月28日，在初审公告后的第89天，也即法定商标异议期的最后一天，辉瑞公司提出"伟哥"商标异议申请。

《商标法》规定，对初步审定公告的商标提出异议的，商标局应当听取异议人和被异议人陈述事实和理由，经调查核实后，自公告期满之日起12个月内做出是否准予注册的决定，并书面通知异议人和被异议人。有特殊情况需要延长的，经国务院工商行政管理部门批准，可以延长6个月。

至于辉瑞公司，其"伟哥"商标的注册申请于1998年8月12日受理，驳回时间在已知公开资料里不可考。不过，《商标法》第3章第30条规定：申请注册的商标，凡不符合本法有关规定或者同他人在同一种商品或者类似商品上已经注册的或者初步审定的商标相同或者近似的，由商标局驳回申请，不予公告。依此，判断辉瑞公司的驳回时间与威尔曼公司接获初步审定公告同期。

辉瑞公司自然不会放弃复审这个程序。

《商标法》规定，对驳回申请、不予公告的商标，商标局应当书面通知商标注册申请人。商标注册申请人不服的，可以自收到通知之日起15日内向商标评审委员会申请复审，由商标评审委员会做出决定，并书面通知申请人。一般情况下，从复审的申请提出到有复审结果需要经过9个月。当事人对商标评审委员会的决定不服的，可以自收到通知之日起30日内向人民法院起诉。

事情走到这一步，令人惊讶的一幕出现了：不但辉瑞公司提请的"伟哥"商标异议申请一直毫无动静，自己的复审申请也同样石沉大海，其注册进度始终处于复审审查中。

这样一来，"伟哥"商标处在了一种奇妙的"悬停"状态，"伟哥"商标的斗争双方好像突然被按了暂停键。

对威尔曼公司来说，被辉瑞公司启动商标异议程序后，自己申请注册的"伟哥"商标成了被异议的商标，能否取得该商标的专用权，取决于商标局对该商标的异议裁定。

唯一的好消息是：自己的"伟哥"商标已经初审公告，在法理上占据了制高点。

对辉瑞公司来说，肯定自己和否定别人的动作都无从推进，对"伟哥"商标的争夺之旅更加遥遥无期，因为异议不裁定，复审没消息，就是想向人民法院起诉都不行。

它的唯一的好消息是：敌人很不爽。

这个暂停长似冰河期。又是差不多3年之后，终于沉不住气的辉瑞公司于2005年10月11日针对威尔曼公司发起了"伟哥立体商标案"和"伟哥文字商标案"两大战役，从一审打到二审，从二审打到再审，从2005年打到2009年。

在这4年缠斗期间，商标管理部门一如冰河般冷静，始终冷眼旁观。

在漫长的诉讼大战的前期，都是辉瑞公司不断发起冲锋，威尔曼公司被动应战。但威尔曼公司于2007年向广州中院起诉辉瑞公司侵犯经营秘密及其他不正当竞争纠纷一案，值得提前讲述。

因为此案不但是威尔曼公司在辉瑞公司的步步紧逼下，放出的反击第一枪，也充分证明了辉瑞公司对"伟哥"商标的"用情"之深。

2003年8月，威尔曼公司宣布，在成功拿到"伟哥"商标之后，其自主开发的"甲磺酸酚妥拉明快速分散片/胶囊"拿到了国药字号批文，"伟哥"将在全国正式上市。

密切关注着对手的辉瑞公司也紧急行动起来，实施"火力侦察"。当年11月18日，上海万亚信息咨询有限公司接受辉瑞公司的委托，对威尔曼公司及"伟哥"产品委托生产方——上海东方制药有限公司进行调查。

委托调查取证的重点是：了解上述公司生产、销售"伟哥"这一药品的具体情况，试探该药品在上述公司中受重视的程度，调查该药品自问世以来的具体产量及销售形式。

上海万亚咨询有限公司接受委托后，对上述公司分别展开了实地调查。在调查过程中，调查员隐瞒其身份，询问了周仁毅、苏宁、沈莲君等人有关威尔曼公司"伟哥"商标、药品生产及销售区域、市场价格、受重视的程度、威尔曼公司的销售形势及定位目标等情况，并于 2003 年 11 月 21 日向辉瑞公司出具了一份详细调查报告。

这一切威尔曼公司当然蒙在鼓里。

所谓不是冤家不碰头，威尔曼公司发现这份调查报告的存在，已晚至 2007 年。这一年，辉瑞公司对威尔曼公司的另一商标"渭哥"提出商标异议，威尔曼公司在辉瑞公司所附异议证据材料当中偶然翻出了当年的这一份"侦察报告"。

此前的 2005 年 10 月 11 日，辉瑞公司针对威尔曼公司发起的"伟哥立体商标案"和"伟哥文字商标案"已入二审。可以想见威尔曼公司有关人士看到这份陈年报告后的心情。

威尔曼公司立即向广州市中级人民法院提起诉讼，起诉辉瑞公司侵犯经营秘密及其他不正当竞争。

也算是消解一下前些年来一直被辉瑞公司追着屁股告的郁闷之情。

威尔曼公司指控该份调查报告当中以下内容侵犯其商业秘密：

一、调查员向上海东方制药有限公司副总经理陈忠秋了解到该公司受威尔曼公司委托生产"伟哥"这一药品，该药品与辉瑞公司的"伟哥"药品具有相同的名字，相同的效果，但其成分不同，其公司生产的"伟哥"是以"甲磺酸酚妥拉明"为主，而辉瑞公司的"伟哥"是以"西地那非"为主。"伟哥"这一商标是威尔曼公司于 1998 年 6 月 2 日申请注册的，于 2002 年 6 月 21 日进行商标公告，但由于辉瑞公司向商标评审委员会提出异议，至今该商标还未获准注册。尽管如此，威尔曼公司还是于今年委托其公司生产"伟哥"药品，其公司于今年 8 月开始生产该药品，到目前为止，其公司共生产过 2 批此药品，由于该药品只能在浙江地区销售，因此生产量也不大。

二、2003 年 12 月 9 日调查员致电威尔曼公司杭州招商处事业部的员工了解到，目前"伟哥"产品已经在全国 12 个省市正式进行销售。

三、调查员到湘北威尔曼制药有限公司访问其副总经理周仁毅时，了解到由于国内大型的制药厂几乎都可以生产"头孢类"粉针剂，各公司之间产品同质化很严重，各公司之间竞争很激烈，再加上医保改革，药价下降，其公司的利润空间也越来越小，销售额也逐年下滑。在全国医药企业的"头孢类"产品（只计"头孢类"不计其他类产品）销售总额排名中，其 2001 年为 16 位，2002 年 17 位，2003 年 21 位，排位在逐年下滑。

由于公司业绩逐年滑坡，集团内部也在加紧策划一些有特色的新药上市，以提升公司的效益。作为有着空前巨大品牌效应的"伟哥"产品的上市，其注定肩负着集团内部的重托，公司上下都把其作为改变公司业绩的一把利器，公司初定"伟哥"2004 年的销售额目标为 3000 万人民币，相当于"湘北威尔曼"1 年的销售额，3年内的目标则是达到 1 亿元。

由于对"伟哥"产品非常看好，为此集团内部还在为谁来负责经销该产品而争来争去，作为总部的"广州威尔曼公司"当然想独揽该产品的销售权，但作为子公司的生产商"上海东方制药有限公司"出于自己的业绩考虑，也想取得销售权或者在区域销售权上分一杯羹。"伟哥"产品至今未在生产地上海上市，有审批的原因，更有兄弟间争夺利润的原因。

本案的主要争议在于：辉瑞公司委托上海万亚信息咨询有限公司进行调查的行为，是否对威尔曼公司构成不正当竞争；辉瑞公司委托上海万亚信息咨询有限公司调查的信息，是否侵犯威尔曼公司的经营秘密。

法院审理认为，从辉瑞公司委托上海万亚信息咨询有限公司调查的内容来看，辉瑞公司是想了解竞争对手的经营情况，了解竞争对手目的本身并没有不正当性。且从威尔曼公司提交的证据来看，《调查报告》是辉瑞公司用于支持"渭哥"商标异议案件而提交给国家工商行政管理局商标局的证据材料，威尔曼公司的证据不能证明辉瑞公司利用其所掌握的信息，进行了不正当竞争活动。

其次，辉瑞公司委托调查的上海万亚信息咨询有限公司，具有合法的主体资格和调查取证的经营资格。上海万亚信息咨询有限公司是经上海市工商行政管理局依法批准成立的有限责任公司，经核准的经营范围包括"信息咨询"和"市场调研"，辉瑞公司委托该公司在中国境内实施调查取证，并未超出该公司的企业经营范围。威尔曼公司指控辉瑞公司违反公安部于1993年颁布的《公安部关于禁止开设"私人侦探所"性质的民间机构的通知》，但该通知是针对公民隐私权造成侵犯的"民事事务调查所""安全事务调查所"等不规范的私人侦探所性质的民间机构的治理，并没有限制一般性的商业调查行为。

威尔曼公司还指控上海万亚信息咨询有限公司，虚拟身份和虚拟借口进行调查，妨碍其正常的经营秩序和经营活动。法院认为，尽管法律对于违法行为做出了较多的明文规定，但由于社会关系的广泛性和利益关系的复杂性，除另有明文规定外，法律对于违法行为不采取穷尽式的列举规定，而存在较多的空间根据利益衡量、价值取向来解决，故对于法律没有明文禁止的行为，主要根据行为实质上的正当性进行判断。本案当中辉瑞公司的调查目的没有恶意，调查内容本身并无违法，威尔曼公司也没有证据证明上海万亚信息咨询有限公司在调查取证的过程中，采取了任何盗窃、胁迫或商业贿赂等不正当手段，威尔曼公司也没有证据证明上海万亚信息咨询有限公司的调查活动，妨碍了其正常的经营活动，威尔曼公司的证据不足以证明辉瑞公司的行为不正当性。

综上，威尔曼公司指控辉瑞委托调查取证的行为构成不正当竞争的主张不能成立。

关于辉瑞公司委托上海万亚信息咨询有限公司调查得到的信息是否侵犯威尔曼公司的经营秘密。法院审理认为，根据法律规定，商业秘密是指不为公众所知悉、能够为权利人带来经济效益、具有实用性并经权利人采取保密措施的技术和经营信息。

本案当中，上海万亚信息咨询有限公司调查的信息主要是威尔曼公司及其关联公司的工商资料以及"伟哥"的生产情况、销售情况，包括"伟哥"的批发价、市场终端价及其在全国的销售形势、销售目标等内容，这些信息公众可通过威尔曼公司及其关联公司的网站以及众多的新闻报道获悉，故这些信息不具备不为公众所知悉的要件。

综上，威尔曼公司指控辉瑞公司委托案外人上海万亚信息咨询有限公司，对其进行调查所获得信息为商业秘密的主张不能成立。综上所述，辉瑞公司未对威尔曼公司实施侵权行为，未对威尔曼公司的合法权益造成实质损害，威尔曼公司对辉瑞公司非法刺探商业秘密进行不正当竞争行为的指控不能成立。

威尔曼公司不服一审判决，向广东高院提起上诉。

2009 年 12 月，广东高院做出终审裁定，维持一审判决。

第五节 立体商标之争

2005 年 10 月 11 日，眼看着威尔曼公司研发的抗 ED 药物"甲磺酸酚妥拉明分散片"，使用"伟哥 TM"商标，大踏步铺向全国市场，辉瑞公司终于坐不住了，一股脑地向威尔曼公司及其关联方提起了四宗诉讼，宗宗剑指"伟哥"。

其中，辉瑞公司以威尔曼公司分别监督指导联环公司、东方公司生产，北京健康新概念大药房有限公司销售"伟哥"——"甲磺酸酚妥拉明分散片"，侵害其蓝色菱形药片立体商标为由，向北京一中院提起两起诉讼。因两起诉讼的诉讼请求和所依据的事实、理由基本一致，故当时媒体统称其为"伟哥立体商标案"，并择一起予以报道。本书从其说。

这是一个看起来比较简单的案子：

2003 年 5 月 28 日，辉瑞公司向国家商标局申请的指定颜色为蓝色的菱形立体商标经核准予以注册，核定使用商品为第 5 类人用药等，注册有效期限自 2003 年 5 月 28 日至 2013 年 5 月 27 日止。

1998 年 6 月 2 日，威尔曼公司向国家商标局申请注册"伟哥"文字商标，使用商品为第 5 类人用药等，2002 年该商标初步审定公告。2005 年 1 月 5 日，威尔曼公司许可江苏联环药业股份有限公司在"甲磺酸酚妥拉明分散片"上使用"伟哥"商标。该产品包装盒正、反面标有"伟哥"和"TM"字样，"伟哥"两字有土黄色的菱形图案作为衬底，盒内药片的包装为不透明材料，其上印有"伟哥"和"TM""江苏联环药业股份有限公司"字样，药片的包装有与药片形状相应的菱形突起。药片为浅蓝色、近似于指南针形状的菱形，并标有"伟哥"和"TM"字样。

辉瑞公司认为，上述"伟哥"产品也使用了与辉瑞公司相同的立体商标图样，此外，威尔曼公司还在其互联网网页上展示该立体商标。威尔曼等公司的行为侵犯了其立体商标专用权，要求判令威尔曼公司停止销售、使用和宣传侵权商品；同时要求赔偿 50 万元人民币。

2006 年 12 月 27 日，北京市第一中级人民法院经审理认为：将涉案立体商标与被控侵权产品相比较，涉案立体商标的立体形状为锐角角度较大的菱形，颜色为较深的蓝色，而被控侵权产品的立体形状为锐角角度较小近似指南针形的菱形，颜色为浅蓝色。尽管在立体形状和颜色上确实存在一定差别，但在相关公众施以一般注意力的情况下，不易予以区分。因此，被控侵权产品与涉案立体商标构成近似。

尽管在实际销售时，由于"甲磺酸酚妥拉明分散片"药片的包装为不透明材料，消费者看不到药片的外表形态，但是，商标的功能和价值不仅仅体现在销售环节中用以区分不同的生产者，还在于体现生产者的信誉和商品声誉。因此，知道涉案立体商标的消费者在看到被控侵权产品时，会因为两者的形状、颜色近似而认为被控侵权产品与涉案立体注册商标权人存在某种联系，进而产生误认，构成对辉瑞公司商标专用权的侵害。

威尔曼等公司不服，提起上诉。结果则是转了一个 180 度的弯儿。

2008 年 4 月 21 日，北京市高级人民法院二审认为，被控侵权产品的包装盒正反面均标有"伟哥"和"TM"、生产厂家为"江苏联环药业股份有限公司"的字样；盒内药片的包装为不透明材料，其上亦印有"伟哥"和"TM""江苏联环药业股份有限公司"的字样，均明显起到表明商品来源和生产者的作用。虽然该药片的包装有与药片形状相应的菱形突起，但消费者在购买药片时并不能据此识别该药片的外部形态，由于包装于不透明材料内的药片并不能起到表明来源和生产者的作用，因此即使其外部形状与涉案立体商标相近似，但不会使消费者产生混淆，故而侵权不成立。

辉瑞公司不服，申请再审。2009 年 6 月 24 日，最高人民法院再审肯定了二审法院的看法，同时进一步指出，被告的药片包装于不透明材料内，其颜色及形状不能起到标识来源和生产者的作用，不能认定为商标法意义上的使用，因此不构成侵权。

诉讼至此终结。但这个看起来有些简单的案子，却因两级法院"否定之否定"的迥异认定，激起了法律界人士的思考：两个商标构成物理符号上的近似但又不会引起消费者混淆的时候，是否构成商标法意义上的商标近似？

商标最核心的功能是指示商品或者服务的来源。消费者通过了解商品质量来进行消费决策，但是在购买商品之前无法有效地测验商品质量，因此只能靠感性和经验来判断商品质量，而感性和经验中的一个重要因素就是对商标的认识，消费者相信同样商标的产品在质量上是稳定的，因为源自同一个生产商。

可见商标在标明产品来源的同时，也成为产品质量等信息的代名词，承载了商誉，浓缩了与产品有关的一切信息，并"以最简化的符号传递最必要的信息"。因此，保护商标的关键在于防止他人通过使用和商标权人相混淆的商标欺骗消费者从而使其产生误认。是否可能导致消费者发生混淆即混淆可能性，成为商标侵权的基本判断标准。

作为商标侵权判定的基本标准，混淆可能性在各国商标法和国际公约中都有明确规定。美国的《兰哈姆法》将可能导致消费者混淆、误认或被蒙蔽作为构成商标侵权的重要条件。《与贸易有关的知识产权协定》第 16 条明确规定，商标所有权人有权阻止他人在交易过程中使用可能引起混淆的商标。显然，混淆可能性作为基本的商标侵权标准，已经在世界范围内成为通行的模式。

与此相对应，司法实践中，还有一种"近似说"，认为商标侵权应重点考察商标标识本身，即应考察标识本身的属性，如外观、呼叫、含义等是否构成近似，换言之，应以标识本身为准，是否会导致消费者混淆商品的来源，不是应该考虑的主要方面。

我国《商标法》并未采纳混淆可能性作为商标侵权判定标准，而是和日本一样在商标侵权标准上主要采用"近似说"。我国现行的《商标法》第52条规定了商标侵权判定的基本原则，即未经商标注册人的许可，在同一种商品或者类似商品上使用与其注册商标相同或者类似商标的行为构成侵权。由于该规定过于偏重对注册商标符号本身的保护，而对商标所代表的商誉关注不足，该商标保护被有的学者称为"符号保护"。

但商标在商业使用上是动态的，是与消费者的认识以及所代表的商誉相联系的，商标符号意义上的相似性，只是为商标法意义上的商标近似提供了一种可能性，当商标在商业使用上不会使消费者产生混淆时，物理符号上的商标近似并不必然导致商标法意义上的商标近似。例如，在汽车类商品上使用的韩国现代汽车商标图案和日本本田汽车商标图案，虽然在符号外形上非常相似，但由于两种商标都形成了稳定的消费群体，并且由于汽车类的消费者注意力水平较高，不会产生混淆。由于彼此不存在市场利益的不当损害，因此两个商标并不构成商标法意义上的近似。

总之，商标近似首先是一个法律概念，即商标法意义上的近似，而不仅仅是一个事实概念。只有构成混淆的近似，才能构成商标侵权中的近似，而不仅仅是商标各要素在事实上的近似。

为了克服前文所述的单纯的"符号保护"的局限，最高人民法院将世界通行的"混淆可能性"作为判断要素引入商标近似的判断，通过"混淆可能性"来解释"商标近似"，从而将"近似说"判断标准改造为更加科学的"混淆性近似"判断标准。

最高人民法院《关于审理商标民事纠纷案件适用法律若干问题的解释》中规定，商标近似是"易使相关公众对商品来源产生误认或者认为其来源与原告注册商标的商品有特定的联系"。也就是说，先确定商品来源和商品类别是否容易使相关公众产生混淆，以此作为是否构成商标近似的标准。

这一标准表明："商标法意义上的商标近似，不仅是指被控侵权商标与他人注册商标在外观方面的相似，还意味着必须易于使相关公众产生混淆。这种特殊的内涵就是商标法意义上的商标近似，即一种混淆性近似。"

这一标准在最高人民法院的《关于审理商标民事纠纷案件若干问题的解答》中得到了具体的展开："足以造成相关公众的混淆、误认是构成商标的必要条件。仅商标文字、图案近似，但不足以造成相关公众混淆、误认的，不构成商标近似，在商标近似判断中应当对是否造成相关公众的混淆、误认进行认定。"因此，是否造成相关公众的混淆、误认是认定商标是否构成近似的前提条件。

本案中，一审法院对被控侵权产品外形与涉案立体商标的比对实际上是对商标作为物理符号的比对，并非商标法意义上的比对。要确定被控侵权产品外形与涉案立体商标是否构成商标法意义上的近似，需要考虑被控侵权产品是否使得相关消费者对被控侵权产品的来源和生产者发生混淆。根据查明的事实，被控侵权产品的包装盒正反面均标有"伟哥"和"TM"、生产厂家为"江苏联环药业股份有限公司"的字样；盒内药片的包装为不透明材料，其上亦印有"伟哥"和"TM""江苏联环药业股份有限公司"的字样，显然，以上标识均明确指向了真正的产品来源和生产者，并不会使得消费者产生混淆并误以为是原告生产的产品，因此，被告的产品外形与涉案立体商标虽然符号近似，但商标并不近似。

关于本案，也有论者认为，虽然被控侵权产品因为装在不透明的包装盒中在购买时不会造成相关消费者的混淆，但一旦消费者打开包装，仍然会发生混淆。正如一审法院在判决中表述的那样，知道涉案立体商标的消费者在看到被控侵权产品时，会因为两者的形状、颜色相近似而认为被控侵权产品与涉案立体注册商标权人存在某种联系，进而产生误认，构成对原告商标专用权的侵害。

在学理上，这种混淆被称为"售后混淆"。

"售后混淆"包括两种情形：第一种，消费者购买前并不知道某品牌，而是抱着试试看的心态购买所见到的假冒商品，如果所购买的商品质量平平，甚至粗制滥造，该消费者以后见到真正品牌的商品时，就不再购买，因此，假冒品牌就降低了消费者对正宗品牌的评价，使其商誉受损。第二种情形又称为旁观者混淆，即消费者知道所购买的商品并非某种知名品牌，但消费者购买后，因为所购商品在外观及款式和知名品牌商品的近似，导致实际购买者之外的人产生混淆，从而对知名品牌的权利人造成损害。

但"售后混淆"是从美国案例中发展起来的商标混淆理论，适用的范围主要是奢侈品类商品，在我国立法和司法中并未得到承认，因此，在本案中也不能成为支持原告诉请的依据。

最高人民法院的再审决定进一步指出，其实这个商标侵权官司根本就货不对板。

因为"被告的药片包装于不透明材料内，其颜色及形状不能起到标识来源和生产者的作用，不能认定为商标法意义上的使用"。也就是说，使用与他人注册商标相同或相近似的文字、图形等标识不具有区分商品来源的作用，即不是用作商标，这种使用就不是商标意义上的使用，因而不会构成对他人注册商标权的侵害。

第六节　驰名商标之辩

2005年10月11日，辉瑞公司同时向威尔曼公司及关联方提起四起诉讼。在其中有两起因诉讼请求和所依据的事实、理由基本一致的案件组成的"伟哥文字商标案"中，辉瑞公司终于亮出了自己的终极目标。

辉瑞公司向北京市一中院诉称：其在研制的专用于男性勃起障碍疾病的"枸橼酸西地那非"上使用的商标为"Viagra"。辉瑞公司于2000年6月正式在中国推出该药品。在使用中文的地区和国家，媒体早自1998年起就采用"伟哥"一词进行大篇幅的报道，并特别指向其"枸橼酸西地那非"药品，"Viagra"与"伟哥"具有对应性和一致性，且经过广泛的宣传和产品销量的增加，"伟哥"商标已经成为未在中国注册的驰名商标。威尔曼公司不仅宣传辉瑞公司的未注册驰名商标"伟哥"系其商标，并将该商标许可东方公司使用，还通过新概念公司进行销售。新概念公司等三公司的行为构成不正当竞争和侵犯商标权，请求法院判令：一、认定"伟哥"为辉瑞公司未在中国注册的驰名商标；二、新概念公司和东方公司立即停止侵害辉瑞公司的未注册驰名商标权的行为，即立即停止销售带有"伟哥"商标药品的行为；三、东方公司和威尔曼公司立即停止印刷和使用"伟哥"商标，并销毁全部"伟哥"商标标识、有关的包装、广告和促销材料以及用于印刷"伟哥"商标标识等的模具和工具；四、威尔曼公司立即停止对"伟哥"商标进行许可和广告宣传等不正当竞争行为；五、新概念公司等三公司共同赔偿其经济损失50万元；六、新概念公司等三公司共同承担辉瑞公司、辉瑞制药公司因本案支出的相关费用；七、新概念公司等三公司采取发布经辉瑞公司、辉瑞制药公司同意、澄清事实的公告等有效措施消除影响，并在《中国医药报》《法制日报》和《人民日报》（海外版）等媒体上向辉瑞公司、辉瑞制药公司赔礼道歉。

辉瑞公司的7条诉请，核心其实只有一个：认定已被威尔曼公司注册并使用的"伟哥"商标，为辉瑞公司未在中国注册的驰名商标。这让人感觉来势汹汹的诉求，真的是强词夺理。

其结果可想而知了。该案一审、终审和再审均驳回了辉瑞公司的全部诉讼请求，但辉瑞公司就是缠着威尔曼公司把官司一级一级地往上打。

我们在此以北京市高级人民法院的终审结论，择其要者，说明法院为何不认定"伟哥"为辉瑞公司未在中国注册的驰名商标。

......

本院认为：驰名商标是指在中国为相关公众广为知晓并享有较高声誉的商标。驰名商标的认定应当根据中国商标法第十四条的规定，考虑以下因素：相关公众对该商标的知晓程度、该商标使用的持续时间、该商标的任何宣传工作的持续时间、程度和地理范围、该商标作为驰名商标受保护的记录以及该商标驰名的其他因素。本案中，首先，虽然辉瑞公司在香港地区申请了"伟哥"繁体文字商标注册、辉瑞公司的子公司辉瑞产品有限公司在台湾地区申请了"伟哥"文字商标的注册，但是，根据商标独立保护原则，辉瑞公司在中国内地并不对"伟哥"商标享有权益。其二，本院审理中，两上诉人辉瑞公司、辉瑞制药公司虽然证明了美国《世界日报》、香港《天天日报》《东方日报》的真实性，但因两上诉人无证据证明上述出版物在中国内地发行，故上述证据缺乏与本案的关联性和证明力。其三，1998年9月29日《健康报》等七篇报道、珠海出版社出版的"伟哥报告—蓝色精灵""Viagra"以及《海口晚报》等26份媒体的报道中虽然多将"伟哥"与"Viagra"相对应，但因上述报道均系媒体所为而并非两上诉人所为，辉瑞制药公司在其发布的《律师声明》中声称其研发生产的药品"Viagra"的正式商品名为"万艾可"，故媒体在宣传中将"Viagra"称为"伟哥"，亦不能确定为反映了两上诉人当时的真实意思，且媒体的报道均是对"伟哥"的药效、销售情况、副作用的一些介绍、评论性文章，因此上述媒体的报道不足以证明"伟哥"在中国有较高的知名度和声誉。其四，国家药监局的第72号文件并不能证明辉瑞公司对"伟哥"享有权益；《新时代汉英大词典》中对"伟哥"词条的解释也有称为"威尔刚""Viagra""万艾可"的情形，故该词典的解释亦不足以证明"Viagra"即为"伟哥"。其五，辉瑞公司的"Viagra"注册商标已于2001年经核准转让于辉瑞产品公司，辉瑞公司对"Viagra"商标不再享有相关的权益。综上，由于两上诉人在中国大陆既未实际使用"伟哥"商标，也未举证证明其对"伟哥"商标进行了广告宣传，且不能提供"伟哥"商标在中国作为驰名商标受保护的记录以及其他可以证明"伟哥"驰名的证据，仅有媒体的报道尚不足以证明"伟哥"商标在中国大陆已具有较高的知名度及已具有较高声誉，故两上诉人所提"伟哥"已构成其在中国未注册的驰名商标的主张因缺乏事实和法律依据，本院不予支持。

这里有必要对"其四，国家药监局的第72号文件并不能证明辉瑞公司对'伟哥'享有权益"这个论述的事实基础做一说明。

所谓"第72号文件"，指的是1999年3月29日，国家药品监督管理局发出《关于查处假药柠檬酸昔多芬片（社会上称美国伟哥）的紧急通知》称，"伟哥"为美国辉瑞公司生产的药品，我国尚未批准任何企业进口或生产这一药品。目前市场销售的"伟哥"都是假药。

此前的 3 月 22 日，辉瑞公司首次就其产品"Viagra"在我国的黑市交易、假冒产品以及商标问题发表公开声明，其中，辉瑞公司回避了"伟哥"名称这一核心问题，把其汉译名直译为化学名称"西地那非"。

为此，中国药科大学、威尔曼国际新药开发中心和威尔曼公司专门发出"请求国家药品监督管理局澄清有关药名的请示报告"，内容为询问第 72 号文件中所说的"伟哥"是否指当时"西地那非"的商品名或通用名。

国家药监局药管市函 [2000]19 号文件"关于对请求国家药品监督管理局澄清有关药名的请示的复函"（简称第 19 号文件）指出：在第 72 号文件中采用了以带引号的"伟哥"和英文名"Viagra"的标注等指当时在中国市场上出现的此种假药，以便于各地药品监督管理部门的查处，并非是对美国辉瑞制药有限公司"西地那非"通用名或商品名的认定。

最高人民法院在 2009 年 6 月 25 日做出的再审判决中，为此特别审明：国家药监局的第 72 号文件中，采用"伟哥"和"Viagra"的标注，并非是对美国辉瑞制药有限公司"西地那非"通用名或商品名的认定。

本"伟哥文字商标案"是关于外文商标中文俗称保护最知名的早期经典案例。通过本案判次，最高院明确了"被动使用"不构成我国商标意义上的使用。

所谓外文商标俗称是指外文商标在进入中国市场前已经被中国媒体或公众翻译为中文，并较为普遍地使用，而外文商标所有人并没有主动使用该中文名称。比如"推特"是中国媒体对"Twitter"的俗称，"陆虎"是中国媒体对越野汽车品牌"Land Rover"的俗称，但是这些外文商标权利人对各自品牌的翻译却是"特维特"以及"路华"。

外文商标俗称保护的核心问题是媒体或公众的宣传报道（学界讨论时称之为"被动使用"）是否构成我国商标意义上的使用。

《商标法》第48条规定："商标意义上的使用是指将商标用于商品、商品包装或者容器以及商品交易文书上，或者将商标用于广告宣传、展览以及其他商业活动中。"

该条所规定的对商标的主动使用，是商标所有人享有商标权益的基础，被动使用能否构成商标意义上的使用，决定了商标所有人对商标俗称是否享有权利，享有何种权利以及通过何种途径予以保护。

最高院于驳回辉瑞公司再审申请的判决理由部分，明确指出：媒体报道并非辉瑞公司对自己商标的宣传，辉瑞公司也明确声明"万艾可"为其正式商品名，并承认其在中国内地未使用过"伟哥"商标，故辉瑞公司所提供的主要为媒体报道的证据不足以证明"伟哥"为未注册商标。

其后的"陆虎商标案"判决，则把外文商标俗称保护路径以及法院裁判规则又往前推进了一小步。

1999年11月10日，吉利集团有限公司申请注册"陆虎"商标，并于2001年3月成功获批。当时路华公司尚未进入中国市场，但是中国媒体已经用"陆虎"指代路华公司旗下品牌"Land Rover"。

2004年4月16日，路华公司向国家商标评审委员会提出申请，要求撤销"陆虎"商标；2010年7月19日，商评委裁定维持了吉利公司拥有"陆虎"商标的现状。

路华公司遂向北京一中院提起行政诉讼，以吉利公司以不正当手段抢注他人已经使用并有一定影响的商标为由，请求法院撤销商评委的裁定，并责令其重新裁定。

"陆虎商标案"经历了两审程序，二审判决由北京市高级人民法院于2011年9月29日做出，两级法院均支持了路华公司的诉讼请求。

北京高院在二审判决中指出：从媒体对宝马公司相关负责人（"Land Rover"当时的商标权人）的采访文章中可以看出，宝马公司明确以中文"陆虎"对其"Land Rover"越野车进行指代，属于对"陆虎"商标的主动使用行为。

北京高院还对"Land Rover"存在不同翻译不影响路华公司在先权利进行了解释，认为英文"Land Rover"确曾存在不同的中文译法，这并不能否认中文"陆虎"已经由宝马公司在先使用，且"陆虎"为"Land Rover"越野车中文呼叫的客观事实。

"陆虎商标案"裁决的突破点在于：媒体报道虽然本身不构成商标意义上的使用，但是如果外文商标权利人在接受媒体采访时，认可媒体对商标俗称的使用，则可视为外文商标权利人对相关俗称进行了主动使用。

路华公司的胜诉，有一定的偶然性，即外文商标权利人接受了媒体采访并对媒体用"陆虎"指代"Land Rover"予以认可。

"索爱商标案"和"广本商标案"并不具备这样的条件，但这两个案件又有一定的特殊性，为外文商标权利人提供了另一种保护思路。

"索爱""广本"分别与索尼爱立信移动通信产品（中国）有限公司、广汽本田汽车有限公司形成了简称与全称的对应关系，所以两案最终都以"企业名称的简称权"作为保护路径，对应的法律依据是《商标法》第31条规定的"申请商标注册不得损害他人现有的在先权利"，最高院认为，企业名称的简称属于该条所说的在先权利。

"索爱商标案"和"广本商标案"案均历经一审、二审以及再审。虽然再审都由最高院做出,但结果却大相径庭。最高院在"索爱商标案"中驳回了外文商标权利人的请求,理由为"在本案争议商标申请日前,索尼爱立信公司的相关手机均未在中国大陆生产和销售,媒体的报道也不能证明索尼爱立信公司主动将'索爱'作为企业简称及其未注册商标的简称";而在后来的"广本商标案"中,最高院却做出了有利于外文商标权利人的判决。

最高院在"索爱商标案""广本商标案"中的判决看似矛盾,其实有一致性。外文商标权利人能否以企业简称权为由对抗争议商标,关键在于两点:第一,外文商标权利人在中国是否有实际生产和销售;第二,是否实际把争议商标作为企业简称加以使用。对于第二点,权利人主动在媒体报道中使用争议商标指代企业视为实际使用。

"索爱商标案"中,索尼爱立信公司在第三人刘建佳申请注册"索爱"商标时,并未在中国生产和销售其手机;而"广本商标案"中,广汽本田自1998年成立以来一直从事"本田"系列汽车的生产及销售活动,在相关报道中多次使用"广本"指代其企业。

值得一提的是,最高院通过"索爱商标案"还明确了一个规则,即"无论是作为未注册商标的简称,还是作为企业名称或知名商品特有名称的简称,其受法律保护的前提是,对该标识主张权利的人必须有实际使用该标识的行为,且该标识已能够识别其商品来源"。

第七节 征伐"密码"

现代制药界有一条"军规":不会打官司的不是好药企。

这的确是一个不争的事实:不管是原研药巨子如辉瑞公司,还是仿制药头部企业如梯瓦公司；但凡能跻身于跨国公司行列，包括国内近些年涌现出来的创新药明星企业如恒瑞公司等，当然也包括被逼出来的威尔曼公司，都是打知识产权官司的好手。

不是这个领域的人，很难理解这样的行业现象——在一些制药企业总部，法务人员竟然多过研发人员。

现代制药业发展至今，其业务模式逐渐演化出四大经典类型：高毛利率高费用率、低毛利率低费用率、细分利基市场、创新小企业。前两类占绝对份额，是当仁不让的主流，对应到国际上具体的公司，第一类指的是辉瑞公司、强生公司、诺华公司等原研药霸主，第二类则是梯瓦公司、山德士公司、迈兰公司等仿制药巨头。

对它们来说，"时间就是金钱，效率等于生命"这句口号特别适用。

第一类原研药霸主的主业是原创新药，其最大的生意经就是怎么把专利保护期的时间窗口用到极致。

如果把某种药品的生意链比作一条大河，那么原研药公司最关心的是如何截取从高耸源头到平坦河谷之间，水量充沛、水流湍急、水质清澈的那段水面。

一个真正的原研药的出现，带来的是对应疾病的突破性临床治疗效果，基本解决或彻底根除人类某方面有关医学或生命科学的困扰。这些疾病在医学突破前，基本上生死攸关。哪怕是一个小小的炎症，在抗生素出现前也能轻易杀人于无形。所以，一个新药研制成功，往往意味着巨大的经济价值。

原研药可谓是一个集资金、技术和运气于一身的大型经济探险活动。据统计，开发出一个原研药平均要花费15年时间，投入至少10亿美元打底，并且，成功与否具有高度不确定性。甚至有些新药的目标受众可能全球也只有几百万人。如果是罕见病，那么患者将会更少，高昂成本的分摊更难。做药企，又不是做慈善。为了鼓励创新，刺激冒险，应该也必须给予专利保护以保证其创造性劳动的丰厚收益。如果遏制药企追逐利润的动机，患者根本就见不到这些药物的问世。

2014年，美国塔夫茨大学药物发展研究中心，通过对10家大型医药公司的研究发现，开发一种新的处方药，平均成本已经达到了26亿美元。当药物通过审批后，还需要后续的3.12亿美元来研究剂量强度、配方和新的适应症等，也就是说，总成本达到29亿美元以上。

药物的专利期虽说有20年，但起点是从申报开始算，所以实际专利独享期大约只有10至15年。加上新药从上市到达销售峰值有个平均5年的过程，真正留给创新者的回报时间非常短，通常只能独霸天下5至10年。为了尽可能延展专利独享这个时间窗口，各种诉讼攻防自然难以避免。

考虑到一个新药的诞生通常是缘于医学科技的突破，所谓开创了一个"新赛道"，那么可以想象，其他创新企业在该技术领域的研发会同步跟进，采用不同技术路径的类似产品会紧跟上市，其情形一如前文所述的辉瑞公司、礼来公司、拜耳公司在抗ED药物上的对撞，以至于专利期内创新药品之间的竞争也是纷扬不绝。

但是，无论如何药品又是一个特殊的商品，具有显著的社会性，所以专利必须有期限，让更多仿制药企来接棒完成规模化产销，达到同样的疗效质量却价格更低，惠及更多人。一如大河奔流至无垠平原，水静却流深。

但这个接棒的过程并非自然而友好地发生的，同样需要政策去激励仿制药企，让它们有动力及时去挑战原研药的专利。为了做仿制药的生意，相关药企也需要投入很大的研发资源，为保证达到高标准的品质工艺，而必须实施的评审、核查等诸多环节，同样要支付高昂成本。所以政策机制会对第一家突破专利考验的仿制药企给予半年的独家仿制权利，作为首仿者，还会因先摆上货架而暂时获得对其他仿制药企的领先优势。

专利的游戏规定了：还得打官司，谁先打赢了就得到首仿待遇。

所以，演化到今天，世界上叫得上号的原研药企和仿制药企都是官司专业户，因为打官司需要资金和研发的双重支持。

理论上这是一个挺不错的生态系统：某个新药刚面世，一针或一片售价500元，在专利保护期内原研药企独家贵价销售，独自吃肉。随着首仿者登场，第一家把价格变成了受惠者更多的200元，啃个晴骨。接下来更多仿制药企出现，逐渐把价格竞争到稳态的20元，该药品普及至普罗大众，一起喝汤。然后该药物对应的疾病被有效控制，产业的焦点顺势转向下一个未被人类解决的领域。

可惜这只是一个产业乌托邦，除非置身其中的所有药企都能永葆克制精神、公平意识、法制观念和社会责任。随着药企全面资本化，逐利的本性纤毫毕露，垄断成为刚需。一些跨国药企凭借其雄厚实力，构筑起层层专利壁垒，以大欺小，事实上控制了新药定价机制，实施了产业垄断，从而压制了全社会的研发创新，并导致原研药价格居高不下，实质上是损失了整个人类社会的总体价值。

世人对它们的评价陷于分裂：有人说这些头部跨国原研药企是引领新药开发的英雄，另外一些人则视之为全球新药品种锐减、价格居高不下的祸首。

1995年至1999年间，欧盟范围内的制药企业有40种新药上市，可在2000年至2004年间，上市的新药只有28种。为什么科技越来越发达，新药反而越来越少？

欧盟委员会于2009年初披露的一项对辉瑞公司等全球知名制药企业长达11个月的调查报告显示：一些原研药公司为压制竞争对手实现最大盈利，不惜采用各种手段阻止或延迟对手的同类药品上市，维持其专利药价格居高不下。

这些制药商惯用手法主要有以下几类：

一是申请专利集群，即给同一个药品申请多个专利。调查者吃惊地发现，某种药品申请的专利竟多达 1300 个。这种做法的目的是尽量延长其药品的专利有效期，以阻止或延迟其他竞争者的同类药品进入市场。

二是以专利权受到侵犯为名将对手告上法庭，然后凭借财大气粗打赢官司，拖延被告公司非专利药品的上市时间。

三是与竞争公司私订协议，用金钱收买对手，让其同意限制自己的药品销售。

一些原研药企利用欧洲法律程序烦琐、耗时长的特点，拖住仿制药竞争对手。欧洲法律规定在"诉讼"未结束之前，仿制药公司是不能销售还在打官司的产品的。这种官司平均耗时 3 年，最后即便是原研药企败诉，但其利用诉讼手段已争取到额外的 3 年销售时间，同时也拖了仿制药公司 3 年，让其产品无法销售。

在欧盟委员会立案调查的 700 个原研药公司状告仿制药公司的专利诉讼案件中，420 个案子最终是仿制药公司胜诉。这足以说明许多类似诉讼的真实目的。

这种看似有法律底线，实则没有行业操守的行为是赤裸裸的不正当竞争，已严重挤压了药界的创新空间，给社会、消费者和制药行业本身造成了严重的不良后果。

欧盟 27 个成员国每年在药品上的花费为 2000 多亿欧元，大部分由国家医疗保险机构支付。欧盟监管机构在对 2000 年至 2007 年间 17 个欧盟成员国未及时入市的药品进行调查后发现，如果这些药品能及时上市，将为国家医疗体系节省大约 30 亿欧元。

要知道，这一切还是发生在现代司法和知识产权保护制度发源地的欧洲。与欧洲这个"高原"相比，世纪之交、"入世"之初的中国，无论法律环境，还是本土药企的实力，称之为"平原"尚显浮夸。在这样的一片处女地上，辉瑞们以专利为剑、诉讼为犁，不断上演着收割弱小者的戏码。

在"伟哥专利案"中，辉瑞公司熟练地运用司法程序，用漫长的8年官司和财势雄厚的欧美政商"朋友圈"，成功地狙击了国内仿制药企，也最大限度地拖延了"伟哥"商标拥有者广州威尔曼公司对"伟哥"商标的使用。

威尔曼公司和辉瑞公司争夺"伟哥"商标权。辉瑞公司不但在国家商标局和法院双线作战，而且每一个回合都力图耗尽最后的时间。

2005年，一下子同时发动"伟哥立体商标案""伟哥文字商标案"共4个官司。

翻开庭审卷宗，我们会发现4个案子个个历经三审，打到最高院的再审。而且三审下来，每一次上诉都是在法律规定的最后一天提起，拖延时间的意图昭然若揭。

可资对比的是，"伟哥专利案"中，北京高院做出终审判决后，落败的"伟哥联盟"再无动作：因为接下来再启诉讼流程，基本上是徒耗时间、精力和金钱而已。

辉瑞公司这样做的最大目的，已经不是官司的最终输赢，而是利用自己的绝对实力，以诉讼为工具，压制对手，赢得时间和市场。有辉瑞公司员工曾私下对威尔曼公司员工声言：巧合了，碰到你们威尔曼了，换作别人早被我们打死了。

挑起纠纷和法律诉讼正是辉瑞公司用以压制竞争对手的一种常用手段。多年来，被辉瑞公司告上法庭的国内药企无数。深受没完没了官司之苦的国内药企斥之为药界毒瘤——"缠讼"。

通过欧盟调查报告，再回看辉瑞公司在中国搅起的"伟哥"战争，似乎又有了新的视角和解读。

就在 2009 年 6 月最高院再审判决辉瑞公司败诉"伟哥商标案"的同一天，国家知识产权局专利复审委员会认定：辉瑞公司的专利号为 96195564.3 的药物（立普妥）发明专利权全部无效。

可能有许多中国人是因为"万艾可"才知道辉瑞公司的，但实际上，"万艾可"胜在名声在外，要论吸金能力，"立普妥"才是辉瑞公司多年的镇司之宝。2004 年，这种降胆固醇、主治心脑血管及心脏病的药物，成为全球首个销售额突破百亿美元（108.6 亿美元）的药品，乃是业内公认的"全球最赚钱的一种专利药"。随着全球老龄化问题加剧，该药不断刷新销售纪录。2007 年，"立普妥"全球销售额达 127 亿美元，对辉瑞公司当年贡献率达 26%。

欧盟的反不正当竞争调查报告墨迹未干，此时此际，辉瑞公司会如何面对国家知识产权局专利复审委员会，裁决"立普妥"发明专利权全部无效这个决定呢？

《中国经营报》于当年 8 月 8 日刊发的题为《辉瑞：与全球为敌？》的报道，这样写道："辉瑞已有了自己的决定，但不好对外公开。"面对《中国经营报》记者的追问，辉瑞公司专利代理律师陈昕惜字如金。

面对这一问题，辉瑞公司的对手，此轮专利无效案的申请方、中国政法大学教授张楚认为辉瑞公司一定会提起诉讼，而曾与辉瑞公司在专利战中交过手的北京安博达知识产权代理有限公司董事长徐国文则进一步指出："在我看来，辉瑞不仅会提起诉讼，而且很有可能耗到 3 个月期限的最后一天。"

3 个月，是我国法律规定的从专利复审无效到提起诉讼的有效期限，耗到最后一天，意味着可以让整个诉讼阶段延至最长的时间。而按照我国法律的规定，这一阶段，涉及专利权争议的药品将不得进入市场。

如果张楚的判断正确，辉瑞公司会再一次使用"以时间换空间"

的策略。而这一策略因为"立普妥"药物的特殊性，正在全球范围内遭遇广泛挑战。

据印度南新公司估算：全球降胆固醇药物市场有超过 180 亿美元的潜力，并在以每年 20% 的速率增加。

"这是一个巨大的蛋糕，但辉瑞以专利权竖起藩篱，将其他几乎所有的公司拒于蛋糕之外。"徐国文说道。

为了获取分蛋糕的机会，以印度南新公司为代表的全球多家仿制药生产商，开始在全球各地挑起战火，起诉或申诉辉瑞公司"立普妥"专利无效。

美国巡回法院、英国最高法院、爱尔兰都柏林高等法院、挪威奥斯陆市 Borgarting 上诉法院及其最高法院、菲律宾知识产权局、巴塞罗那四号一审商事法庭、荷兰法院、澳大利亚专利局及印度法院等，都留下了辉瑞公司为"立普妥"专利权的有效性进行争辩的足迹。

这是一场漫长而艰苦的角力战，不同的法律环境与政治制度，让辉瑞公司在这些战役中或胜或败。但一个共性是，但凡辉瑞公司败诉，它都会想尽一切办法争取上诉机会，穷尽该国的所有法律程序，并尽量获取这一程序在时间上的延长，因为诉讼期间争议药品不得进入市场似乎是国际通例，在这一通例的保护下，辉瑞充分利用法律武器坚守着自己的阵地。直到今天，很多案件仍在继续。

无论从什么角度看，辉瑞公司都是消耗巨人，不仅花费大量时间与金钱，还与一些国家的政府产生了嫌隙。

2009 年 1 月，辉瑞公司接到欧盟的调查报告，被指控存在竞争黑幕，并不择手段延迟对手同类药品上市。据欧盟估算，如果这些药品及时上市，将为其医疗体系节省大约 30 亿欧元。因而，如果这些不正当竞争行为属实的话，欧盟委员会将毫不犹豫地提起反垄断诉讼。

辉瑞公司不肯公开其是否继续提起诉讼的决定，也许同样是在采用拖的策略，在漫长的诉讼中拖住对手，让他们错过市场，正是辉瑞公司惯用的竞争手段。从辉瑞公司对案件的重视程度来看，官司远没有结束，更深的博弈在所难免。

如果说"创新与风险"贯穿于辉瑞公司 100 多年历史血脉的话，那么，直到 2005 年，辉瑞公司才真正将这一风险意识做出了最直截了当的阐释。

2005 年 2 月，辉瑞公司首席法律顾问金德（Jeffrey B.Kindler）被任命为副董事长，正式进入辉瑞公司领导团队的四人组合（不久后又成为辉瑞的一号人物），也正是金德，完美领导了辉瑞公司随后的全球专利大战，捍卫了辉瑞公司的全球市场。

公司董事长兼首席执行官马金龙博士（Hank McKinnell）曾在致股东的信中这样写道："我们面临着严峻的价格压力、充满争议的政治氛围以及繁杂的新法规的要求。""另外，到 2007 年年底，我们将失去对一些最畅销药品的专利保护，使得这些遍及整个行业的挑战对辉瑞公司而言更为艰巨。"

马金龙的判断指导了辉瑞公司最近 5 年的战略，在专利即市场的 21 世纪，配备最好的装备，毫不犹豫地参加战斗成了辉瑞公司的信条，以此来筑起独占的无竞争的"和平"市场。在全球专利大战中，辉瑞公司的执着令人佩服，但其以"时间换空间"的策略，却越来越遭到国际社会的批评，甚至是来自国家层面的抵制，尤其是在老龄化导致医疗支出越来越庞大的国家。尽管药品前期研发投入巨大，以"立普妥"为例，辉瑞公司前期投资达 8 亿美元，尽管金德一再强调"如果没有稳定的专利制度保护，以研发为基础的企业也不会有动力从事这样的研究工作"，然而，相对于庞大市场对于低价药品的需求及亿万人的健康来说，辉瑞的辩解越来越缺少听众。

2008 年夏，欧盟将反垄断的范围扩大到专利层面，随后，2009 年初，辉瑞公司即遭遇垄断质疑，在国家利益面前，辉瑞以公司之力"以战争换和平"的方式开始遇挫。

从这个意义上来说，遇挫的不只是辉瑞公司，当跨国公司变得越来越庞大，足以在某些领域实现控制的时候，它的利益往往就与现实中的国家利益和消费者利益发生不同层面的冲突，而这个时候，单纯技术层面的博弈已远远不够，诸多公司战略性的转型也就在所难免。而辉瑞公司，只是其中之一。

2009 年 9 月，美国有关当局以"非法销售"的名义，狠罚辉瑞公司 23 亿美元。但业内不少人认为，"非法销售"只是官样文章，让美国有关当局大光其火的根本原因，是辉瑞公司在全球滥用诉权，激起了包括欧盟委员会在内的许多国家的强烈反弹，损害了美国跨国资本的全球声誉。

这里还有一个小插曲：在 2005 年 5 月 18 日举行的北京财富全球论坛上，时任辉瑞公司首席法律顾问兼副董事长的金德口吐狂言，声称全世界三分之二的假药都来自中国。

新浪网财经频道报道称，金德是在关于知识产权的一个分论坛上说这番话的，他声称世界上大约 10%—15% 的药品是假冒的，其中有三分之二来自中国。"我们希望能够有更好的执法工作，更多的努力，来没收和抵押这些假冒产品。希望这方面的执法工作和制裁力度能够加强。"

在这样的场合，以这样的身份，作为辉瑞公司首席法律顾问兼副董事长的金德居然讲出这样的一番话，在国内业界激起了巨大的反响。据《重庆晨报》报道，远在川渝的 500 多家药店，为抗议金德的此番不负责任的言论，联手抵制、罢卖"万艾可"。

2010 年 12 月，"完美领导了辉瑞随后的全球专利大战"的金德，以极其不体面的形式被辉瑞公司一脚踢开。

《财富》杂志封面文章《辉瑞内部的权力斗争》这样写道：

> 对金德来说，2010 年 12 月 4 日是他人生中最耻辱的一天。这位世界最大制药公司的 CEO，被一个由三人组成的调查委员会传唤，在机场接受问询。金德极力为自己辩护，不停地炫耀对公司的贡献以及他天才的管理能力。但是调查委员会对此并不感兴趣，他们不断质疑金德的领导能力和管理方式，认为是他使得辉瑞公司陷入了现在的低迷。事实上，在过去的十年，辉瑞公司的股价从 49 美元跌到 17 美元，在生产研发上也没有重大突破，这个曾经的华尔街宠儿现在简直是一团糟。

2009 年 9 月，辉瑞公司因为"非法销售药品"，支付了民事和刑事罚金共 23 亿美元，这个事件金德负有很大的责任，可他却推得一干二净。此后，他对员工就更加严厉、刻薄，而且他的态度十分傲慢，经常在公众场合让员工难堪。在他离开之前，一些重要的管理人员纷纷要求辞职或者退休。金德掌权以来，辉瑞公司的股价已经下跌了 36%，如果这个时候这些关键人物离开，后果不堪设想。随着事态的严重，公司的董事会委派独立董事斯蒂尔和霍纳展开了调查。最后的调查结果是，公司管理层已经没有人支持金德，他必须离开。董事会也一致同意在机场传唤金德接受问询。外界普遍猜测，辉瑞公司内部可能正在进行一场权力斗争，也许金德会被解雇。果然一天以后，这位 55 岁的 CEO 正式宣布辞职。

第六章
大国猛药

第一节　岁月神偷

从 1998 年圣诞节沈阳飞龙公司抛出"中国伟哥"——"伟哥开泰胶囊",引发美国辉瑞公司打出第一枪开始,一直到最近深圳凤凰公司向辉瑞公司开炮,千万起诉、百亿举报其侵权、违法,20 多年间,辉瑞公司和国内药企围绕着"伟哥",对峙始终,诉讼连绵,足以堪称一场"伟哥的战争"。

这场战争,作为"标志性案件",在中美两国之间知识产权纷争史上,写下了浓重一笔。

更为引人注目的是,这场战争集结了专利、商标、外观设计、商业秘密等知识产权保护领域的数次经典战役,完整演绎了中国企业的知识产权保护进化史。

根据联合国世界知识产权组织的定义,知识产权指的是"智力创造:发明、文学和艺术作品,以及商业中使用的标志、名称、图像以及外观设计"。

知识产权分为两类:一类是工业产权,包括发明(专利)、商标、工业品外观设计及原产地地理标志;另一类是版权,包括文学作品,诸如小说、报告文学、诗歌、戏剧、电影、音乐作品，艺术作品诸如绘图、绘画、摄影、雕塑以及建筑设计。

美国则将知识产权定义为专利、商标、版权和商业秘密四类，与之大同小异，但似乎多一些商业的烟火气。

作为"智力创造"的结晶，知识产权随着全球范围内的知识普及、科技进步和社会发展逐步开枝散叶。

滥觞于欧洲的文艺复兴和工业革命，更是为知识经济配置了双发动机，使之冲天而起，护送人类快速进入创新世界。

国际知识产权保护的法律体系，自然亦步亦趋，源出一孔。

最接近现代意义的知识产权保护措施，普遍认为首现于中世纪的威尼斯。1421 年，威尼斯元老院授予著名建筑设计师菲利波·布鲁内列斯基设计的一种配备有起重机的石料运输船以专利；1474 年，则颁布了世界上第一部专利法案。这部法案，以今人角度视之，当然"相当简单和粗糙"，且所谓的专利权仅是封建统治集团授予的一种特权。但无论如何，其已初具现代专利法的某些特点，因此被学术界视为西方专利保护制度的起源。

根据这部专利法案，1594 年，因进入中学课本而被中国人熟知的伟大的科学家伽利略发明的扬水灌溉机，就在威尼斯共和国获得了 20 年的专利权。

1623 年，英国议会颁布的《垄断法》被人们称为"现代专利法之始"。它的基本原则和某些规定为后来许多国家在制定专利法时仿效借鉴。

因此，一般认为现代专利制度史，是从英国颁布这一部《垄断法》时起算的。

随着 17 世纪印刷技术的改进，印刷出版业成为新兴行业。为排除擅自翻印者的不正当竞争，保护印刷出版商、设计师和美术作品的权利，英国于 1710 年 4 月制定了《安娜女王法令》。

法国则于 1803 年制定世界上最早涉及商标权的《关于工厂、制造场和作坊的法律》，3 年后，又颁布了《工业品外观设计保护法案》。

随着工业革命的勃兴和资本主义生产方式的普及，对知识产权的保护渐渐成了西方资本主义国家的一项常规操作，欧美各国纷纷颁布各自的关于知识产权保护的法案。

1789 年，美国宪法第一条第八款规定："国会……有权保障著作者和发明者在限定时间内对其著作和发明的专有权利，以促进科学和实用技艺的进步。"这一条款成为美国专利和版权立法的宪法授权条款。

1790 年，美国颁布专利法案并于 1793 年修订。1790 年至 1885 年，法国、荷兰、俄罗斯、墨西哥、巴西、印度、阿根廷、意大利、德国和日本等国先后颁布各自国家的专利法案。

英国经过 200 多年的专利保护实践，对《垄断法》进一步做了修订、完善，也于 1852 年正式颁布了专利法。

到 19 世纪末期，实行专利制度的国家达到 45 个。至此，专利制度经过 200 多年的发展，其作用已被越来越多的国家所承认，专利权已从封建君主授予的一种特权，变成为由国家法律保护的任何发明人都可以依法取得的一种独占性的无形财产权利。

也就是在这个时期，各主要工业国一改此前自扫门前雪的"散装型"保护状态，开始共识抱团，缔结公约，逐步建立国际知识产权保护法律体系和相关执行机构。

1883 年，英国、法国、意大利、荷兰、西班牙等 14 国签订《保护工业产权巴黎公约》。1886 年，英国、法国、德国、意大利等 10 国签署《保护文学和艺术作品伯尔尼公约》。1893 年，以上两个组织执行管理的国际局合并成立保护知识产权联合国际局。

1967 年，世界知识产权组织成立。

1974 年，世界知识产权组织成为联合国组织系统的一个专门机构。

1994 年，世贸组织成员国签署《与贸易有关的知识产权协定》。

1996 年，世界知识产权组织同世贸组织签订合作协定，扩大其对全球贸易的管理作用。

虽然这个国际知识产权保护法律体系小编年史也"相当简单和粗糙"，但明眼人都看得出来，称霸世界 300 年的"日不落帝国"英国才是这个法律体系的始作俑者，同时也是集大成者——在 1883 年、1886 年签订《保护工业产权巴黎公约》《保护文学和艺术作品伯尔尼公约》这两个影响深远的知识产权保护国际公约时，英国都是当仁不让的扛把子。

那么，为什么今天在知识产权保护上唯我独尊，以世界警察自居，动辄对别国大打出手的却是 1776 年建国、迄今立国仅仅 244 年的美国呢？

部分答案就在 1793 年的美国专利法案中。

"所谓专利制度，就是将利益的燃料，添加到天才之火上。"说这句话的是美国历史上最著名的总统之一林肯，而它也被镌刻在美国商务部的大门之上，昭示着美国对专利的重视。

在美国的崛起过程中，以专利为核心的知识产权的作用居功至伟。由它们点燃的利益之火，让美国经济在短短一个世纪内横扫全球——1894 年美国工业产值跃居全球第一，成为世界第一工业化强国。

而仅仅 100 年前的 1793 年，美国专利法案正式修订、颁布前后的数十年间，这里却是它今天要全力缉拿的知识产权"小偷之国"。

作为大英帝国的北美殖民地，独立前的美国仅仅是大英帝国经济圈中的原料供应地和工业产品倾销地，是典型的殖民地经济。英国为了维护自己的技术优势，避免北美的本土工业成为自己的竞争对手，严格限制北美的工业发展，将珍妮纺纱机等一系列提升工业生产水平的机器设备列为"高科技产品"，对北美实行技术封锁。

这样，除了造船业和生铁生产以外，北美就几乎不存在任何超过工匠水平的制造业。因受英国限禁，迟至独立前不久，才在费城等较大城市建立了一些毛纺织厂，但技术水平比英国要落后得多。

为防止工业技术外泄，英国政府对民众移居美国采取大量限制措施，比如限制航船所载移民数量，明确禁止工匠移民美洲，尤其严厉禁止纺织业主和熟练工人，后来进一步拓展到禁止钢铁业和煤矿业工人离岸。那些前来"挖墙脚"的外国人，将面临500英镑罚款和1年监禁。

从1795年起，外国船主被要求向英国提交乘客名册，提供他们的年龄、职业、国籍等相关信息。向美国移民的工匠和制造业主一经发现即予逮捕，前者往往被剥夺公民权和财产，后者则被罚款和送进监狱。

一本1796年伦敦印制的册子上警告说："在泰晤士河两岸，徘徊着像猎鸟一样的间谍们，他们寻找着工匠、机械师、农民和劳动者，并指引他们走向美国。"

1803年英国议会通过的《旅客法》，进一步有效阻止经济困难的工匠和产业工人移居美国。

为了防止技术泄密，英国人极少同意外国人参观本土的棉花加工设备，并将盗窃蒸汽纺织机器设计图纸定为严重的犯罪行为。

一句话，英国人就像防贼一样，防着美国人偷取他们的先进技术。

也不怪英国人多心，雄心勃勃的美国开国元勋们，为美国崛起开的药方正是把手往外伸。

1789 年，乔治·华盛顿在就任美国总统的几个月前，致信托马斯·杰斐逊说："引进最新改进型的机器来减少人力劳动，会为美国带来无穷无尽的好处。"

1791 年 12 月，美国开国元勋、财政部部长汉密尔顿和主张技术窃取和贸易保护的经济学家考克斯，一起向美国国会提交了《制造业报告》。报告主张：奖励那些能将"具备非凡价值的改良产品和秘密"带入美国的人。

汉密尔顿使用了很多见不得光的手段。例如，他指使副手坦奇·考克斯设立鼓励出售技术秘密的奖金系统，还派商业间谍去英国偷窃机器图纸。美国的间谍们印制了 1000 份汉密尔顿的报告，分发到英格兰和爱尔兰的制造业中心，吸引纺织工人移民美国。美国商会、制造业主也千方百计吸引英国工人，或派人到英国进行游说，或在英国报纸上登载招聘广告，许以重金报酬。

在高额金钱的诱惑面前，许多英国技术工人闻风而动，有些甚至藏身木桶偷渡到美国。这些大量移民带来了技术、人力，奠定了美国的本土工业。当然，这些本土工业谈不上什么技术创新，基本上就是英国工业的翻版。

美国成了当时世界上最大的山寨国。

在 18 世纪末期，英国工业体系中最强也最发达的行业是纺织业，美国人最想获取的也是纺织业的相关技术。虽然英国有自己的专利法，但是当时没有国际的知识产权公约，英国的专利法只对国内有效，出了国境就无能为力了。英国人只能严防死守。

很快，一个关键的人物出现了。

出生于英国纺织之乡德比郡的萨缪尔·斯莱特，小时候在一个叫斯特拉特的企业主开的纺织工厂里当学徒。斯科拉特只是成千上万英国企业主中的一员，并没有什么特别；然而，他的合伙人理查德·阿克赖特，却是英国纺织业革命大潮中的一个核心人物。

这个阿克赖特不但是现代工厂体制的创立人，现代企业高效管理原则的先驱者之一，还是英国棉纺工业的发明家。他于1768年发明水力纺纱机，并于1769年建立了最早使用机器的水力纺纱厂。1790年，他又首先把回转式蒸汽机引进纺织工业，并于1773年织造成全棉卡立考布，代替亚麻经纱与棉纬纱的交织方法。

斯特拉特的工厂采用的就是阿克赖特提供的最新技术。斯莱特很快就掌握了斯特拉特的工厂的技术秘密，实际上也就是英国当时最先进的全套纺织技术以及先进的工厂管理方法。

然而斯莱特始终只是一个学徒工，看不到出人头地的希望。

1789年的一天，斯莱特偶然在当地报纸上看到了一则美国重金招聘纺织技师的广告，赏金为100英镑。这在当时可是一笔能初步实现财务自由的大钱。斯莱特决定寻找自己的"美国梦"。

他连家里人都没有告诉，用报纸广告上留下的联络方式找到了一名联络人，这个联络人其实就是汉密尔顿派出的千百个商业间谍中的一个。在他的帮助下，斯莱特改名换姓并化装成农业工人，逃过了英国当局的出境检查，偷偷溜上开往费城的轮船来到美国，辗转来到罗得岛。

1790年，在一位铁匠的帮助下，斯莱特凭着惊人的记忆，复制出了英国的阿克赖特纺织机。这可是当时世界上最先进的工作母机，也是被英国人视为"国家机密"的宝贝。1793年，斯莱特和他的合伙人在罗得岛上建起了美国第一座装有阿克赖特纺织机的工厂。到1809年，已有50家"高新技术"棉纺厂在马萨诸塞州同时开工。斯莱特打造了美国最早的机械纺织帝国。

1835年4月21日，在美国马萨诸塞州韦伯斯特，斯莱特离开了人世，葬于市内的锡安山公墓。逝世时，他的总财产估算近100万美元，控制着美国13所大大小小的纺织厂。

斯莱特从英国那里盗取的技术成为了美国工业革命的火种，点亮了美国经济的未来。美国人将斯莱特看作改变美国工业历史的英雄。美国第7任总统安德鲁·杰克逊称斯莱特为"美国工业革命之父"。

而在英国，斯莱特则成了叛徒的代名词。斯莱特成功复制阿克赖特纺纱机的消息传到英伦三岛后，英国报纸纷纷指责斯莱特是"国家的叛徒""美国人的帮凶"，声称其一旦回国就要对其施以绞刑。

在美国第一家纺织厂建立20多年后，美国的工商业已经有所发展，但仍不足以超越英国。以纺织工业为例，如卡特赖特动力织机（由英国发明家卡特赖特于1785年制成的能完成开口、投梭、卷布三个基本动作的动力织机）这样的尖端技术仍掌握在英国人手中。

于是"斯莱特盗窃"的故事再次上演了，只不过这次的主角换成了一个美国人，毕业于哈佛大学的成功商人弗朗西斯·卡博特·洛威尔。

绅士的英国人以为，这样身份的一个人不太可能是个"间谍"。所以非但没有控制他，还主动邀请他参观工厂。这些工厂都藏在高墙之后，墙上还插有防爬墙党的钉子和玻璃。

不过英国人没想到的是，这个参观时没做记录，也没问什么问题的美国商人，却早已经有了"盗火"计划。与当年的斯莱特一样，他将英国人的尖端技术印在了自己的脑袋里。

两年的"参观"行程结束后，洛威尔返回了波士顿，在那里他将使用卡特赖特的设计，继续推动美国的工业革命。当然洛威尔所做的不仅仅只是"盗版"英国的技术，在保罗·摩迪的帮助下，他复原并改进了卡特赖特的设计。1814年，洛威尔在马萨诸塞州沃尔瑟姆建造了第一家综合纺织品制造厂，即一个工厂内就可以实现从原材料棉花到成品布料的转化。

自美国独立至 1830 年代，50 年间美国的纺织业技术水平就赶超了英国。那些"盗窃"来的技术推动了美国工业迅速发展，帮助美国在 60 多年后的 1894 年成为世界第一大工业国。

历史学家杜伦·本·阿特在其所著《商业秘密》一书中如此写道："美国成为世界工业领袖的方式，乃是借助其对欧洲机械及科技革新成果的非法占用。"

第二节　从"窃取"到"革新"

采用金钱开道、间谍窃取的技术进步之路，毕竟是一条令人不齿的邪路，成功率和性价比也不高。

美国大批量盗取英国科学技术，是通过"美国特色"的专利制度公开进行的。1793 年，美国《专利法》堪称是一群律师建立起来的美利坚合众国日后以国内法霸凌全球的先声。在它的鼓励、教唆下，美国国内迅速掀起了全民山寨英国技术的浪潮。

该法案在一些关键条款上，是本着当时的美国国情量身定制的：一、专利权的授予上，改审核制为登记制，取消了新颖性和实用性审查，降低了申请难度；二、专利权的授予对象只局限于美国公民；三、创造了"在先发明"和"改进发明"的概念。

这样一来，1793 年《专利法》大大降低了美国人的申请门槛，又禁止了外国人"滥发"专利的可能。更重要的是通过"改进发明"的理念，使那些抄袭而来的技术都变得合法化。毕竟改进多少算改进，这事儿还是美国人自己说了算。至于可能的国外"维权"，解释权同样也在美国人手里。

这个法案为美国人剽窃国外先进技术保驾护航，同时也是针对当时头号技术强国——英国老乡的"一条龙"服务：只要你有技术，甭管哪来的，带到美国来，只要经过一个小小的入籍宣誓，你就即刻有了美国籍，就可以在美国申请联邦政府的"垄断专利权"，合法挣大钱了！

统计数据表明：从 1790 年到 1835 年，美国一共颁发了 9225 项专利，专利权人全部都是美国人，其中大多数是对英法等国同类技术的山寨。

19 世纪中叶以后，美国把引进的重点从纺织转向了钢铁，先后引进了"贝西默炼钢法"和"平炉炼钢法"，推进了美国的铁路发展，30 年间铁路客运量增加了 30 倍。美国经济学作家查尔斯·莫里斯在《创新的黎明：美国第一次工业革命》中写道："如果 19 世纪的美国发明了可窥视英国工厂的魔术望远镜，他们肯定会使用它。"

帕特·乔特在《横财——全球化时代的思维盗窃》中，更是一针见血：正是在美国政策鼓励和专利法案的作用下，美国成为当时世界上最大的产业侵权者庇护场所，甚至用盗版中心来形容也不为过。

滥发专利在别的国家可能会成为很大的问题，但是在美国却能将负面影响控制在一定范围内。别忘了，侵权判定的两条原则"隐含公开""等同原则"的解释权，可都在美国法官手里，可以往宽里解释，自然也可以根据需要往窄里解释。因此对于国内专利诉讼来说，可以将滥发专利的负面影响，控制在一定范围内；相应的，如果是外国人和美国人进行专利诉讼，就会深刻理解什么叫美国式爱国主义了。

当然也有爆雷的时候。比如发明了"可替换零件"和"标准化"生产方式，被称为"现代工业之父"的伊莱·惠特尼，于 1794 年取得了轧棉机美国专利，该专利技术使从棉籽上分离出短棉纤的生产效率一下子提高了约 50 倍。19 世纪初，美国棉花取代烟草成为最有价值的农作物，1830 年美国棉产量占世界一半，1859 年后竟达到 70%。美国棉花产业兴盛的背后，惠特尼居功至伟。但仿制者蜂拥而至，大发其财，而惠特尼本人获利甚微，就在侵权事件的长期诉讼中，轧棉机制造厂亏损倒闭，惠特尼差点跳楼自杀。

很显然，这一时期的美国在当时的世界霸主英国面前，在技术上可谓是一穷二白，是如假包换的"第三世界国家"。所以，它推出专利法案的核心目标，是想解决美国在技术上"有无""多少"这样的"量"的问题，对"好坏"这样的"质"的问题尚无暇顾及，才导致惠特尼这样的国内自主创新者被错杀。值得注意的是，美国在解决了"量"的问题后，迅速对《专利法》进行了重大修改，极大地加强了对创新的保护，让惠特尼的悲剧不再重演。

到了 1800 年，由于仅允许美国人申请专利这个规定实在太霸道了，引起了英国的强烈抗议，美国对《专利法》进行了修改，允许已经在美国居住两年以上的外国人获得专利权。另外，由于美国专利申请中，明目张胆的抄袭之作实在太多，引起了其他国家的公愤，这次修改《专利法》还增加了一条附加规定，要求申请人宣誓其提交的发明，在美国或国外是未知的且是没有使用过的，这就是所谓的"新颖性"条款。

但这一次修改法律，更多是迫于外界压力，因此美国人又要了心眼。比如，允许已经在美国居住两年以上的外国人获得专利权，但同时实行歧视性收费，外国人需要缴纳的专利申请费要比美国人高出 9 倍之多。而在当时，履行一个简简单单的宣誓手续就可以入籍美国。这条规定反而促使了更多的外国技术人才"移民"美国。事实上，此法条修改后，真正以外国籍申请美国专利的一个都没有。

再比如，附加了一个"新颖性"条款，但却对"创造性"没有要求，因此只要形式上随便修改一下，就可以规避这一规定。而且由于专利申请依然是登记制而不是审查制，依靠申请人自己的"良心"来保证专利的新颖性，其中有多少水分，就随便你怎么想了。

为什么一向强横霸道的大英帝国，在面对美国的流氓专利制度时，显得如此技穷呢？

核心原因在于：19世纪末之前，国际上对于知识产权的保护十分有限，包括专利法在内的知识产权法律制度都是地域性的，各国的法律只在自己境内有效，并没有国际性的公约来约束各国的行为。比如，各国专利法只禁止他人在本国境内制造、销售专利产品，没有对进口专利产品加以限制。因此在美国境内制造的专利侵权产品，运到英国境内销售，是完全合法的。这种情况下，英国人对美国的"小偷"也就只能打打嘴炮了。更何况，此时此际，欧洲市场已经逐渐饱和，而美国正成为全世界举足轻重的新兴市场，再加上英美之间特殊的历史渊源，英国也不可能因此断绝跟美国的经济联系，大打贸易战。

但随着"引进"的技术数量飙升，美国对技术质量开始上心了，越来越注重创新，尤其是对实用技术的保护。

1836年美国成立了专利局，并恢复了专利申请的实质审查。直接的收获就是汽船、蒸汽机车的发明。

这一年，法国著名政治学家托克维尔在访问美国后由衷地赞叹：在美国，人们对科学中纯粹实用部分的理解令人钦佩，同时又对那些在应用中直接需要的理论部分给予认真的关注，在这方面，美国总是展现出一种自由的、原创的和富于发明的心智力量。

后世的经济学家用追溯的方法，推算出19世纪60年代之后美国内战时的国民生产总值，在此之前，只能用美国的税收规模粗略估计当时的国民经济。1792年是有据可查的第一年，联邦税收收入是367万美元；到了1808年，收入是1706.1万美元；到1817年，是3309.9万美元，短短25年增长了9倍。

到19世纪60年代，美国专利法案中的最后一条流氓条款终结：外国人在美申请专利真正被非歧视性对待。这标志着美国知识产权保护体系基本健全，也意味着英国人再也不用提心吊胆地"防火防盗防美国"了。

此时，第二次工业革命大幕徐徐拉开，人类开始迈向电气时代。这一次美国依靠强大的创新力量，走在了英法的前面，钢铁、石油、化工、航空等一系列新兴工业迅速发展起来，电力电气工业从一开始就走在世界前列。美国一步步向世界舞台中心靠近。到1894年，美国工业产值已居世界第一，成为世界第一工业化强国。20世纪中后期，美国又以创新领导了世界信息革命和生物革命，电脑、互联网、手机、无线网络等迅速普及到全世界，继续坐稳世界第一强国的交椅。

曾经的"小偷"变成了富翁。现在，轮到美国处心积虑地"筑高墙，挖深沟"，保护自己的无形资产这个胜利果实了。

值得一提的是，美国1793年的《专利法》中，还首次提出了"在先发明"和"改进发明"的概念，这在世界专利史上是一次重要进步。

比如，"珍妮纺纱机"堪称英国国宝，按照当时美国人的偷鸡打法，直接抄作业申请美国专利也不是不可以。但这么做，一方面的确是太影响进军大国的形象，另外也过于刺激英国人的情绪，容易招致不必要的报复。

但如果以本国《专利法》的形式，界定一个"在先发明"和"改进发明"的概念——你"珍妮纺纱机"是"在先发明"，我在某些零件上做了修改，就是"改进发明"——这样，就比较冠冕堂皇了。

这本是当时处于技术弱势的美国，为争取话语权而创造的"话术"，却在后来的专利制度实践中，演变成一个非常重要的司法概念。毕竟，像"珍妮纺纱机"这种开天辟地式的"开创性发明"太稀缺了。严格地说，"珍妮纺纱机"也是在旧式手摇纺纱机的基础上改进的，这也更证明了开创性发明的难得一见。实践证明，现代发明专利总量的 95% 以上都是"改进发明"。如果不承认"改进发明"也可以申请专利，则做出最初"开创性发明"的发明人所获得的专利垄断地位，显然过于强悍，从而阻碍全社会的技术创新。

在现代专利制度中，"改进发明"通常指保护范围完全落在"在先发明"的保护范围内，但是技术效果有所进步的发明，二者的权益也进行了明晰的界定：

如果"改进发明"的发明人 B 和"在先发明"的发明人 A 不是同一个人，那么发明人 B 实施他的发明，必须要获得发明人 A 的许可；反过来，由于"改进发明"的技术效果更好，更受市场欢迎，发明人 A 也想实施这一方案，则也必须获得发明人 B 的许可。

最后谈判的结果通常是：发明人 B 和发明人 A 可以通过交叉许可的方式无偿实施改进发明；或者其中一方向另一方支付较少的费用，取决于具体情况。

这样一来，就大大促进了他人对已有发明进行改进的积极性，创新者成建制、规模化，更快地推动技术进步。

第三节　美国佩剑

美国知识产权法律体系的建立、完善，与国际公约的接轨过程，完美地体现了"全心全意"为本国经济服务的宗旨。

在上一节，我们已经了解了作为当时的技术净进口国，1793 年的美国专利法案是如何绞尽脑汁地实行"拿来主义"，无所不用其极地扶持本国发明人。铁证之一是：对外国人在美国获得专利的歧视性政策，将近 70 年后，才在 1861 年被正式取消。

1883 年和 1886 年，英国领衔当时的一众工业国签署了《保护工业产权巴黎公约》和《保护文学和艺术作品伯尔尼公约》。1893 年，以上两个组织执行管理的国际局合并成立了保护知识产权联合国际局，国际知识产权保护的司法体系就此成形。

但是鸡贼的美国尽管早就完成了技术的原始积累——标志之一就是 1894 年美国工业产值已跃居全球第一，成为世界第一工业化强国，却依然游离于国际规则之外，迟至 1903 年，美国国会才通过《巴黎公约》。

根据公约规定，美国应当在知识产权方面给予公约成员国的公民与本国公民同等的待遇。但美国人依然在法条中夹带了如"外国发明人在美国国外所从事的发明活动不能作为证据使用"等不符合《巴黎公约》中国民待遇原则的私货。

著作权方面，1891 年前，美国的著作权保护仍仅限于美国公民，外国著作权在美国仍受到各种各样的限制。1989 年美国才加入《伯尔尼公约》，这一时间比公认始终保持着知识产权法律体系一致性的英国，整整晚了 100 多年。

在政府无微不至的政策引导和司法呵护下，美国的技术积累终于成功地实现了弯道超车，并且作为发展引擎之一，引领美国经济走进了雄霸天下的 20 世纪新时代。

纵观美国社会经济在大约 100 年内强势崛起的历程，其知识产权保护力度的强势策略调整背后，紧扣着深层次的经济原因：开始较弱的知识产权保护是为了给本国技术积累创造条件。当积累必要的经济与技术基础后，采取较强的保护能够吸引外来技术、鼓励创新，最终实现经济发展。

1929 年经济大萧条之后，美国政府的知识产权保护尺度再次改弦更张。鉴于知识产权"强保护"与"有效竞争"之间的矛盾凸显，为了应对全球性经济危机的冲击，美国政府加强了《反垄断法》的实施力度，对专利权做出了严格的限制规定。这一次对知识产权保护强度的松绑，虽然在反垄断方面成效显著，但也在一定程度上挫伤了技术起步的积极性。这一时期，美国企业的研发活动普遍受到削弱，创新活力明显萎缩。

与此同时，美国为了重启"二战"后欧洲、日、韩等国经济，使得大量美国先进技术被低价或无偿使用，不知不觉间成了技术净出口国。

这么内紧外松几十年下来，美国人沮丧地发现：自己的许多产业从60年代末开始，丧失其一直以来无坚不摧的国际竞争力！

1971年是美国的转折之年，是美国二次世界大战以来对外政策重大调整的一个起点。就在这一年，战后一直保持贸易顺差的美国首次出现逆差。也是在这一年，美国被迫宣布美元与黄金脱钩，改为浮动汇率，布雷顿森林体系宣告瓦解，美元至高无上的地位有所削弱，美国国际竞争力开始下降，赤字迅速攀升，由债权国沦为全球最大的债务国，美国经济总量在世界经济总量中所占份额大幅度减少。

迁延至80年代，又叠加了另外两大因素的影响：一是"二战"后兴起的新科技浪潮，发展到80年代出现了质的变化，世界正经由信息技术革命，全面迈入知识经济时代，与知识产权相关的国际经贸急剧膨胀；二是受石油危机冲击，美国的经济大盘面临衰退的威胁。

凡此种种，让美国朝野上下达成共识：知识产权是美国保持乃至强化超级大国的最后希望，让美国国际竞争力满血复活的有效策略和关键路径，就是确保其最大的资源和优势——以科技创新为表征的知识产权，在世界范围内得到充分、有效的保护。

"丢掉了经济领导地位，就丢掉了政治、军事领导地位，因为任何国家都不可能以一种衰败的经济来建立或维持世界领导地位。"

美国"工业竞争能力总统委员会"，在一份题为《不能把世界第一的宝座拱手让人》的报告中明确提出：

"在新的世界经济中，竞争能力是一个生死攸关的问题。确保优势的最重要办法是发展技术，美国必须加强这一领域里的优势。"

为此，卡特政府在 1979 年提出"要采取独立的政策提高国家的竞争力，振奋企业精神"，第一次将知识产权保护问题提升到国家战略的层面。

1981 年，里根政权起步时，美国贸易逆差进一步扩大，高技术产业的竞争力快速下降是重要原因。在 1955—1980 年的 25 年间，出口到经济合作与发展组织（OECD）各国（除美国外）的高新技术产品中，美国的市场占有率从 35.5% 下降到 19.9%。

里根于 1983 年 6 月组建了由学术界、工业界代表组成的"总统产业竞争力委员会"，任命信息技术领军企业惠普公司的总裁约翰·扬为委员会主席。这个委员会分别于 1985 年 1 月、1987 年 4 月和 1988 年 9 月，向里根提交政策研究报告，每个报告都有明确、具体的加强知识产权保护，以提高美国产业竞争力的建议内容。其中，发表于 1985 年的第一个报告《国际竞争——新的现实》中的主要观点，直接引致了美国强化国际贸易中知识产权的作用。

该报告指出，美国的技术力量依然处于世界最高水平，但是其技术优势在国际贸易中没有得到有效反映，原因是各国对知识产权的保护不充分。

"为了恢复美国产业竞争力，应该要求美国的主要贸易对象国加强知识产权保护；同时，在美国国内要扩大知识产权保护范围，缓和反垄断法的应用。"

1988 年，里根签署的《1988 综合贸易与竞争法案》增加了"超级 301 条款"和"特别 301 条款"，后者专门针对知识产权保护问题设立。

该法案对美国国内企业制止进口违反美国商标法、专利法和版权法的产品予以便利，对侵犯美国知识产权（尤其是高技术专利）的国家采取报复行动，并将运用"301 条款"的权力由美国总统转移给贸易代表。

下述数据虽然在统计时段上相对滞后，但依然可以从中窥见美国人于 20 世纪七八十年代开始，重新大打知识产权牌的决策逻辑：

2003 年统计数字——知识产权产业占到美国国内生产总值的 17.3%，出口总额的一半以上，经济增长的 40%。全产业吸纳就业人数达 1800 万。除商标之外的知识财产占美国企业全部价值的 33%，价值 5 万亿美元。

2005 年统计数字——版权业是过去 20 多年美国发展速度最快、最具活力的产业之一，也是对美国对外贸易贡献最大的行业，占 2005 年美国企业全部价值的 13%。商标和品牌价值、专利、商业秘密，分别占美国企业全部价值的 14%、11%、9%。

美国 2006 年总统经济报告——创新已经成为美国经济增长当之无愧的源动力：美国全部 313 个产中业，有 75 个产业是高度依赖专利、版权、商标的知识产权密集型产业，相关商品和服务的出口额，占美国总出口额的 60% 多。而这 75 个产业，直接产生的就业机会就达到了 4000 万个，占到美国全部工作机会的 27%，且比其他产业平均薪水高出 42%。

美国贸易代表办公室 2003 年的"特别 301 报告"估计——知识产权犯罪对美国经济造成的损失每年在 2000 亿到 2500 亿美元之间；美国商会估计，每年的知识产权侵犯使美国丢失 75 万份工作。

推进知识产权保护制度国际化，无可争议地成为美国政府及商界最为关注的议题之一，美国政府甚至还将假冒产品的贸易与有组织犯罪及恐怖袭击联系起来，以提高人们对知识产权保护的关注度。

对内，从立法角度强化知识产权保护。

1988 年里根总统签署了《1988 年综合贸易与竞争法》，在对不公正的贸易行为进行报复的 301 条款上，增加了一条"特别 301 条款"，把知识产权单独列为一项，实行"长臂管辖"——对不保护美国知识产权或者阻碍美国知识产权企业进入其市场的国家，进行调查并实施贸易制裁。知识产权保护成为美国对外贸易政策的重要一环。

对外，美国想方设法延伸其国内法。

在实践中，美国人慢慢意识到，使用贸易威胁作为迫使其贸易伙伴改变其知识产权保护制度的手段，好像比什么双边、多边谈判更奏效。因此，美国不遗余力地在 1986 年发起的关贸总协定乌拉圭回合谈判中，将知识产权保护纳入关贸总协定的框架，称之为"与贸易有关的知识产权"，以按照他们的要求设计世界知识产权保护的规则。

1994 年签署的《与贸易有关的知识产权协议》，其中的许多规定直接源自美国国内法。如将计算机软件作为文学作品，通过版权加以保护；除了医学治疗手法、动物和植物新品种及其生产方法不授予专利之外，其他所有技术领域的发明都应授予专利，等等。通过这个协议，美国成功地把知识产权的国际保护与国际贸易多边机制——世界贸易组织紧密结合起来。

有"法"可依后，美国还组建起了两支具体的"攻击部队"。

第一支部队是美国最主要、最有效的海外知识产权保护力量：以美国贸易代表办公室为司令部，基干行政力量包括商务部国际贸易管理局、专利商标局、版权局及国务院，主要武器是年度"特别301 条款"评估，与美国贸易伙伴的双边协定，以及世贸组织的多边贸易协定，其攻击目的是促进国际知识产权立法和有效执法，"鞭策"美国的贸易伙伴保护美国海外知识产权。

第二支部队由美国国际贸易委员会和国土安全部下属的海关和边境保护局及移民和海关执行局组成，目标是阻止侵犯知识产权的产品进入美国。国际贸易委员会是拥有准司法权的联邦独立机构，它可以应美国国内企业的申请，根据美国关税法"337条款"的授权，对可能侵犯美国知识产权的国外进口商品发起调查。调查核实后，可以向海关发出排除令，阻止知识产权侵权产品进入美国。

"301条款"

"301条款"的最早版本是美国《1974年贸易改革法》的第301节，核心内容是"当美国认定自己的贸易权利遭到外国侵犯时，美国可以立即采取行动消除这些侵犯"。

目前的"301条款"是以《1988年综合贸易与竞争法》为基础制定的。该法授权美国单方面向其他违反《关税与贸易总协定》，不公平地限制美国的商品、劳务或坚持不合理的或歧视性的政策及行为的国家征收报复性关税。其内容包括："一般301""特别301""超级301"和配套措施。

"一般301"是美国贸易制裁措施的概括性表述；"超级301"是指经《1988年综合贸易与竞争法》修改补充后，对"301条款"新增加的第"1302节"，该条款比"一般301条款"更强硬，适用范围更广泛，具有更浓厚的政治色彩，故俗称为"超级301条款"。

我们中国人比较熟悉的是"特别301条款"。

"特别301条款"

"特别301条款"是指经《1988年综合贸易与竞争法》修改补充后，美国贸易法在原"301条款"的基础上新增加的第"1303节"，其标题为"确定拒绝为知识产权提供充分、有效保护的国家"。《1988年综合贸易与竞争法》系统地将知识产权保护问题纳入"301条款"体系之中，称为"特别301条款"。"特别301条款"专门针对那些美国认为对知识产权没有提供充分有效保护的国家和地区。美国贸易代表办公室每年发布"特别 301 评估报告",全面评价与美国有贸易关系的国家的知识产权保护情况,并视其存在问题的程度,分别列入"重点国家""重点观察国家""一般观察国家",以及"306条款监督国家"。对于被美国贸易代表办公室列入"重点国家"的,公告后 30 天内对其展开 6—9 个月的调查并进行谈判,迫使该国采取相应措施检讨和修正其政策,否则美国将采取贸易报复措施予以制裁。

"306 条款"

美国"306 条款"监督制度是广义的"301 条款"的一个组成部分。1997 年,由美国贸易代表办公室在"特别 301 条款"年度审查报告中创设。该制度建立在《1974 年美国贸易法》第 306 条的基础上,授权美国政府在监督贸易伙伴国家执行知识产权协议时,若发现其没有令人满意地执行协议中的条款,则可将其列入"306 条款监督国家"。相比较于"301 条款",被列为"306 条款监督国家"则可视为美国将对其实施贸易报复的"最后通牒"。一旦被列为该等级,美国即可不经过调查和谈判自行发动包括贸易制裁在内的贸易报复措施。因此,列入"306 条款监督国家"名单的严厉性和威胁性甚至超过了"重点国家"名单。

"337 条款"

"337 条款"是指 1994 年修订的美国《1988 年综合贸易竞争法》的第 1342 条。该节的标题为"进口贸易中的不公平做法",其规定:货物所有人、进口人、收货人或其代理人,(1)将货物进口美国或在美国销售中使用不公平竞争方法和不公平行为,其威胁或效果足以摧毁或实质损害美国国内产业,或阻碍此类产业的建立,或限制、垄断了美国的贸易和商业;或者(2)将货物进口至美国,或为进口美国而销售，或进口美国后销售，而该种货物侵犯了美国有效且可执行的专利权、商标权、版权或软件作品的权利，则这些不公平竞争方法和不公平行为将被视为非法，美国将采取适当的措施予以处理。

简单地讲，"301 条款"是美国单边贸易保护主义的武器库。因为知识产权在美国全球贸易中的锚定作用，美国政府和商界又在 20 世纪八九十年代联手开发出了主要针对外国政府的"特别 301 条款"和针对外国企业的"337 条款"这两把贴身佩剑。

美国从 1974 年颁布"301 条款"以来，共启动了 125 项"301 调查"，中国、欧盟、日本、加拿大、韩国、巴西等多个世贸组织成员，屡次成为其折磨对象。

1987 年，美国对欧盟的前身"欧共体"实施"301 调查"，并于 1989 年依据调查结果对"欧共体"加征报复性关税。

饱受"301 条款"胁迫的重灾区是日本。

20 世纪 80 年代，在日本经济突飞猛进之时，美国开始大面积、高频率地对日本实施"301 调查"，使得日本一度成为受到美国"301 调查"次数最多的国家。

统计显示，这一时期美国贸易代表总计向日本发起了 24 例"301 调查"，其中大多涉及知识产权争端，几乎全部迫使日本政府做出让步和妥协，先后签署了 1987 年日美半导体协议、1989 年美日结构性障碍协议，自愿限制出口、开放市场和提高对外直接投资等，最后更是系统性地开放国内市场。

"301 调查"成功地撕开了日本钢铁、电信、医药、半导体等重要市场的防护网，为美国狙击崛起中的日本立下了汗马功劳。

1989 年，美国发表了第一个"特别 301 条款"报告，首次把知识产权单拎出来，以其国内立法对他国施以大棒。包括中国在内的

8 个国家被列入重点考察名单中，另有 17 个国家被列入定期考察名单中。1991 年初，中、印、泰成为制裁对象，并先后于 1991 年 4 月、1994 年 6 月、1996 年 4 月对我国发起"特别 301 调查"，同时公布报复清单，步步为营，迫使中国与之先后签订了《中美关于保护知识产权的协议》，并于 1999 年 3 月 12 日正式签署《中美知识产权协议》。

通过签订知识产权保护双边协议，美国具体实施其知识产权保护国际延伸的战略，谋求别国对其知识产权给予最高水平的保护。

美国的跨国公司则在美国政府的力挺下，在国内法的庇护下，一方面在中国建立专利壁垒保护圈，大发其财。比如，在 1985 年 4 月《专利法》生效至 2006 年中期国家知识产权局受理的含金量较高的 97 万件发明专利申请中，国外发明专利申请最集中的领域是：无线电传输占 93%；移动通信占 91%；电视系统占 90%；半导体占 85%；西药占 69%；计算机应用占 60%。在这些高科技领域，以美国为首的海外军团占据绝对优势，足以构成坚固的专利壁垒保护圈。其结果是中国企业付出高额专利许可费和转让费。这方面比较典型的是当年的 DVD，中国产量、出口量皆位列世界第一，但一台机器的出口单价约 35 至 40 美元，专利费竟高达 21 美元，占成本的 40% 至 50%，而一般电子行业的专利技术使用费仅为成本的 5% 至 8%。张玉瑞在其《专利战争》一书中感叹不已：中国的 DVD 创造了世界之最——出口一台 DVD，中国企业最后仅挣 1 美元。

另一方面，利用"337 条款"挤对对手，甚至以恶意诉讼等手段迫使国外企业退出美国市场。

自 1986 年遭受第一起"337 调查"至 2006 年 6 月止，我国共遭受 53 起"337 调查"，约占全部数量的 74%。

在 1996 年至 2005 年间，涉及我国的 39 件"337 调查"案中，我国胜诉的仅 4 件，其余要么败诉，要么付出高昂代价后和解；而一旦败诉，涉讼产品可能被实施"出口禁止"，从而永远挤出美国市场。

2008年，涉及中国企业的"337调查"案件达十几起，中国因此减少出口数百亿美元。

这个"337调查"的杀伤力是如此之大，甚至催生了权利人利用失效专利进行恶意诉讼的案例。

2003年4月28日，美国劲量控股集团公司向美国国际贸易委员会（ITC）提出申诉，称中国内地及香港、日本、印尼等国家和地区的24家公司侵害其无汞碱性电池专利权，要求对这些涉案企业进行"337调查"。2004年6月2日，ITC初裁认定，中国9家企业生产的无汞碱性电池已构成专利侵权。

这是一件非同小可的事情，中国是电池大国，产量占全球1/3，而70%的产品用于出口，无汞碱性电池作为环保产品，更是出口美国的主打产品。此案一旦最终败诉，意味着我国电池企业的咽喉被人扼住。

6月9日，中国企业抱团上诉，要求ITC对初裁结果进行全面复审。

10月4日，戏剧性的一幕出现了：ITC正式宣布美国劲量拥有的无汞碱性电池专利属无效专利。

这也是ITC近30年来第二次推翻行政法官的初裁，做出原告专利无效的终裁。

第四节　剑指中国

1979年1月1日中美建交。

根据中美建交协议，1979年1月28日至2月5日，邓小平率中国代表团对美国进行了具有历史意义的访问。访问期间，邓小平和卡特代表本国政府签署了《中美科技合作协定》，这是中美政府间签订的第一个合作文本。

此后，国务院前副总理方毅和美国能源部前部长施瓦辛格签订了《中美高能物理合作执行协议》。

这是中美两国间第一个学科领域的合作协议，这个合作的达成，为我国高能物理事业的发展创造了非常有利的条件，大名鼎鼎的北京正负电子对撞机就是这一合作框架下的明星作品。

就在这个时候，中国人迎面撞上了美国正在紧赶慢赶打造的知识产权这道栅栏。

在《中美高能物理合作执行协议》谈判中，美方要求在协议中加入相互保护版权的条款，并宣称这是来自美国总统的指示，不含知识产权条款的科技、文化和贸易协定，他们无权签署。

中方代表对此要求普遍"感到非常吃惊和不解"，因为即便是当时如此高层级的中国官员，对知识产权也是知之甚少。据说，代表团紧急越洋咨询了相关国际法研究专家，才大概明白了美国人的意图。为了顺利签订《中美高能物理协议》，中方接受了这一要求，将其定为原则性条款。

同年 7 月 7 日，在《中美贸易关系协定》谈判中，美方再次要求把双方互相保护版权在内的知识产权内容列入协定正式条款。在最后签署的文本中，有关知识产权保护的内容不再是"原则性条款"，而是列在该协定的第 6 条。该条共 5 款，全文如下：

一、缔约双方承认在其贸易关系中有效保护专利、商标和版权的重要性。

二、缔约双方同意在互惠基础上，一方的法人和自然人可根据双方的法律和规章申请商标注册，并获得这些商标在对方领土内的专用权。

三、缔约双方同意应设法保证根据各自的法律并适当考虑国际做法，给予对方的法人或自然人的专利和商标保护，应与双方给予自己的此类保护相适应。

四、缔约双方应允许和便利两国商号、公司和贸易组织所签订的合同中有关保护工业产权条款的执行，并应根据各自的法律，对未经授权使用此种权利而进行不正当的竞争活动加以限制。

五、缔约双方同意应采取适当措施，以保证根据各自的法律和规章并适当考虑国际做法，给予对方的法人或自然人的版权保护，应与双方给予自己的此类保护相适应。

这一次签约，中方代表也是"极其不情愿地"接受了自己不甚了了的知识产权内容进入双边协定，更多的是基于顺利签约这个"大局"，初心在于尽快发展对美贸易和各领域合作。

1979 年中国即开始起草《著作权法》。国家科委先后派团去日本、法国、联邦德国和美国考察专利制度；成立专利法起草小组；在专利法还没有颁布的情况下，于 1980 年成立了专利局，并于同年加入了世界知识产权组织。1982 年颁布实施了第一部《商标法》。1984 年 3 月 12 日通过了《专利法》并于 1985 年 4 月 1 日实施，当天，专利局收到国内外专利申请 3455 件，一举刷新世界专利史上的日申请纪录。1990 年 9 月通过《著作权法》并于 1991 年 6 月正式实施。极度渴望融入全球经济的中国，在极短的时间内，初步建立了一套知识产权保护系统。

但对于把知识产权保护置于攸关国运的地位、成为其对外政策的重要目标的美国而言，中国的立法、执法强度表现并不让它满意，但邪火也没有即时发作。可能在这一时期，百废待兴的中国并不是美国知识产权保卫战的主战场。整个 80 年代，美国在贸易领域对中国上的手段只限于反倾销调查，共计 17 次，对华平均征收的关税税率达 44.4%。

1984 年，美国总统里根发布行政命令，明确要求美方在与外国签订科技合作协定时，须同时签署保护知识产权的附件。因此，1987 年，美方要求把签署知识产权附件与"中美科技合作协定"的续签挂钩。1979 年签订、1989 年 10 年期限到期的"中美科技合作协定"是中美两国各自对外签署的规模最大的科技合作协定，对双方均有重要意义。

这一次，美方不再吞吞吐吐，直接把不满喊出来了：中国对知识产权保护不够，已经成为影响中美科技合作和中美贸易的障碍，因此不但在知识产权附件中提出了许多条款，还要求"先签知识产权附件，再续签科技合作协定"，目的就是要中方修改国内立法，强化对美国的知识产权保护。

美国商务部官员杰佛瑞·李向新闻界告状说："美国公司与中国公司做软件生意中，由于中国公司破译了美国的软件密码，使美国公司遭到数千万美元的损失。由于中国尚未制定《版权法》，不对计算机软件进行保护，美国制造商不愿把最先进的技术卖给中国。"

"美方认为，一方的法律给予保护，另一方的法律不给予保护，则有法律保护的一方将享受在世界范围内的一切权力。"

1988 年 5 月，美方提出了知识产权附件的草案。中美双方为此进行了多次谈判。为了稳妥起见，让谈判有充裕的时间，双方商定《中美科技合作协定》临时延长至 1989 年的 10 月 31 日。

根据当时参加谈判的中方当事人的记载，美方对中国知识产权立法的主要意见有三条：一是中国《专利法》第 25 条"对食品、饮料和调味品；药品和化学方法获得的物质；动物和植物品种不授予专利"规定不合理；二是中国尚未公布《版权法》；三是中国尚无对计算机软件保护的法律规定。

而中方代表团对谈判的立场是：

坚持平等互利和各国对知识产权独立保护的原则。立法权是各国的主权，各国法律制度不同不应成为取得或丧失权利的理由。

不要把科技合作协定与保护知识产权问题挂钩。过去 10 年在中美科技合作中未出现过知识产权问题，现在何必要无事生非呢？

签订双边协定不能违反中国已参加的国际公约。中美均是《巴黎公约》的成员国，《巴黎公约》中关于国民待遇的原则、保护知识产权立法独立的原则不能随意修改。

一方讲利益，一方谈原则。看得出来，这次谈判，美国加了力，中方来了情绪。双方压根就没有聊到一个频道上。

尽管如此，双方还是都希望"中美科技合作协定"能够延续下去，仍然对谈判持积极的态度。中美双方各自准备了文本，经过两轮的交换意见和谈判，对附件的前言和安全责任问题基本上取得了一致的意见。

最后分歧集中在有关版权、计算机软件和专利保护范围三个问题上，直至 1989 年初，这个附件依然难产。

1988 年 8 月，美国修改后的《综合贸易与竞争法》出台，准备于次年实施。这就意味着从 1989 年起，美国要利用"特别 301 条款"对主要贸易伙伴在知识产权问题上摊牌了。

1989 年 3 月，美国贸易代表助理约瑟夫·梅西访华，向中国有关部门具体解释"特别 301 条款"，称这项条款的目的，一是要保证美国知识产权得到充分、有效的保护；二是运用行政权力，促使主要贸易伙伴改善知识产权保护状况；三是使《关贸总协定》的"乌拉圭回合谈判"的知识产权协议，反映美国的政策和利益。

梅西援引美国国际知识产权联盟的调查报告，列举了中国新华书店内部发行"海盗版"书刊，高技术企业复制美国公司计算机软件，有些企业侵犯美国驰名商标和滥用商标标识等问题，称"中国的侵权情况令人吃惊"。

在一阵碎碎念之后，他邀请中国派政府代表团赴美，就知识产权问题进行谈判。

当年 5 月，中国政府派出了由外经贸部部长助理周小川为团长，国家科委段瑞春、外经贸部张月姣等为团员的代表团，同美国政府举行双边贸易的知识产权谈判。

当月 18 日至 19 日，双方在重大问题上取得了共识，草拟了一份有关知识产权保护的《备忘录》，其中称：中美两国根据双边贸易协定精神，根据在公平、互惠和非歧视待遇的原则上，进一步发展两国的经济贸易关系，改善知识产权保护的愿望，双方达成八点协议。中方承诺，在制定《版权法》时将计算机软件纳入，同意由中国专利局于 1989 年底，向国务院提交《专利法》修改草案，把对生产方法的保护延伸到用这种方法生产的产品，专利权保护期限从 15 年延长至 20 年。美方确认中国不属于美国贸易法"特别 301 条款"的重点国家。这份草拟的协议内容，实际上已经奠定了 1992 年中美正式签订的《备忘录》的基本内容，后者由前者发展而来。

然而，中国国内形势突变，这个草拟的备忘录没有来得及正式签署。5 月 25 日，中国被美国贸易代表列入"重点观察国家"的黑名单。

中美知识产权激烈冲突的黑天鹅悄然飞临。

第五节　小偷与强盗

美国人步步进逼：1989 年，中国被列入"重点观察国家"名单。

1990 年，中国再一次被列入"重点观察国家"名单。

1991 年 4 月 26 日，美国贸易代表卡拉·西尔斯发布"特别 301 条款"年度审查报告，指责中国在知识产权法律、做法和政策中均有严重缺陷，首次将中国升格为最高级别的"重点国家"，并在6个月的调查期限后，宣布对中国输美的15亿美元106种商品加征100%的报复性关税，并将报复的最后期限设定在1992年1月16日。中国随即提出反报复清单，贸易战一触即发。

自1989年起，美国正式施行"特别301条款"：美国贸易代表办公室每年向国会提供一份报告，把全球各个国家保护美国知识产权的情况做出综合评价。一旦被列入"重点国家"名单，美国就发起"特别301调查"，被列入"重点国家"名单的国家必须承诺一个打击侵权的时间表。如果半年期限谈判未果，美国便公布一个"报复清单"，意思就是由于你侵犯了美国的知识产权，核算下来造成了美方20亿美元的损失，美国就要把从你们国家进口的20亿美元任何商品的关税提高100%。

当然，假使半年期限内谈不成，美国贸易代表办公室可以考虑延长1至3个月。

所以说，"特别301调查"这个长臂管辖的具体动作本身并不重要，可怕的是它背后的关税大棒，除非你不和美国人做生意。

6月11日，美国贸易副代表梅西率10人代表团抵京，由此拉开了历时5年的三次中美知识产权谈判的帷幕。

美国的要价摆上了桌面，与中方的分歧非常大。几轮下来，谈判毫无进展。

11月21日，美国华盛顿新一轮谈判又开始了。这一天，一位日后在中美经贸谈判及以后的"入世"谈判中，表现熠熠生辉的中国女性高官走上台前。

就在华盛顿谈判前，中方团长突然患病。刚刚出任外经贸部副部长4个月的吴仪，临危受命替补上阵。

正是在此次谈判中，一段精彩的对话广为流传，吴仪在外交场合积极强硬、机智理性的"铁娘子"形象跃然而出：谈判一开始，颇为傲慢的美国贸易副代表沃夫就出言挑衅："我们是在和小偷谈判。"

他的话音未落，吴仪的回击也已经脱口而出："我们也曾经遇到过强盗，请看在你们的博物馆里，有多少文物是从中国掠来的。"会场上顿时鸦雀无声。

关于此次谈判的细节，包括吴海民所著的《大国的较量——中美知识产权谈判纪实》等书中有详细的记录，这里不再赘述。最终结局是，双方经过多轮讨价还价，终于在此次谈判的最后期限前的1992年1月16日晚上达成协议。吴仪代表中国政府在《中美关于知识产权保护的谅解备忘录》上签下了自己的名字。

备忘录规定，自协议签订之日起，美国终止对中国的"特别301调查"。美国贸易代表办公室当年又将中国放回"观察国家"名单上。

吴仪因此一战成名。舆论认为，她领导下的中国代表团的谈判技巧，是谈判成功的重要因素。

新华社记者车玉明曾多次随吴仪出访。在他的印象中，在吴仪出席的外交和新闻发布会上，时常会有一些刁钻的问题被提出，"我们从来不为她捏把汗，就等她做出精彩的回答。"

务实而毫不示弱的吴仪，也赢得了对手的尊重。美国前贸易代表查琳·巴舍夫斯基曾这样评价她："如果有人要找一位中国的高官来赢得全世界对中国的信任，那个人就是吴仪。同时在中国，她能够在党内和政府内部都有很高的威信，她是一位极其坦率的国家利益的维护者。"

"小偷与强盗"的桥断，之所以让人印象深刻，是因为它交织着中国人特有的历史情感。

自1784年2月22日，"中国皇后号"美国商船从纽约港起航驶往中国，拉开了中美直接通商的序幕后，中国便一直是那个被越洋敲打的弱者。

近代的中美双边贸易，是在美国的坚船利炮胁迫下开展的不平等贸易。这段时期的中美贸易摩擦，更多的体现在美国利用《望厦条约》《天津条约》《通商章程善后条约》《中美续增条约》等不平等条约撬开中国贸易大门，以胁迫等方式要求中国降低关税、免除规费、设立通商口岸、扩大最惠国待遇等。

1900年，八国联军与清政府签下城下之盟《辛丑条约》。根据条约规定，1902年至1903年，清政府与美、英、日分别谈判修订商约事宜。谈判中，三国都提出了中国应从速设法保护其有关知识产权产品在华产权。其中只有美国在商标、版权、专利三方面都提出了要求，并且强买强卖的态度极其坚决。比如美国提出中国要按照保护商标的办法保护美国人编写或翻译成中文的书籍、地图、海图等出版物，翻版必究。迫于国内的一片反对声，中方谈判代表拒绝此议。但美方态度强硬，不退分毫。

中方谈判负责人、"香帅"张之洞最后已是垂首哀告之态，希望保护范围限于沿海、沿江交通便利之地，"至远省不禁翻刻，原以偏僻之地，购致新书不易，故宽其例，以劝新知。"但仍被美方断然拒绝。

双方议来议去，此款仍以美方草案达成协议。后人谓之"枪口下的法律"。

是以当时就有学者"以史为鉴"，称1991年发端、迁延数年的中美知识产权谈判为"被动立法的百年轮回"。

1991年的这次谈判当然不是1900年时的城下之盟，但是双方实力的悬殊程度差可比拟当年。美方之所以置当时的中国国门开启未久，根本不具备相应的经济社会发展环境而不顾，强行要求中国实施与美国一致的知识产权强保护、全面保护，无非是其手里抓了贸易、投资、最惠国待遇、中国入世谈判等一大把好牌。

比如早在 1986 年 7 月，中国就正式提出了"复关"申请，迈出了"入世"的第一步。但这一步就迈了漫长的 15 年。一个重要原因就是中国要与所有提出要求的缔约方逐一谈判，挨个跟他们"讨价还价"。这当中最要紧的，就是要把美国给谈下来，因为其他国家基本上以美国这个带头大哥马首是瞻。中国能否尽快拿到经济全球化的入场门票，美国拥有至关重要的一票。

事实上，也正是于 1999 年 11 月 15 日，中美正式达成双边协议后，中国"入世"的最大障碍消除，谈了十几年的"入世"进程才水落石出，很快于 2001 年 11 月修成正果。

从这个因果关系，亦可大抵明白中国在那个阶段和美国进行知识产权交锋的弱势之状。

美国人显然潇洒得多。就在谈判紧张进行期间的 1991 年 10 月，美国还好整以暇地敲了一下边鼓，围绕市场准入问题对中国发起了一次"301 调查"，认为中国存在不平等贸易壁垒，并威胁于 1992 年对中国输美的 39 亿美元商品加征惩罚性关税。

最终的结果是，中国承诺以 5 年为期对进口的美国商品降低贸易壁垒，双方达成和解。

就在带着诸多软肋上阵，舆论普遍认为中方只能是少输当赢的不利形势下，吴仪领衔的中国代表团还是谈出了相当不错的成果，其间展示出的"极其坦率的国家利益的维护者"的形象，成为后续中美知识产权谈判、"入世"谈判等国际外交舞台上的中国底色。

"对于化学制品和药品的专利保护"是这次谈判的焦点。我国 1984 年颁布的《专利法》规定，对药品和用化学方法获得的物质不授予专利权。根据《保护工业产权巴黎公约》规定，各成员国可以根据国内需求制定保护知识产权的标准。也就是说，中国《专利法》

的此项规定，是遵循了所参加的有关国际条约的。

但在这个产业领域冠绝群伦的美国人一直对此耿耿于怀，认为美国每年用于新药的研制和开发费用约 100 亿美元，而每一种新药从筛选新化合物到批准投产平均药费超过 2 亿美元，耗时 10 年以上，此后，若有人运用逆向工程，只需 10 多个月、数百万美元即可获得相同的产品。在这次谈判中，美方强烈要求中国给予药品以专利保护。

谈判的结果是，1992 年 9 月 4 日第七届全国人民代表大会常务委员会第 27 次会议对《中华人民共和国专利法》做了较大修改：

> 专利权的享有不因发明的地点、技术领域以及产品进口或当地生产而受到歧视，政府的强制许可受到严格的限制；专利权被授予后，除法律另有规定的外，专利权人有权禁止他人未经专利权人许可，为生产经营目的进口其专利产品或者进口依照其专利方法直接获得的产品。
>
> 专利应授予所有的化学发明，包括药品和农业化学物质，而不论其是产品还是方法。
>
> 发明专利的保护期限为自专利申请提出之日起 20 年；实用新型和外观设计专利权的期限为 10 年，不再续展。

在《专利法》修改之前，中国承诺采取行政措施有条件地保护美国已有专利的药品、农业化学物质产品的发明。上述产品的发明人应向中国主管部门提出要求行政保护的申请，中国有关主管部门将向行政保护申请人发给授权制造、销售该产品的行政保护证书，并在行政保护期内禁止未获得行政保护证书的人制造或销售该产品。行政保护期为自获得该产品的行政保护证书之日起 7 年零 6 个月。行政保护自 1993 年 1 月 1 日起施行。

"7年零6个月"这个看起来有点突兀的数字，就是中国谈判代表据理力争的成果。

美国要求的行政保护期为10年。谈判团副团长、时任国家专利局局长高卢麟回忆说："美国人要求至少保护十年，我说不行，只能五年，这是我代替吴仪做的主了，就是坚持只有五年，最后讨论来讨论去，各让步一半。"

这次谈判直接推动了国内知识产权立法的第一轮修订和补漏工作。1992年7月1日，第七届全国人大常委会第26次会议通过我国加入《保护文学艺术作品的伯尔尼公约》的议案，该公约于1992年10月15日在中国生效。7月30日我国政府递交《世界版权公约》加入书，10月30日我国成为该公约成员国。9月4日，第七届全国人民代表大会常务委员会第27次会议对《中华人民共和国专利法》做了较大修改，其标准已基本达到了世贸组织知识产权规则《与贸易有关的知识产权协议》的要求。1993年1月4日，中国政府向世界知识产权组织递交了《日内瓦国际唱片公约》加入书，并于次年4月30日起成为该公约的成员国。9月2日，第八届全国人民代表大会常务委员会第3次会议通过了《反不正当竞争法》，并于同年12月1日起施行。

其间我国还颁布了一系列与知识产权相关的法规，包括《计算机软件保护条例》《植物新品种保护条例》《音像制品管理条例》《知识产权海关保护条例》《特殊标志管理条例》等。

至此，中国知识产权的立法达到了世界先进水平。但立法水平被推着大步快跑后，立马显现出了司法实践上的短板。火急火燎上赶着吃中国知识产权红利这块热豆腐的美国人，两年后再度发难了。

1994年6月30日，美方不顾我国在保护知识产权的立法和执法上所作出的巨大努力和取得的重大进展，再次宣布把我国列入"重点国家"名单，并开始对中国进行"特别301调查"。

12月31日是最后期限，这一天美国贸易代表坎特根据"特别301条款"，公布了对我国的28亿美元贸易报复清单，征求美国公众意见。

我国也在同一天公布了等额反报复清单，征求中国公众的意见。

有意思的是，对于中国的第一时间"跟牌"，美方很震惊：上次你们不是隔了一星期才推出反报复清单的吗？

不知什么原因，随后美国把报复清单下调至10.8亿美元，中国随即跟着下调了金额。

这次的贸易代表团团长，是外经贸部副部长孙振宇，后来的常驻世贸组织大使，而谈判首席代表，则是后来的世贸组织首任中国大法官张月姣。孙振宇后来在《纵横》杂志上撰文，回忆当年谈判桌上的唇枪舌剑：

> 1995年2月4日，贸易战的阴云，压在人们心头。美方对报复清单略作调整，涉及进口商品的金额，从28亿元减少到10.8亿美元。最后期限推迟到2月26日。中方随后调整了对美方的反报复清单，也从28亿美元的进口商品调整到10.8亿美元。
>
> 随着报复期限日益临近，中方对美国贸易谈判副代表查琳·巴舍夫斯基正式发出邀请，请她率团来华谈判。吴仪部长委派我作为中方代表团团长，参加谈判。
>
> 巴舍夫斯基抵达北京，一上场就咄咄逼人，滔滔不绝地讲了半个小时，列举中方在侵犯美国专利、版权和商标权等方面的"劣迹"，要求中方立即采取措施，打击和制止侵权行为，尽快加入保护知识产权的"伯尔尼公约"。

面对美方攻势，我还是有底气的。我说："中方重视美方在侵权盗版方面的关注，中国政府正在努力完善相关的法律法规，采取了很多措施，保护知识产权。侵权盗版行为的产生，完全是由于利益驱动。不管国家层面有多么严格的法律法规，也很难完全阻止一些不法分子冒风险从事违法侵权活动。音像盗版是一个国际问题。在美国，一年盗版软件高达16亿美元，这叫什么？这不也是偷吗？"

吴仪部长会见巴舍夫斯基时，给出更严厉的忠告："你们阻挠我们复关，在中国引起的反美情绪很厉害。请你充分注意到这一点。在知识产权问题上，你们不要漫天要价。要价过高，这是不现实的，是不可能实现的。实事求是地说，中国在保护知识产权上，已经做了很多工作。谈判过程中，中国政府为稳定群众情绪，做了很多工作。如果你们漫天要价，在这个问题上会再掀起反美情绪。务必请你们注意。"

巴舍夫斯基发现中国在原则问题上绝不让步，不可能全部满足美方的要求。

2月24日晚，中方把解决知识产权保护一揽子方案放在谈判桌上。这个一揽子方案，包括两份文件，一是中国外经贸部部长吴仪和美国贸易代表坎特的换函；二是作为附件的中国《有效保护知识产权的行动计划》，吴仪部长和坎特的换函文字较短，《行动计划》长达30多页。

对《行动计划》做了简短说明之后，我给巴舍夫斯基出了一道难题："我们国家为落实30多页的行动计划，你知道需要多少钱吗？"

她问："多少钱？"

我说："一年6500万美元。"

她有点惊讶："怎么会需要这么多？"

我说："这是很保守的估计。我给你算一笔账，执行这个计划，执法人员需要增加5万人，一个人的年工资起码1万元，仅5万人一年的工资，就得5亿元人民币，合6500万美元，还不包括购置很多办公设备呢。我们只需要你们6500万美元相应的技术援助费，怎么样？否则，我们没有办法落实。"

美方对中方提出的要求感到为难。这是一张"虚牌"，我们并不坚持要美国人支付这么多技术援助费，只是提醒美方，注意中国加大保护知识产权力度的行政成本，要求美方给予中国海关的技术援助，也是实实在在的。双方技术专家经过协商谈定，美国向中国海关提供执行行动计划所需要的技术设备，其中包括全国联网的大型计算机。

经过双方艰苦谈判，最终达成第二个谅解备忘录。中方承诺打击盗版，对盗版侵权严重的企业停业整顿，保证知识产权制度的有效执行，允许外国企业在中国设立从事音像制品复制的中外合资企业，但其产品的销售要通过与中国出版社签订合同进行。

美方承诺撤销中国"重点国家"的认定，不进行贸易制裁。美方放弃了在中国创办出版社、音像制品公司和计算机软件公司的独资企业要求，放弃合资企业从事出版、发行、销售和放映音像制品的要求，并在知识产权保护方面，承诺给予中国相关的技术援助。

第二次中美知识产权谈判就此偃旗息鼓。

这次谈判达成协议的两份文件，一份是外经贸部部长吴仪和美贸易代表坎特的换函；另一份是我国《有效保护知识产权的行动计划》，作为换函的附件。换函中，两国政府承诺对知识产权实施充分有效的保护，并将此提供给对方国民，确认并回顾了中国已经通过司法和行政程序，在有效保护知识产权方面取得的巨大进展。中国重申按中国法律，严厉查处违法侵权行为。同意在现行政策基础上，为部分外国知识产权产品提供开放的市场准入；美方承诺对我国知识产权执法提供技术援助，宣布终止对我国的"特别301调查"和撤销实施贸易报复的命令。

所谓事不过三。又是两年后，以国际知识产权联盟为代表的美国知识产权业界认为中国没有认真执行协议，建议美国贸易代表办公室重新考虑对中国进行制裁。

1996年4月，美国贸易代表办公室发布当年度"特别301条款"审查报告，指责中国没有认真执行1995年知识产权协议，第三次将中国确定为"重点国家"。5月15日，美国贸易代表办公室建议对来自中国的纺织品、服装和电子产品等价值30亿美元的中国商品征收惩罚性关税，除非中国令人满意地执行1995年知识产权协议，从而引发了中美关于知识产权新一轮的争端。

经过努力，双方最终于1996年6月签署了中美第三个知识产权协议，双方在侵权工厂、加强执法、边境措施和市场准入等方面取得了共识。

中国方面承诺，将监督知识产权执法的职能部门，由中国新闻出版署转为公安部，同意关闭现有光盘工厂的一半，对剩下的15家工厂进行积极的调查，并且禁止把制造光盘的冲压机运到边境地区。

这第三个中美知识产权协议是一个行动性的协议，而不再是一系列的承诺。此后，中国知识产权的状况一直处于美国"特别301条款"的监督之下。

1998年以后，美国发布的《国家贸易评估报告》开始重点关注中国计算机软件的终端使用侵权问题。2000年，中国信息产业部和国家版权局联合修订《计算机软件保护条例》。

纵观这一个10年的中美知识产权纷争历史，一边是美国步步进逼：右手提着"特别301条款"这把剑，迫使中国按照美国保护知识产权的理念来修订自己国家的贸易政策和法律；左手提着"337条款"这把剑，以侵犯知识产权为理由，对着中国企业左砍右杀。

另一边是中国且战且退，为全局战略利益而一再妥协退让，艰苦地寻找强保护、全面保护与弱小的社会经济生态之间的平衡点。

第六节　放大镜下的中国

2001年11月，中国"入世"。

为"入世"计，根据《与贸易有关的知识产权协议》，中国2000年再次修改《专利法》，2001年修改了《商标法》及《著作权法》，并承诺打击网络盗版。新修订的《专利法》《商标法》和《著作权法》分别于2001年7月1日、12月1日和10月27日起实施。

从1997年到2002年，虽然美国对中国的知识产权保护还是间歇性地表达不满，但也不乏积极的声音。

美国贸易代表办公室在这几年中，一直没有将中国升格为最高级别的"重点国家"或次之的"重点观察国家"，开始通过鼓励而不是施压来促使中国进一步加强知识产权保护。

对于中国"入世"，国际知识产权联盟视之为确保中国继续加强知识产权保护的最好途径，该联盟各成员协会联合其他一些协会曾于2000年2月发出公开信，强烈支持对华永久正常贸易法案，敦促国会通过该法案。

2000年5月24日、9月20日，美国众参两院分别通过给予中国永久正常贸易国关系的议案，这个俗称为"最惠国待遇"的美国制华手段，足足困扰了中国十年之久。

从 2002 年到 2004 年，美国国会监督中国履行世贸组织协议的一些委员会如"国会经济与安全评估委员会""国会——行政部门委员会"等对中国遵守世贸组织情况举行了多次听证会。

美方认为，从立法角度看，中国已经基本达到了《与贸易有关的知识产权协议》的要求，中国知识产权保护存在的主要问题在执法方面。

在中国"入世"的头两年，美国贸易代表办公室年度"特别301 条款"报告，虽然提到中国存在的问题，但基本上较为笼统，篇幅也短到不到两页。

中美知识产权问题一时平静下来了。

然而，这种平静状况并未持续多久。从 2004 年开始，美国商界对中国在世贸组织框架下对知识产权的保护情况，又开始流露出不满。

在美国商界的推动下，美国贸易代表办公室在"2005 年的特别301 报告中国部分"中声称，2004 年查获的进入美国市场的中国假冒商品价值达 1.34 亿美元，比 1993 年上升了 47%，占到美国海关当年查获的知识产权侵权商品数量的 67%；每年美国在华因盗版一项所遭受的损失在 25 亿至 38 亿美元之间；美国汽车行业由于冒牌配件而造成的损失每年达 120 亿美元。因此决定将中国升格为"重点观察国家"，同时保持中国"301 条款监察国家"的地位。这是自1996 年以来的第一次。

同年的"中国履行世贸组织义务报告"则称，美国政府准备采取一切必要、适当的措施，确保中国制定并实施有效的知识产权执法制度。

与 1995 年至 1996 年两国的知识产权争端类似，此次的焦点仍然是中国知识产权执法问题，如透明度不够、执法不严、刑法保护的力度不够、行政处罚的额度太低，不足以威慑盗版者，以及市场准入等问题。新出现的问题又有网络盗版问题，美国人认为它已经迅速成为美国在华知识产权保护的一大威胁。

2004年是中国加入世贸组织的第三个年头，加入世贸组织文件中的许多过渡期已经结束，美国也结束了"等等看"的心理，开始全面评估中国履行世贸组织承诺的情况。

美国政商界认定，中国在加入世贸组织时承诺的到2005年之前，显著降低仿冒和盗版的水平没有能够兑现，三年来中国的假冒、盗版现象反而越来越严重，在侵犯知识产权方面，中国仍然是"头号公敌"。

国际知识产权联盟这几年的年度报告认为，中国各行业的所谓"盗版率"仍然保持在90%。

中国美国商会2004年《美国企业在中国》的年度报告中也认为，三年来，中国在履行世贸组织承诺方面取得了很大进步，但相比其他问题，知识产权保护问题成为唯一的例外。该商会对其成员的一项调查显示，90%的公司认为中国政府对知识产权的保护是无效的，超过3/4的成员认为它们受到知识产权侵犯的危害。

这样，入世三年来，知识产权保护问题成为美方对中国履行入世承诺中最不满意的一个问题。

2004年下半年以来，美国对于中国知识产权保护不力的指责开始升温，美国商务部高层此后的历次访华均提及知识产权问题。

美国34个行业协会在向美国贸易代表办公室提交的关于中国"侵犯"知识产权的报告中，多数均称中国在知识产权保护问题上没有明显进展。

美国商会负责亚洲事务的副主席薄迈伦表示，到2004年，美商对于敦促中国加强知识产权保护的态度发生了巨大变化，以前这只是在中国大陆和香港的美国商人的问题，但现在，主要大公司的首席执行官们都在抱怨。"我们一直视自己为中国人的朋友，但我们的忍耐是有限度的。"

2005 年 2 月，美国商会以中国未能很好履行其 2004 年所作的打击盗版的承诺为由，向美国贸易代表办公室递交请求，建议美国政府立即启动世贸组织的磋商机制，以停止"严重的盗版和伪造"对美国商界造成的损害。

这是美国商会第一次采取此类行动。美国电影协会、美国唱片工业协会等响应美国商会的行动，也向美国贸易代表办公室发出了同样的请求。

对于美国在华商界来说，2004 年中国政府对两起知识产权事件的态度造成了他们的恐慌，进一步促成了美国商会在知识产权保护问题上对中国的施压。

一件是本书前文重点记录的"伟哥专利案"。

另一件是同年 9 月，美国老牌汽车公司"通用"，认为中国奇瑞汽车公司生产的 QQ 车型，对其斯巴克车型外观设计构成了侵权，而中国相关主管部门则认为依照法律和美方提供的证据，无法认定奇瑞公司侵权，建议双方通过司法途径和调解机制解决纠纷。

美国商会在 2005 年 2 月递交美国贸易代表办公室的请求中，特别提到了这两个事件，认为中国应该重视中美知识产权争端中的此类"影响较大的案例"。

2004 年以来，中美知识产权争端狼烟突起，离不开美国两大院外游说团体孜孜不倦地推波助澜。

一个是前文多处提及的"国际知识产权联盟"。

"国际知识产权联盟"是美国版权业的代表组织。它由 7 个行业协会组成，每个协会分别代表着美国经济的一个重要部分。"国际知识产权联盟"共代表着 1500 多家公司，其中许多是声名显赫的大公司。所属各协会和公司经济实力强大，它们的支持构成了"国际知识产权联盟"作为一个利益集团的影响力基础。

从 1989 年开始，"国际知识产权联盟"每年向美国贸易代表办公室提出"特别 301 建议报告"，评估有关各国保护美国知识产权的情况，推荐政策建议。"国际知识产权联盟"报告的专业性，使其成为美国贸易代表办公室了解海外知识产权立法、执行情况，以及美国贸易代表办公室官方"特别 301 报告"的重要基础。"国际知识产权联盟"还经常在国会各委员会作证，提供信息，促使国会为知识产权保护提供更多的法律支持。"在涉及国际知识产权保护、世贸组织或者是知识产权海外保护的执行情况等有关的美国贸易法修改方面，'国际知识产权联盟'对国会的工作是最有效的"，议员们甚至主动询问是否需要他们在国会提出什么法案来支持知识产权的保护。

在中美知识产权争端中，"国际知识产权联盟"从 90 年代中期以来一直是力压中国保护美国在华知识产权的首要利益集团。

中国入世后，"国际知识产权联盟"将关注重点转向世贸组织框架下的美国在华知识产权保护。

早在 2002 年，"国际知识产权联盟"在向美国贸易代表办公室提交的"特别 301 条款"建议报告中，就首次提出了中国知识产权执法措施不符合《与贸易有关的知识产权协议》第 41 条、第 50 条和第 61 条，认为中国主要依靠版权局等部门采取行政执法措施，不足以威慑进一步的盗版，而刑事处罚的"门槛"过高，很少被引用，使得刑事打击形同虚设，实际上使得降低盗版率根本不可能。

2004 年，"国际知识产权联盟"进一步提出了要求中国修改《刑法》以及最高法院司法解释的建议，以符合《与贸易有关的知识产权协议》第 61 条规定。

2005 年初，"国际知识产权联盟"建议将中国升格到"重点监察名单"并第一次提出美国政府应立即与中国进行磋商。

按照世贸组织"争端解决谅解协议"的规定，提出磋商，意味着启动世贸组织争端解决程序，即起诉中国的知识产权问题。

"国际知识产权联盟"还提出，美国贸易代表办公室在当年对中国的知识产权状况"非常规评估"结束后，应当考虑采取进一步行动，包括请求设立世贸组织争端解决专家组进行审理。

从2005年的"非常规评估报告"开始，美国贸易代表办公室的行动基本上遵循了"国际知识产权联盟"的以上建议，并在2007年4月将中国起诉到了世贸组织。

另一个就是美国最有权势的商业组织之一：美国商会。

比起"国际知识产权联盟"专业的政策建议，美国商会的作用更多体现在其遍布全球的分支机构对美国政府海外知识产权保护的广泛支持上。拥有近百年历史的美国商会代表着300多万家大大小小的企业，包括几千个地方商会以及分布于91个国家的100多个海外商会。美国商会运用其强大而广泛的影响力，从各方面推动美国海外知识产权保护。

2004年，商会发起并领导了"反对伪造和盗版联盟"（CACP），目的在于加强公众、媒体、舆论领袖、国会议员对于伪造和盗版危害的认识，促进政府以更大的努力来解决这个问题。从2004年开始，美国商会连续三年举办大型"年度反假冒盗版峰会"，邀请美国贸易代表、商务部部长、司法部部长等政府高官到会讲话，并同来自政府和企业的各界人士就一些重要问题进行研讨，影响很大。

2004年美国商会专门成立了"中国知识产权工作组"，协调统一对中国的态度。

商会还积极参加布什政府发起的"针对有组织盗版战略"的国际知识产权保护行动，参与了美国政府对中国各省知识产权保护状况的调查工作，评估中国地方政府保护知识产权的作用。

这样，美国商会在华活动深入到了中国的地方政府，其保护知识产权方面的影响力也得以渗透到基层。

在美国贸易代表办公室 2005 年 4 月将中国列入"重点观察国家"名单后的一年多的时间里，以"国际知识产权联盟"、美国商会等为代表的美国产业界通过密集的国会作证、发表声明、出席相关会议，使中美知识产权问题在美国国会和行政部门之中迅速升温。

2005 年末以来，美国商务部部长古铁雷斯、贸易谈判代表波特曼以及司法部部长冈萨雷斯等各内阁级官员在访华时，继续敦促中国关注知识产权保护问题，多次声称要到世贸组织起诉中国。

2006 年 10 月，美国国会众议院筹款委员会 13 名民主党议员，在众议院民主党领袖佩洛西的带领下，给美国总统写了一封联名信，要求布什政府针对中国"公然违反知识产权国际规则的行为"，立即提起世贸组织诉讼。

在产业界、行政部门和国会达成一致意见的情况下，美国从 2005 年就开始酝酿的利用世贸组织机制来起诉中国的威胁终于变成了现实。

2007 年 4 月 9 日，美国贸易代表施瓦布宣布就"中国知识产权保护"和"出版物市场准入"两个与中国有关的贸易议题，向世贸组织提起启动争端解决机制，这是 2004 年以来，中美知识产权争端加剧的最高潮。

最大的发达国家与最大的发展中国家间，在世贸组织框架下的首次国际贸易诉讼掀起了轩然大波。

但美国采取在世贸组织框架下"告状"，而非沿用 20 世纪 90 年代步步加码、单边施压的"特别 301 条款""337 条款"这些个长臂管辖"核威慑"，其实对中国来说就是一个喜讯，甚至可以说是未战先胜。

首先，相比于让世贸组织专家组来"公审"，像历次中美知识产权谈判那样的双边交涉更加让中国人头痛，在贸易关系事实上不平衡的情势下，这样的双边谈判往往不可避免地走向贸易报复、反报复。理性地讲，这样的结果中国人当然不怕，但也是要竭尽全力避免的。所谓伤敌一千，自损八百，毕竟让我们肉疼的是自己的那"八百"。

而美国人没有走"特别301调查"这条路，一方面从侧面证明了中国的知识产权保护生态已相对成熟，没有大的立法辫子可抓了，也就拿"执法不严""工作不透明"等比较主观的理由攻击一下了事了。

另一方面，也说明经过20年的改革开放，中国的经济贸易体量和全球实力站位已不容轻视，作为全球第一发达国家的美国也不能动辄大打出手。

其次，从历史上看，自从1996年《与贸易有关的知识产权协议》对发达国家生效以来，美国对欧盟、葡萄牙、希腊、爱尔兰、瑞典以及丹麦都发起过贸易组织的争端解决程序。

在世贸组织框架下解决争端，才是中美两个"成熟贸易伙伴之间解决问题的正常方式"。

而且从世贸组织本身的性质来说，它不是一个司法机构，其争端解决机制并不具有执行力，而只是一个建议权。

许多诉诸世贸组织的案例，到了最后也得不到执行，最终还得涉案方坐下来协商，一起找出解决问题的最大公约数。

20个月后的2009年1月26日，世贸组织专家组发布最终裁决报告，差不多各打了五十大板。

在美国提出的三项请求中，有两项获得了支持，专家组认定中国的《著作权法》将审阅后不得出版、或正在审阅过程中的作品不作为保护对象，没收侵害商标制品不当等违反了世贸组织的协定。

但三项诉讼中美国人最重视的一项却没有获得支持，即美国主张的中国对盗版经销者等的刑事追究标准不够严格的观点，由于证据不足没有被认定。

对此，美国贸易代表办公室称最终报告是"重要胜利"，但由于一部分主张没被认可，也有上诉的可能性。

中国商务部对胜诉的部分表示欢迎，对败诉的部分表示了遗憾，声称"中方正在对专家组报告作进一步评估，以决定是否上诉"。

当然，上诉云云，就是一个姿态，是摆出来给大家看的。虽然根据世贸组织争端解决程序，中美双方都可以向世贸组织争端解决机构提起上诉，但根据世贸组织的一贯做法，提起上诉获得更改裁决结果，并无先例。

这次专家组的终裁，事实上就是最后的结果。

中方口头表达了"遗憾"后，转身从善如流，立即动手修复漏洞。2010年，全国人大常委会和国务院先后对《著作权法》和《知识产权海关保护条例》的相关条款进行了修改，并在国家机关事业单位大力推广正版软件。

当年2月9日，人民网就此次"中美WTO知识产权争端第一案"发表题为《中美知识产权WTO之争：没有硝烟的战争》的文章，断言"中美知识产权争端是长期的没有硝烟的战争"。

随着知识经济与经济全球化的深入，知识产权日益成为国家发展的战略性资源和国际竞争力的核心要素。加强知识产权保护，不仅是中国在履行WTO的有关协议，也是中国自身发展的需要。中国已经把自主创新上升到国策，未来中国将向创新型国家发展。

中美之间未来的核心竞争主要有两方面：一是世界金融领导权的竞争；二是知识产权实力的竞争。但从目前来看，中国在这两方面，都不能对美国形成有效的竞争。

美国知识产权对GDP和经济增长的贡献巨大，远远超出中国。

以美国版权为例，近几年，美国版权对美国经济增长的贡献率，超过了 1/4，对 GDP 的贡献也超过 10%。以国际专利的申请来看，2009 年 1 月 27 日，世界知识产权组织公布的数据显示，2008 年美国仍是世界上申请国际专利最多的国家，申请了 503 万件，中国只申请了 6089 件。

可见，中美知识产权之间的差异，不仅表现在知识产权保护和知识产权立法水平上，更重要的是表现在知识产权对一国的经济发展和对外贸易的贡献上。

但中国正在飞速发展，科技创新能力与日俱增，中国目前已经成为第二大经济体，中美之间的竞争，将最终体现在知识产权实力的竞争上，中美之间的知识产权争端将是常态的，是一场没有休止的、没有硝烟的战争。

第七节　遗憾的青蒿素

2015 年 10 月 5 日 17 时 30 分，我国 85 岁女药学家屠呦呦，凭借着发现抗疟疾特效药青蒿素，摘得本年度"诺贝尔生理学或医学奖"桂冠，成为首位获得诺贝尔科学类奖项的中国女科学家。

不过，青蒿素作为中国唯一被世界承认的原创新药，带给中国科学界的仅是获奖的荣耀，却没有垄断的实利。

全球每年青蒿素及其衍生物的销售额多达 15 亿美元，但中国的市场占有量却不到 1%。

原因就是我们并没有青蒿素的基本技术专利。

屠呦呦获得"诺奖"后不到 24 小时，虎嗅网挂出了沪江网法务总监林华博士的一篇文章，标题是《在恭喜屠呦呦获奖之余，来看看青蒿素专利为何旁落》。

在这篇文章中，林华痛心地写道：中国是第一个发现青蒿素可以治疗疟疾的国家，对于这样一项对科学技术有突出贡献又有巨大市场前景的技术，本来应该在新的化合物（青蒿素）、制备方法（乙醇提炼）和用途（治疗疟疾）方面及时申请多个专利，但研发单位无一对青蒿素技术的知识产权进行保护，中国失去了从应用广泛的青蒿素药物市场中获得垄断利益的机会。

"中国放弃了申请青蒿素基本技术专利，美国、瑞士等实力强大的研发机构和制药公司都根据中国论文披露的技术，在青蒿素人工全合成、青蒿素复合物、提纯和制备工艺等方面进行广泛研究，申请了一大批改进和周边技术专利。中国药企虽几经努力，时至今日仍然在青蒿素相关技术上落后于美欧日，市场份额也集中在原料供应。"

据原全国"523"办公室《五二三与青蒿素资料汇集》《迟到的报告——五二三项目与青蒿素研发纪实》等文献披露，我国科学家对于青蒿素的研究始于20世纪60年代中期，为了援外、战备紧急任务的需要，开始了抗疟新药研究并代号为"523"，屠呦呦任研究组组长。

经过"523"大会战，至70年代中期，青蒿素的抗疟功效及化学本质已基本研究清楚。

1976年，项目组得到某国科学家正在分离蒿属植物类似物质的信息，以为与我国正在研究的青蒿素相同。

在我国当年没有专利及知识产权保护法规的情况下，为了抢在外国人前面发表论文，表明青蒿素是中国人的发明，1977年，《科学通报》第22卷第3期以"青蒿素结构研究协作组"的名义，首次发表了青蒿素化学结构及相对构型的论文，将青蒿素的结构完全公之于众。

随后，一篇篇由我国科技工作者个人署名的青蒿素论文陆续发表，将青蒿素的抗疟功效向全世界展露无遗，使青蒿素的化学结构与抗疟作用有机地串联起来。

1979 年在《中华医学杂志》英文版上发表的另一篇论文，更是公开了实验研究和临床研究的全部数据。

这个如今看来匪夷所思的做法，其实是在帮这个国家还历史欠账。

早在西风东渐的清末，为富民强国计，我国对在欧美诸国正如烈火烹油的知识产权制度建设，已有心效仿。

1898 年，清朝光绪皇帝下旨颁发《振兴工艺给奖章程》。辛丑之乱后，受美、英、日等国督促，清朝又于 1904 年、1910 年颁布《商标注册试办章程》和《大清著作权律》。

惜乎大清旋即大厦倾颓，这些已初具雏形的现代知识产权法律体系并无施行的机会。

中国历史上第一部正规的《专利法》，于 1944 年 5 月 29 日由当时的民国政府颁布。该法规定对发明、新型和新式样授予专利权，期限分别是 15 年、10 年、5 年。这部法令后于 1949 年 1 月 1 日在我国台湾地区正式施行。

1949 年 2 月 22 日，在新民主主义革命即将取得全国胜利前夕，中共中央发布了《关于废除国民党〈六法全书〉和确定解放区司法原则的指示》，宣布彻底废除国民党《六法全书》。这《六法全书》中，包括了刑事、民事等一切法律法规，当然，《专利法》等知识产权法律也难以幸免。

新中国建立后，1950 年 8 月，中央人民政府政务院颁布了《保障发明权与专利权暂行条例》，该条例采用了前苏联的发明证书和专利证书双轨制。1954 年又批准颁布了《有关生产的发明、技术改造及合理化建议奖励暂行条例》，获得发明证书的，依条例颁发奖金，在 1953 年至 1957 年期间，共批准了 4 件专利和 6 件发明人证书。

1963 年 11 月，上述条例被废止，国务院颁布了新的《发明奖励条例》，由发明奖励制度取代了发明保护制度。此后的 20 年内我国再也没有考虑建立专利制度。

《中国青蒿素专利之伤启示录》一文这样写道：

> 众所周知，中国的专利制度是在 1985 年才建立起来的。在那个没有专利和知识产权保护法规的年代里，把研究成果写成论文发表，为国争光应该是当时科技人员的唯一选择。

作为私权的知识产权被漠视，几成当时的社会共识。在 1979 年召开的全国政协五届二次会议上，文学家罗大冈大声疾呼："科学界目前剽窃盛行，一是剽窃洋人的，二是剽窃本国他人的，这个风气对学术发展很不利。我写过关于巴黎公社和国际歌的书，后来发现有人整段整段抄我的。我提出质疑，有人还说这是光荣的事情，知识不是个人的财产。这个问题，应该有法律的规定。"

计算机汉字输入系统 WPS 发明人求伯君也说："WPS 的用户估计有 3000 多万，但正版用户仅 25 万，如果都是合法用户，每人付 10 元，就有 3 个亿，后续开发资金就不愁了。"

这些发明家、作家的呼声当然无法成为主流声音。

但改革开放的航船却必须用全球通行的规则导航。1979 年 3 月，我国开始专利立法的准备工作。1980 年 1 月，国务院批准了国家科委《关于我国建立专利制度的请示报告》，成立了国家专利局，之后相继加入多个知识产权国际公约和组织，并于 1982 年、1984 年和 1990 年分别颁布了《商标法》《专利法》和《著作权法》。另外，1979 年至 1994 年间，中国共颁布了 500 多条法律、法规，主要涉及经济领域，引入外资以及外国技术。

20世纪90年代初至21世纪初，在美国的"监制"下，我国在对已有知识产权法律规范进行精心修订、打磨的同时，还颁布了《计算机软件保护条例》等知识产权法规、相关实施细则和司法解释。

其中最主要的是，2001年我国加入世界贸易组织前后，对已有知识产权法律法规和司法解释再次进行了全面修改。2000年修订了《专利法》，扩大了专利权人专有权的范围，增加了许诺销售权；赋予专利权人诉前财产保全、证据保全的请求权；取消了我国因所有制不同而在企业间产生的对专利权的"所有"和"持有"的区别；进一步细化侵权责任承担；在程序上确立了司法终审制度。

2001年修订了《商标法》和《著作权法》，扩大了商标权的主体；增加了商标权的客体；增加了驰名商标的保护；增加了对地理标志的保护。

此外，还颁布了《集成电路布图设计保护条例》《奥林匹克标志保护条例》等，基本实现了与《与贸易有关的知识产权协定》以及其他知识产权国际规则的接轨。

"世界知识产权组织"第二任总干事鲍格胥博士，在回顾该组织与中国合作20年的历史时指出："在知识产权史上，中国完成所有这一切的速度是独一无二的。"

这说的是立法速度，那么在这一阶段中国知识产权法制体系的重建动力何来？

美国学者亨瑞·威东有一个比较权威的结论："中国引进知识产权法的根本动机是来自对外开放政策的驱使，中国需要对外贸易、吸引外资以及从西方获得迫切需要的技术和设备。"

这从我国知识产权的当代立法，在前期表现出来的被动接受姿态，和强烈的功利色彩中可见一斑。

经过20多年的"融入"，特别是经过入世后与世界3年的相互"观察"，2005年，我国决定启动国家知识产权战略制定工作，成立以当时的国务院副总理吴仪为组长的"国家知识产权战略制定工作领导小组",负责此项工作。

这是我国的知识产权制度建设,从扭扭捏捏地被动接受、仓促应付,战略转折为"为我所用"主动创制、扬长避短的分水岭。

这一次,我国主动掀起了新一轮的立法和修法高潮,施行了《反垄断法》,并对《专利法》和《商标法》进行了第三次修正,对《著作权法》进行了第二次修正,对《反不正当竞争法》进行了第一次修正。

2008 年 4 月 9 日,国务院常务会议原则通过我国《国家知识产权战略纲要》。经过整整 30 年"摸着石头过河"的探索,我国将知识产权战略提升到了国家战略的层面。

纲要在序言中科学总结:

> 经过多年发展,我国知识产权法律法规体系逐步健全,执法水平不断提高;知识产权拥有量快速增长,效益日益显现;市场主体运用知识产权能力逐步提高;知识产权领域的国际交往日益增多,国际影响力逐渐增强。知识产权制度的建立和实施,规范了市场秩序,激励了发明创造和文化创作,促进了对外开放和知识资源的引进,对经济社会发展发挥了重要作用。但是,从总体上看,我国知识产权制度仍不完善,自主知识产权水平和拥有量尚不能满足经济社会发展需要,社会公众知识产权意识仍较薄弱,市场主体运用知识产权能力不强,侵犯知识产权现象还比较突出,知识产权滥用行为时有发生,知识产权服务支撑体系和人才队伍建设滞后,知识产权制度对经济社会发展的促进作用尚未得到充分发挥。

1993 年时，中国只向 WIPO 提交了一项专利申请。2000 年至 2006 年，中国占世界专利申请总量的份额从 1.8% 激增至 7.3%。到了 2017 年，中国的专利申请量已经成为全球第二位，仅次于美国。

2018 年，中国对外知识产权付费高达 358 亿美元，已成为全球第四大专利进口国。

国家知识产权局提供的数据显示，截至 2019 年 6 月底，我国国内（不含港、澳、台）发明专利拥有量为 174 万件，每万人口发明专利拥有量达到 12.5 件；有效商标注册量为 2274.3 万件，平均每 5.2 个市场主体拥有一件有效商标。

2019 年上半年，国外在华发明专利申请量达到 7.8 万件，同比增长 8.6%；国外在华商标申请量为 12.7 万件，同比增长 15.4%。国外在华发明专利、商标申请量的持续稳定增长，显示出国际社会对我国知识产权保护的信心。

7 月 24 日，"世界知识产权组织"发布了《2019 年全球创新指数》（GII）。我国连续第四年保持上升势头，排在第 14 位，是中等收入经济体中唯一进入前 30 名的国家，并在本国人专利数量、本国人工业品外观设计数量、本国人商标数量以及高技术出口净额和创意产品出口等指标方面位居榜单前列。

我国在新一代移动通信技术、高铁、民用大飞机、探测卫星、特高压输电、核电等技术领域已形成一批自有知识产权，为"中国制造"向"中国智造"转型提供了有效支撑。

知识产权制度作为创新驱动发展的基本保障，正成为中国科技创新发展的新引擎。

世界知识产权组织总干事弗朗西斯·高锐说："中国将创新作为经济发展战略，中国全球创新指数排名不断上升是多年努力的结果，中国创新体系也在日渐成熟。中国改革开放四十年来也在努力建设世界一流的知识产权保护体系，取得了长足的进步。"

第七章
失落的药业

第一节　默克的礼物

2018 年 4 月 6 日，移动新媒体《知识分子》刊出了王丹红的文章《罗伊·瓦杰洛斯博士的礼物：为了一个没有乙肝的中国》，为我们揭开了 30 年前美国默克公司友情价转让乙肝重组疫苗技术给中国的尘封往事。

20 世纪 70—90 年代的中国，可谓谈"乙肝"色变。

从 70 年代开始，因共用注射针头、有偿卖血输血、母婴感染等诸多原因，乙肝在中国大规模暴发。

1979 年中国首次乙肝流行病学调查结果显示，感染率超过 9%。按世界卫生组织标准，乙肝病毒感染率高于 8%，就属于疫情严重的高流行区域。

1992 年疾控中心的监测数据显示：中国 1 到 59 岁人群的乙肝病毒阳性率为 9.75%，这意味着每 10 个中国人里面就有约 1 个人携带了乙肝病毒，总量占当时全球的 1/3。

在这短短 20 多年的时间里，每年因乙肝病毒感染相关疾病而死亡的人数高达 27 万人，每年出生的 2000 万新生儿中，近 1/10 受到乙肝病毒的感染。

中国工程院院士、北京大学病原生物学教授庄辉指出，在乙肝疫苗推广接种之前，中国有 1.2 亿乙肝病毒携带者，其中三四千万人是母婴传播所致。"成人感染乙肝病毒，只有不到 10% 演变为慢性乙肝，新生儿感染的患病率则高达 90%—95%。"

因此，对新生儿和儿童进行乙肝疫苗接种，乃是防治乙肝病毒的重中之重。

应该说，中国的乙肝疫苗研制工作起步不晚。从 1973 年开始，时任北京人民医院检验科主任陶其敏带领团队经过两年的刻苦钻研，终于在 1975 年 7 月 1 日，研制出了我国第一代血源性乙肝疫苗——"7571 疫苗"。

按照科研流程，研制出的乙肝疫苗需首先在大猩猩身上进行动物试验。

但当时的中国，外汇匮乏，购买动物试验所需大猩猩的经费迟迟不能落实。首支乙肝疫苗被无限期地冷藏起来。

"不能再等了，自己先打！" 8 月 29 日晚，心急如焚的陶其敏回到家中对两个孩子说，"妈妈今天打了我们研究的肝炎疫苗试验针，很可能得肝炎。为了不传染给你们，你们也暂时离妈妈远一些，注意观察妈妈情况。"

此后两个月内，陶其敏每周抽血 5 毫升进行检测，第三个月转入定期检查，始终没有发现异常。三个月过去了，抗休出现了！

若干年后，陶其敏在接受记者采访时，淡然回应当年这一以身试药之举："其实当时并没有很伟大的想法，只想尽快得到结果。当然也想到最坏的结果，是自己会感染乙肝病毒，但不打这一针也可能会感染。"

时任北京生物制品研究所所长、现今的中国工程院院士赵铠，负责乙肝疫苗的开发、生产任务。该所也是中国第一个国家卫生防疫和血清疫苗研究与生产的专门机构。

1986 年，北京生物制品研究所等单位开发的血源性乙肝疫苗终于投产。

这种用乙肝病毒携带者的血浆纯化灭活后为原料制成的疫苗虽然有效，"但有三大弊端。"赵铠指出，"以病毒感染者的血浆为原料，有污染环境、伤害生产人员等风险；长期、大量从人身上采血，既损害健康，也无法保障稳定供应。最关键的是，血浆中除了疫苗生产必需的表面抗原，还可能携带其他病原体，存在潜在的其他疾病交叉感染风险。"

此外，受手工作坊式的生产流程制约，产能很低。

"血浆加工后得到抗原原液，先装在大玻璃缸里，再一支支手工稀释。"曾在北京生物制品研究所负责乙肝疫苗生产的赵景杰告诉记者，一些同事在操作时不慎划伤手指，就感染了病毒。

低产能导致了高价格。当时该疫苗需要 80 元一支，而那个时候中国城镇职工收入大部分人一个月才 30 元。

也就是说，一个老百姓不吃不喝，也需要 3 个月的工资才可以打上一支疫苗。

就在这一年，大洋彼岸的美国默克制药公司成功分离出了乙肝病毒表面抗原的编码基因，将其植入可大量繁殖的酵母菌细胞基因组内，能迅速合成大量抗原，由此推出了人类第一支基因工程乙肝疫苗。

基因工程乙肝疫苗不但完美解决了血缘性乙肝疫苗的上述弊端，更加重要的是，产能问题也迎刃而解了。

"它不是生物工作者能完成的，涉及很多工程问题。"赵铠至今记得，受邀实地考察美方生产线，在全封闭的现代化车间内，他们习以为常的玻璃瓶罐、手工搬运都没有见到，取而代之的是几十、数百立方米的大金属罐和连接它们的全封闭管道。

"从培养酵母菌，到收获酵母细胞、破碎细胞、纯化抗原……都在流水线上完成，是纯工业化的。"

其实，稍早前中国也同时启动了三个乙肝疫苗研制项目：重组酵母乙肝疫苗研发、重组 CHO 细胞高效表达乙肝表面抗原的研发和重组痘苗病毒乙肝疫苗研发。但第一个项目因主要研发人员出国而中断。第二、三个项目虽然成功拥有了自主知识产权，但在可预见的时间内，无法实现大规模工业化、标准化生产。

乙肝病毒威胁甚嚣尘上。为了抢时间，赵铠建议国家直接引进默克公司的基因工程乙肝疫苗。

当年国家卫生部一位负责人佐证了这个说法："我们选择同意这项（技术转让）合同而不是开发自己的生产技术，是因为我们迫切需要缩短生产时间。"

甫一接触，双方都吓了一大跳。默克公司一开始给出了一个跟美国一样的采购价格：3 支疫苗 100 美元。这个价格让谈判陷入了僵局，100 美元在当时对于中国老百姓来说几乎是天价。中国每年有2000 万的新生儿，那么就意味着需要每年给默克公司支付 20 亿美元。要知道，1986 年中国总税收不过才 200 亿美元！

时任默克公司 CEO 和董事会主席罗伊·瓦杰洛斯在回忆录中这样写道：

最初我们希望向中国出售乙肝疫苗，但我们很快意识到，即便我们将价格降到最低，他们也难以承担。在美国，乙肝疫苗需要分三次注射，费用是 100 美元，但对当时的中国普通家庭来说，这笔支出相当于他们大半年的收入。因此，我们开始谈判技术转让，价格问题再次出现，我们将价格一再压低……我很焦虑，时间如此紧迫，我想保护孩子们免受这种致命疾病的侵袭，新生儿在出生 24

小时之内就应第一次接种疫苗⋯⋯最后我提出以 700 万美元底价将这项技术转让给中国，因为我知道，我们培训中国工程技术人员和派遣默克公司人员去中国的费用，也将会大大超过这一数字⋯⋯几个月后，中国代表团同意了这一提议。

当年谈判的双方都承认，从那时起，这项合同之于默克公司，几乎很难再赚到钱。疫苗研发动辄投入几亿甚至几十亿美元。一心推动此项合作的罗伊·瓦杰洛斯甚至与公司其他高管发生过争吵。

经过一年的谈判，1989 年 9 月 11 日，中国代表团和默克公司签署了转让重组乙肝疫苗技术的合同。根据合同，默克公司收取 700 万美元，向中方提供现有生产重组乙肝疫苗的全套生产工艺、技术和装备设计，培训中方人员，确保在中国生产出同等质量的乙肝疫苗。

此外，默克公司不向中方收取任何专利费或利润，也不在中国市场出售乙肝疫苗。

1993 年 10 月，中国生产出第一批重组乙肝疫苗。

第一批接受该乙肝疫苗的新生儿，如今已经成年，他们的孩子在出生时也会接种乙肝疫苗。即使在今天，默克公司友情价卖给中国的重组乙肝疫苗技术，依然给中国贡献了 65% 的疫苗。

来自世界卫生组织的统计数据显示，中国乙肝疫苗的接种率，在 1992 年为 30% 左右，2005 年，这一数值已经升至 90%。以中国每年 2000 万新生儿计算，1993 年至 2018 年的 25 年间，中国至少有 5 亿新生儿接种了乙肝疫苗。

监测显示，接种疫苗后，中国 5 岁以下儿童的乙肝表面抗原感染率降低了 90%。15 岁以下的儿童中，预防了约 1600 万至 2000 万例的乙肝病毒携带者。累计预防了 280 万至 350 万人可能死于由乙肝发展成的肝癌。

2014年，世界卫生组织向中国政府颁发奖项，以表彰中国在防控乙肝方面所取得的突出成就。

王丹红的这篇专题文章，以这么一段文字结束："'滴水之恩，当涌泉相报'，这是中华民族的美德。在默克公司将重组乙肝疫苗转让中国三十周年即将来临之际，《知识分子》谨以这篇文章，向罗伊·瓦杰洛斯致敬！"

这样的礼物，默克公司送了不止一次，不止一国。

"二战"结束后，日本国民深受肺结核之苦，但因国力贫弱，无力购买默克公司的特效药——链霉素。谁也没有想到，公司创始人乔治·默克做出了一个令人震惊的决定：向日本免除链霉素专利权，同时传授生产技术。受此优惠，日本制药公司得以生产出足够的低价链霉素，迅速遏止了肺结核的大流行。

医者仁心。医生出身的罗伊·瓦杰洛斯光大了这种人道主义精神。

在他的主导下，1987年，默克公司与竞争对手分享了有关治疗人类免疫缺陷病毒（HIV）的研究结果，为艾滋病防治做出巨大的贡献。

更著名的是协助非洲人民抗击"河盲症"。

"河盲症"，也叫"盘尾丝虫病"，是一种名叫旋盘尾线虫的寄生虫寄生于人体皮肤、皮下组织和眼部，所致苔藓样皮炎、皮下结节和视力障碍，实际上是一种寄生虫病，又称"瞎眼丝虫病"。它广泛流行于非洲和热带美洲，在流行区造成了约5%—20%的成人失明。传染源是一种吸人血叫"蚋"的小昆虫。

20世纪70年代，在全球肆虐的流行性疾病首推疟疾和非洲"河盲症"。全球大约有3700万人感染"河盲症"，27万人因此失明。

由世界卫生组织以及世界银行牵头的、用以消灭非洲11国"河盲症"的项目"盘尾线虫病控制计划"于1974年启动，向全球各大制药公司寻求帮助，开发药物以清除患者体内的线虫。

但除了默克公司，其他制药公司对世界卫生组织的这一诉求并不感兴趣，纷纷拒绝了这一请求。

也就在这一年，1974年，时任北里研究所研究员的大村智在海边土壤中筛选出除虫链霉菌。这种细菌日后被发现可产生阿维菌素，可以消灭盘尾丝虫。大村智将这些菌种给了有意研发后续药物的默克公司。

当时的威廉·坎贝尔是默克公司寄生虫部门的资深主管，他参与了阿维菌素药物的研发，并且将阿维菌素提纯成毒性更低的伊维菌素。

1982年至1986年四年期间，默克公司和世界卫生组织等机构开展了该药物的Ⅰ、Ⅱ、Ⅲ期临床试验。

1987年，它获得法国相关部门的火速批准。

这可能是制药史上最快的审批流程，从申请到审批，只用了两天时间。伊维菌素之所以这么快被法国政府审批下来，是因为饱受"河盲症"之苦的这些国家，大多是或曾是法国的殖民地。

尽管它没有获得美国食品与药品监督管理局（FDA）的批准，但并没有影响它成为一个伟大的药物。

2015年诺贝尔生理学或医学奖授予了三位科学家，一位是发现青蒿素，从而为逐步扑灭疟疾这个人类顽疾立下功勋的中国科学家屠呦呦。

另两位，就是开发伊维菌素的功臣，上述日本科学家大村智、爱尔兰科学家威廉·坎贝尔。

1987年，默克公司宣布启动伊维菌素无偿捐赠项目用于治疗"河盲症"。至今，默克公司已向30多个国家与地区捐赠超过25亿剂药片，帮助了约2.5亿"河盲症"患者，直接花费超过了2亿美元，从而使得"河盲症"几乎绝迹。

该项目与全球各方紧密合作，被誉为"全世界最成功的公共／私营企业合作的典范"之一。

在默克公司的大堂显眼处，悬挂着一幅大字标语：

> 我们应当永远铭记，药物是为人类而生产的，不是为追求利润而制造的。只要我们坚守这一信念，利润必随之而来，而且总是会来，我们记得越牢，利润就越大。

这是默克公司的核心价值观，也成了世界各地很多企业家的座右铭。

不是不关注利润，而是要洞悉通向利润的人性密码和商业伦理。

要不然，默克公司怎么可能在企业责任和利润最大化之间，达至如此精妙的平衡：一方面，多达16次获得美国《财富》杂志"美国十大最受推崇公司"称号；另一方面，曾经在1984年至1998年间保持不败，连续15年蝉联世界第一大制药巨头的桂冠。1999年被一鸣惊人的辉瑞公司挤下王座后，也基本徘徊于全球药企TOP5行列。

能否成为伟大的企业，有时候仅仅在于这个企业能否在特殊的时点，突破各种人类的局限，站上人道主义这级商业文明的最高阶梯。

30年前，默克公司友情价转让乙肝重组疫苗技术给中国，此举本质上当然还是一个讨价还价下的商业行为，也有不足为外人道的品牌塑造、市场开拓、产品竞争上的通盘战术考量。

但其审时度势后做出的雪中送炭式的最后决定，散发着人道主义的光芒，被无数中国人感激，称之为"默克的礼物"。

缺医少药已久的中国，太需要这样的礼物了。

第二节　缘分的天空

2018 年 12 月 18 日上午，庆祝改革开放 40 周年大会在人民大会堂隆重举行，并向全球直播。

其中一个重要的环节，是习近平等中央领导为 100 位被授予"改革先锋"称号及 10 位中国"改革友谊奖章"获得者颁奖。

在 10 位中国"改革友谊奖章"获得者中，排名第一位的是来自法国的梅里埃基金会主席、生物梅里埃集团总裁阿兰·梅里埃。

相比辉瑞、默克等美国跨国药企，国人对来自法国的生物梅里埃集团应该略显陌生，尽管它是全球细菌学和感染性疾病的细分市场冠亚军，市场占有率分别高达 24% 和 13.5%，旗下有 43 家子公司、19 个生产基地、20 个研发中心和庞大的分销商网络，在全球 160 多个国家和地区开展业务。

但生物梅里埃集团和它的掌舵人阿兰·梅里埃与中国人民的友谊最是山高水长，是当代生物医学界当之无愧的中国人民的"老朋友"。

下面是我收集到的生物梅里埃集团官网上的一段小编年史，题为"梅里埃的中国情缘"：

> ……
>
> 1975 年，时任国务院副总理的邓小平先生，在法国会见保罗·贝利埃先生（阿兰·梅里埃的岳父）。
>
> 1978 年，阿兰·梅里埃先生首次访问中国。
>
> 1985 年，第一台 VITEK 仪器在卫生部北京医院落户。

1986 年，时任上海市市长的朱镕基先生，会见阿兰·梅里埃先生。

1997 年，生物梅里埃集团北京办事处成立。

2004 年，生物梅里埃中国和亚太总部在上海成立。

2005 年，时任国务院总理朱镕基先生、时任浙江省委书记习近平先生，分别会见阿兰·梅里埃先生；生物梅里埃集团与中国医学科学院，在北京建立新发病原体鉴别联合实验室。

2006 年，复旦大学附属肿瘤医院——梅里埃研究院联合实验室建立。

2007 年，生物梅里埃集团与中国卫生部开展共抗院内感染合作项目。

2009 年，首家生物梅里埃营养科学实验室在上海成立。

2011 年，生物梅里埃集团中国上海浦东新基地建成；武汉 P4 高等级生物安全实验室奠基；时任卫生部部长陈竺先生为阿兰·梅里埃先生颁发中国卫生奖。

2012 年，国家主席习近平先生在北京人民大会堂会见阿兰·梅里埃先生。

2013 年，启动中国抗击耐药项目 –CARE（China Against drug Resistance）。

2014 年，习近平主席在法国里昂参观梅里埃生物科研中心；阿兰·梅里埃先生荣获 2014 年度中国政府友谊奖。

2015 年，全国人大常委会副委员长陈竺先生和阿兰·梅里埃先生等为武汉 P4 实验室揭牌。

2016 年，阿兰·梅里埃先生来华出席中国医学科学院建院 60 周年庆祝活动。

2017 年，与上海市人民政府合作开展的"中－法－非"

三方合作项目启动，支持上海市援非医生赴法培训。

从以上历史资料中，我们就可以清楚看到，为什么说阿兰·梅里埃先生是中国人民的老朋友。

在接受《第一财经》记者采访时，阿兰·梅里埃声称，自1978年踏上中国土地之际，内心就深深地建立起对中国的感情，他说："1978年我第一次来中国，那时往返中国和欧洲的航班每周只有一班，周六出发的瑞士航空；北京当时的涉外酒店只有一个友谊饭店；那时马路上还都只有自行车。

"那时的中国基础科研还有很多的空白，也没有实验室。当时我被邀请去上课，听课的都是六七十岁的老人。但你们在很短的时间内重新建起了大学，这是令我最钦佩中国的地方。"

入华伊始，"在中国，为中国，与中国共发展"就成为生物梅里埃集团的发展理念，阿兰·梅里埃先生坚持"在中国研发，到中国建厂"，并选择直接与中国政府卫生部门合作，比如参与"非典"和"禽流感"等中国重大公共卫生事件的合作。

最令阿兰·梅里埃自豪的是，帮助中国在武汉建立起亚洲首个P4级别高等生物安全实验室。据统计，目前该级别的P4实验室数量不超过20个，大多位于欧美发达国家。

这个项目是按照梅里埃在里昂的P4实验室的模板建设的。里昂P4实验室是由梅里埃家族出资建设捐给法国政府的，也是当今技术最先进的P4实验室，目前主要由巴斯德研究所等机构使用。

从2004年"非典"暴发后，时任法国总统希拉克访华时提出，至2015年初竣工到正式运作，前后跨越十几年时间，也倾注了阿兰·梅里埃的全部精力。

他特意选择在中法建交50周年，将这份厚礼交付中国。

中法合建武汉P4实验室，顶着发达国家巨大的压力，阿兰·梅里埃为此几乎动用了自己全部的法国政界关系，最终说服法方与中方合作。

当记者问他，为何要在重重压力下帮助中国建 P4 实验室，阿兰·梅里埃说："我想我是这些法国人当中流淌着最多中国血液的那个人。"

他信心满满地表示："我是想 P4 能够成为中国'一带一路'倡议的一个典范，始于里昂，抵达武汉。目前这个项目开展得很顺利，我认为是非常成功的，不仅对于中国，对全球也将发挥重要贡献。"

在 2018 年 4 月 6 日《知识分子》刊出王丹红的这篇《罗伊·瓦杰洛斯博士的礼物：为了一个没有乙肝的中国》之前，可以说，知道"默克的礼物"这一段温情往事的中国人屈指可数。

同样鲜为人知的是巴斯德系列先进疫苗的入华史，也渐渐被人们淡忘。正是为了写作此书，使我翻阅出这段不应该忘记的历史，让我感到有责任重温它。

主导此事的正是这个阿兰·梅里埃。

要把这个故事讲完整，必须追溯阿兰·梅里埃的家族渊源——这个今天在法国政商界拥有至高地位的梅里埃家族的成长史，基本上是人类和病毒较量的百年历史缩影。

这个家族为医学界所作的最大贡献，就是将疫苗实现工业化生产。疫苗，就是这个伟大家族的徽章！

为家庭基业长青奠基的是祖父马塞尔·梅里埃，他于 1894 年加入巴斯德研究所，从此与疫苗结缘。

"科学虽没有国界，但是学者却有自己的祖国！"这一句名言即出自科学巨人路易斯·巴斯德。这位近代微生物学的奠基人，被称为"拯救人类最多的科学家"，在美国学者麦克·哈特所著的《影响人类历史进程的 100 名人排行榜》中名列第 12 位。他在治疗鸡霍乱、炭疽病、蚕病等方面都有不菲的成就。他发明的巴氏消毒法，至今还在被广泛使用。

1885 年，路易斯·巴斯德在人类历史上第一次成功研制了狂犬病疫苗，把他推上了名誉的顶峰。

1888 年，当中国的慈禧太后开始大兴土木重修万园之园颐和园时，在欧亚大陆的另一端，一个全新的生物医学研究中心——巴斯德研究所在巴黎落成。

路易斯·巴斯德创办这个研究所的最初目的是生产狂犬病疫苗，并支持对传染病的进一步研究。从 19 世纪末开始，巴斯德研究所一直站在对抗传染病的最前线，为人类找到了对抗破伤风、肺结核、脊髓灰质炎、流感、黄热病和鼠疫等病毒性疾病的方法。1983 年，他第一个分离了艾滋病的 HIV 病毒。

自巴斯德研究所创立以来，已有 8 名科学家因为在疫苗方面的突出贡献，获得了诺贝尔生理学或医学奖。

1894 年加入巴斯德研究所后，马塞尔·梅里埃的名字第一次和路易斯·巴斯德联系在一起。他参与发现了白喉抗毒素。三年后，马塞尔·梅里埃在其家乡里昂成立了梅里埃生物研究所。在这里，他开发了第一个抗破伤风血清。

1937 年老梅里埃去世，他的儿子查理·梅里埃继续在科研和商业两个领域耕耘家族的领地。特别是二战期间，当很多法国资本都选择与德国合作时，查理·梅里埃却秘密地为法国抵抗组织提供战争中急需的医疗物资。这为这个家族赢得了国家荣誉。

40 年代，他引进荷兰教授弗伦克尔开创的体外培养技术，成功研制出口蹄疫疫苗，引发了疫苗制造领域的变革，催生了用于体外诊断测试的试剂。

自此，疫苗学开始应用于人类医学和疫苗的工业化生产。

1960 年，商业天赋爆表的家族第三代阿兰·梅里埃接管梅里埃研究所，"梅里埃帝国"急速呈树形扩张：先是孵化出生物梅里埃集团，前者逐渐成为家族的商业旗舰。

1968 年，梅里埃研究所 51% 的股份被当时居世界第七位、法国第一位的国际化学药和化工集团罗纳·普朗克公司收购，并成为后续收购平台。

1985 年该平台收购巴斯德研究所部分资产，成立巴斯德梅里埃疫苗公司。后者又于 1989 年收购加拿大疫苗企业康诺特，强强联手后的巴斯德梅里埃康诺特联合体，自此成为世界疫苗的领导者。

1999 年，罗纳·普朗克与赫斯特合并，组成安万特公司，作为其疫苗事业部门的巴斯德梅里埃康诺特，更名为安万特巴斯德。

2004 年，法国第二大制药企业赛诺菲收购安万特，疫苗事业部门也随即改名为赛诺菲巴斯德。

接下来，赛诺菲巴斯德又马不停蹄地于 2008 年至 2010 年的 3 年内收购了 3 家业内创新公司，终成全球人类疫苗领域的超级霸主——每年生产 10 亿支以上疫苗，为全球超过 5 亿人提供免疫保护，覆盖 20 种由细菌或病毒引发的感染性疾病。

值得一提的是，除了赛诺菲巴斯德，长袖善舞的阿兰·梅里埃又以梅里埃研究所的动物保健技术资产，于 1997 年与默克公司合作成立梅里亚公司，并在 2009 年被赛诺菲全资收购，打造成了最专业的驱虫药和疫苗生产企业，和业务遍及全球 150 多个国家和地区、市场占有率达 15% 的全球第二大动保公司。

在阿兰·梅里埃的精心运作之下，梅里埃研究所以一所之力，成就了生物梅里埃、赛诺菲巴斯德和梅里亚三大世界级生物医药企业。

可以说，法国里昂今天成为全球生物医学重镇，梅里埃家族居功至伟。

这样的影响力甚至令路易·巴斯德的继任者肃然起敬。

2017 年卸任的巴斯德研究所原所长克里斯蒂安·布雷乔特在接受媒体采访时这样说道："巴斯德研究所尽管地处巴黎，但是我们还是要和里昂的生物医药公司合作，梅里埃取得的成功是举世瞩目的。"

早在 1978 年，阿兰·梅里埃就首访中国，把他的生物梅里埃集团迅速融入高速发展的中国医疗市场，并视中国为他的生物梅里埃集团的第二总部。

但他在 20 世纪 90 年代初，力促当时最先进的巴斯德系列先进疫苗早早进入中国的事迹，则鲜为人知。

缘分的天空中，总是飘着巧合的云朵——为玉成此事牵线搭桥的主角之一，竟是我在此书中多次采访过的孙明杰先生，孙明杰先生在回忆中说：

> 20 世纪 80 年代末、90 年代初，我在深圳进出口贸易公司工作。因为我毕业于中国药科大学，所以我的主要业务方向是关注欧美医药企业的最新动向，想方设法为国家引进国内急需的前沿医药产品和技术。
>
> 一个偶然的机会，我从香港的医药界朋友那里听说赛诺菲巴斯德，要在亚非拉多个国家设立最先进的流感疫苗工厂，亚洲国家他们初定在印度。
>
> 当时国内急需包括流感疫苗在内的各类先进疫苗。我就想：能不能说服赛诺菲巴斯德把拟建的流感疫苗工厂放到中国来？
>
> 通过香港朋友的牵线，我和同事抱着试试看的心态飞到法国求见阿兰·梅里埃先生，表达了两个意思：一个是

现代医药产业基础薄弱的中国，极其希望得到赛诺菲巴斯德这样的先进企业的帮助；二是中国市场潜力巨大，正是赛诺菲巴斯德这样的跨国企业大展宏图的首选之地。

真是没想到，阿兰·梅里埃先生当场就答应了我们的请求，并第一时间与赛诺菲巴斯德的管理层协调。

大概半年时间吧，我们又跑了几次法国，在阿兰·梅里埃先生的大力促请下，赛诺菲巴斯德把它的亚洲布点最终敲定在了中国深圳。

孙明杰先生找对了人。阿兰·梅里埃正是解决这件事情最合适的人：对中方，他有深厚的情谊；对法方，他又有足够的影响力。自此，赛诺菲巴斯德成为中国公共卫生领域的一个重要合作者和参与者。

1995年以来，赛诺菲巴斯德将多个重要的疫苗产品引入中国，包括1995年的第一个Vero细胞狂犬病疫苗、1996年第一个流感病毒裂解疫苗、1997年第一个B型流感嗜血杆菌结合疫苗、2009年第一个脊髓灰质炎灭活疫苗和2011年第一个五合一联合疫苗。

1996年，深圳赛诺菲巴斯德生物制品有限公司（SSPBP）设立，赛诺菲巴斯德成为第一家进入中国的跨国疫苗企业。

2007年，赛诺菲巴斯德投资7亿人民币，在深圳建立了现代化流感疫苗生产基地，在国内率先使用自动预填充注射器灌装线。

2017年，赛诺菲巴斯德为中国计划免疫供应了近50%脊髓灰质炎灭活疫苗。

无心插柳柳成荫。在协助赛诺菲巴斯德入华的过程中，孙明杰先生本人也在机缘巧合之下，早早跑进了"抗耐药抗生素药物开发"这个黄金赛道。

1996 年，他设立湘北威尔曼制药股份有限公司，专攻抗耐药抗生素新药开发。截至目前，湘北威尔曼已成为该领域的引领性创新企业，拥有注射用头孢噻肟钠舒巴坦钠、头孢曲松钠舒巴坦钠、哌拉西林钠舒巴坦钠等 3 大国家重大创新药物。另有 7 个在研的 I 类新药正整装待发，其中的国家一类精神科药物莫达非尼，是全国独家品种，被列为保障国家国防安全的国家战备用药。

如此种种，堪称又一片缘分的天空。

第三节　西药东渐

有历史记录的西药东渐，最早始于 1843 年英国人于上海开设怡和洋行，代理西药进口业务。

化学药得以在中国开枝散叶，诊所和药房合而为一的西药房扮演了关键角色。

1850 年，屈臣氏药房在广州沙面开业，这是中国最早的西药房。它的前身为东印度公司药官哥利支（又译"郭雷枢"）于 1828 年在广州十三行开设的"广东医局"，后为英商屈臣氏叔侄所继承。

差不多同一时期，美国医生伯驾创立"新豆栏医局"，后由嘉约翰接手，改名广州博济医院，其后北京、上海、宁波、厦门等地的西医院，多是博济医院同仁所创办。

博济医院催生了中国近代西药业。1882 年，六位博济医院的华人医生共同出资开设"泰安大药房"，这是国人开设的第一家西药房。

"泰安大药房"除销售进口西药外，还自制简单的西成药，如疳积饼、癣药水、罗氏补气血汁等。

1902 年，曾在博济医院学习的梁培基，创办了中国第一家西药厂——梁培基药厂。当时华南地区疟疾盛行，他以特效西药"硫酸奎宁"为主要原料，配以中药甘草粉、滑石粉，在国内首次以中西医结合的方式制成"发冷丸"，因疗效对症，风靡一时。

广东梁培基开风气之先，在"东方明珠"的上海，则有民国药业大亨——药业托拉斯黄楚九和"西药大王"项松茂，创新引领国内药界进入近代史上的高光时刻。

黄楚九的实业生涯堪称传奇，其商战故事亦让世人津津乐道。

他早年随母学习家传中医眼科医术，后在上海开设诊所"颐寿室"，不久迁入法租界，改名中法大药房（上海延安药业有限公司前身），自制并销售中成药，兼售西药。

黄楚九的第一桶金来自他将一款自配的药汁，打出美国"艾罗博士"（艾罗即 yellow 的音译，指黄本人）研发和"强壮民族"的招牌，变身山寨西药"艾罗补脑汁"。

市场反应非常火爆。一个原因是他广告宣传做得好，"强壮民族"的口号迎合时人心境。另一个原因是他在处方中加入了一种易上瘾的咖啡因，消费者服食后普遍感觉精神振作，特别有效。

黄楚九还开发过一种叫作"天然戒毒丸"的戒毒制品。这个戒毒丸的主要成分是枳壳若干、广陈皮若干，外加吗啡 0.0004 克。每当吸毒者毒瘾发作，痛苦难熬的时候，只要服下该丸，立时缓解。

当时正值 1907 年清政府与英国缔结新约，计划十年禁绝鸦片；1909 年在上海举办的万国禁烟大会也刚刚开过，"天然戒毒丸"因此供不应求，大赚特赚。

1907 年，黄楚九与夏粹芳、谢瑞卿、陈烈清等人合资创办了著名的五洲大药房，并将谢瑞卿研制的一种"博罗德补血药"（"博罗德"是英语"血"的译音），改名为"人造自来血"，大获成功，成为五洲大药房的发家产品，并同时在中国香港、东南亚诸国注册、行销。

1911 年，谢瑞卿借退股以要挟黄楚九，黄楚九为了反制谢瑞卿请来了项松茂任经理。项松茂接手五洲大药房后，进行了大刀阔斧的改革，并积极引进欧美、日本等国的先进制药技术，研制出女用调经活血的"月月红""女界宝"，健胃补虚的"补天汁"，健脑润肠的"树皮丸"，清血解毒的"海波药"，化痰止咳的"助肺呼吸香胶"等多款新药。

与此同时，在项松茂治下，五洲大药房主打品牌"人造自来血"越战越勇，不但远销欧美，还先后在巴拿马和费城举行的世界博览会上获得大奖，其名声之巨大，竟引致一些西方药商的碰瓷。

1915 年，就有德国商人在五洲大药房旁开设普恩药局，出售补血药片，袭用"人造自来血"商标。为此，项松茂向德商严正交涉未果后，向工部局巡捕房提出诉讼。最终德商败诉，被勒令停止生产，产品全部销毁。

在那个特殊的年代、特殊的租界之地，本土的五洲大药房能干净利落地拿下这个针对德商的知识产权官司，成功维权，实属不易，也足见当时五洲大药房的声威之盛。

五洲大药房如日中天之际，黄、项二人难免各怀心事。幸而俩人财"商"不低。经过数轮磋商，双方达成了皆大欢喜的资产置换协议：黄楚九将五洲大药房的股份全部转让给了心心念念的项松茂，项松茂则将他所拥有的"新世界游乐场"的股份，让给了有心开辟娱乐业新战线的黄楚九。

二人一别两宽，各掀各的风浪。

黄楚九打造出了一个庞大的商业帝国。他涉足制药、娱乐、药草等多个行业，拥有中国第一家综合娱乐场上海大世界游乐场及中华电影公司、上海大戏院、麦司脱糖果店、三星地产公司等上百家公司，人送绰号"百家经理"，一时无人匹敌。他也没有放弃助其发家的本业制药业。1927 年黄楚九发起组织新药业公会并被推举为主席，旗下拥有 21 家医药企业、100 多个品牌药，是名副其实的药业托拉斯。

无独有偶，黄楚九与项松茂一样，成功赢得了与日本公司的药品名称、商标官司，在近代国内药企涉外知识产权诉讼史上，再留一段佳话。

1909年，黄楚九得到一张"诸葛行军散"的古方，同时参考自己祖传的《七十二症方》，研制出"龙虎牌"人丹，并很快走俏市场。

1917年，日本东亚公司眼看人丹严重威胁到了他们的仁丹，便控告人丹是"冒牌""侵权"，要求中国政府勒令停产。

黄楚九毫不示弱，专门聘请上海著名大律师，据理申辩："人丹"和"仁丹"药品名称不同，仅仅是名称上的谐音而已，况且商标名称为"龙虎牌"，根本不存在冒牌的问题。双方各不相让。

结果，黄楚九与日本人打了十年的官司，甚至上诉到北京最高法院机关，终于在1927年打赢了官司——终审判决"人丹"和"仁丹"两药各不相干，可以同时在市场上销售。

诉讼期间，极具现代营销意识的黄楚九利用这一涉外诉讼，通过报纸大做宣传文章，更让"龙虎牌"商标家喻户晓，大收其利。

黄楚九的疯狂扩张给他带来了滚滚的财富，同时也给他埋下了失败的种子。晚年受世界经济危机影响，黄楚九投资地产失败，1931年1月19日因心脏病突发离世。

项松茂独掌五洲大药房后，将之改组为股份有限公司，自任董事长兼总经理。在他的励精图治下，五洲大药房成为一家现代化制药企业，其技术和设备堪称国内翘楚。

五洲大药房按照各国药典的不同规格，用中草药炼制酊剂软膏，自制牛痘疫苗、醚精、纳大他林、硫酸亚铁柠檬酸等化学药用原料，同时生产各种针剂、成药。

项松茂还设立林德兴工厂仿制德国"蛇牌"外科手术器械和医院设备，成为我国外科手术器械制造的鼻祖。

此外，项松茂还将他的制药和制皂产业相结合，设立固本肥皂厂，一举成为著名的"肥皂大王"。

1920年，项松茂将五洲大药房与固本肥皂厂进行重组，创建"五洲固本肥皂药厂"，内设制皂与制药两部，并收购了德商亚林化学厂、中华兴记香皂厂等相关化工企业，发展为上海最大的化工药品制造企业，也是当时中国最大的制药企业。

就在项松茂带领"五洲"直追欧美同行之际，他和他的制药王国突遭厄运。

"九·一八事变"后，项松茂积极投入抗日救国运动，任上海抗日救国委员会委员，代表五洲大药房和其他5家药房登报声明"不进日货"；并将厂内全体职工编组成义勇军第一营，自任营长，聘请军事教官严格训练，规定职工下班后军训一小时，积极备战，从而招致日军仇视。

1932年"淞沪会战"爆发。1月28日傍晚，有日军军车驶近位于上海北四川路老靶子路（今武进路）口的五洲大药房第二支店，遭我爱国志士狙击。

次日上午，日军和浪人包围该店，强行闯入搜查，发现义勇军制服和抗日宣传品，即将11位留守职工全部缚捕而去。

项松茂闻讯后，义愤填膺，决定亲往营救。同事们劝阻，他说："11位同事危在旦夕，我不去营救，如何对全公司负责？贪生怕死还算什么总经理？"说罢登车而去，寻找营救途径。

30日，项松茂突遭日军劫持，押到江湾日军军营。面对日酋，他怒斥日本侵略罪行。次日，项松茂惨遭杀害，并被销尸灭迹。11位职工亦同时被害。

五洲厂、店全体员工为了纪念这个殉难日，在店徽、厂徽上加刻"131"字样，并把试制出的牙膏也用"131"作为商标。

项松茂用生命践行了其自撰联语中所寄托的民族大义："平居

宜寡欲养身，临大节则达生委命；治家须量入为出，徇大义当芥视千金。"

项松茂以身殉国后，国民政府以"抗敌不屈，死事甚烈"予以褒扬。

著名进步人士史量才、章太炎、黄炎培等都曾撰文，高度评价项松茂崇高的爱国精神。

1982 年项松茂殉难 50 周年之际，全国人大常委会副委员长许德珩题词："制皂制药重科研，光业光华异众贾；抗敌救友尽忠诚，爱国殉身重千古"。

1932 年后，其子项绳武继承父志。1937 年抗战前夕，"五洲"自建的楼高 10 层的"五洲药业大厦"落成。

这个当时远东最大、最先进的药业大厦，综合交易中西成药、营养食品、药疗器械、试剂配方、化工原料以及化妆香料等一应药妆产品、技术。

抗战爆发后，该大厦复被日军占领。

此后的"五洲"，在时代的滔天洪流中载沉载浮。求存已属不易，何谈恢复当年亚洲顶级药企的荣光。

新中国成立后，项绳武带领"五洲"积极进行公私合营，逐渐发展为今天的上海五洲药业股份有限公司。

20 世纪初叶以来，南有广州，北有上海，中国药企筚路蓝缕。尤以项松茂治下的五洲大药房为代表的一批化工药品工厂，其学术水准、原创水平、生产能力、市场规模，已有与世界先进药企渐行渐近之势。

与之呼应的是：1937 年 4 月 1 日，在上海召开的中华医学会第四届大会是民国时期规模最大的一次医学盛典，与会代表多达 998 人，囊括了当时中国西医界的精英。还有 50 余家药企到场搭建展台，其中不乏西方药企巨头，如德国拜耳药厂、美国雅培药厂、英国葛兰素药厂、美国礼来药厂等。

这是中国近代药业发展的一个巅峰。此后经年，战乱频仍。小厂倒闭，大厂流离。三十功名尘与土，"五洲"们的辉煌和战场上的硝烟一起，随风而逝。

中国药界终与接踵而来的 20 世纪 30 年代至 60 年代的世界制药行业发展的黄金时代失之交臂，陷入长期的技术性短缺。

第四节　草莽药界

中日两国一衣带水，却又恩怨千年。

在中国药业史的倒影里，就纠缠着这样一条来自日本的麻线：1937 年，日本侵华战争爆发，强行中断了中国近代制药工业的黄金时代。

1978 年，中国实施改革开放，却又是日本药企率先在中国设立合资药厂，拉开了中国制药行业现代化的大幕。

穿针引线之人，则非原国家医药总局总工程师、老台胞林栋莫属。

林栋，1923 年出生在台南县新化镇。17 岁时，他从台南二中毕业，东渡日本留学，考入名古屋药专药学部。时值全面抗战爆发，他从来自中国大陆的同学口中得知日军各种暴行，义愤填膺，立志要奔赴内地参加抗日。

1943 年林栋毕业，旋即借道朝鲜，辗转抵达大陆。他选择参加八路军。因为只会讲日语和英语，他被安排到太原的桐旭医学院担任教职，并学习国语。

两年后，他进入根据地，被调到八路军野战总部利华制药厂，做战地药师。在这里，因为改进了吗啡生产工艺，林栋被八路军总司令朱德点名表扬。

抗战结束，内战继续。解放区的药企受制于技术和资源，自然捉襟见肘，国统区的药企也元气耗尽。

据历史资料记载：1949 年政权鼎革前夕，至卫生部门领取执照的药师、药剂师仅各 448 人、2873 人。

新中国成立后，制药业只有"孱弱"一词，可以形容。整个产业一片空白，没有独立的门类和专门的产业管理部门。卫生部仅设立了一个监管部门药政处，下设药政科、药品供应科和中医药科三个科，总计 20 多人在管理药品。

林栋带领太行山区的 40 多个老战友，接收了日本人留下的北平制药厂，全厂只有一台立式小锅炉、两台单冲压片机以及两个残损的煮棉锅，但两个月后，还是恢复了生产。

偌大的中国不仅缺衣少粮，更是缺医少药。所幸在 1957 年至 1960 年间，苏联援建了东北制药厂、华北制药厂、太原制药厂等三座抗生素药厂，和 1943 年诞生于抗战烽火中、从一个 18 人的八路军制药小组发展而来的新华制药厂，一起组成了共和国医药界"四大家族"，堪堪撑起了整个国家最基本的原料药供应。

其结果是，土得掉渣的土霉素、红药水、紫药水，在将近 30 年的时间内，一直是中国人的三大"国民神药"，被用来"包治百病"。

城市居民享受公费医疗，虽"有体系无能力，有免费无医疗"，但终还有基本保障。广大农民，则是完全的缺医少药了。

1965 年 6 月 26 日，毛泽东对 1949 年以来的医疗卫生工作大发雷霆："卫生部的工作只给全国人口的百分之十五工作，而这百分之十五中主要还是老爷。广大农民得不到医疗。一无医生，二无药。卫生部不是人民的卫生部，改成城市卫生部或城市老爷卫生部好了。"

之后，毛泽东又召见时任卫生部部长钱信忠等人，讨论在农村培训不脱产的卫生员事宜。谈话中，毛泽东忽然说，乡村"神医有三个好处：第一个好处是神药它保险，不会害人，没有毒；第二个好处是省钱，几个铜板就可以了；第三个是给病人精神安慰，病也就好了"。最具中国特色的"赤脚医生"体系随即应运而生。这个词1968年第一次出现在《人民日报》上，其本义是指中国农村中不脱产的基层卫生人员。他们一面参加集体生产劳动，一面为社员治病，鼎盛时人数在100万以上。这只能说是历史无奈的产物，不能用今天的医疗科技水平来衡量它。无论是"赤脚医生"的专业水准，还是当时因为"少药"的原因，"赤脚医生"只能大量采用中草药和针灸疗法。这些赤着脚的"医生"，充其量就是一个经过一点基础训练的卫生员，治疗水平见仁见智了。

有一个例子很能说明一些问题。当时《人民日报》曾大篇幅报道过一个乡间的医生《人民的好医生李月华》，其核心内容是安徽泗县丁湖公社医院女医生李月华，一心为农民治病的感人故事。其中，一个最核心的情节是，当李月华医生自己生病正在发高烧的时候，还坚持抢救难产的孕妇，后李月华病重死亡。当时这个事迹通过《人民日报》报道后，感动了千千万万的人。今天细想起来，如果用专业的知识分析，就有不当之处了。一个医生应该知道，一个人高烧，一般都是因感染引起。如今传染至全世界的"新冠肺炎"，首先检查的就是看你体温高不高。而一个感染了的医生，再去抢救一个流血不止的难产孕妇，是不是会存在着使孕妇感染的高风险？这个故事，一是，可见当时农村严重的缺医少药，因为此时公社医院李月华医生不去，没有其他医生；二是，可见当时医疗包括医生的专业水平。新中国成立以来，尤其是"文革"十年，我们在医药方面严重短缺，可见十分严重。毛泽东主席发的那个"火"，是发现了国家的"病症"，但"赤脚医生"这个"药"，不能解决问题。

百废待兴，出现在改革开放大门前的中国制药工业孱弱不堪：1979年，我国医药工业总产值仅为56.54亿元，而当年我国的GDP

则为 4100.5 亿元，医药工业占整个 GDP 的比例仅为 1.38%。

在这样典型的药品"短缺经济"下，居然还不得不做减法。由于"文革"期间因严重缺药，各个地方城市乱办药厂，甚至乱制乱售伪劣药品，严重威胁国人的身体健康、生命安全。自 1979 年起，一场在全国范围内展开的整顿药厂工作浩浩荡荡地进行。

1979 年 6 月，国务院发文，开始着手整顿药厂，这个过程先后历时 6 年多，至 1986 年结束。其结果是全国药厂从 1979 年的 2465 家，下降到 1986 年全面整顿结束时的验收合格仅为 1068 家，其余为不合格，"能开工生产"的药厂减少了 56.67%。

1978 年 10 月 22 日，第三次艰难复出的中国改革开放总设计师邓小平访问日本，这是 1949 年后，中国领导人第一次访日。

总设计师当时只是副总理，但是日本给予了最高领导人的接待规格，日方政经要人，自首相福田康夫以下，无不热情相迎。

10 月 24 日，邓小平在日本国会议长接待室会见了日本公明党委员长竹入义胜等 6 个在野党的领导人。席间，邓小平妙语论"药"。中央文献出版社出版的《邓小平生平全记录》写道：

> 在和他们的恳谈中，邓小平谈起中国历史上徐福曾奉秦始皇之命东渡日本寻找长生不老药的故事，说："听说日本有长生不老药，这次访问的目的是：第一交换批准书，对日本老朋友所做的努力表示感谢；第二寻找长生不老药。"
>
> 话音刚落，议长室里一片笑声。接着邓小平又补充说："也就是寻求日本丰富的经验而来。"
>
> 邓小平幽默的话语，使恳谈的话题一下子转到"药"，气氛也变得热烈和轻松了。

竹入委员长一语双关地说:"(长生不老的)最好的药不就是日中条约吗?"

邓小平看着竹入,微笑地点了点头。

10月,邓小平访问日本期间,参观了日本的企业,感慨地说:"我懂得什么是现代化了。"

他对日本企业界元老土光敏夫说,中国的经济发展水平要比世界落后20年,"中国荒废了10年,在此期间,日本等其他国家进步了,因此,里外落后了20年。"邓小平表示,中国要努力学习外国的一切先进经验和先进技术。

邓小平所说的不老之"药",显然是"外国的一切先进经验和先进技术"。但他口中的"药"字一出,自然得到刚刚在半年前成立、直属国务院的国家药品监管总局相关领导的心领神会,当即拍板与国外药企巨头谈判,合资办厂。首个对象即是日本大冢公司。

1978年6月7日,国家医药管理总局正式成立。人们认为,选择在改革开放元年、党的十一届三中全会召开前夕做出组建国家医药管理总局的决定,从一个侧面反映了高层对于提振民族药业的迫切心情。

此后,药监部门几易其名,主管单位也几次变化:1998年新设"国家药品监督管理局",2003年更名为"国家食品药品监督管理局",到2013年变为"国家食品药品监督管理总局",最近一次是在2018年再次复名为"国家药品监督管理局"。

药品监督管理的辗转摸索之路,寄托着国人盼望国药自强的苦心。

尽管总设计师已经打过"前哨",但与日本人谈合作,彼时国内还是顾虑重重,物议汹汹。

"两个凡是"的旗帜依旧高举,政策之风会吹向哪里?一时间竟找不到合适的中方谈判团团长。

直到 1979 年初刚刚"摘帽"平反的林栋调任药监总局外事办主任，大家才松了一口气：这不是天造地设的谈判主将吗？！

的确，论出身、学识、资历以及与日本的渊源，林栋都是一时之选。更重要的是，作为为中国的制药事业奋斗了一辈子的老革命，根本扣不上"汉奸"的黑帽子。

当时《合资法》尚未出台，双方为占股比例争得不可开交，在林栋的坚持下，各占 50%，中方提供土地建厂并出任董事长，生产的药品有一定的出口比例，以换取外汇。

1980 年 8 月 2 日，林栋与大冢明彦分别代表中日双方签署了合作协议，中国制药行业的第一家合资企业、中日两国间第一家合资企业，也是我国制药行业中唯一一家以"中国"冠名的合资企业——中国大冢制药在天津诞生。林栋兼任董事长，直到 2001 年退休。

大冢制药拉开了中外合资建立药企的序幕。紧接着，林栋马不停蹄地参与到另外四家中外合资药企的谈判、设立工作中。

它们分别是：1982 年设立的中美合资的上海施贵宝、中瑞（典）合资的无锡华瑞、1985 年设立的中比合资的西安杨森及中美合资的苏州胶囊。

这就是后来业内泛称的医药合资企业"老五家"，至今都还是行业翘楚。

国际药企巨头的进入，给中国医药行业带来了颠覆性变化。比如，大冢制药首次将 PP 塑料输液瓶引入中国；无锡华瑞引入了无菌生产的标准；而如今遍地开花的医药代表模式则源自西安杨森。

合资药企在短时间内，极大地丰富了中国药品市场的同时，也对积贫积弱的国内制药行业形成了强势冲击。

80 年代是合资药企包打天下的时代。90 年代起，辉瑞公司、阿斯利康公司、拜耳公司、赛诺菲公司、诺华公司、罗氏公司、葛兰素史克公司、默克公司、礼来公司等 38 家跨国药企扎堆入华，或独资建厂，或设立研发中心。

对国际原研药巨头的进驻，国内相关人士可谓喜忧参半。喜的是，自此中国的药品供应将不再为短缺而烦恼；忧的是，在技术、资本、市场等全领域被跨国药企吊打的情况下，民族药企何以自处？

正是在这样的历史背景下，1985 年 4 月正式实施的我国的《专利法》，将药品和农业化学物质排除在专利保护范围之外。

公开的理由是：《保护工业产权巴黎公约》列有关于成员国有权按照本国实际情况对专利保护的技术领域作出限制性规定的保留条款；当时许多国家未对药品、食品和化学物质给予保护。

当然，大家都心照不宣：所谓《巴黎公约》的保留条款，实际上是为了成员国某一特别薄弱的工业环节补漏，使之有时间补齐短板，是最低线的救济条款。

因此，排除在专利保护范围之外的"药品"，特指用化学方法获得的小分子化合物。对药品的生产方法，即制剂工艺，仍然给予专利保护。因为在当时，在生产工艺环节，我国制药行业虽然称不上强国，但怎么样也是个大国。

从 1980 年起，前后历时超过四年，经过七次重大修订才最终成稿的《药品管理法》于 1985 年 7 月 1 日正式施行。《药品管理法》亦步亦趋，明确规定：新药是指我国未生产过的药品。已生产的药品，凡增加新的适应症、改变给药途径和改变剂型的亦属新药范围。

这个新药的定义，说白了就是：我国医药企业可以自由仿制国外的专利药品。

为鼓励国内药企的仿制热情，卫生部制定了《关于新药保护和技术转让的规定》，将新药分为一、二、三、四类，分别给予8、6、4、3年的保护期；规定在保护期内，未经新药证书持有者同意，任何人不得生产该新药品种。

这标志着我国新药行政保护制度的确立。

1998年，国家医药管理局合并原卫生部的药政司，吸收国家中医药管理局的部分职能，组成了国家药品监督管理局，其施行的《新药审批办法》扩大了新药范围，增加了第五类新药，并将所有新药的保护期延长：一类新药保护期12年，二、三类新药保护期8年，四、五类新药保护期6年。

双管齐下之后，国内制药行业果然迎来大爆发。"要想当县长，就要办药厂"成为一时风潮。当被问及为何热衷办药厂时，一位县长如此作答："老百姓是在砂锅里煎药，咱是放在大罐子里煮药，本质上没啥区别。办药厂投资不大，也不需要啥技术，再没有什么行当比办药厂简单和来钱快了。"

新药行政保护制度火上浇油。1986年全面整顿结束时，全国验收合格的药厂为1068家，到1998年国家药品监督管理局成立时，国内药厂竟突然膨胀至6300多家。

扶持民族药业的大旗之下，一时泥沙俱下。虽然有一批药厂在政策的庇护下，锐意进取，加紧追赶。但一大堆志在挣快钱、热钱的投机分子，也层出不穷。

低水平仿制成为主流，甚至随意生产、销售伪劣药品的情况比比皆是，严重消解了政策的助推之力。

据不完全统计，仅1984年6月至12月，全国共清查出中药材伪品100多个品种，数量超过340万斤。

其中最触目惊心的是爆发了特大假药案的福建晋江地区，曾有28个冒牌药厂，伪造卫生行政部门药品审批文号105个，非法生产、销售品种达142个。

1985 年 6 月 16 日，《人民日报》刊登了《触目惊心的福建晋江假药案》一文，对福建省晋江县陈埭镇假药集中并在全国范围内进行违法推销，地方政府领导以权谋私甚至大规模在假药厂入股的行径进行了报道，震惊中外。

1988 年 12 月 29 日，轰动全国的"安国假人工牛黄案"主犯李全志被处以死刑。其曾在 1984 年至 1987 年伙同他人伪造商标，用淀粉、黄连素等非法制造假人工牛黄 1168 公斤并售往多地。

李全志也因此成为新中国成立以来，第一个因为制售假药而被判处死刑的人，但其罪名却并非是制售假药，而是"投机倒把罪"。

一直到 1993 年 7 月 2 日，第八届全国人大常委会通过《关于惩治销售伪劣商品犯罪的决定》，才改变了法律上关于制售假药相关定罪存在空白以及量刑过轻的现实。

1997 年修订《刑法》时，再次增加了"制售假药罪"和"制售劣药罪"，药品市场秩序才由混乱逐渐好转。

接下来的历史，前面相关章节已有叙及。

实施新药行政保护制度，将药品"隔离"在专利保护范围之外，是在特定历史条件下，为保护本土药业而采取的非常之举。

但随着中国综合国力的不断增长和对外开放的不断深化，以及发达国家，甚至一些发展中国家均已对药品实行专利保护，中国不保护药品专利的政策，开始受到以美欧为代表的西方国家的强力挤压。

1991 年 4 月 26 日，美国贸易代表卡拉·西尔斯发布"特别 301 条款"年度审查报告，指责中国在知识产权法律、做法和政策中均有严重缺陷，首次将中国升格为最高级别的"重点国家"。

中美随后展开长达一年多的中美第一次知识产权谈判。其中，"对于化学制品和药品的专利保护"，就是这次谈判中的六大焦点之一。

1992 年 1 月，中美双方经过一年多的拉锯式谈判，签订了《中美关于知识产权保护的谅解备忘录》，中方承诺：

> 《专利法》修改之前，采取行政措施有条件地保护美
> 国已有专利的药品、农业化学物质产品的发明。上述产品
> 的发明人应向中国主管部门提出要求行政保护的申请，中
> 国有关主管部门将向行政保护申请人发给授权制造、销售
> 该产品的行政保护证书，并在行政保护期内禁止未获得行
> 政保护证书的人制造或销售该产品。行政保护期为自获得
> 该产品的行政保护证书之日起 7 年零 6 个月。行政保护自
> 1993 年 1 月 1 日起施行。

1992 年 9 月，全国人大常委会修改的《专利法》据此明确了对化学药品可以授予专利。

12 月发布的《药品行政保护条例》规定，对符合下列条件的外国药品给予行政保护：一是 1993 年 1 月 1 日前依照中国《专利法》的规定其独占权不受保护的；二是 1986 年 1 月 1 日至 1993 年 1 月 1 日期间，获得禁止他人在申请人所在国制造、使用或者销售的独占权的；三是提出行政保护申请日前尚未在中国销售的。

《药品行政保护条例》与专利保护并行不悖。随着进入药品行政保护品种的数量逐渐缩小，这一制度也逐渐失去其存在意义。

事实上，2001 年 12 月中国"入世"后，关于药品的专利自然衔接上了知识产权的国际保护与国际贸易多边机制——世界贸易组织的《与贸易有关的知识产权协议》，中外药厂都在《专利法》的起跑线上竞争。

但旨在培植国内药企创新之花的新药行政保护制度，却因定位和实施偏差，陷入了行政过度的泥沼，造成了中国本土药业"失落的十年"。

第五节　失落的十年

中国科学院院士、"重大新药创制"科技重大专项技术副总工程师陈凯先，将我国的医药研发事业划分为3个阶段：1950年至1990年是我国药物研究的跟踪仿制阶段；90年代至现在，我国进入了模仿创新阶段，一批具有自主知识产权的新药研发成功；而从现在开始，要进入原始创新阶段，"实现从'跟跑'向'并跑'和'领跑'的跨越"。

仿制、跟跑并不丢人，因为这是技术和资本双重稀缺的发展中国家的必由之路。

仿制药是相对于原研药而言的。原研药是公认的人类创新高地之一。一款原研药以选择靶点为起点进行研发，需要经过严格的动物实验、人体临床一、二、三期试验，然后经四期临床放大实验，证明疗效准确、安全可靠后，才能向市场推广。

据来自开发制药协会（RDPAC）的调查，新药研发的时间需要10年到15年的时间。

2016年3月，美国塔夫茨大学发表的一篇论文显示，新药研发的成本约为25.58亿美元。

就以电影《我不是药神》里"天价"药物"格列宁"的原型"格列卫"来说，此药从20世纪60年代"费城染色体"的发现，到20世纪80年代科学家们针对靶点筛选出一个名为"2-苯氨基嘧啶"的衍生物，再到2001年经美国FDA的加速审批后正式上市，整整经历了41年的时间。其间投入的人力、财力不知凡几。

很多的创新药物研发都在巨额投入后，因为其中的一个环节折戟沉沙。但即便跑到了上市的终点线，命运依然不测。RDPAC的统计显示，10种投入市场的新药中，只有2种取得的收入，持平或超过研发成本。

开发原研药，实在是当今世界上只有少数几个国家可以玩得起的，以巨量的科研、资本和时间押宝的超级风险投资。

仿制药起源于美国。简而言之，仿制药是指原研药在专利保护期结束后，不拥有该专利的药企仿制的替代药品。

1984年美国约有150种常用药专利到期，原研药企认为无利可图，不愿意继续生产，为此美国出台《The Waxman-Hatch法案》，新厂家只需向FDA证明自己的产品与原研药生物活性相当即可仿制，仿制药概念由此出现，后被欧洲、日本等采用。

因为是站在原研药的肩膀上，仿制药的研制成本直线下降，上市价格一般只有原研药的20%—40%，个别品种甚至相差10倍以上。

但是，仿制药不等于劣质药。国际惯例是，仿制药要在"有效成分、剂量、安全性、效力、作用（包括副作用）以及针对的疾病上，和原研药都完全相同"，做对比的参照药一定是原研药。

通过依法、科学的仿制，一方面在模仿中提高药品研发水平，积累创新要素，逐步接近原研药第一阵营；另一方面大面积降低药品价格，提高国人的药品可及性。

这也是我国先于1985年4月正式实施的《专利法》，将药品和农业化学物质排除在专利保护范围之外，再在1985年7月1日正式施行的《药品管理法》中规定"新药是指我国未生产过的药品。已生产的药品，凡增加新的适应症、改变给药途径和改变剂型的小属新药范围"，卫生部又特别制定《关于新药保护和技术转让的规定》，以行政之力为我国制药行业发展抢时间、争站位之初衷了。

但肥沃的土地上却长出了荆棘。

这颗名叫新药的"种子"，及其加诸其身的行政保护，本身就有巨大的逻辑缺陷。

"没有在中国境内生产过的药"就是"新"药，这就是说，只要是能首家仿制国外品种的中国企业，就能够获得新药保护期，保护期内不受理其他国内企业的注册申请，能够让首仿企业在相当长的时间内独家占领市场。

有些药品明明已经进口多年，然而国内首家仿制的企业照样能拿到"新"药保护期，如果用这个保护期去限制国外的公司，明显是不合理的——毕竟人家才是真正的原研者。

为了解决这个逻辑矛盾，我国的新药保护期只禁止国产而不限制进口。

也就是说，这个制度事实上限制了国内企业的市场竞争，成了窝里斗的保护伞。

2002年9月15日《药品注册管理办法（试行）》，废止了1999年的《新药审批办法》，形式上取消了新药行政保护期，并把新药的概念缩小为"未在中国境内上市销售的药品"。

但有关方面显然不愿意完全放手，规定：对于在《新药审批办法》颁布后申报，但在《药品注册管理办法（试行）》颁布时还在做临床而没有完成审评的品种，出于历史沿革的考虑仍然给予新药保护期的待遇，这就是所谓的"过渡期"，与新药保护期一样，过渡期只限制国产不限制进口。

同时，该《药品注册管理办法（试行）》首次提出了"监测期"的概念：为了用药的安全，对于首次上市使用的药品，给予若干时间的监测期。

这实际上还是一种变相的保护期。

新药的定义过于宽泛，导致的是标准低下。比如，2002年《药品注册管理办法》规范了仿制药的审批程序，但标准之低依然让人无语，该办法允许在无法获得原研药时，可选用已上市的国产仿制药作为参照物再仿制。

"一仿"本不靠谱，接下来的"二仿""三仿""四仿"……"越仿越不像"，药效可想而知。

业内人士估计，这一阶段70％以上的国产仿制药药效与原研药存在差距。原国家食药监总局药品认证管理中心李正奇撰文称，国产仿制药总体质量比原研药相差甚远，有的甚至是"安全的无效药"。

标准已经过低，如果搭配无良药企，某些国产仿制药就不是管不管用，而是丢不丢性命的问题了。

药物中起主要作用的是原料药，但还需要辅料去帮助人体在适当时间和位置吸收适量的原料药，使其发挥功能。如何搭配原料药和辅料并确保质量始终如一，对仿制药来说至关重要。

美国FDA规定，仿制药审批时，需申报药品所使用的辅料，及辅料生产企业的生产规范证书（GMP）和检验报告（COA），提供分析数据。

但中国当时出台的《药用辅料生产质量管理规范》中，对辅料没有实行强制认证。

据《财经》报道，有的药企为节省成本，在药品审批环节，向监管部门申报质量较高的辅料厂商，进入生产环节时，就更换为廉价、质量次等的厂商。

因为根据国内药监惯例，在药品制成甚至上市前后，通常不会被要求再次检验。

2007年1月24日，时任国务院总理温家宝主持召开国务院常务会议，听取监察部关于国家食品药品监督管理局局长郑筱萸严重违纪违法案件调查情况汇报，要求对郑筱萸的违纪违法问题彻底查清，依法严肃处理。

5月16日，北京市第一中级人民法院公开开庭审理郑筱萸涉嫌犯受贿罪、玩忽职守罪一案，并于 5 月 29 日做出一审判决，认定郑筱萸犯受贿罪，判处死刑，剥夺政治权利终身，没收个人全部财产；犯玩忽职守罪，判处有期徒刑 7 年，决定执行死刑，剥夺政治权利终身，没收个人全部财产。

宣判后，郑筱萸不服，向北京市高级人民法院提出上诉，请求改判。北京市高级人民法院经公开开庭审理于 6 月 22 日做出二审裁定，驳回上诉，维持原判，并依法报请最高人民法院核准。

7 月 10 日上午，经最高人民法院核准，郑筱萸在北京被执行注射死刑。

对受贿高官判处极刑，一直比较罕见，当年成克杰和胡长清的判决结果就曾令社会震惊。

郑筱萸受贿数额是 649 万元，这个数字在他这个级别中并不"令人震惊"。其被判处死刑立即执行，关键因素应是法院认定：郑筱萸置国家和人民的重要利益于不顾，为有关企业在获得相关许可证、药品进口、注册、审批等方面谋取利益，直接或者间接通过其妻、子多次收受贿赂，严重侵害了国家工作人员的职务廉洁性，严重破坏了国家药品监管的正常工作秩序，危害人民群众的生命、健康安全，造成了极其恶劣的社会影响。

郑筱萸在被执行死刑前一天所写的忏悔书中这样说道：

"令我没有想到的是，舆论一片叫好声，大家咬牙切齿地鼓掌欢呼。这引起了我的反思。我为什么会激起这么大的民愤？原来是我这个部门太重要了，我这个岗位太重要了，我手中的权力直接关系到人民群众的生命安全！我虽然没有亲手杀人，但由于我的玩忽职守，由于我的行政不作为，使假药盛行，酿成了一起又一起惨案。这个账我是应该认的。我的悲剧使我得出了一条经验，当官一定要负责任！不要以为当官是什么好'玩'的事，不负责任的结果最后很可能就是我这样的下场！"

郑筱萸于 1994 年升任国家中医药管理局局长、党组书记，成为当时比较年轻的副部级官员。1998 年 3 月国务院机构改革，他随即出任新组建的国家药品监督管理局局长、党组书记，并于 2003 年 5 月在机构合并中任国家食品药品监督管理局局长、党组书记，官至正部级，直至 2005 年 6 月 22 日，其年满 60 岁被免去国家食品药品监督管理局局长、党组书记职务，转任中国科协旗下的中国药学会理事长。

从其履历可知，他掌舵药监系统的十年时间里，正是中国制药行业爬坡的关键期：1993 年起，药品专利不再被"豁免"。2001 年 12 月，中国"入世"，强势的跨国药企大举进入中国。

和粮食一样，药品是特殊的商品。所谓"中国人的胃要自己管"，中国人的命更要自己管。

在这样的特殊历史时期，全国上下药监部门理应依法管理、科学服务，引领中国制药行业做大做强，为中国人管好药。

令人扼腕叹息的是，郑筱萸把人民委托的权力，变成了寻租的工具。

经最高人民法院复核确认，郑筱萸两大罪状：一是伙同其妻、子，受贿共计折合人民币 649.8158 万元，为八家制药企业在药品、医疗器械的审批等方面谋取利益。

此外，他还严重失职渎职，玩忽职守，使国家和人民的利益遭受重大损失：

2001 年至 2003 年，郑筱萸在先后担任国家药品监督管理局、国家食品药品监督管理局局长期间，在全国范围统一换发药品生产文号专项工作中，违背重大事项请示报告制度和民主决策程序，草率启动专项工作；严重不负责任，对这一事关国计民生的药品生产监管工作未做认真部署，并且擅自批准降低换发文号的审批标准。

根据政策，医药企业拿到了"新药"指标，就等于获得了单独定价的权力。而作为首席"看门人"的郑筱萸，把本应严格遵守标准、攸关药企创新发展的药品批号商品化了！

上行下效也好，窝案也好，反正他治下的药监系统内"蛀虫"成堆。有的以权为媒，投资入股药品生产经营企业，从中获利；有的开门揖盗，在药品注册中与中介、企业勾结，买卖资料，造假，倒卖批文等。

在郑筱萸到龄退休被免去国家食品药品监督管理局局长、党组书记职务仅半个月后的 2005 年 7 月 8 日，国家食品药品监督管理局原医疗器械司司长郝和平及其妻付玉清因涉嫌受贿被刑拘，次年一审被判有期徒刑 15 年。

11 月，中国药学会咨询服务部主任刘玉辉与中国药学会副秘书长刘永久先后被捕。

2006 年 1 月 12 日，国家食品药品监督管理局原药品注册司司长曹文庄被立案调查，一同"落马"的还有药品注册司化学药品处处长卢爱英、国家药典委员会常务副秘书长王国荣。

2007 年 7 月 6 日，曹文庄因受贿罪、玩忽职守罪数罪并罚，一审被判死刑，缓期两年执行。

国家食品药品监督管理局的两个关键部门，医疗器械司和药品注册司的原司长郝和平、曹文庄，都曾先后担任过郑筱萸的秘书。

最后曝出的十年之怪现状是："全国的新药资料都在药监局的药品审评中心，这里就像一个大超市。各药厂辛苦研制出来的技术，在药监局某些官员处可以购买。一套技术含量高的新药资料定价上百万元，批号就更贵了，因为市场普及率低但需求量大，容易形成垄断，一个厂家生产一段时间后，其他厂家才能购买。"

郑筱萸"双规"不到一个月，国家药监局发布公告，收回海口康力元的 GMP 证书，集团停产清查。其总裁据称自 1996 年起与郑筱荑私交甚笃。

大部分药企1年只能获得三五种新药的生产许可。但这个名不见经传的公司于2002年至2006年间，在国家药监局注册的新药数目竟达到了274种。按业内说法，其"拿号"速度和数量是全国冠军。

当时药企的"认证专员"都羡慕康力元的渠道。康力元的销售人员曾自豪地宣扬："什么药好卖，我们就能生产什么药。"

高纯是当年"著名"的药监系统腐败举报人。他直言：所谓新药，大部分都是低水平重复的"换马甲药"，改一下包装就成了我们自己研发的产品了。

"批号经济"养肥了一小撮狼狈为奸的不法政商团体。但用药又贵又劣的恶果却由那些不知不晓的患者埋单。"旧药翻新涨价上市，质优药品降价速死"的逆淘汰，最终遗祸整个制药行业。

郑筱荑落马后，国家药监局对郑筱荑任上所有药品的生产批准文号进行排查，录得的数量是令人发指的168740个。这还不包括医疗器械的注册文号数量。

抽查发现，部分药品生产企业使用虚假申报资料，获得了药品生产文号的换发，其中6种药品竟然是假药。而其中一种假药含有致人死亡的物质，并已导致至少5个人死亡。

为消除隐患，国家药监局于2006年9月起对已经换发的药品批准文号进行全面清理，为此又耗费了大量的人力和财力。

第六节　未竟之局

药品审批制度的优劣，制约着制药行业的兴衰。

令人伤心的是，用"蹉跎岁月"四个字来形容21世纪头15年的药品审批制度的表现，仍然显得过于仁慈。

2006年前，身为药监系统"最后守门人"的郑筱萸及其裙带、跟班，以"批号经济"自肥，彻底败坏了药品审批生态。在其任内，竟批出了16万多个药品生产批准文号，致使假药、无效但"安全"的药、低水平重复药横行。

2007年7月6日，郑筱萸被执行死刑的同一天，官方颁布了新版《药品注册管理办法》。

就在国人期盼着药品审批就此正本清源时，画风剧变：药品审批竟从此前10年的极端"大跃进"，一下子切换到了此后10年的极端"蜗牛行"。

据业内人士统计，2007年到2009年是恢复期，基本没有新药批出；2009年到2013年，化学药品（包括新药和仿制药）的批复数量均呈直线下降趋势，5年一共批复国产药品文号2663个，仅占到当时市场上文号总量的不到2%。

审评突然失速，导致我国在制造能力和消费能力双增长的年代里，出现了荒诞而又畸形的"药荒"。

药用尿素实际上就是使用农用尿素精制而成，没什么科技含量，成本也不高。但由于申报原料药尿素的多家药企一直排队，"叫不上号"，已取得文号的药用尿素价格居然飙至40多万元/吨，大涨十多倍。一些使用药用尿素为原料的尿素乳膏、尿素维生素E软膏等制剂厂，由于无法承受天价原料，不得不停产。

《南方周末》这样写道：

> "那几年，政府的导向是少批药，谨慎再谨慎，企业
> 苦不堪言。"北京一位不愿透露姓名的药企老总说。
> "局长都被枪毙了。"食药总局一位官员对《南方周末》
> 记者坦承压力太大了。这次改革之前，药监系统有些官员

甚至连学术交流会都不愿参加，"人家会说，那么多药还没批，还有空来参会？"

过于谨慎的代价，要所有人共同承受。

一方面，市场上堆积着低水平重复的国产仿制药，有些稍有医药背景的业内人士会选择不用，因为可能"安全却无效"；另一方面，国外大量新药进不来，非法代购甚嚣尘上。"印度抗癌药代购第一人"陆勇，因协助病友购买印度仿制的治疗白血病药物，卷进司法漩涡。"中国人为什么吃不上新药"的疑问一再被媒体提起。

几乎每年全国"两会"，都有大量针对药品审批难题的提案。在 2015 年医药界代表委员座谈会上，就有 5 位全国人大代表重点提及这一困局，认为"中国人要比国外平均晚 8 到 10 年吃上新药"。当时食药总局解释了难点，但大家并不买账。在企业和公众眼里，批得出、用得上好药才是真正的需求。

根据药监局药品审评中心发布的报告，2013 年药品审评中心批准上市的药品，仅有 416 个。

在这份报告中，药审中心承认，近三年来，在化学药品的审评上，无论是新药还是仿制药，审评等待时间都在逐步延长，存在"积压现象"。

审评的迟滞，使得新质量标准之下研发的新药不能及时上市。市场上流通的，多数还是 2006 年之前"大跃进"时代批复的药品。

一些国外的原研药专利到期，国内本来可以立即推出仿制品种上市，但由于审评周期拉长，就无法实现无缝对接。

2004 至 2014 年，全球创新药物进入中国严重受阻。这一时期，原研药大户美国获批的 291 个新分子实体只有 79 个成功进入中国，比例不到 30%。

即便获批，这些新药也往往需要经历漫长的审批流程。以抗癌新药为例，中国患者需要等待超过 5 年的时间，才能有机会用上。癌症患者，有几个可能等到 5 年！

制药行业备受诟病。一些业内人士甚至认为，改革开放以来，制药行业在民生相关的行业中表现得不尽如人意。

绵延 10 年之久的僵局，终于被"新人"毕井泉掀起的药改风暴打破。

2015 年 1 月毕井泉就任食药监总局局长。履历显示他在发改委系统工作 26 年，位至国家发改委副主任，调任前，担任国务院副秘书长达 7 年。

但就是这个非医药专业出身的"新人"，以急风暴雨之势，强势推进了药品审评审批的透明化、高效化，短期内填平了横亘了十数年的患者急需用药需求与药品审评审批之间的鸿沟。

2015 年 7 月 22 日，毕井泉先朝中国药业的痼疾——临床试验的真实性上开了第一刀，要求 1622 个待审评审批品种，在 8 月 25 日首先完成自查，如有问题主动撤回。

如果在规定时间没有提交报告或撤回的，总局将进行飞行检查，一旦查出问题，"3 年内不受理其申请""吊销药物临床试验机构的资格""列入黑名单"。

这场日后被业界称为"722 惨案"的"史上最严的数据核查要求"，最初被"重审批、轻临床"、临床试验造假已成潜规则的业界习惯性忽视。直到当年 11 月，食药监总局对部分已提交自查资料的药品注册申请，进行了临床试验数据现场核查，8 家企业 11 个药品注册申请不予批准，其中包括业内知名的浙江华海药业股份有限公司。这一下，令业界震惊。

至 2017 年 6 月 22 日，毕井泉受国务院委托，向全国人大常委会报告药品管理工作情况时称，1622 个注册申请项目约 80% 主动撤回，30个被拒；涉嫌数据造假的27个品种、11家机构被立案调查，涉嫌犯罪的移交公安机关处理。

舆论哗然，行业肃然。仿制药一致性评价试验，原来的价格是30—50万元，一下子飙升至500—600万元。

2015年8月18日，《国务院关于改革药品医疗器械审评审批制度的意见》〔国发（2015）44号〕发布。这份约4000字的重磅文件，宣告中国药品审批十年来的最大变革浮出水面。

"44号文"成为医药界第一热词的同时，是药改的全方位破局：提出了提高审评审批质量、解决注册申请积压、提高仿制药质量、鼓励研究和创制新药、提高审评审批透明度五大目标，并细分为12项具体任务，包括提高药品审批标准、推进仿制药质量一致性评价、加快创新药审评审批、开展药品上市许可持有人制度（MAH）试点、落实申请人主体责任等。

两大主线：创新药要新——新药要"全球新"；仿制药要同——仿制药要与原研药质量疗效一致。

第一条主线"全球新"，是在国务院2015年发布的《关于改革药品医疗器械审评审批制度的意见》中，刷新了"新药"的概念，将新药由原来的"未曾在中国境内上市销售的药品"，升格为"未在中国境内外上市销售的药品"。一字之差，大大提高了未来中国新药的含金量。

2016年启动上市许可人制度试点，鼓励研究机构和人员开展药物研发；在优化审评机制方面，原国家食药总局发布新的优先审评审批的药品类别，鼓励和加快创新药以及有重大临床价值的药物研发。

同时，原国家食药总局还发布多个配套文件和"征求意见稿"，意图简化境外创新药物在国内上市的审批流程，降低国外新药进入中国的政策门槛；实现中国新药研发和上市与全球同步。

根据药审中心的数据，近十年来，中国批准上市的创新药（指最具原创性的一类新药）只有寥寥二十几个。而中国已上市新药中，现阶段仅3种进入国际市场的临床试验阶段，尚无上市药品。

第二条主线，是指国产仿制药在质量和药效上，达到与国外原研药一致的水平。

2016年3月，《国务院办公厅关于开展仿制药质量和疗效一致性评价的意见》要求，国家基药目录（2012年版）中2007年10月1日前批准上市的化学药品仿制药口服固体制剂，应在2018年底前完成一致性评价。其中需开展临床有效性试验和存在特殊情形的品种，应在2021年底前完成一致性评价。逾期未完成的，不予再注册。

这项举措将很多仿制药企业推到生死边缘。其要求，自首家品种通过一致性评价后，其他药品生产企业的相同品种在三年内未完成的，不予再注册；同品种药品通过一致性评价的生产企业达到三家以上的，在药品集中采购等方面不再选用未通过一致性评价的品种，未超过三家的，优先采购和使用已通过一致性评价的品种。

《医药经理人》总编辑谭勇回忆，毕井泉三年前上任伊始，关心他的人提醒他新人不管旧事，指的是一致性评价，他说人民健康没有新旧。

他在全国药监局长工作会议上强硬表态："我国药品产能严重过剩，企业数量过多。部分企业通不过一致性评价很正常。"

据麦肯锡全球董事合伙人王锦统计，从2015年8月，国务院印发《关于改革药品医疗器械审评审批制度的意见》，至2018年5月，国家已出台250个药改文件、规章、意见。平均每4天出台一个新的政策，药改政策"周五见"成当年改革一景。

据统计，在大力推进仿制药一致性评价之后，国内至少已经有1000家仿制药厂停产；药品注册申请的积压项目已由2015年高峰时的近 22000 件降至 2017 年底的 4000 件；化学药和疫苗临床试验申请、中药民族药各类注册申请已实现按时限审评；146 个具有明显临床价值的创新药、临床急需药、专利过期药和国内首仿药，实施了优先审评。

自 2008 年启动的我国"重大新药创制"科技重大专项，在此期间突飞猛进：新药研发已跻身亚洲国家前列，国内有 147 家药企涉足原研药，百亿药企数量由专项实施前的 2 家增至 17 家。

业界普遍认为，中国医药行业这 3 年的变革，比过去 30 年的总和还要多。

2017 年 6 月 19 日，食药监总局正式宣布加入 ICH，又在药界投入一颗深水炸弹。

一年后的 2018 年 6 月 7 日，在日本神户举行的 ICH2018 年第一次大会上，中国国家食品药品监督管理局当选为 ICH 管理委员会成员。

ICH 是"国际人用药品注册技术协调会"的英文缩写。该组织的宗旨是"协调各国的药品注册技术要求，使药品生产厂家能够应用统一的注册资料，提高新药研发、注册、上市的效率"。

业内称之为"医药行业的 WTO"。

这个组织的诞生基于两个事实：一方面是各国药监部门基于实践，逐步认清新一代合成药既有疗效作用，又有潜在的风险性。另一方面，在 60 年代之后，医药产业国际化进程加速，各国不一样的药物标准对进出口的限制日益突显。

因此，创新药物三巨头美日欧一致认为应以安全性、质量和有效性三个方面制定的技术要求，作为药品能否批准上市的基础，并决定起草文件，每个文件成立专家工作组，讨论科学技术问题，从而在 1990 年正式启动 ICH。

经过二十多年的发展，ICH 发布的技术指南，已经为全球主要国家药品监管机构接受和转化，成为药品注册领域的核心国际规则制定机制。

作为医药界的全球技术标杆，ICH集中了国际上有经验的药品审评和研发方面的专家，ICH成员的产值占据世界医药总产值的80%，其研发费用占据世界药物研发总投入的90%。

ICH的各成员对一致遵守的标准指南互认，免去了很多进出口的再注册程序，加速了药品创新和上市。

"这是一个历史性时刻，让人终生难忘。"食药监总局国际合作司司长袁林说，这是影响中国医药行业的里程碑事件，"中国开始看齐国际标准了。"

此前，标准不同让很多国外新药在进入国内市场时常绊跟头，严重影响了病人获得全球创新药物的时效性和可及性。比如，一些进口药品大部分是高于中国药品标准的，但只要有一些指标和中国药典不符，就不被认可。

但这些药品执行的是全球统一的标准，不可能单为中国修改某些指标。

近年来，中国的创新药企业不断增加，为了能在全球上市，主动采用国际标准研发生产的企业也越来越多，但如果本土企业为了申请国内上市也需要单独配合本土标准，则会增加大量的繁琐程序和投入，削弱这些企业的创新力。

袁林说："加入ICH，意味着中国的药品监管部门、制药行业和研发机构将逐步转化和实施国际最高技术标准和指南，并积极参与规则制定，将推动国际创新药品早日进入中国市场，满足临床用药需求，同时提升国内制药产业创新能力和国际竞争力。"

令人唏嘘的是，2018年7月15日，震惊全国的"长春长生疫苗案"爆发。22日，李克强总理就此事件做出指示：此次疫苗事件突破人的道德底线，必须给全国人民一个明明白白的交代。

8月16日，中共中央政治局常务委员会召开会议，听取关于吉林长春长生公司问题疫苗案件调查及有关问责情况的汇报。会议同意对7名部级官员进行处理，要求时任国家市场监督管理总局党组书记、副局长的毕井泉引咎辞职。

唯愿其掀起的药改风暴，不因人走政息，而失其革新烈度。

清华大学法学院教授王晨光认为，这三年的改革主要集中在药品临床试验和注册上市的监管方面。在此基础上，应当进一步扩展到药品生产、经营、使用方面的全生命周期监管。"改革势头不能终止，而应当在科学监管治理的指引下，进一步拓展深化。"

第八章
战争仍然没有结束

第一节　复盘战场

简略梳理一下中国知识产权保护史和制药行业进化史之后，让我们像一条真正的飞龙，悬停在时空深处，俯瞰这场中美企业间最早、最完整、最典型的知识产权"战争"三部曲。

当今世界，作为国际贸易三大基石之一的知识产权保护制度，无疑是国际化程度最高的国家政策之一。

最大的推手自然是百年来执掌全球科技霸权的美国。

在"不能把世界第一的宝座拱手让人"的思想指导下，20 世纪七八十年代起，先是卡特政府于 1979 年第一次将知识产权保护问题提升到国家战略的层面。

里根政府继之于 1988 年推出《1988 综合贸易与竞争法案》，增加了专门针对知识产权保护、以贸易报复为核心手段的"特别 301条款"。

这个条款被视为美国对世界进行长臂管辖的代表作之一，旨在以美国一枝独秀的经贸实力为武器，迫使其他国家的知识产权立法高度、执法强度与其保持一致。

它与以阻止侵犯知识产权的产品进入美国为目标的"337 条款"一起，成为美国保护自己的知识霸权的两把"贴身佩剑"。

美国还不遗余力地在 1986 年发起的"关贸总协定乌拉圭回合谈判"中，将知识产权保护纳入关贸总协定的框架，使知识产权保护与全球贸易规则牢牢捆绑。

1994 年签署的《与贸易有关的知识产权协议》，从某种意义上讲，美国就是"总设计师"，其中的许多规定直接源自其国内法。

美国推行其知识产权保护制度的意志是如此坚决，以至于 1979 年 1 月中美建交伊始，签订两国间第一个学科领域的合作协议《中美高能物理合作执行协议》时，美方即要求在协议中加入相互保护版权的条款。

并宣称："这是来自美国总统的指示，不含知识产权条款的科技、文化和贸易协定，他们无权签署。"

同年 7 月 7 日，在《中美贸易关系协定》谈判中，美方再次要求把双方互相保护版权在内的知识产权内容列入协定正式条款。

1984 年，美国总统里根发布行政命令，明确要求美方在与外国签订科技合作协定时，须同时签署保护知识产权的附件。

由此，1987 年，美方要求把签署知识产权附件与 1989 年 10 年期限到期的《中美科技合作协定》的续签挂钩。

美方声称：鉴于"中国对知识产权保护不够，已经成为影响中美科技合作和中美贸易的障碍"，要求先签加了许多条款的知识产权附件，再续签科技合作协定。

目的一目了然，就是要中方修改国内立法，强化对美国的知识产权保护。

来自美国的"药引"式外部压力，和尽快接轨国际惯例、融入世界经济的内在动力，促使中国在极短的时间内，快速打造出一整套知识产权保护制度：

1980 年成立专利局，并于同年加入了世界知识产权组织。1982 年颁布实施了第一部《商标法》。1984 年 3 月 12 日通过了《专利法》，并于 1985 年 4 月 1 日实施。1979 年中国即开始起草《著作权法》，并于 1991 年 6 月正式实施。

客观地讲，中国在如此短的时间内制定出一整套知识产权保护制度，固然有尽快接轨国际惯例、融入世界经济的内在动力，但这个动力不足以一下子摆脱当时整个社会知识产权保护意识淡薄、手段落后的国情，也不可能从几十年深入人心的知识"公有"，轻松变轨为对知识"私权"的真心服膺。

体现在相关立法中，就有"走一步看一步"的现象。比如，1991 年首版《著作权法》，规定中国人的文艺作品问世即自动获得著作权。但对于外国人首次在国外发表的作品，我国不给予自动保护，理由是我国尚未加入《保护文学艺术作品的伯尔尼公约》。

今天来看，这种"小聪明"并无多少实质利益，反而平白降低了我国知识产权法律体系的美誉度。但的确也是当时立法水平的真实反映。

另外，作为一个负责任的政府，天然地抱有保障国民安全、扶植民族产业的国家意志。体现在首版《专利法》中，就有第 25 条规定，对食品、饮料和调味品，药品和化学方法获得的物质，动物和植物品种不授予专利。

这个条款基于两个背景：一是《保护工业产权巴黎公约》列有关于成员国有权按照本国实际情况，对专利保护的技术领域做出限制性规定的保留条款；当时许多国家未对药品、食品和化学物质给予保护。

但这个为亿万中国人的食物安全和生命健康而坚持的"保留条款"，显然拂逆了美国的产业龙鳞，特别是药品。

制药行业属于知识极端密集型行业，科研水平突前的美国一直是领头羊，历年来全球前十中美企都能占据一半以上的席位，与之竞争的它国药企屈指可数。

这个规模超过万亿美元的市场，理所当然地被美国视为它的其中一个产业后花园，也是美国知识产权霸权演绎得最为淋漓尽致的"剧场"。

随着美国对中国知识产权立法、执法的不满与日俱增，终于在20世纪90年代爆发激烈冲突，通过三次剑拔弩张的谈判，美国人眼中的中国知识产权立法"漏洞"被一一补上。

彼时，今天国人津津乐道的电子信息等高科技产业尚在襁褓之中，因此在这三次中美知识产权谈判中，美方聚焦的具体品类，也就是药品专利、唱片版权和计算机软件保护等寥寥数种。

中国的药品潜在市场规模巨大，且具备相当的工艺水平和产能，因此在第一次谈判中，"对于化学制品和药品的专利保护"成为美方的主攻点。

在第一次中美知识产权谈判后签署的《中美关于知识产权保护的谅解备忘录》中，中方不得已承诺修改《专利法》，实施对药品的专利保护。

中方同时承诺，在《专利法》修改之前，采取行政措施有条件地保护美国已有专利的药品、农业化学物质产品的发明。

1992年9月，全国人大常委会修改的《专利法》据此明确了对化学药品可以授予专利。

行政保护自1993年1月1日起施行，行政保护期为自获得该产品的行政保护证书之日起7年零6个月——从这个时间点判断，1999年3月29日，国家药品监督管理局发出《关于查处假药柠檬酸昔多芬片（社会上称美国伟哥）的紧急通知》，大概率是美国辉瑞公司依据这个行政保护规定，向国家药品监督管理局施压，从而在全国范围内掀起了一场打击所谓假"伟哥"的运动。

这个运动的最后所指当然是姜伟掌舵下的沈阳飞龙公司，正大红大紫的"伟哥开泰胶囊"。

果不其然，4月14日，国家药品监督管理局下发了《关于查处劣药"伟哥开泰胶囊"的通知》，15日中央电视台在新闻联播节目中连续播发了6次。

3天后，辽宁省卫生厅转发了这个《通知》，要求"立即停止'伟哥开泰胶囊'以任何形式、任何名义的销售或变相销售，并责成沈阳飞龙公司按期收回已售出的药品，并准备接受进一步核查和处理"。

心比天高的姜伟和他的冒牌"中国伟哥"，风光日子过了不到两个月，就此崩盘。

第二节　脆败背后

2006年12月28日，原国家食品药品监督管理局局长郑筱萸被中纪委"双规"。

2007年1月24日，时任国务院总理温家宝主持召开国务院常务会议，要求对郑筱萸"严重失渎职、以权谋私"的违纪违法问题彻底查清，依法严肃处理。

过街老鼠，人人喊打。但普天之下，真把郑筱萸当真老鼠吊起来打的，恐怕只有语不惊人死不休的姜伟了。

1月28日，沈阳飞龙公司正儿八经地向商标局申请在第5大类"耗子药、鼠药、灭鼠剂、杀害虫剂、杀寄生虫剂"等商品上注册"郑筱萸"商标。

"1999年4月份是我人生黑暗的开始，也是我企业灾难的开始。"在接受媒体访问时，他声称，是郑筱萸改变了他的生活，并且改变了沈阳飞龙公司的命运。

"'开泰胶囊'是世界营销历史上重重的一笔。这个案例不光是中国的经典案例，也是世界的经典案例。注册'郑筱萸'耗子药商标这个案例就完整了。

"这个案例前半截相当于企业直接竞争当中，可以抓竞争者的七寸。后半截是因为其他因素的干扰导致无法进行，否则的话，这就不是一个失败的案例而是一个成功的案例了。"

这是一个极具争议的注册行为。不出意外，3月9日，国家商标局也在第一时间驳回了这个注册申请。姜伟对这个结果应该是有充分心理准备的，他一再向媒体申明："是否注册成功不重要，重要的是这个案例完整了。"

显然，"蛰伏"了8年的姜伟，制造话题的功力依然不减当年。借助这个"事件营销"，他的"再度复出"之路上，又有镁光灯闪烁。

但通过此次让人错愕的注册事件和他对媒体的诸般解释表态，也让人们最终确信："失败学教父"姜伟，已经陷入他历史的局限性无法自拔。他把"伟哥开泰胶囊"失败的原因，全部归咎于外力的打压，而把自己的越线操作的主观原因，推得一干二净。

他制造此次注册事件，根本目的是推销他所谓的"完整案例"：前半截，是他一手策划、运营了世界营销史上的经典案例，"创造了我们国家出口中药的最好机会"；但是后半截，"被郑筱萸给破坏了"。

我很牛，我没错，我被坏人害了——在想象的苦情里寻找借口的姜总裁，就这样活成了一个对市场竞争的理解彻底行政化的"前辈"——浸淫于此，服膺于此，也失意于此。

"伟哥的战争"第一战之所以在数月内脆败，干此"抢注"郑筱萸老鼠药商标一事中，已略见端倪。

姜伟痛恨郑筱萸，人所共知。当然恨郑筱萸的绝对不止姜伟一人。

正是郑筱萸治下的国家药品监督管理局于 1999 年 4 月 14 日发出《关于查处劣药"伟哥开泰胶囊"的通知》(93 号文),以"查处劣药"的行政处罚手段,一剑封喉了姜伟的冒牌"中国伟哥"梦。

1998 年 3 月,由原国家经委下属的国家中医药管理局、卫生部下属的药政司、国家中医药管理局下属的部分机构,合并成立的国家药监局,被寄予振兴我国制药行业的厚望。

这个时间点上,药监局何以对"创造了我们国家出口中药的最好机会"的明星企业痛下杀手?

江湖上流传着两个版本,矛头直指郑筱萸的私德和公权双双有亏。

一个版本是说郑筱萸履新国家药监局局长之高位,全国各药企掌门人第一时间排队赴京祝贺,但姜伟因忙于策划他的冒牌"中国伟哥"上市,导致迟了近一年才完成祝礼。郑认为姜不给面子,所以记恨于心。于是借 1998 年 8 月开始的整顿全国药品市场的机会,狠狠地整了姜伟一道。

这种说法应该是在姜伟的只言片语上演绎出来的情节,很有泄私愤的中国特色,不值一辩。

另一个版本则是姜伟自称一直在举报的"事实":自己的"伟哥开泰胶囊"抢注了"伟哥"商标,并且在国内外一时风行,严重触犯了某跨国药企的利益。而郑筱萸与这个跨国药企的中国区某人有利益等私下勾连,于是就不计后果地对沈阳飞龙公司下了黑手。

某跨国药企显然指的是美国辉瑞公司。

我们对无法求证的所谓"私下勾连"不作评论。但就当时弱小的中国制药行业而言,像辉瑞那样的跨国药企,它的创新药物的投放,它的投资,甚至它投放和投资的预期,对中国都是"香"的。

当以"配备最好的装备,毫不犹豫地参加战斗"为信条的辉瑞公司，确认自己的利益受到侵犯时，必定会动用所有的"装备"实施反击。

在1999年，它能使用的"最好的装备"自然是依据1992年12月发布的《药品行政保护条例》的规定：对符合条件的外国药品给予行政保护。

坊间传言：当时辉瑞公司的副总裁可以坐在郑筱萸的办公桌上，对其指手画脚。此种风议自然只能付之一笑。

但平心而论，当时药监局如果面对辉瑞公司对假"伟哥"泛滥成灾的"告状"，还真不能一笑置之。

一个20世纪90年代的中国药监局局长，不可能不重视辉瑞公司的诉求。这与他是不是贪官没有逻辑上的必然关系。

事实上，郑筱萸就任药监局局长后，即在全国范围内开展了打击制售假劣药品的专项整治行动。1999年全年共依法取缔、关闭药品集贸市场113个，取缔无证药品经营户14219家，查处假劣药品案44770起，涉案金额1.72亿元，收审148人，判刑10人。

如此，国家药监局于1999年3月29日发出《关于查处假药柠檬酸昔多芬片（社会上称美国伟哥）的紧急通知》，旗帜鲜明地要求管理药品的监督管理部门"对市场销售的假'伟哥'（'Viagra'）一律查封"，就是水到渠成之举了。

《通知》强调："伟哥"为美国辉瑞公司生产的药品，我国尚未批准任何企业进口或生产这一药品。目前市场销售的"伟哥"都是假药。

据说，本来飞龙公司的"伟哥开泰胶囊"就被国家药监局列入此次的"假药"打击名单里。沈阳市卫生局专门向国家药监局汇报，称"情况特殊"后，才暂时被放过一马。

无法求证是否因为辉瑞公司不满意这个处理结果，而向国家药监局施加了更大的压力，结果就是国家药监局于半个月后的4月14

日，发出《关于查处劣药"伟哥开泰胶囊"的通知》，单独给"伟哥开泰胶囊"贴上了一张"劣药"标签。

以上种种情节，都是基于结果的合理性推测。飞龙公司的"伟哥开泰胶囊"最后被以"劣药"查处，郑筱萸究竟在其中扮演了何种角色，无从考证。

但姜伟把所有的责任和罪过一股脑推给了死无对证的郑筱萸，却选择性遗忘了自己把一副王炸好牌打烂的"历史局限性"。

知识经济全球化的时代，容不得无法无天的"营销为王"。

姜伟的商业嗅觉堪称灵敏。就在 1998 年 3 月起，美国辉瑞公司"Viagra"在全球刮起"蓝色风暴"，"伟哥"一词在中文媒体上出现之际，他迅速抓住了这个超级风口。

当年圣诞节，姜伟在沈阳向新闻界发布了一则惊人的消息：飞龙公司已向国家商标局申报"伟哥"商标成功，用以推出该公司用 6 年时间潜心研发的壮阳药"伟哥开泰胶囊"。

而且，经过比较性试验发现，此药在诸多方面优于"美国伟哥"。他声称，飞龙公司将投入 1 亿元人民币为新产品做广告。

"中国伟哥"的开场，一时震惊四座。

不愧是多年营销场打滚出来的人物，姜伟的"圣诞吹风会"堪称经典：三言两语之间就抓住了媒体七寸，把"伟哥"这个当时的新闻热词抢在了手中。

还一下子让自己的"伟哥开泰胶囊"的出场显得既高端又高调，非常熨帖一直以来国人的痛点：我们的民族药企开发出了"诸多方面优于'美国伟哥'"的好药！

说"伟哥"商标"申报"成功，确是事实，大书特书，并无不妥。

指名不道姓的"美国伟哥"是谁？天下皆知。

在媒体的全程免费护驾下，2月1日"伟哥开泰胶囊"闪亮登场，气势逼人。那个时代，这么一款中药保健药品，竟出现了绝无仅有的"现款现货、飞机发货"的销售盛况。

市场的反应，证明了姜伟的这招"借船出海"确有隔山打牛之功，让疲软了数年的沈阳飞龙，迎来了再次顺利"入港"的希望。

作为一款得到国内诸般厚待的中药制剂，与"Viagra"绝无专利之争，借其威名，利用其尚未在中国销售的空窗期，在中药性保健药品这个虽说细分、实则庞大的市场里，快速挖出一条护城河，已是莫大之功。

所谓"借船出海"，说白了就是"借势营销"：借人家 IP 的流量，搭车自己的私货。从根上讲，这毕竟只是后来者的市场技巧，而非真正的原始创新。

但没等沈阳飞龙这艘夜航船驶离码头，"借船"的姜伟却动手"抢船"了。

我们在本书第二章《飞龙坠落》中，已经详细解读过"伟哥"商标的注册内情和"伟哥开泰胶囊"这个产品的来龙去脉。

按照常理，姜伟理应明白他最后能得到"伟哥"商标的可能性几乎为零。他自己也多次讲过，他的策略是利用"伟哥"这个名号，迅速打响"开泰"品牌。一旦飞龙公司的产品走向全球，"就把'伟哥'这个用烂了的商标给换了"。

但在实际操作中，在沈阳飞龙公司接下来的各种营销宣传中，"伟哥"商标"申报"成功，一下子变成了"注册"成功。

同时，"伟哥"这个商标可不容易"用烂"，它后来竟引发一场"伟哥的战争"，这个战争的核心不是药，而是商标。

姜伟俨然以"伟哥"商标的所有权人自居，不但在重要公众场合以民族医药的代表人自居，公然声称"该抢时就抢"，还郑重其事地向新闻界发通稿，称沈阳飞龙的"伟哥"商标经辽宁无形资产评估中心评估，价值高达 7 亿至 10 亿元人民币。

这样的动作，显然为视"伟哥"商标为己物的辉瑞公司所不容。

作为"伟哥开泰胶囊"的第一操盘人，姜伟也不会不知道自己产品的真正斤两。真的是千年不遇的好中药，又何至于此前在低档次的国内性保健品大战中败下阵来？

但姜伟就是敢讲这样的故事。多年后的 2007 年，"再度复出"后的他，回忆起"伟哥开泰胶囊"，依然是一颗蒙尘的明珠。

> 1998 年 5 月份我从美国带回来 600 片"威而刚"，然后我们到北京找了 6 大研究机构，做对照试验。11 月份出现奇迹，45 : 55，也就是说我们的效果比他们高 5% 加起来一共是 10%。这让我很兴奋，一个搞中药的人能搞出来一种世界水平的药，谁能不高兴？我们把这个成果拿到辽宁省科委进行了科学鉴定，这是我们飞龙人的心血啊。当年圣诞节前夕，我们在新闻媒体发布了自己的新药，一切都很平静。

在当年飞龙公司的文宣中，无论是基础理论研究，还是具体产品疗效，"伟哥开泰胶囊"都是全面碾压美国辉瑞公司的"Viagra"。

这些所谓的"借势营销"小动作，国内研究机构对比研究结果啦，有关部门的科学鉴定结论啦，你自说自话也没问题，当时的保健药品市场见怪不怪。

但"求战心切"的姜伟，千不该万不该把这样的"比较试验结果"放进自己的产品说明书里。

这不但违反了相关药品管理法规，更是明明白白地挑战了辉瑞公司的底线。

于是，故事很快就讲到了结局。

第三节　参差不齐的"联盟"

与沈阳飞龙公司无视规则、主动挑起与辉瑞公司的战争不同，"伟哥专利"一战则是中国药企被逼至绝境下的无奈反击。

相同的是，在这一特定历史时期里国内"参战"一方普遍性的"规则偏差"：前者在一些关键做法上无视、突破规则，后者则不能正解、善用规则。

再简单描述一下"伟哥联盟"的特定时点。

"伟哥联盟"的出现有其特殊的时代背景和法律环境。

1989 年，美国辉瑞公司向包括中国在内的全世界 100 多个国家申请了小分子化合物"西地那非"的发明专利和制剂工艺专利。

由于我国 1985 年 4 月开始实施的《专利法》，只对药品的生产方法给予专利保护，对药品及用化学方法获得的物质不给予保护。

如此一来，辉瑞公司的"万艾可"在中国只获得了"西地那非"制剂工艺方面的专利。

通过美方施压，1993 年 1 月 1 日起，修订后的中国《专利法》开始保护"药品及用化学方法获得的物质"。

于是，辉瑞公司又于 1994 年 5 月 3 日，向中国专利管理部门提出"用于治疗阳痿的吡唑并嘧啶酮类"的专利申请，即"西地那非"在治疗 ED 上的用途专利申请。

当时为鼓励国内药企及时引进、仿制国外的新药（主要为已过专利保护期的创新药），制定了新药行政保护期的扶持政策，并规定"我国未生产过的药品"即为新药。

在这样的背景下，自 1996 年起，一批中国药企开始投入仿研，绕过辉瑞公司在中国拥有的"西地那非"制备工艺专利，开发"万艾可"的仿制药。

1999 年时，国内共有 17 家药厂从国家药品监督管理局拿到了临床批件。到 2001 年 2 月，10 家国内药企做完临床试验。其中 4 家还拿到了新药证书，只等药监部门发出生产批文，即可开工大吉。

到目前为止，中国药企的操作既合专利的规，也合药品的法。

正常情况下，这个时候国内药企的"娘家人"国家药监局就应该向 4 家拿到新药证书按规定审批程序发放生产批件。

但不知道是出于哪种不可描述的原因，那些年每年都能批出一万多个"新药"的国家药监局，在这个个案上，"规则"突然扭曲了。

一直到 2001 年 9 月 19 日国家知识产权局公告了"万艾可"活性成分"西地那非"的用途专利为止，国内药企都没有拿到那张宝贵的生产批文。

辉瑞公司获得中国用途专利授权后，根据我国《专利法》的有关规定，此项专利自公告之日起正式生效，保护期直至 2014 年。

这意味着，在今后的十几年内，任何中国药企如果使用"西地那非"生产用于治疗阳痿的药物，都属于侵权。

走投无路的国内药企们只好集体走上台前，向该用途专利提出无效申请，从此踏入了前途未卜的诉讼之途。这就是所谓的"伟哥联盟"。

同样，2004 年 7 月 5 日，复审委员会裁定辉瑞专利无效后，按照惯例，辉瑞公司的专利一经被宣布无效，国家药监局就该给这些"伟哥联盟"成员颁发生产批文。

但是，国家药监局始终没发给他们梦寐以求的生产批文。

"伟哥联盟"成员本身，也因为吃不透专利游戏的规则，白白丧失了一个有可能提前上岸的机会。

"专利无效"申请，并非只有在授权之后才能对其辩驳，当申请文件出现之时，便可以通过"公众意见"的形式，对其提出质疑。

《专利法实施细则》第四十八条规定，"自发明专利申请公布之日起至公告授予专利权之日止，任何人均可以对不符合专利法规定的专利申请向国务院专利行政部门提出意见，并说明理由"，该条款在业内也被称为"公众意见"。

事实上，发明专利申请自申请日起满18个月即行公布（除非申请人要求提前公布），然后依申请人请求专利局开始对其进行实质审查，经过申请人修改或陈述意见，如果审查员认为专利申请符合《专利法》和《专利法实施细则》的有关规定，即授予专利权并向社会公告，反之，则予以驳回；专利授权后，任何人（第三人）如果认为专利授予存在问题，可以到有关部门请求宣告专利无效。当然，如果对有关部门做出的无效或复审决定不服，任何一方也可到法院起诉。一般来说，发明专利自申请日起满18个月公布之后，有时还需要2至4年的审查时间才能确定是否授权，在这一阶段中，专利申请最终能否授权尚处于悬而未决状态，这段时间即《专利法实施细则》第四十八条规定的允许提出"公众意见"的时间段。由此可见，如何能相对减少专利纠纷期间带来的损失，专利授权之前的"公众意见"十分重要。

但在本案中，"伟哥联盟"显然对这一"十分重要"的司法程序一无所知。

辉瑞公司早在1994年就提交了"西地那非"用途专利申请，迟至2001年9月19日才由国家知识产权局进行公告。在此期间，国内药企自1996年起就开始仿制研发，1999年有17家药厂拿到了临床批件，2001年2月，10家做完临床，其中4家还拿到了新药证书，只差生产批件"临门一脚"。于此，那么多家国内药企令人惊讶地集体无视对手。

尤其是 2000 年 11 月，英国高等法院否决了辉瑞公司长达 9 年的类似专利权，完全可以拿"英国官司"的案例借花献佛，行使"公众意见"这个法定程序。

但数量众多的国内相关药企似乎没有一个"明白人"，白白地丧失了这个很有可能使辉瑞公司的申请受到干扰，理想状态下使其提前终止的大好机会。

被动等待的结果是匆忙披挂上阵，不得不背水一战。

"伟哥联盟"不但白白丢掉了一个机会，还把战争进程拖进了对自己极其不利的所谓"入世观察期"，被贴上了检验中国知识产权保护环境优劣的"试金石"的标签——一场简单的商业纷争，活活被各种场外因素演绎成了国际政经力量角力的擂台。

"伟哥联盟"还有一个可能翻盘的机会——如果在 2004 年 7 月 5 日裁定辉瑞公司"万艾可"用途专利无效时，专利复审委员会表现得更专业一点的话。

前文已述：2000 年 11 月，英国高等法院对辉瑞公司的该项专利权做出无效判决，理由是辉瑞公司所要求保护的技术方案是基于公共知识，不具有创造性，因此不能受专利保护。

与此形成强烈对比的是，尽管当时中国药企提出无效的理由"遍地开花"，多达四五条，但是专利复审委员会却独独挑了被此前的"英国官司"否定的"对于技术方案的公开不够充分"这一条依据，并未质疑该项专利的创造性，而只是质疑其提出专利申请的形式。

这个裁决一经公布，一些比较熟悉国际专利纠纷案件的海外华人律师就直言：专利复审委员会以英国法院已经否定的理由，去支持该判决，留下了不可逆的恶果。

他们普遍认为，根据"信息披露公开不充分"这一条做出无效判决而不评述另外两条，这种欠缺令人担心。

"因为复审委员会不是终局决定，任何一点疏忽都会使得双方的利益受到影响。要是辉瑞公司在起诉的时候只起诉这一点，而这一点又被翻过来了的话，那案情就会翻转。"

所谓"非终局决定"，指的是复审委的裁决并非终审结果，没有绝对效力。失利方辉瑞公司必然会向法院提起诉讼，而不会采取通过仲裁快速得出结果的做法，这是跨国药企处理此类纠纷的一贯手法。

一旦辉瑞公司提起诉讼，第一被告是复审委，诉讼的目标就聚焦在后者做出的"对于技术方案的公开不够充分"这一条裁决理由。而这条理由正是被英国高等法院明确否定的。

为什么不沿用英国高等法院做出"创造性不足"这个终局决定的理由呢？显而易见，这个理由的争议性和不确定因素最小。

"伟哥联盟"此前准备的证据材料也是奔着这条道去，大多数材料就来源于当年英国高等法院的案件审理记录。业内人士对此迷惑不解。

一位曾经任职专利复审委员会的人士为此辩解说，这个程序和结论本身都是没有问题的，这是该机构行事的惯例。他还举例说，如果一颗炮弹能击中目标，为什么还要浪费其他的弹药呢？

香港律师马锋认为，这是一个很不专业的比喻。既然裁定辉瑞公司的专利无效，那就要竭力"做到程序上无瑕疵，并且全面、合理地考虑所有理由"，确保成功。

你要找到那颗致命爆破弹，而不是空包弹，虽然它也能击中目标。

"作为一个作出非终局决定的机构，复审委应该做到程序上无瑕疵，并且全面、合理地考虑所有理由。如果考虑到该决定出台后，辉瑞公司必然采取法律行动，复审委本该尽量减少其决定中的争议性和不确定因素。很明显，时间拖得越长，商业上的不确定性越大，实际上对中国企业就越不利。考虑到日后这种官司会越来越多，有关政府机构要不断学习，提高自身素质，以求更娴熟地扮演裁判员的角色。"

第四节　金戈铁马

"伟哥专利"一役，"伟哥联盟"一败涂地。十几家巨额投入的国内药企自此星散。十年一梦，呜呼哀哉。

但焦土之下，总有硬核埋藏。

若干年后，为挫折的草灰所滋养，一颗创新的种子在广州白云山下摇曳而出——"伟哥联盟"的重要成员之一、一度担任联盟召集人的广州白云山制药总厂蛰伏数年，厚积薄发，终成中国抗 ED 药市场的得利者，为这场影响一代中国医药人、时间跨度长逾十年的知识产权争夺战，写下了一条中国式努力的新注解。

但是，在白云山制药总厂收获胜利的果实时，又有自称是原合作者提出控告，于是市场又纷纷扰扰，会不会又有一场风雨诉讼？

根据 2020 年 4 月 1 日披露的广州白云山医药集团股份有限公司 2019 年年度报告，被称为"伟哥 R"，也就是在合法使用了凤凰公司"伟哥 R"商标的加持下，广州白云山化学药产品"枸橼酸西地那非片""金戈"，在 2019 年的销售量达到 6175.94 万片，比上年增长 29.35%。

比之上市之初的 2014 年，增长了 2114 倍，令人叹为观止。

白云山"伟哥""枸橼酸西地那非片"自 2014 年获得首个"伟哥 R"生产批件以来，可谓是势如破竹。据米内网数据，上市第 1 年，按市场零售价计，销售额就突破 7 亿元。自 2016 年起销量远超原研品，市场占有率高达 49%，销售数量增长率高达 61.9%，稳居行业第一，连续三年成为名副其实的中国第一"伟哥"。2018 年销量占比高达 66.85%，是原研品的两倍多。

白云山的"枸橼酸西地那非片"短短数年间成长为超 10 亿元的"超级物种"，成为集团一大"摇钱树"，成为抗 ED 药物领域的"国民品牌"，究竟靠什么加持？

一靠穿透市场的本土优势。

中国本土药企更了解中国市场，完善的营销渠道是"伟哥 R 金戈 R"迅速崛起的一大资本。作为百年老字号，早在 1979 年，白云山制药就在全国各地建立了 380 多个销售网点，成为中国第一个拥有全国销售网络的制药企业。

据悉，"伟哥 R 金戈 R"的营销团队有 1500 多人，在初上市时，该产品就迅速在全国各渠道铺货。2016 年已完成铺货超 600 家批发商，超 1200 家连锁药店，超 40000 家单体药店。

二靠与原研药一致的品质把控。

自 2012 年起，白云山先是聘请 1998 年生理学或医学诺贝尔奖获得者弗里德·穆拉德博士担任广药集团博士后科研工作站指导老师，"伟哥 R 金戈 R"项目成为穆拉德带领博士后进站的首批研究课题。

继之，2013 年诺贝尔生理学或医学奖获得者、美国国家科学院院士兰迪·谢克曼成为集团首席科学家。

广药集团自此拥有由诺奖得主 3 人、国内院士和国医大师 20 人、博士及博士后近百人组成的高层次科研人才队伍。

在科技大咖的指导下，"伟哥 R 金戈 R"项目研发团队按美国和欧洲标准以及国家更新、更严的标准要求开展一致性评价研究，根据 CFDA 颁布的《仿制药质量一致性评价工作方案》要求，"伟哥 R 金戈 R"与原研产品进行了体外溶出行为、晶型、含量、杂质等多方面的对比研究和体内生物等效性研究。

中南大学湘雅医院临床药理研究所研究结果表明，相同剂量的白云山"金戈"与"万艾可"完全等效。

三是，使用了凤凰公司的"伟哥 R"商标。在当今的市场上，抗 ED 药越来越多，除了三大国际药企辉瑞公司、礼来公司和拜耳公司，都推出了自己研发的抗 ED 药，并且各自有不同的药名，但中国的老百姓还是习惯性地接受"伟哥 R"这个商标名。到了药店，他们一般还是会习惯性说买"伟哥 R"，因此，一些药店就会在宣传推广时，打上"伟哥来了"这样笼统的说法，吸引患者。所以，全国才会出现那么多的侵权行为。如今白云山制药因为与深圳凤凰公司签有协议，独占许可其在所有"金戈"宣传推广中，都可以使用"伟哥 R"商标，得到合法加持，使患者接受更快。

当然，药也是一种商品，只要是商品，质量第一。虽然"伟哥 R 金戈 R"是首仿药，但白云山把"金戈"视同原研药进行协同创新。

2004 年 11 月，白云山"枸橼酸西地那非"原料合成工艺《制备喜勃酮用的中间体及其制备方法》获得发明专利。

2005 年 6 月，另一发明专利《喜勃酮的制备方法》亦获得授权。

2018 年 11 月，"金戈"荣获中国医药工业"创新力制剂品种"奖项。

2019 年 1 月，由国家知识产权局与世界知识产权组织共同举办的第二十届中国专利奖颁奖大会上，白云山制药总厂发明的名为"一种枸橼酸西地那非片剂及其制备方法"（ZL 201510134423.7）的专利，荣获第二十届中国专利奖优秀奖，成为国产抗 ED 药中的耀眼明星。

当年的"伟哥专利案"时时给白云山敲响着警钟。

"枸橼酸西地那非专利纠纷是中国专利的一件标志性事件。"白云山制药总厂法务总监许淑文在我们采访时回忆道，为避免纠纷，围绕白云山"金戈"的研发上市，金戈专利团队做了两件事：一是开展调查，做好专利预警，为"金戈"上市提供法律保障，特别是专利侵权风险评估及自主创新保护；二是对"金戈"进行商标、商品名、包装设计以及商誉等组合专利保护。

鉴于此，所以白云山才特别引入当前"伟哥"商标的持有者深圳凤凰公司，后者将"伟哥"商标独占许可给白云山"金戈"使用，合约期内，其他任何单位和个人在"西地那非片"上擅自使用"伟哥"商标都属于侵权。只有白云山"金戈"才可以称为"伟哥"。这也是白云山"金戈"上市迅速受到广泛认同和打开市场的重要原因之一。

"伟哥联盟"的胜利突围者，和"伟哥"商标的法定所有人，实现了历史性的握手，达成了令人欣喜的共赢结局。如今又一同走进法庭，状告侵权者，维护自身的知识产权利益。这也应该是时代的进步，中国药企的可喜进步。

时间，终归是创造者的朋友。

但时间好像并不能熨平"伟哥"商标创造者孙明杰的愤怒。

1998 年 6 月 2 日，威尔曼公司的"伟哥"商标被国家商标局受理，经过 4 年的漫长等待，2002 年 6 月 22 日终于获得初审公告。

或许是不了解商标最终获得核准注册，还要走异议、复审等流程，或许是不知道辉瑞公司的诉讼之犁竟是如此锋利，当年《工人日报》8 月 12 日就发表《威尔曼修成正果》一文，兴奋地评论道：

> 四年的"伟哥"商标大战尘埃初定。尽管初审公告的发布历经重重艰难，但最终依然给守法者以深深慰藉。国家工商总局商标局在"乱花渐欲迷人眼"的态势中，坚持

秉公执法，为维护民族企业的合法权益作出了切实努力，尤其在我国已加入世贸组织的今天，按照世贸规则，公平公正依法公告"伟哥"商标，开创了一个良好的范例。

事实上，一个月后的 11 月 28 日，在法定异议期的最后一天，辉瑞公司即提出了异议。

其后，辉瑞公司针对威尔曼公司于 2005 年同时发起通称为"伟哥商标案"的 4 宗诉讼，一步不落打完三审，终于在 2009 年 6 月最后定案。

令人惊讶的是，就是在再审判决的那一天，威尔曼公司依然没有"修成正果"——在此之前的 4 月 8 日，威尔曼公司突然收到国家商标局于 2008 年 10 月做出的（2008）商标异字第 10226 号裁定，竟然认定"伟哥"商标经过了美国辉瑞公司长时间的使用和宣传，与"Viagra"存在对应关系，注册会引起消费者的混淆，裁定异议成立，威尔曼公司的"伟哥"商标不予核准注册。

威尔曼公司还是没有修成正果。

气愤的孙明杰即刻向国家商标局评审委员会提出复审请求。如此又延迟了大半年，最后在最高院再审判决书的加持下，2010 年 3 月 3 日，商评委做出《关于第 1911818 号"伟哥"商标异议复审裁定书》，裁定被异议商标"伟哥"予以核准注册。

辉瑞公司再度不服上述商标异议复审裁定，向北京一中院提起行政诉讼。2010 年 12 月 20 日，北京一中院判决维持商评委的复审裁定。

辉瑞公司又不服，又向北京高院提起上诉。

北京高院于一年后的 2011 年 12 月 12 日做出终审行政判决书，驳回辉瑞公司的上诉，维持原判。

如此千山万水之后，威尔曼公司才终于拿到了"伟哥"商标权。

难以想象：如果不是辉瑞公司主动挑起官司并且顺利赢下三审，当 2009 年 4 月 8 日威尔曼公司突然接到商标局与 2002 年 6 月初审公告迥异的异议裁定书，该是多么崩溃的场面。

"伟哥"商标这个正果，威尔曼公司整整修炼了 12 年！

2014 年 9 月 1 日，深圳凤凰生活文化传媒广告有限公司，将"伟哥"商标独占许可给白云山制药总厂生产的金戈·枸橼酸西地那非产品。金戈·枸橼酸西地那非产品是"伟哥"商标在西地那非产品上的唯一合法使用产品。

不过，"伟哥"的坎坷之途仍未终结，紧接着，一出"礼来补刀"的戏码又再上演。

美国礼来公司同样是全球原研药企中的头部企业。这个拥有 130 年历史的跨国药企似乎很有中国情结，早在 1918 年就来到中国，将其第一个海外代表处设在上海，从而迈出了全球化的第一步。1993 年重返中国。公司如此描述其入华历史：

"重返中国十余年来，礼来迈着坚定的步伐，在中国的改革大潮中稳步前进，已成为业界增长速度最快的制药公司之一。"

1998 年 4 月，辉瑞公司推出了第一款抗 ED 药物"万艾可"，开创了一个全新的药物市场。2003 年，拜耳公司和礼来公司相继推出"艾力达"和"希爱力"与之对抗。

礼来公司从辉瑞公司手中接过接力棒，继续对"伟哥"商标发起冲击，向国家商标局申请撤销"伟哥"商标，被驳回后，2018 年 7 月 11 日又向商标局申请复审。

2019 年 10 月，商标局复审委员会裁定：本案中，被申请人提交的各项证据可以证明，被申请人和原商标所有人将"伟哥"作为商标，在其提供的"生化药品"等商品上，进行了宣传、使用和维权，可以起到区分商品来源的作用，具有商标的显著性。申请人提交的各项证据尚不足以证明复审商标在"生化药品"等商品上经合法、有效、广泛地使用，已成为"生化药品"等商品上约定俗成的通用名称。故复审商标未构成核定使用商品上的通用名称，应予以维持。

8年专利案，"伟哥联盟"黯然星散。"伟哥"商标案，前前后后攻防几达20年，威尔曼公司完胜，中外企业之间胜负易位。

但结果是一样的残酷：辉瑞公司在诉讼中无论胜负，都抢得了最值钱的一样东西——时间，都让对手在时间的流逝中，失去了市场的主动权。

受辉瑞公司的行政和司法官司双管齐下的牵制，威尔曼公司自主研发的抗ED创新药物"甲磺酸酚妥拉明快速分散片／胶囊"上市后，销量始终没有达到公司的预期目标。其"伟哥"商标只能使用TM字样（注册中商标），而不能使用R字样（已授权），始终不能大张旗鼓地进行宣传推广。

反过来，对于商标来说，商品销量上不去，其价值不可避免会受到损害。

最令"伟哥"商标目前的所有人和使用者想不到的是：在白纸黑字的三审判决后，仍然有人肆无忌惮地侵犯"伟哥"商标权。

据凤凰公司反映，因被各种花式侵权，"伟哥"商标商誉不断受到侵蚀。经专业机构审计，仅最近3年，"伟哥"商标因受侵犯，商誉减值达1250万元。

第五节 战争没有结束

2015年11月4日，忍无可忍的"伟哥"商标持有人深圳凤凰公司向广州市荔湾区人民法院提交诉状，状告礼来（上海）管理有限公司、美国礼来公司在经营过程中"严重违反了国家关于处方药管理的法律、法规、规章，同时侵犯原告凤凰公司商标专用权，损害了原告的商誉，给原告造成了巨大的经济损失，依法应当承担相应的赔偿责任，同时，依法应当被吊销药品进出口资质、药品经营许可证、GSP 证书、药品进口批文等经营资质，及承担相应的侵权责任"。

诉状理由如下：

被告擅自将原告凤凰公司的"伟哥"商标印制在宣传海报上，并长期在全国范围内统一派发给药品销售终端，利用"伟哥"商标促销被告的"希爱力"药品，导致消费者混淆误认的严重后果，侵犯了原告凤凰公司的商标专用权。

原告凤凰公司的"伟哥"与涉案药品均属国家严格管控的处方药，而众所周知，国家严令禁止市场主体在大众传媒渠道做任何处方药广告，否则会造成严重的社会后果。被告礼来公司的涉案虚假宣传不但严重损害了原告的商誉，而且会给消费者的生命健康造成潜在危险。有鉴于此，原告请求人民法院出具司法意见书，通过相关监管部门依法查处和吊销礼来公司的药品进出口资质、药品经营许可证、GSP 证书、药品进口批文等经营资质。

被告长期在全国范围内，通过使用原告凤凰公司的"伟哥"商标做虚假广告，进行夸大药效等虚假不实宣传的行为，贬低、损害了原告的商标及商誉，从而获得不当竞争优势和更多市场交易机会，获利巨大，应对其不正当竞争行为承担相应的赔偿责任。

凤凰公司诉请：（一）判定被告的行为侵犯了原告凤凰公司的商标专用权，并责令其停止侵权，销毁涉嫌侵权的宣传海报等；（二）被告停止损害原告合法权益的虚假广告行为；（三）请求人民法院依法出具司法意见书，通过相关监管部门依法吊销被告的药品进出口资质、药品经营许可证、GSP 证书、药品进口批文等经营资质；（四）被告赔偿原告经济损失人民币 2000 万元，并承担本案的受理费；（五）被告在相关主流媒体上登载赔礼道歉、消除影响的声明。

2017 年 12 月 25 日，广州市荔湾区人民法院做出（2015）穗荔法知民初字第 405 号民事判决：

确认被告侵犯了原告享有对涉案第 1911818 号"伟哥"注册商标的专用权；被告立即停止涉案侵害第 1911818 号"伟哥"注册商标专用权的行为，并销毁涉案被控侵权宣传海报。

被告立即停止在涉案宣传海报上使用"36 小时长效""唯一长效"文字的虚假宣传行为。

被告赔偿原告经济损失（包括维权合理开支）人民币 6 万元。

本案受理费 141800 元，由原告凤凰公司负担 140500 元，被告负担 1300 元。

对这个结果，原告、被告都不服，向广州知识产权法院提起上诉。

2020 年 3 月 3 日，广州知识产权法院做出（2018）粤 73 民终 1327 号民事裁定书：

本院认为，深圳凤凰生活文化传媒广告有限公司一审起诉的是礼来（上海）管理有限公司、美国礼来公司长期在全国范围内持续实施的侵权行为，一审判决仅对涉及广州市荔湾区"一致药店"的被诉侵权事实进行审理，未对深圳凤凰生活文化传媒广告有限公司所诉的礼来（上海）管理有限公司、美国礼来公司在"一致药店"以外实施的被诉侵权行为进行审理，属认定基本事实不清，依照《中华人民共和国民事诉讼法》第一百七十条第一款第三项规定，裁定如下：

一，撤销广东省广州市荔湾区人民法院（2015）穗荔法知民初字第 405 号民事判决；二，本案发回广东省广州市荔湾区人民法院重审。

2019 年 5 月，忍无可忍的"伟哥"商标持有人深圳凤凰公司发出实名举报信。

2019 年底，深圳凤凰公司将辉瑞制药有限公司、广东壹号大药房侵害"伟哥"商标以及不正当竞争纠纷案告到了法院，因此才有了本书开头的那场开庭。

于是，一场延绵了 22 年的"伟哥的战争"至今还没有结束。

结果如何，我们拭目以待吧。

2020 年 7 月 16 日黎明完稿

2020 年 8 月 16 日改定